HEYNE <

W0265240

Das Buch

Seit zwei Jahrtausenden erfüllt der Todesengel Keenan seine Aufgabe klaglos – bis er in einer stürmischen Nacht die zarte Nicole holen soll. Als er sieht, dass es ihr bestimmt ist, durch den Biss eines grausamen Vampirs zu sterben, vergisst Keenan sich und bereitet stattdessen dem Treiben des Vampirs ein Ende. Dafür wird Keenan prompt aus der Ewigkeit verstoßen und sucht fortan im Diesseits nach Nicole. In einer Bar in Mexiko findet er sie endlich. Doch sie ist nicht mehr die, die er den Fängen des Todes zu entreißen versuchte ...

»Wagen Sie es ja nicht, von Cynthia Eden nicht begeistert zu sein!« *Larissa Ione*

Die Autorin

Cynthia Eden fühlte sich schon immer magisch von allem angezogen, was nicht mit »rechten Dingen« zugeht. Sie stellte sich gern die berühmte Frage: Was wäre, wenn ... Nach dem Studium machte sie aus ihrer Leidenschaft dann eine Profession und widmete sich fortan dem Schreiben von (übersinnlichen) Liebesromanen. Cynthia Eden lebt mit ihrem Mann und ihrem Sohn in den Südstaaten.

Lieferbare Titel

978-3-453-77262-5 – Jäger der Dämmerung
978-3-453-40889-0 – Jäger der Verdammten
978-3-453-49115-1 – Jäger des Zwielichts

CYNTHIA EDEN

Engelstraum: Schatten der Ewigkeit

Roman

Aus dem Englischen
von Sabine Schilasky

WILHELM HEYNE VERLAG
MÜNCHEN

Das Original ANGEL OF DARKNESS erschien
bei Kensington, New York

Verlagsgruppe Random House FSC-DEU-0100
Das für dieses Buch verwendete FSC®-zertifizierte Papier
Holmen Book Cream liefert Holmen Paper, Hallstavik, Schweden.

Vollständige deutsche Erstausgabe 02/2013

Printed in Germany 2013
Umschlaggestaltung: Nele Schütz Design, München
Satz: IBV Satz- und Datentechnik GmbH, Berlin
Druck und Bindung: GGP Media GmbH, Pößneck
ISBN: 978-3-453-53417-9

www.heyne.de

Es waren einmal zwei Romance-Autorinnen, die sich bei der RWA-Tagung auf ein paar Milchshakes trafen. Eine Wette wurde geschlossen, eine Wette verloren, und nun gilt es, ein Versprechen zu halten.

Rebecca Zanetti, ich verneige mich vor deinen irren, üblen und höchst gefährlichen Fähigkeiten als Mentorin.

Prolog

Er war nur zu einem einzigen Zweck geschaffen worden: den Tod zu bringen. Mit Trost oder Aufklärung hatte er nichts am Hut.

Keenans einziger Job war es, denjenigen den Tod zu bringen, die das Pech hatten, von seiner Gabe zu erfahren.

Und an diesem kalten, stürmischen Abend in New Orleans hatte er sein jüngstes Opfer im Blick. Er beobachtete sie von seinem Posten hoch oben auf der St.-Louis-Kathedrale. Sterbliche Augen entdeckten ihn nicht. Nur jene, die sich bereit machten, das Erdenreich zu verlassen, konnten jemals sein Gesicht sehen. Daher musste er sich nicht sorgen, die wenigen Menschen zu erschrecken, die sich über den Platz vor der Kathedrale kämpften.

Nein, er sorgte sich wegen nichts. Gar nichts. Hatte er nie. Er berührte, tötete und wartete auf sein nächstes Opfer.

Die Frau, die er heute Abend beobachtete, war klein, hatte langes schwarzes Haar und blasse, elfenbeinfarbene Haut. Der Wind peitschte ihr Haar nach hinten, riss es aus ihrem Gesicht, als sie die Steinstufen der Kathedrale hinunterlief. Die Türen waren verschlossen gewesen, deshalb konnte sie nicht hinein. Ihr blieb die Chance zum Beten verwehrt.

Schade.

Er schlich sich zur einen Seite der Kathedrale, ohne sie aus den Augen zu lassen, als sie in die enge Gasse bog. Pirate's Alley. Hier hatte er schon andere geholt, sodass diese Straße vor Erinnerungen geradezu zu schreien schien.

»Nein!«

Das war nicht die Vergangenheit, die hier schrie. Er erstarrte. Seine Flügel schlugen in der Luft. Das war *sie*.

Nicole St. James, Lehrerin, neunundzwanzig Jahre alt. Eine Frau, die an den Wochenenden Nachhilfeunterricht gab, die versuchte, ihr Leben richtig zu leben …

Und die heute Nacht starb.

Seine Augen verengten sich, als er aus der Hocke aufsprang. Es war Zeit, näher heranzukommen.

Nicoles Angreifer hatte sie an die Mauer gedrückt und hielt ihr mit einer Hand den Mund zu, damit sie nicht noch einmal schreien konnte. Seine andere Hand presste er ihr auf die Brust, sodass ihr Rücken flach gegen die Mauer gedrückt wurde.

Sie wehrte sich heftiger, als Keenan erwartet hatte, boxte und trat um sich.

Ihr Angreifer lachte nur.

Und Keenan schaute zu. Er schaute immer zu. So viele Jahre …

Tränen strömten Nicole über die Wangen.

Der Angreifer neigte sich zu ihr und leckte sie weg.

Keenans Magen krampfte sich zusammen. Wissend, dass ihre Zeit nahte, hatte er Nicole einige Wochen lang beobachtet. Er war in ihrem Klassenzimmer gewesen und hatte dem samtigen Klang ihrer

Stimme gelauscht. Er hatte zugesehen, wie sich ihre Lippen zu einem Lächeln bogen und sich das Grübchen auf ihrer rechten Wange zeigte.

In ihren Augen hatte er Lachen gesehen, Sehnsucht und ... Lebensfreude.

Nun lag nichts als blanker Schrecken in ihren grünen Augen, jenes Entsetzen, wie es nur die wahrhaft Hilflosen kannten.

Dieser Blick gefiel ihm nicht. Er ballte die Fäuste.

Sieh nicht hin, wenn es dir nicht behagt. Er zwang sich wegzusehen. In seinem Job ging es nicht darum, was ihm zusagte. Das tat es nie.

Und es gab niemals eine Wahl.

Sie haben die Wahl; ich habe nur Befehle zu befolgen.

So war es seit eh und je. Warum also machte es ihm jetzt auf einmal etwas aus? Wegen ihr? Weil er schon zu viel gesehen hatte? Weil er zu oft an ihrer Seite gewesen war?

Verlockung.

»Es wird wehtun.«

Das raspelnde Flüstern des Mannes hallte in Keenans Kopf. Weder der Angreifer noch Nicole konnten ihn sehen. Noch nicht.

Eine Berührung – mehr brauchte es nicht.

Doch noch war ihre Zeit nicht gekommen.

»Der Sturm ist so laut.« Der Mann nahm seine Hand von Nicoles Mund. »Dich hört so oder so keiner schreien.«

Trotzdem stieß sie einen lauten, langen, verzweifelten Schrei aus. Und sie wehrte sich weiter.

Keenan hatte nicht damit gerechnet, dass sie sich so vehement gegen den Tod sträuben würde. Manche kämpften gar nicht, wenn ihre Stunde kam. Andere wehrten sich, bis er sie fortzerrte.

Stoff ratschte entzwei. Der Kerl hatte ihre Bluse aufgerissen, und Keenan sah ihren cremefarbenen BH und die festen Erhebungen ihrer Brustspitzen.

Hilf ihr. Dieser Wunsch kam aus seinem Innersten, aber er durfte ihm nicht nachgeben.

»Nein!«, brüllte Nicole. »Bitte nicht! Lass mich los!«

Ihr Angreifer hob den Kopf. Keenan sah ihn an, registrierte die eingefallenen Züge, das schwarze Haar und die Augen, die für einen normalen Mann zu dunkel waren. »Nein, Baby, ich lass dich nicht los.« Er leckte sich die Lippen. »Verflucht, ich bin viel zu hungrig.« Dann lächelte er und entblößte Zähne, wie sie kein Mensch besaß.

Ein Vampir. War ja klar. Seit Jahrhunderten räumte Keenan ihren Dreck weg. Diese Parasiten waren nichts als ein grober Fehler, ein missglücktes Experiment.

Nicole öffnete den Mund, um wieder zu schreien, und der Vampir grub seine Zähne in ihren Hals. Dann begann er zu trinken, gierig schluckend und knurrend, während Nicoles Fingernägel sein Gesicht zerkratzten und sie sich von ihm zu befreien versuchte.

Aber es war sinnlos, sich wehren zu wollen. Sie war schlicht nicht stark genug, konnte sich unmöglich von dem Vampir befreien. Mit knapp einem Meter siebzig und bestenfalls sechzig Kilo war sie dem Kerl deutlich unterlegen.

Der Vampir war etwa eins neunzig groß und zwar

schmal, doch Muskelmasse und Gewicht waren völlig belanglos, wenn es um Vampirkräfte ging.

Keenan blickte zum Eingang der Gasse. Bald könnte er sie berühren und ihren Albtraum beenden. Bald.

»Willst du da bloß rumstehen?« Ihre Stimme kippte.

Erschrocken drehte er sich wieder zu ihr. Ihre grünen Augen starrten ihn voller Wut und Angst an.

Wie konnte das sein?

Sie dürfte ihn noch gar nicht sehen können. Es war zu früh. Bislang hatte ihr der Vampir noch nicht genug Blut ausgesaugt.

Nicole boxte dem Vampir mit beiden Fäusten gegen die Brust, was jedoch zwecklos war. Er bohrte seine Zähne weiterin in ihren Hals, und er stolperte nicht einmal. Ihr Hals war nach hinten gebeugt, der Kopf leicht angewinkelt, und ihre Augen richteten sich auf …

Mich.

»Hilf mir«, flehte sie tonlos, während Tränen über ihre Wangen rollten. »Bitte.«

Ihre Bitte traf ihn ins Mark. »Ja, das tue ich.« Die Worte fühlten sich seltsam rostig an, und er konnte sich nicht erinnern, wann er zuletzt mit einem Menschen gesprochen hatte. Eigentlich bestand kein Anlass dazu, wenn man lediglich Seelen transportiert. »Bald.«

Der Vampir hob seinen Kopf. Ihr Blut haftete an seinem Mund und seinem Kinn. »Baby, du schmeckst herrlich.«

Ihr Körper sackte zusammen, als ihre Knie nachgaben. Keenans Flügel breiteten sich hinter ihm aus, und seine Muskeln spannten sich.

»Ach du Scheiße«, murmelte der Vampir im Zurückweichen. Warum hörte er auf? Der Blutsauger sollte sie doch töten, das wusste Keenan. Nicole St. James starb heute Nacht.

Sie hob eine Hand an ihren Hals. Ihre Finger zitterten. »D-du bist nicht echt.« Ihr Blick wich keine Sekunde von Keenan.

»Oh, ich bin verdammt echt.« Der Vampir wischte sich mit dem Handrücken übers Kinn. »Weißt du was, Süße? Die ganzen Geschichte, die du über Vampire in dieser Stadt gehört hast, sind wahr. Jedes dieser Märchen stimmt.«

Nicole sah den Vampir nicht an. Sie hatte nur Augen für Keenan, während sie zaghaft zur Seite wich. Bei jedem langsamen Schritt drückte sie die Hände an die Mauer hinter sich.

»Willst du weglaufen?«, neckte der Vampir. »Ah, klasse, ich liebe es, wenn sie weglaufen.«

Ja, das tat er. Wie die meisten Vampire mochte er den Kitzel der Jagd.

»Warum hilfst du mir nicht?«, brüllte sie Keenan an. Doch der Wind fing ihre Worte und wehte sie aus der Gasse.

So war es nun einmal in der Pirate's Alley. Manchmal konnte keiner die Schreie hören.

Der Vampir schien endlich zu begreifen, dass seine Beute nicht mit ihm sprach, ihn überhaupt nicht beachtete. Er drehte sich rasch herum und hätte beinahe Keenan gestreift. »Was zum Geier ist los? Du blöde Schlampe, hier ist keiner!«

Nicoles Schritte hallten die Gasse entlang. Klug. Keenan lächelte fast. Hatte sie ihn tatsächlich gesehen, oder war alles ein Trick gewesen, um den Vampir abzulenken und zu fliehen?

Der Vampir lachte und setzte ihr nach. Vier Schritte, dann machte er einen Sprung und warf Nicole zu Boden, noch ehe sie aus der Gasse war. Glas klirrte, als sie fiel. Es war eine Bierflasche, die jemand achtlos weggeworfen hatte. Nicole landete auf der Flasche, die unter ihrem Gewicht zerbrach.

»Du wirst noch darum betteln zu sterben«, versprach der Vampir ihr.

Vielleicht. Ruhig näherte Keenan sich ihnen. Er hob seine Hand und fühlte, dass die Luft kälter wurde. Was man sich über die kalte Berührung des Todes erzählte, war richtig. Nicoles Zeit war gekommen.

»Bitte, Gott, nein!«, schrie Nicole.

Gott hatte andere Pläne. Deshalb war ein Todesengel geschickt worden, sie zu holen.

Die Vampirhände umfingen ihren Hals. Seine Krallen bohrten sich in ihre Haut. Um Keenan herum roch es nach Verfall und Zigaretten.

»Blumen«, flüsterte Nicole. »Ich rieche …«

Sie roch ihn. Engel verströmten einen blumigen Duft. Spuren davon fingen Menschen dauernd ein, sie begriffen allerdings nie, dass sie nicht allein waren.

Wieder vergrub der Vampir seine Zähne in Nicoles Hals. Sie hatte nicht einmal mehr die Kraft zu schreien. Tränen liefen ihr aus den Augen.

Keenan kniete sich neben sie. Als er sie zum ersten Mal sah, hatte er gedacht, dass sie … schön war.

Nun, inmitten von Unrat und Blut, immer noch gegen den Vampir kämpfend, immer noch um ihr

Leben ringend ... war sie nach wie vor wunderschön.

Es wurde Zeit. Er streckte eine Hand nach ihr aus und ließ sie über ihrem zerzausten Haar verharren. Seine Finger waren nur Zentimeter von ihr entfernt, kurz davor, sie zu berühren. Nur noch ein kleines Stück trennte sie. Aber ...

Er zögerte.

Warum konnte nicht heute Nacht zufällig jemand in die Gasse kommen: ein Cop, ein Student, irgendwer, der ihr half?

Und nicht jemand, der ihr bloß beim Leiden zusehen sollte.

Ein Feuer brannte in seinem Innern. Sie verdiente dieses grausame Ende ihres menschlichen Lebens nicht. Nach dem, was er gesehen hatte, war Nicole ein guter Mensch. Sie versuchte, anderen zu helfen. Sein Kinn schmerzte, und er merkte, dass er die Zähne fest zusammenbiss.

Er blickte zu dem Vampir. Es wäre ein Leichtes, ihn aufzuhalten und die Welt von einem weiteren Monster zu befreien.

Was verboten war. Er hatte einen klaren Befehl, durfte sich nicht einmischen. Es wäre falsch und war strengstens verboten. Er sollte seine Ladung holen und weitermachen; das waren die Regeln.

Heute Nacht würde er Nicole St. James holen, und morgen wartete ein anderer auf ihn. Es gab stets neue Menschen zu holen, neue Seelen, neue Tote.

Ihre Hände sanken kraftlos herunter, als der Vampir von ihr trank. Ihr Kopf war zu Keenan gewandt.

Da waren goldene Flecken in ihren Augen. Er hatte gedacht, sie wären ganz smaragdgrün, doch nun sah er Gold in ihnen glitzern. Engel konnten sehr gut sehen, im Dunkeln wie im Hellen, und dennoch hatte er dieses Gold vorher nicht bemerkt.

Sie fixierte ihn, und so nahe, wie sie dem Tod war, glaubte er nun sicher, dass sie ihn sehen konnte.

»Keine Angst«, sagte er zu ihr. Der Vampir hörte ihn nicht. Niemand außer Nicole hörte seine Stimme. »Der Schmerz versiegt bereits.« Immer noch war seine Hand nach ihr ausgestreckt. Schon eben hatte er sie berühren wollen, hatte prüfen wollen, ob ihre Haut so samtig war, wie sie aussah. Aber er wusste, wie gefährlich eine derartige Berührung wäre – für sie beide.

Keenan verstand sehr wohl, was mit jenen seiner Art geschah, die sich Befehlen widersetzten.

Trotz des allgemeinen Glaubens waren Engel keineswegs privilegierte Wesen. Sie hatten keine Wahl wie die Menschen. Für Engel gab es nur die Pflicht.

»Ich will nicht …« Ihre Worte waren kaum mehr ein Flüstern. Hatte der Vampir ihre Kehle zu schwer verletzt, als dass sie noch sprechen konnte? »W-will … nicht … sterben …«

Der Vampir schluckte ihr Blut und knurrte beim Trinken.

»Lass … mich nicht …« Ihre Lider flatterten. Die Finger ihrer rechten Hand krümmten sich, und ihre Faust streifte die zerbrochene Flasche. »Sterben …«

Es lag so viel Verzweiflung in ihrer Stimme. Andererseits hatte er oft Verzweiflung gehört, genauso wie Angst, Lügen, Versprechen.

Aber nicht von ihr.

Keenan berührte sie nicht. Zögernd zog er seine Hand zurück.

Er zögerte?

Tausend Seelen hatte er geholt. Nein, weit mehr. Sie indes …

Warum sie? Warum heute Nacht? Sie hat doch kaum gelebt. Der Vampir sollte derjenige sein, der geht, nicht …

Nicole stieß ein kehliges Stöhnen aus. Keenan blinzelte, und die Flügel auf seinem Rücken raschelten. Nein, er hatte eine Aufgabe zu erledigen. Und er würde sie erledigen.

Nicole packte eine dicke Glasscherbe, hob sie hoch und rammte sie dem Vampir in den Hals, direkt in die Schlagader. Sein Blut spritzte auf sie, als der Vampir aufheulend vor Schmerz und Wut zurückzuckte.

Ihr Hals sah furchtbar aus, zerbissen und blutig – zu viel Blut. Es war ihres und das des Vampirs. Nicole griff noch eine Scherbe und hieb auch die in den Vampir.

Eine Kämpferin.

Sie rang um jede Sekunde des Lebens, das schon aus ihr wich. Und er sollte sie schlicht aufhalten? Sollte sie aus jenem Leben reißen, um das sie mit solcher Verbissenheit kämpfte?

Du hast es viele Male getan. Tu es wieder.

So viele Menschen. So wenig Leben. So viel Tod.

»Du Schlampe! Ich schlitz dich auf!«

Das würde der Vampir. In diesem Moment konnte Keenan alles sehen, was der Vampir mit Nicole vorhatte. Ihr Tod würde zehnmal grausamer sein. Ja, für sie hatte sich die Zukunft verändert, und das, weil Keenan zögerte.

»Ich reiß dir das Herz raus.«

Auch das würde er am Ende tun.

Sie würde mit offenen Augen sterben, erstickend an ihrem Blut und ihrer Angst.

»Ich zerfleische dir dein hübsches Gesicht.«

Ihr Sarg müsste geschlossen bleiben. Keiner ihrer Angehörigen oder Freunde dürfte sich von ihr verabschieden.

Das Feuer in Keenan loderte heißer, greller mit jeder Sekunde, die verstrich. Warum sie? Sie wirkte … beruhigend auf ihn. Wenn er ihre Stimme hörte, schien sie durch ihn hindurchzufließen. Und wenn sie lachte …

Ihm gefiel der Klang ihres Lachens, süß und frei.

»Hilf … mir …« Ihre gebrochene Stimme.

Keenan straffte die Schultern. Was sah sie, wenn sie ihn ansah? Ein Monster, ähnlich dem Vampir? Oder einen Retter?

»Keiner interessiert sich für dich.« Der Vampir zerrte sich das Glas aus dem Hals, worauf noch mehr Blut auf Nicole spritzte. »Du stirbst allein, und keiner merkt, dass du weg bist.«

Ich merke es. Denn sie wäre unerreichbar für Keenan. Er kannte das Paradies nicht, bloß den Tod.

Sie versuchte, sich vom Boden aufzustemmen, konnte sich aber nicht rühren. Durch den Blutverlust war sie geschwächt und wurde zur perfekten Beute.

Der Vampir lächelte sie an. »Ich fange mit deinem hübschen Gesicht an.«

Nicole schüttelte den Kopf und hieb mit der Scherbe auf ihn ein, was den Vampir nicht aufhielt. Nichts könnte ihn stoppen. Niemand. Nicole würde schreien und leiden, lange, bevor sie endlich starb.

Und Keenan würde alles mitansehen.

Nein!

Er hob die Hand zur letzten, finalen Berührung. Seine Berührung konnte Leben rauben und die Seele aus dem Körper reißen.

Er streckte den Arm aus und packte den Vampir bei der Schulter.

Der Blutsauger zuckte und schüttelte sich, als würde ihn ein Stromschlag durchfahren. Keenan bemühte sich nicht, seine Kraft zu drosseln, denn er wollte, dass der Vampir Schmerzen hatte, dass er litt.

Und das war falsch. Todesengel durften keine Rachegelüste empfinden. Sie durften nicht wütend werden, durften nicht fühlen.

Den Vampir zu töten war falsch. Gegen den Befehl. Aber …

Sie wird keine Schmerzen mehr leiden.

Der Vampir würde ihr nicht die blasse Haut zerschlitzen. Er würde ihr nicht den Brustkorb aufreißen oder ihren Leib schänden.

Er würde einfach sterben.

Der Vampir fiel zu Boden. Sein Körper war so hart wie die Pflastersteine unter ihm.

Keenan sorgte sich nicht um die Seele der Kreatur. Diejenigen, die für den Höllenschlund bestimmt waren, bedurften keines Kuriers. Aber Nicole …

Ihr Atem rasselte, und ihre Brust hob und senkte sich matt. Sie lebte noch. Instinktiv hob er die Hände zu ihrem Hals.

Stopp die Blutung.

Doch er berührte sie nicht. Das konnte er nicht, denn diesmal wollte er nicht töten.

»Hilfe«, flüsterte sie schwach, und ihre Not bekümmerte ihn.

Seine Flügel schlugen in der Luft. Es waren keine Menschen in der Nähe, die sie retten konnten.

Sie litt, aber sie würde leben. Ehe er sie nicht berührte, starb sie auch nicht, ganz gleich wie schwer sie verwundet war.

Hilfe. In diesem Augenblick wäre es gütiger, sie zu töten, statt sie dem Albtraum zu überlassen, der sie erwartete, während sie um jeden Atemzug rang.

»L-leben …«

Nein, sie wollte nicht loslassen. Einmal hatte Keenan einen Soldaten wie sie erlebt, vor sehr langer Zeit. Der Mann hatte gekämpft, sich gegen die kalte Berührung des Todes gewehrt. Er wollte unbedingt weiterleben, ungeachtet seiner Schmerzen.

Keenan hatte nicht erwartet, den gleichen starken Lebenswillen in der Frau hier zu finden. Er hätte bedenken müssen, was ihn die Menschen längst gelehrt hatten: dass der Schein trügen konnte.

Ihre Lider flatterten, doch ihr Herz pochte noch. Er konnte den zu schnellen Takt deutlich hören.

Beende das. Der Tod war allemal freundlicher als dieser Schmerz.

Trotzdem konnte er sie nicht berühren.

Er ballte die Fäuste, warf den Kopf in den Nacken und brüllte in die Nacht.

In dem Moment traf ihn der Wind mit der Kraft

einer Lawine, prallte gegen seinen Körper, hob ihn hoch und wirbelte ihn höher und höher in die Luft. Der Wind brachte ihn fort von der Frau, die so verbissen um ihr Leben kämpfte.

Während der Nachthimmel an ihm vorbeirauschte, hörte er tausende Stimmen. Ein schwaches Licht erschien, das heller und heller wurde, ihn nach oben lockte und blendete, als er zu nahe kam.

Finsternis.

Keenan blinzelte und stellte fest, dass er auf den Knien hockte. Er war unsanft auf einem schimmernden Marmorboden gelandet. Keenan wusste, wer vor ihm stand, noch ehe er aufblickte.

Azrael, der Anführer der Todesengel.

»Was hast du getan?«, fragte Azrael – Az – streng.

Keenan schloss die Augen und sah eine blutende Frau in einer verlassenen Gasse. Schlotternd vor Kälte. »Sie lebt noch.« Er stand auf und breitete die Flügel hinter sich aus.

Az schüttelte den Kopf. »Nein.«

Angst überkam Keenan. »Was? Ich habe sie nicht berührt, ich …«

»Du gestehst, dich deinen Befehlen widersetzt zu haben.« Az' Gesicht wurde hart. »Du warst ungehorsam.«

Sie war tot? Entschlossen, zu Nicole zurückzukehren, drehte Keenan sich von Az weg. Kein anderer durfte sie holen, nicht nach dem, was er riskiert hatte.

»Du kennst die Strafe für solch ein Vergehen.« Az' Worte bewirkten, dass Keenan erstarrte.

Ja, er wusste, dass er sich dafür verantworten musste, die Seele des Vampirs genommen zu haben.

»Es tut mir leid, Keenan. Du warst ein guter Engel.«

Moment mal. Keenan fuhr herum und starrte den blonden Engel an. »Ich habe nicht …«

»Nein, du hast nicht. Das ist das Problem.« Trauer schwang in seiner Stimme mit, die sonst nie auch bloß einen Anflug von Gefühlen enthielt. Wie keiner von ihnen viel Gefühl zeigte.

Keine Liebe, keine Angst, keinen Hass, nur Pflicht. So musste es sein.

Doch als er sie ansah, hatte er … gefühlt.

»Die Versuchung kann uns alle zerstören.« Der allwissende Az musterte ihn mit strahlend blauen Augen. »Du hattest die Chance zu gehorchen. Du wusstest, wann der Zeitpunkt für sie gekommen war, doch du hast jemanden getötet, der nicht auf deiner Liste stand.«

»Er war ein Vampir!« Dieser Zorn war neu. Er kannte ihn erst, seit er gesehen hatte, wie Nicole litt. »Er hat gefoltert, gemordet. Er verdiente …«

»Wir alle bekommen, was wir verdienen.« Az reckte sein Kinn. »Wisse, mein Freund, dass es schmerzen wird.«

Was?

»Ich habe gehört, das Feuer ist das Schlimmste, entlockt einem die lautesten Schreie.«

Hier war kein Feuer.

Der Wind packte Keenan abermals, umfing ihn vollständig, nur fühlte er sich nun an wie hundert scharfe Klingen.

Az beobachtete ihn ungerührt. Keinerlei Gefühl. Vielleicht war in ihm nie welches gewesen. »Hast du geglaubt, uns würde die Lust in deinem Herzen entgehen?«

Was wussten Engel von Lust? Was wussten sie von irgendetwas jenseits von Pflichterfüllung, Beschützen der Schwachen und dem Leben in der weiten, leeren Welt des Nichts?

»Was glaubst du, weshalb sie dir gegeben wurde?«, fragte Az.

Und nun begriff Keenan. Es war eine Prüfung gewesen. Ein Test, in dem er versagte, weil er nicht ertrug, Nicole sterben zu sehen.

»Du hast gegen die Regeln verstoßen, ein Leben genommen, das auszulöschen dir nicht zukam«, fuhr Az mit eiskalter Stimme fort. »Und du hast bei deiner Aufgabe versagt.«

Nicoles Leben zu nehmen. Aber nein, Az hatte ihm gesagt, dass sie nicht mehr lebte. »Wo ist sie?« Er musste schreien, weil der Wind viel zu laut war.

Es kam keine Antwort. Nur das Heulen des Windes. Und dann war das Feuer da.

Flammen schossen durch seinen Körper. Sie fingen bei seinen Füßen an, loderten höher und höher, während Keenan aus dem Himmel stürzte.

Verbannt aus meinem Zuhause.

Er schlug mit den Flügeln, wollte sich gegen den Wind stemmen, doch …

Als das Feuer seine Flügel erreichte, schrie er vor Pein. Dies war kein Phantomfeuer. Echte Flammen fraßen sich durch seine Haut, verbrannten sein Fleisch, seine Flügel. Nein!

Einen solchen Schmerz hatte er noch nie erlebt, und er würde ihn niemals vergessen können.

Der Wind erstarb. Sein Körper hing in der Luft, die Schultern gekrümmt, die Flügel lichterloh brennend. Er wollte sie bewegen, strengte sich an.

Dann fiel er geradewegs auf die Erde zu, von Kopf bis Fuß in Flammen stehend.

Az hatte recht gehabt. Das Feuer entlockte ihm gellende Schreie, als er zu dem wurde, was er immer gefürchtet hatte.

Einem gefallenen Engel.

Nicole St. James fuhr schreiend auf. Die Nacht um sie herum war still, zu still. Sterne funkelten über ihr, und für einen kurzen Moment wusste sie nicht, wo sie war. Sie wusste nicht …

Die Gasse.

Die Pirate's Alley. Sie hatte auf dem Heimweg eine Abkürzung genommen, wollte eigentlich in die Kirche. Nachdem sie die Nachricht vom Arzt erhielt, hatte sie den ganzen Tag geweint. Deshalb musste sie in die Kirche.

Aber die Kirchentüren waren verschlossen gewesen, und sie hatte die Abkürzung nach Hause genommen.

Ihre Hand wanderte zu ihrem Hals. Beim Schlucken brannte er, und ihre Finger fühlten etwas Nasses, Klebriges. Blut. Nur konnte sie keine Wunde ertasten. Die Haut war glatt und unversehrt.

Sie blickte sich um. Ihr Herz klopfte viel zu schnell. Sie war überfallen worden, daran erinnerte sie sich. Von einem Mann, der sie gegen die Mauer gedrückt hatte, und dann?

Neben ihr lag ein Toter.

Mit einem Aufschrei krabbelte Nicole rückwärts, weg von ihm. Die Augen des Mannes waren weit offen, und sein Hals wies mehrere tiefe Schnitte auf. Oh, verdammt, die stammten von der Glasscherbe neben ihr.

Das habe ich getan.

Vage entsann sie sich, die Glasscherbe gegriffen zu haben.

Ich habe ihn umgebracht.

Sie hatte einen Mann getötet. Ihr wurde schlecht, und sie schloss die Augen.

Aber er hatte versucht, sie umzubringen, fiel ihr wieder ein. Sie hatte sich verteidigt, sonst nichts.

Der Kerl hatte sie gebissen, hatte seine Zähne in ihren Hals gegraben. Sie hatte sich gewehrt, und am Ende war er tot.

Nur hatte sie gar keine Wunden.

Zittrig richtete sie sich auf. Ihre Kehle brannte, allerdings war es eher Durst als Schmerz. Sie war wie ausgetrocknet. Am Verdursten. Wie lange hatte sie denn geschrien?

Wieder blickte sie sich in der Gasse um und bemerkte die dunkle Flüssigkeit auf dem Pflaster. Blut. Ihre Nasenflügel bebten. Der metallische Geruch war sehr stark. Sie benetzte sich die Lippen und stellte fest, dass sie furchtbar ausgehungert war.

»Ma'am?«, rief eine Stimme aus der Dunkelheit.

Nicole drehte den Kopf ruckartig nach rechts. Ein Mann stand am Ende der Gasse. Sie konnte seinen hohen, breiten Schatten sehen. Wenn sie genau hinguckte, konnte sie sogar sein dunkles Haar, die strengen Gesichtszüge und das blinkende Abzeichen auf seiner Brust sehen.

Ein Polizist. Endlich.

Der Taschenlampenstrahl erfasste sie, und sie hob eine Hand, um sich vor dem grellen Licht zu schützen.

»Ach du Schande! Ma'am, ist das Blut?«

Ja, sie hatte Blut an den Händen, wusste jedoch nicht, ob es ihres oder seines war. Wahrscheinlich von beiden. »Ich bin überfallen worden.« Dafür dass ihr Hals so ausgetrocknet war, klang ihre Stimme überraschend normal. Oder vielmehr: Sie hörte sich viel zu ruhig an. Vielleicht stand sie unter Schock, denn sie fühlte sich nicht ruhig. Ihr Innerstes brodelte, ihr Herz raste, und – das war wirklich ausgesprochen merkwürdig – ihre Zähne taten weh.

Der Polizist kam näher. »Wo sind Sie verletzt?«

Nirgends. »I-ich habe ihn umgebracht.« Sie hatte noch nie einen Polizisten belogen. Warum sollte sie jetzt damit anfangen?

Schweigen. Sie folgte dem Strahl seiner Taschenlampe nach unten zu dem Toten.

»Er hat mich gebissen …« Doch sie hatte keine Bissmale mehr. Und sicher hatte sie sich diese viel zu langen Zähne nur eingebildet. »Er war so stark, wollte mich nicht loslassen, und ich …«

Rammte ihm eine Glasscherbe in den Hals.

Ein Windhauch strich über ihre Wange und trug ihr den Blutgeruch entgegen. Blut und … ein schwaches Blumenaroma. »Es war noch jemand hier.« Dessen war sie sich sicher. Sie versuchte, sich an den anderen zu erinnern, doch er blieb ein dunkler Schatten. Ein großer, kräftiger Schatten von einem Mann.

Mit blauen Augen. Ja, seine Augen waren leuchtend blau gewesen.

»Ein zweiter Angreifer?« Der Cop kam näher. »Ma'am, heben Sie bitte beide Hände in die Höhe.«

Sie hob die Arme, und ihr Magen verkrampfte sich. Warum war sie so schrecklich hungrig?

»Das ist gut, ja, so ist es gut.«

Ein Pochen ertönte in ihren Ohren, laut und schnell. Und plötzlich konnte sie alles riechen: Blut, Blumen, Schweiß, Zigaretten, Alkohol, selbst den Weihrauch aus der Kirche. Zu viele Gerüche.

»Ich rufe über Funk Verstärkung, dann kümmern wir uns um Sie, okay?« Der Polizist stand direkt vor ihr, und Nicole wurde klar, dass das Pochen von ihm ausging. Ihre Augen wanderten über sein Gesicht und hinab zu seinem kräftigen Hals. Dort hämmerte der Puls unter seiner Haut, doppelt so schnell, wie er sollte.

Sein Puls, sein Blut, so nahe.

Ihre Hand streckte sich nach ihm aus.

»Ist das ganze Blut von ihm, Ma'am?«

Sie schüttelte den Kopf, wovon ihr prompt schwindlig wurde. »Ich glaube, einiges ist von mir.« Nicole konnte den Blick nicht von seinem Hals abwenden. Dann wurde der Drang in ihrem Mund zu Schmerz, und sie schrie auf. Rasch schlug sie sich eine Hand auf den Mund und schmeckte Blut an ihren Fingern. Als sie sich vorbeugte, fiel ihr das Haar vors Gesicht, schirmte es vor dem Cop ab.

Das Blut tropfte in ihren Mund.

Sie brauchte mehr.

Der Polizist griff nach ihr. Fauchend sprang sie

nach vorn. Etwas Wildes, Verzweifeltes brach in ihr aus. Sie packte den Cop beim Hals und schob ihn zurück, knallte ihn an die Mauer.

»Lady, Lady, was soll das?«

Nun wurde das Pochen noch stärker.

»V-verzeihung …« Das Wort klang komisch. Seit wann lispelte sie? Und was tat sie? Er war Polizist. Sie durfte doch nicht …

»Was ist mit Ihren Zähnen?«, fragte er, wollte sie wegstemmen, sie abwehren, doch sie nahm es kaum wahr.

Sein Herzklopfen übertönte seine Stimme. Nicole beugte sich näher. Sie war so durstig – nein, hungrig. Sie musste einfach zubeißen.

Ihre Zähne bohrten sich in seinen Hals. Sein Blut floss auf ihre Zunge. Das war gut, besser als gut. Das Beste, das sie jemals gekostet hatte. Warm und heiß. Leben.

Nicole stolperte würgend zurück. Entsetzt rang sie mit dem überwältigenden Hunger. Nein, das war nicht richtig.

Der Polizist starrte sie entgeistert an. Blanke Angst lag in seinen braunen Augen.

»Es tut mir schrecklich leid!« Sie hatte ihn angefallen, ihn gegen die schmutzige Mauer gedrückt, genau wie ihr Angreifer es mit ihr getan hatte.

Sie hatte ihn sogar gebissen. Ihre Zunge strich über ihre Lippen, und sie fühlte zu lange, zu scharfe Zähne. Nein!

Sie hatte ihn gebissen, hatte sein Blut getrunken. Sein Blut getrunken!

Nicole wich zurück, schnell, sie wollte weg von

dem Anblick und dem Geruch seines Bluts. Es reizte sie viel zu sehr. Nichts wollte sie dringender als noch einmal zubeißen.

Sie stolperte über den Toten und fiel hin. Die Leiche war so hart und steif, als wäre der Kerl schon seit Stunden tot. Aber es konnte nur wenige Momente her sein. Unmöglich war sie so lange bewusstlos gewesen.

»Keine Bewegung!«

Der Polizist hatte seine Taschenlampe verloren, doch selbst in dem spärlichen Licht sah Nicole ihn klar und deutlich. Er hatte seine Waffe gezogen und richtete sie auf Nicole.

»Ich weiß nicht, was zum Geier Sie sind, Lady, aber ich jage Ihnen eine Kugel ins Herz, wenn Sie noch einmal auf mich losgehen.«

Ich weiß nicht, was zum Geier Sie sind.

Ihr Herz raste vor Angst, denn sie wusste es ebenso wenig.

Der Hunger zerriss sie. Sie wollte, sie musste mehr trinken.

Vor allem musste sie weg von dem Polizisten. Falls nicht, fürchtete sie, dass nicht mal eine Kugel in ihrem Herzen sie von ihm fernhalten könnte.

In ihrem ganzen Leben hatte sie nie jemanden verletzt, bis heute Abend. Nun war ein Mann tot, ein anderer hatte eine Wunde am Hals, und sein Blut zog sie magisch an.

Sie stand auf.

»Keine Bewegung!« Die Waffe in seiner Hand zitterte. »Es sei denn, Sie wollen sich eine Kugel einfangen. Nicht bewegen!« Er atmete stoßartig aus. »Verflucht, das Gleiche haben Sie mit dem armen Kerl gemacht, oder? Sie haben ihn in die Gasse hier gelockt und ihm den Hals aufgeschlitzt.«

Nein, das hatte er ihr angetan. Er war über sie hergefallen wie ein Vampir aus einem schlechten Horrorfilm.

Vampir.

Ihr wurde eiskalt.

Zu große Zähne, Blut, Durst.

Nein. Nein!

Ich weiß nicht, was zum Geier Sie sind.

Das verdammte Pochen dröhnte in ihrem Kopf, rief sie, drängte sie, noch einmal zuzubeißen.

Weg hier! Sie würde auf keinen Fall einen Cop töten. Und sie trank kein Blut! Nicole drehte sich um und rannte Richtung Kirchplatz.

»Nein! Verflucht, bleiben Sie stehen!«

Nicole konnte nicht stehenbleiben. Sie hatte Vampirzähne, verdammt, ihre Fingernägel waren Krallen, und irgendwas lief ganz schrecklich verkehrt. Tränen rollten ihr über die Wangen, als sie sich in Sicherheit brachte.

»Ich sagte, stehen bleiben!«

Die Kugel traf sie in den Rücken, doch Nicole lief weiter. Sie schrie nicht einmal auf, denn dazu war sie viel zu verängstigt, viel zu panisch. Zudem hatte sie das Gefühl, halb zu ersticken vor Entsetzen.

Auf dem Platz vor der Kirche begann sie, noch schneller zu rennen. Von dort aus schlängelte sie sich durch die Straßen. Alles verschwamm um sie herum, weil sie ihr Tempo kontinuierlich beschleunigte.

Währenddessen hallten ihr seine Worte durch den Kopf.

Ich weiß nicht, was zum Geier Sie sind.

Sie blickte auf die Krallen, die sich aus ihren kurzen Fingernägeln geformt hatten.

Krallen.

Reißzähne.

Ein unerträglicher Durst nach Blut.

O Gott! Der Polizist mochte nicht wissen, was sie war, doch Nicole befürchtete stark, dass sie es sehr wohl wusste. Und erst recht fürchtete sie, dass sie schon bald wie der Mistkerl sein würde, der sie überfallen hatte.

Eine Mörderin. Ein Monster.

Ein Vampir.

Erstes Kapitel

Sechs Monate später …

Als die Frau mit dem pechschwarzen Haar und den dunkelroten Lippen in die Cantina kam, wusste er, dass seine Jagd endlich vorbei war.

Keenan hob den Tequila an seine Lippen und fühlte die brennende Flüssigkeit kaum, die ihm die Kehle hinabrann. Es war eine lange Jagd gewesen, doch schließlich hatte er sie gefunden.

Nicole St. James.

Die einzige Seele, die ihm jemals entkommen war. Die Frau, die seine Existenz bei Gott auf den Kopf gestellt hatte. Zorn kochte in ihm hoch, denn so hätte es nicht ausgehen dürfen – weder für sie noch für ihn.

Er knallte das Schnapsglas auf den Tresen. Sie hatte nicht einmal in seine Richtung gesehen. Stattdessen war sie zu den alten zerkratzten Tischen weiter hinten geschlendert. Was hatte sie vor?

Nicole St. James war Lehrerin, und die sollten lange Röcke und brave Oberteile tragen. Lehrerinnen zogen sich keine hautengen, verwaschenen Jeans an und keine Tops, die kaum ihre Brüste bedeckten und über der Taille endeten.

Zu viel nackte Haut.

Er zwang sich, wieder in ihr Gesicht zu sehen. War ihr eigentlich klar, wie viel Gefahr sie umgab? Und was machte sie in Mexiko? Sie sollte zu Hause in

New Orleans sein und das Leben genießen, das er ihr geschenkt hatte.

Das Leben, für das er so vieles geopfert hatte.

Aber nein, sie beugte sich zu einem Mann, strich ihm mit den Fingern über den gebräunten Hals und flüsterte ihm etwas zu.

Verführung.

Lachend stand der Mann auf und wandte sich von seinen Freunden ab. Jemand rief *»Mamacita!«*, als Nicole und der Mann durch die schmale Hintertür verschwanden.

Keenans Schultern spannten sich an, als er von seinem Barhocker aufstand. Okay, er hatte etwas anderes erwartet. Die Frau hatte ihn keines Blickes gewürdigt. Keines noch so flüchtigen. Sie hatte sich ihren Hengst ausgesucht, seine Hand genommen und ihn nach draußen geführt.

Keenan folgte ihnen. Sollte sich der Kerl doch eine andere Geliebte suchen, denn mit Nicole St. James hatte Keenan Pläne.

Er gab sich keinerlei Mühe, leise zu sein. Sie sollten wissen, dass er kam. Er rammte eine Hand gegen die Tür, dass Holz splitterte.

Dann war er draußen. Die schwüle Nachtluft mit ihrem schweren Geruch nach Wildtieren traf ihn mitten ins Gesicht. Als er einen Schritt weiterging, hörte er das leise Wispern.

Die rauchige Stimme einer Frau.

Das lüsterne Murmeln eines Mannes.

Die Hitze in Keenan nahm zu.

Er bog um die Ecke und konnte sie halb verborgen im Schatten sehen. Sie küssten sich. Nicoles Hände waren überall auf dem Mann. Sie stand auf Zehenspitzen und neigte den Kopf, als sie den Hals des Mannes küsste.

Keenan verschränkte die Arme vorm Oberkörper und räusperte sich. »Äh, tut mir leid, wenn ich störe.« Tat es natürlich nicht.

Nicole drehte sich zu ihm um. Dieselben tiefgrünen Augen, nur blickten sie kein bisschen überrascht. Hatte sie doch gewusst, dass er hier war? Nun, es war ziemlich schwierig, das splitternde Holz einer krachenden Tür zu überhören.

Romeo hingegen war wohl schon zu lustbenebelt gewesen, denn er fuhr erschrocken herum und kniff die Knopfaugen zusammen. Nun versperrten seine breiten Schultern die Sicht auf Nicole.

»Vete a la chingada!«, knurrte der Kerl.

Er sollte sich zum Teufel scheren? Nein danke, da war er bereits gewesen und wollte nicht wieder hin. »Verschwinde.«

Der Typ blinzelte.

»Ich will sie.« Keenans Stimme raspelte etwas, doch das lag an seiner unbändigen Wut.

Ja, er hatte Mühe, seine Gefühle zu beherrschen. Nichts hatte ihn auf die Wucht vorbereitet, mit der ihn neuerdings Emotionen heimsuchten.

»Pech gehabt«, konterte der Mann, dessen Englisch von einem starken mexikanischen Akzent durchsetzt war. »Sie ist heute beschäftigt.«

Sie legte eine Hand auf die Schulter ihres Möchtegernliebhabers. »Lass uns verschwinden.«

Keenan schüttelte den Kopf. »Nein, Nicole, du gehst nirgends hin.«

Stille.

Dann ließ sie langsam den Mann los und trat einen Schritt auf Keenan zu. Er blickte direkt in diese grünen Augen, die ihn so viele Nächte verfolgt hatten.

»Woher weißt du meinen Namen?«, flüsterte sie.

Er lächelte. »Du wärst überrascht, was ich alles über dich weiß.«

»Ich kümmere mich um diesen *Cabron*!«, versprach Romeo.

Cabron. Drecksack. Keenan zog eine Braue hoch und sah den Kerl an. »Du solltest jetzt wirklich verschwinden.« Nicole sah weiter nur Keenan an. »Und zwar schnell. Hau ab!«

»Was? Nein, wir …«

Sie wandte den Kopf zu ihm. »Hau ab.«

Wieder blinzelte der Kerl. *»Puta.«*

»Ja, toll, beschimpf mich ruhig, aber verschwinde.« Sie stieß ihn mit einer Hand auf die Brust, und der Mann stolperte ungefähr fünf Schritte rückwärts. »Verzieh dich!«

»Wie hast du …«, stammelte Romeo, machte auf dem Absatz kehrt und rannte zurück in die Bar.

Nicole strich sich ihr Haar nach hinten. Dann stellte sie die Beine leicht aus und ließ ihre Arme locker herunterbaumeln.

Interessant. Wann hatte die kleine Lehrerin gelernt, eine kampfbereite Pose einzunehmen?

»Wer bist du?«, fragte sie ohne einen Hauch von Angst.

»Ich bin jemand, der nach dir gesucht hat.« Das stimmte. »Sehr lange schon.«

Sie zuckte nur mit der Schulter. »Tja, dann ist heute wohl dein Glückstag, denn wie es aussieht, hast du mich gefunden.«

Nein, er hatte nicht die Frau gefunden, die er erwartete.

»Und was willst du jetzt tun?«, murmelte sie, während sie näher kam. Mondlicht schien ihr ins Gesicht. Keenan blickte genauer hin. Ihr Gesicht wirkte ein bisschen dünner. Die Wangenknochen standen stärker vor. Die Augen waren unverändert, die Lippen hingegen schienen röter und voller als vorher. Fraglos war sie immer noch wunderschön, doch … ihr haftete etwas Finsteres an.

Ihr Körper war so schlank, wie er ihn erinnerte. Die Brüste waren nach wie vor rund und fest, die Hüften – nein. Darauf durfte er nicht achten. Ihr Körper tat nichts zur Sache.

»Gefällt dir, was du siehst?« Sie flüsterte träge, was nach Verführung pur klang.

Sofort wich er einen Schritt zurück.

Sie stutzte. »Du hast doch keine Angst vor mir, oder?«

»Ich habe vor gar nichts Angst.« Nach dem, was er gesehen und getan hatte, gab es schlicht nichts mehr, das ihm Angst einjagen könnte.

»Schön für dich«, murmelte sie, und es hörte sich nicht mehr sexy an, sondern eher gereizt. Im nächsten Augenblick zwinkerte sie, und die Maske war wieder da. »Erzähl mir, woher du weißt, wie ich heiße.«

Sie war beinahe nahe genug, dass er sie berühren konnte, aber das würde er nicht. Es wäre viel zu gefährlich.

Man berührte niemanden, es sei denn, man wollte töten. Und das wollte er nicht … noch nicht.

»Ich kenne deinen Namen schon lange.« Lügen war sinnlos. Außerdem konnte er es gar nicht. »Seit du auf meine Liste gesetzt wurdest.«

Ihm entging nicht, dass sie erschrocken Luft holte.

»Liste?« Nun flackerte doch Angst in ihren Augen auf, und ihre Stimme wurde härter. »Du bist einer von denen.«

»Denen?«, wiederholte er neugierig.

»Ein Jäger.« Angewidert verzog sie den Mund.

Aber sie hatte recht. Er war jetzt ein Jäger und sie seine Beute.

»Ich habe nichts getan! Ich habe niemanden getötet … nicht seit …« Sie verstummte, und Tränen traten ihr in die Augen. »Ich dachte, wenn ich keinem wehtue, lasst ihr mich einfach in Ruhe.«

Er starrte sie ungerührt an. »Dich in Ruhe zu lassen, ist keine Option für mich.«

Trotzig reckte sie ihr Kinn. »Ich mache es dir gewiss nicht leicht.«

»Nein, damit hatte ich auch nicht gerechnet.« Bei ihr war gar nichts leicht.

»Ich bin nicht so schwach, wie du vielleicht denkst.« Sie ballte die Hände zu Fäusten. »Du willst mich schnappen, dann komm und versuch's.«

Er wunderte sich. »Ich …«

»Du nimmst sie nicht mit! Greift euch den *Gringo*!« Keenan drehte sich zu dem Rufenden um. Dieser Romeo war mit seinen Saufkumpanen aus der Bar zurückgekehrt. Nur wirkten die nun nicht mehr so betrunken wie vorhin. Vielmehr sahen sie wütend und sehr entschlossen aus.

Außerdem waren sie mit Messern und Gewehren bewaffnet. Wie bitte? Warum? Weil einer von ihnen nicht zu seinem Quickie gekommen war?

»Wir nehmen sie mit, nicht du«, sagte Romeo, der mit seinen Männern auf sie zukam. »Wir haben nicht so lange darauf gewartet, sie zu finden, um sie uns jetzt von einem *Gringo* wegschnappen zu lassen.«

Nicole wich zurück.

Die Männer liefen an Keenan vorbei.

»Ich weiß, was du bist«, rief Romeo ihr nach. »Ein Monster wie du«, er spuckte auf den Boden, »hat meine Mutter ermordet.«

Nicole war kein Monster. Sie war nur eine Frau.

»Deine Art denkt, ihr seid so sicher, so viel besser als der Rest von uns!« Dies kam von einem älteren Mann mit grauschwarzem Haar und kalten braunen Augen. »Irrtum, *Señorita*.« Seine langen Fingernägel hatten etwas von Krallen.

»Ich will euch nichts tun.« Nicole wich noch weiter zurück. Hinter ihr war ein alter Holzzaun, mindestens einen Meter neunzig hoch. Sie war gefangen.

Keenan beobachtete und wartete ab. Die Männer achteten nicht auf ihn, während sie Nicole umzingelten. Sechs Männer gegen eine Frau. War das fair?

Schon früher musste ich tatenlos zusehen. So viele Jahre dastehen und zuschauen.

Er hatte die Nase voll vom Zugucken.

»Du willst mir nicht wehtun?«, wiederholte Romeo hämisch. »Und was zur Hölle hattest du dann heute Abend mit mir vor, *Puta*? Ich weiß verdammt gut, was du …«

Sie schüttelte den Kopf. »Ich musste … Ich wollte nicht …«

Es musste eine Täuschung durch das Licht sein, denn Keenan kam es vor, als würden ihre grünen Augen dunkler vor Angst.

Dann schnellte sie herum und sprang über den Zaun. Mit einem Satz war sie über einen knapp zwei Meter hohen Zaun gehüpft.

»Greift sie!«, schrie der alte Mann.

»Denkt nicht mal daran, sie auch nur anzufassen«, sagte Keenan sehr ruhig, und dennoch durchschnitten seine Worte den Schrei des Alten wie ein Messer. Er konnte Nicoles Laufschritte hören, die sich auf der anderen Seite des Zauns entfernten. Sie war schneller, als irgendein Mensch laufen konnte.

Aber Nicole war menschlich.

Nein, sie war menschlich gewesen.

Die Männer hielten einen Moment lang inne, bevor sie auf den Zaun zustürmten.

»Ich sagte«, knurrte Keenan, dessen Wut unkontrollierbar wurde. Das mit dem Gefühlebändigen hatte er noch nicht so recht verinnerlicht. »Denkt nicht mal dran.«

Der alte Mann hob sein Gewehr und richtete den Lauf auf Keenans Brust. »Dies ist nicht dein Kampf.«

Romeo schaffte es über den Zaun, und zwei andere waren ihm dicht auf den Fersen.

Keenan trat auf die Waffe zu. »Doch, ist es.«

»Sie hätte dich heute Abend umgebracht.« Das Gewehr zitterte in den alten Händen. »Du hast Glück, dass wir dich gerettet …«

Ehe er den Satz beenden konnte, hatte Keenan das Gewehr mit einer Geschwindigkeit gegriffen, die sich menschlicher Wahrnehmung entzog. Den Knauf hieb er dem Alten über den Kopf, worauf der Mann mit einem dumpfen Aufprall zu Boden ging. Während er fiel, drehte Keenan sich blitzschnell um und feuerte zweimal auf die Männer, die noch im Hof standen.

Er tötete sie nicht. Sie würden ihn lediglich in schmerzlicher Erinnerung behalten. »Wenn ihr noch mal auf sie losgeht, treffen die Kugeln eure Herzen«, versprach er ihnen.

Sie antworteten nicht, weil sie zu sehr damit beschäftigt waren, sich stöhnend auf der Erde zu wälzen. Keenan sah sie an, prägte sich ihre Gesichter ein. Er hielt seine Versprechen.

Das Gewehr im Anschlag, wandte er sich um und sprang über den Zaun. Den Schreien und dem Blutgeruch folgend, stellte er seiner Beute aufs Neue nach.

Nicole entkam ihm nicht, und diese Mistkerle, die hinter ihr her waren, würden lernen, einem Engel zuzuhören, wenn er sprach.

Selbst wenn es sich um einen gefallenen Engel handelte.

Für gewöhnlich war es nicht schwer, vor Menschen wegzulaufen. Hatten einem die Menschen jedoch eine Falle gestellt, in die man vor lauter Durst hineingetappt war, wurde die Sache ungleich schwieriger.

Nicoles Knie knickten kaum ein, als sie auf der anderen Seite des Zauns landete, und Sekunden später überquerte sie das brachliegende Grundstück in Richtung der Finsternis auf der anderen Seite.

Dann vernahm sie das Geräusch. Es war das tiefe Röhren eines Truckmotors. Scheinwerfer leuchteten auf, direkt aus der Dunkelheit, in die sie fliehen wollte, und ihr wurde klar, wie gründlich diese Falle geplant worden war.

Sie hatten gewusst, dass sie in die Bar kommen würde. Sie hatten gewusst, dass sie hungrig sein würde. Und sie hatten gewusst, dass sie einen Mann mit nach draußen nehmen würde, um sich an ihm zu nähren.

Und so mussten sie nur noch dafür sorgen, dass ihr der Fluchtweg abgeschnitten wurde.

Der Truck fuhr röhrend auf sie zu, schleuderte Staub und Schmutz hinter sich zu einer Wolke auf.

Nicole stürzte sich nach links. Ein Schuss krachte hinter ihr, und sie fühlte, wie die Kugel an ihrem Arm vorbeipfiff. Verdammt, warum konnten die sie nicht in Frieden lassen?

Der Truck schlingerte und folgte ihr. Sie war schnell, aber nicht schneller als ein Truck.

Der Bullenfänger traf sie, und sie fiel hin, landete im Dreck, rollte sich aber schnell genug herum, dass die Reifen nicht über sie hinwegpflügten.

Staub und Sand blockierten ihre Kehle; Blut quoll aus den Rissen an ihren Armen, und ihr Durst wurde schlimmer. *Es ist zu lange her, dass ich mich genährt habe. Ich hätte keine solch lange Pause machen dürfen.*

Doch sie hasste es, Blut zu trinken. Es erinnerte sie zu sehr daran, was sie war: ein Monster.

Und wenn sie sich nährte, überkam sie jedes Mal der finstere Drang, mehr und mehr zu trinken.

Quietschend öffnete sich eine Trucktür. »Wir haben sie erwischt!« Diesmal war da kein mexikanischer Akzent. Texaner erkannte sie auf Anhieb.

Die andere Wagentür ging knarrend auf. »Behalt sie im Visier. Es braucht mehr als einen Stoß mit meinem Chevy, eine wie die zu schaffen.«

Ja, brauchte es, doch Nicole ließ die Augen geschlossen und atmete besonders flach. Die Männer kamen näher. Sie konnte ihren Schweiß und ihre Angst riechen.

Und ihre Erregung.

Andere Schritte hallten von weiter weg. Ihr Beinahe-Opfer und seine Kumpel kamen.

Dann hörte sie einen Schuss knallen. Zwei. Aber sie zuckte nicht. Wenn sie sich gegenseitig abknallen wollten, nur zu. Zankten sie sich untereinander, blieben weniger Kerle übrig, mit denen sie es aufnehmen musste.

Der Boden vibrierte unter den Schritten ihrer Jäger. Sie wartete, regte sich nicht.

Der erste Mann stupste sie mit seinem Stiefel an. Nein, das war kein Stupsen. Er trat nach ihr. Sie drehte sich und packte zugleich sein Bein. Ehe er sichs versah, hatte sie ihm erst das rechte, dann das linke Bein gebrochen. Er schrie, bevor er auf dem Boden aufschlug.

Unterdessen war sie wieder aufgesprungen und schmetterte dem anderen ihre Faust ins Gesicht. Knochen knirschten, Blut spritzte. Oh ja, sie hätte trinken können. Es wäre die passende Strafe für die beiden gewesen, die sie hetzten wie einen räudigen Köter. Aber sie musste hier weg.

Noch mehr Kugeln flogen, die allerdings nicht einmal in ihre Nähe kamen. Irgendwer musste ein selten bescheidener Schütze sein. Nicole lief um den Truck herum erneut auf die Dunkelheit zu und hoffte inständig, dass dort kein weiterer Truck lauerte.

Sie riskierte einen kurzen Blick über ihre Schulter, und in dem Moment stolperte sie vor Schreck.

Nur ein Mann folgte ihr noch. Was war mit den anderen passiert? Sie hatte mindestens sechs gezählt, bevor sie losrannte, als wäre der Leibhaftige hinter ihr her.

Was durchaus schon der Fall gewesen war.

Der Mann mit dem Gewehr in der Hand schritt seelenruhig über das verwilderte Feld. Und während sie ihn ansah, warf er das Gewehr beiseite. Moment mal, das war nicht der Kerl, dem sie in dem dunklen Hinterhof ein paar Schlucke Blut abzapfen wollte. Es war dieser Fremde mit der Stimme wie fernes Donnergrollen, dunkel, tief und, oh verdammt, sie steckte in Schwierigkeiten.

Nicole schaffte es in die Dunkelheit des kleinen, teils gerodeten Waldstücks. Hastig drängte sie sich zwischen die Bäume. Sie hatte sich diese Gegend vorher angesehen. Weiter vorn gab es eine Biegung, die sie zurück zu ihrem alten Wagen führte.

Doch der Durst.

Nicole schluckte und rannte weiter. Ihr Mantra dieser Tage lautete: Immer in Bewegung bleiben. So lebte sie jetzt, von einem waghalsigen Schritt zum nächsten.

Als sie aus dem Wald kam, sah sie ihren wartenden Wagen. Zu ihrem Glück gelang es der grauen Schrottlaube nach wie vor, sie zu fahren. Ihr Atem ging in raschen Stößen, als sie vorwärtssprintete. Sie würde in die nächste Stadt fahren. Es war noch genügend Zeit bis zum Morgengrauen. Sie würde hinfahren und sich neue Beute suchen.

Diese Nacht konnte sie ohne Blut unmöglich überstehen. Und sie durfte nicht riskieren, sich zu sehr auszuhungern. Nicht wenn ihr Jäger auf den Fersen waren.

»Nicole!«

Ein Schauer durchfuhr sie. *Dreh dich nicht um.*

Sie riss die Autotür auf und sprang hinein. Ihre Hände zitterten, als sie den Schlüssel in das Zündschloss steckte. *Beeil dich.*

Sie legte den Rückwärtsgang ein, schleuderte herum, und ihre Scheinwerfer schienen den Mann an, der mitten auf der Straße stand.

Groß, muskulös, ganz in Schwarz. Eigentlich sollte er wie ein Teufel aussehen, was er jedoch nicht tat. Er sah wie die reizvollste Versuchung aus, die sie jemals erblickt hatte.

Und das machte ihr entsetzliche Angst. Denn bis vor sechs Monaten hatte Nicole nie gesündigt, war keiner Versuchung erlegen. Und jetzt schien sie gar nicht damit aufhören zu können, egal wie sehr sie sich bemühte.

Er neigte den Kopf zur Seite, und sein blondes Haar, das lang und sehr dicht war, streifte seine Wangenknochen. Der Mann hatte ein absolut vollkommenes Gesicht. Er war nicht gutaussehend, nein, er war perfekt. Seine Wangenknochen waren ausgeprägt und hoch, sein kantiges Kinn lud dazu ein, geküsst zu werden, und als wäre das noch nicht genug, hatte er große, strahlend blaue Augen. Ein Blick aus diesen Augen dürfte genügen, um praktisch jede Frau zu verführen.

Wie gut, dass sie nicht wie jede Frau war.

»Weg da!«, schrie sie und nahm den Fuß von der Bremse.

Seine Lippen bogen sich zu einem trägen Lächeln, bei dem sie erschauerte.

»Weg!«, brüllte sie ihn an.

Er kam näher.

Sie streckte eine Hand aus ihrem Fenster. Die Scheibe hatte sie vor Wochen eingeschlagen. »Fordere mich nicht heraus!« Er hatte bereits zugegeben, dass er ein Jäger war, und sie würde gewiss nicht ruhig hiersitzen und sich von ihm wegschleppen lassen. Auch wenn dieses Leben nicht war, was sie sich gewünscht hatte, war der Tod keine Alternative.

Der große, verführerische Mann kam auf sie zu.

Er war nicht menschlich, schoss es ihr durch den Kopf. Ja, sie war sich zu neunundneunzig Prozent sicher, dass er es nicht war. Sie ließ den Motor aufheulen und trat aufs Gaspedal.

Der Wagen hielt direkt auf ihn zu, und er lächelte immer noch.

Okay, sie war zu achtzig Prozent sicher. Und so schnell fuhr sie gar nicht. Falls sie ihn erwischte …

Siebzig Prozent?

Ihre Hände umklammerten das Lenkrad.

Dann sprang er in die Luft. Ihr Fuß trat das Gaspedal bis zum Boden durch, und sie fuhr so schnell, wie es der Wagen hergab.

Einhundert Prozent sicher.

Sie wagte einen Blick in den Rückspiegel. Der Jäger stand hinter ihrem Wagen und starrte ihr nach, den Kopf immer noch zur Seite geneigt.

Dank ihrer neuen Vampirsinne konnte sie ihn mühelos sehen. Vor allem das grimmige Lächeln, als er ihr nachblickte.

Die ersten Strahlen des Morgengrauens zeigten sich am Horizont. Nicole blickte hinauf und kniff die Augen zusammen. Ihre Zeit war beinahe abgelaufen.

»Baby, ich lass es richtig rocken für dich.«

Zum Glück hatte sie gerade noch rechtzeitig einen betrunkenen Studenten gefunden. Gott sei Dank für die »Spring Break« und Jungen, die sich austoben wollten.

Aus dem Club plärrte laute Musik. Dann wurde es eben Morgen; für die Leute drinnen fing die Party anscheinend erst an.

Und für die draußen … Nicoles Fingerspitzen wanderten hinauf zum Hals des Studenten. Sein Puls raste, und sie konnte sein Blut fast schon riechen.

Das nächste Mal würde sie nicht so lange zwischen zwei Nährungen warten. Sie ließ sich nicht noch einmal von ihrer Angst bremsen.

Der Junge drückte ihr einen feuchten, groben Kuss auf die Wange, bei dem sie zischend ausatmete und den Studenten mit dem Rücken an die Seitenmauer des Clubs drängte. Ihre neuen Kräfte hatten eindeutig Vorteile.

»Wir müssen uns beeilen.« Sie rechnete damit, dass dieser Jäger wieder auftauchen würde, denn auf sie hatte er nicht den Eindruck von jemandem gemacht, der schnell aufgab.

Ich hätte ihn überfahren sollen.

Aber sie bemühte sich nun einmal, nicht zu töten. Und erst recht keinen Jäger, denn die waren wie Unkraut: Brachte sie einen um, schossen ein Dutzend neue aus dem Boden.

»Baby, schnell finde ich gut«, raunte der Student und griff nach ihr. Sie packte seine Hände und drückte sie an die Mauer.

Er stöhnte. »Oh ja, ich mag's wild.«

Gut für ihn. Nicole schloss die Augen und stellte sich auf die Zehenspitzen, während sie ihren Mund an seinem Hals öffnete. Sie würde aufpassen, dass sie ihm nicht wehtat, und sie würde sich beherrschen. Ihre scharfen Zähne schnitten in seine Haut.

Da hörte sie ein leises Geräusch: ein Schritt und das sanfte Rascheln von Kleidung.

Nein!

Nicole blickte hinter sich und sah ihren Albtraum aus der Dunkelheit treten.

»Weg von ihr!«, befahl der Jäger. Seine Stimme war so tief, dass Nicole fast deren Vibrieren auf der Haut spürte.

Ihr wurde bewusst, dass sie den Studenten noch festhielt, und sie nahm ihre Hand von ihm. Auf keinen Fall würde sie einen unschuldigen Menschen – oder einen halb unschuldigen – in diese Auseinandersetzung hineinziehen. »Geh wieder rein.«

Ihr College-Snack blinzelte sie an. »Aber wir wollten doch …« Ein paar Tropfen Blut liefen seinen Hals hinab. »Ich dachte, du …«

»Falsch gedacht.« Sie ging auf Abstand zu ihm und sah wieder den Jäger an. »Und falls du nicht sterben willst, rate ich dir, zurück in den Club zu gehen.«

»Sterben?« Es klang wie ein Froschquaken.

Der Jäger kam näher. Nicole holte tief Luft. Ja, Vampire atmeten. Ihre Herzen schlugen. Blut floss in ihren Adern. Sie starben bei der Wandlung, doch dauerte dieser Tod nur einen Moment. Die ganzen Geschichten über grabeskalte Blutsauger waren Quatsch.

»Na, hör mal, ich …«, begann der Student empört, kam allerdings nicht weiter, denn Nicole drehte sich zu ihm und ließ ihn das Monster in ihren Augen und die scharfen Zähne sehen.

»Ach du Scheiße!« Er rannte so schnell in die Bar zurück, dass er zweimal über seine eigenen Füße zu stolpern drohte.

Nicole schüttelte den Kopf, lockerte ihre Handgelenke und wartete.

Der Jäger näherte sich mit ruhigen, leisen Schritten. Diesmal würde sie nicht wegrennen. Das Kräfteverhältnis war fairer – einer gegen einen. Und sie konnte ihn überwältigen. Vielleicht zumindest, je nachdem, was genau er eigentlich war.

In den letzten sechs Monaten hatte Nicole leider erkennen müssen, dass Monster durchaus real waren. Dämonen wandelten auf Erden, Vampire jagten bei Nacht, und Werwölfe heulten tatsächlich den Vollmond an.

Ihre rosarote Brille war in jener Nacht in New Orleans zerbrochen, als sie von einem Vampir angegriffen wurde. Danach wachte sie in einer neuen Welt auf, die ungekannte Schrecken barg, und sie hatte begriffen, dass alles, was sie zu kennen geglaubt hatte, eine Lüge gewesen war.

In der realen Welt standen Menschen keineswegs ganz oben in der Nahrungskette. Sie waren lediglich die Beute für *Andere*, für all die Übernatürlichen, die in den Schatten lebten und jagten, wann immer sie wollten.

Jagen.

Ihr Jäger blieb keinen Schritt weit vor ihr stehen und blickte sie an.

»Jetzt hast du mir zum zweiten Mal mein Essen weggenommen.« Sie benetzte sich die Lippen. Also ehrlich, war eine gute Mahlzeit denn zu viel verlangt? »Rate mal, was das heißt.«

Er starrte sie einfach an. Dann erschien eine steile Falte zwischen seinen Brauen. »Was ist mit deinen Augen? Sie sollten grün sein.«

Die Augenfarbe von Vampiren wechselte, hatte man ihr erzählt. Vor einem Kampf oder bestimmten körperlichen Aktivitäten wurde ihre Iris pechschwarz. »Meine Augen sind anders, damit ich dich besser sehen kann«, flüsterte sie lächelnd. Eigentlich veränderten sie sich, wenn sie Beute ausguckte, folglich sagte sie die Wahrheit.

Sein Blick fiel auf ihren Mund, und er nahm eine steifere Haltung ein. »Deine Zähne …«

Ihr Lächeln wurde breiter, und sie wusste, dass er nun ihre Reißzähne sah. »Die verändern sich, damit ich dich besser beißen kann.« Sie war nicht Rotkäppchen, sondern der Wolf. Was dem Jäger bewusst sein müsste. Sie nutzte sein Staunen und griff an.

Nicole sprang los, packte seine Arme. »Du hast mir mein Essen weggenommen, also bist du jetzt mein Abendessen.«

Und Nicole tat das Einzige, was sie konnte: Sie biss.

Schließlich mussten auch Vampire überleben.

Zweites Kapitel

Als Nicole auf ihn zustürzte, hob Keenan beide Hände und wollte zurückweichen. Doch sie war schnell, zu schnell für einen Menschen. Vor allem aber packte sie ihn, berührte ihn und starb nicht.

Diese Tatsache schaffte ihn.

Jahrhundertelang hatte ihn niemand berühren können und es überlebt.

Und Keenan hatte geglaubt, dass er auch als gefallener Engel jedem den Tod brachte, der ihn berührte. So besagten es die Legenden.

Ihre Zähne gruben sich in seinen Hals. Ein schneidender Schmerz entbrannte auf seiner Haut, gefolgt von einem süßen Feuer. – Wonne?

Ihr Mund war auf ihm, ihre Lippen streichelten seine Haut, und er fühlte das zarte Lecken ihrer Zunge an seinem Hals.

Berührung.

Sein Schwanz wurde größer, als sich Lust in ihm regte. Ihre Brüste rieben an seinem Oberkörper, die Spitzen hart und erhaben.

Sie fasste ihn an, drängte sich an ihn und war trotzdem am Leben.

Na ja, jedenfalls irgendwie.

Als ihre Zunge abermals über seine Haut strich, schoss ein Feuer geradewegs von seinem Hals in sein Glied. War er erregt?

Engel empfanden keine Lust.

Dennoch wuchs sein Hunger. Er wollte sie fühlen, mit beiden Händen über ihre Arme gleiten und die zarte Haut ertasten. Er wollte die Finger in ihr Haar tauchen, wollte alles.

Sie wich zurück. Mit großen Augen – nicht mehr grün, sondern von einem tiefen Schwarz – starrte sie ihn an. »Wer bist du?«

»Keenan.« Der Name würde ihr nichts sagen.

»Okay, Keenan.« Sie atmete tief ein. »Neue Frage: *Was* bist du?« Sie leckte sich die Lippen ab, wobei sie wahrscheinlich sein Blut schmeckte.

Nicole mochte die Wahrheit über ihn nicht begreifen, hingegen wusste er genau, was sie war.

Als er nicht gleich antwortete, runzelte sie die Stirn und wollte weiter auf Abstand gehen. Nein! Er umfing ihre Handgelenke und hielt sie fest.

Berühren.

Seine Daumen fühlten die zarte Haut innen an ihren Handgelenken. »Wann hast du dich verwandelt?« Die Frage entfuhr ihm unabsichtlich, zumal ihm der Stich in seinem Innern bereits die Antwort verriet. Kein Wunder, dass er verstoßen wurde. Sein Vergehen war nicht bloß die Missachtung eines Befehls gewesen.

Er hatte der Welt ein weiteres Monster beschert.

Nein, sie war kein Monster.

Ich bin eines.

Sie reckte ihr etwas spitzes Kinn. »Ich habe zuerst gefragt.« Wieder glitt ihre Zunge über ihre Lippen. »Du schmeckst nicht menschlich.«

Natürlich nicht.

»Und nicht bitter genug für einen Dämon.«

Also hatte sie übernatürliche Delikatessen gekostet?

»Bist du ein Gestaltwandler?« Sie versuchte, sich von ihm zu befreien. Wahrscheinlich hatte sie erwartet, dass es ein Leichtes wäre, denn ihre Kräfte dürften denen der meisten Übernatürlichen überlegen sein.

Nur war er nicht wie die meisten Übernatürlichen.

»Ich bin kein Gestaltwandler«, sagte er wahrheitsgemäß.

»Was zur Hölle bist du dann?«

»Nichts Höllisches«, murmelte er und zog sie näher zu sich. »Nicht mehr.« Weil er es konnte, weil er nun alles tun könnte, was er wollte, ohne sich vor den Folgen zu fürchten, küsste er sie.

Ihre Lippen waren genau so weit geöffnet, wie sie es für einen Kuss sein sollten. Er presste seinen Mund auf ihren. Gewiss war es zu fest, doch er konnte sich nicht zügeln. Seine Zunge drängte sich an ihren Lippen vorbei, und er kostete sie.

Ja.

Nun schmerzte sein Glied, so hart und geschwollen war es. Die Menschen nahmen sich ihr Vergnügen, wann immer sie wollten. Er könnte wie sie sein. Wo er schon den Preis bezahlt hatte, müsste er auch imstande sein, sich zu nehmen, was er begehrte.

Und in all den Jahrhunderten hatte es Keenan nie so sehr nach jemandem verlangt wie nach ihr.

Dies also war ein Kuss, ging es ihm durch den Kopf. Heiß, feucht, wild. Es gefiel ihm. Sehr sogar.

Sie wich atemlos zurück. »Was sollte das denn?«

Er stutzte und sah sie ein. Dabei war ihm, als würden seine Wangen glühen. »Ich habe für dich geblutet. Da dachte ich mir, ein Kuss ist das Mindeste, was mir im Austausch zusteht.«

Sie entwand sich ihm, was ihr nur gelang, weil er es zuließ. »Falsch.«

»Hast du deine andere Beute nicht geküsst?« Seine Wut meldete sich zurück. Dieser Tage tobten so viele Emotionen in ihm. Manchmal kam es ihm vor, als würden sie ihn zerreißen. »Hast du dich nicht an ihnen gerieben, ihnen Sex versprochen, als du …«

»Ich hatte nicht vor, mit ihnen zu schlafen!« Sie warf ihre Hände in die Luft, und er bemerkte die kleinen tödlichen Krallen an den Fingerspitzen. »Ich wollte ihnen keine Angst einjagen, deshalb habe ich«, begann sie und brach kopfschüttelnd ab. »Egal. Dir gegenüber muss ich mich wohl kaum rechtfertigen.«

»Du hast sie verführt«, entgegnete er und blickte sie fragend an. »Denkst du, jemandem sein Blut zu rauben wäre weniger verwerflich, als ihm zu Willen zu sein?«

Sie zuckte zusammen. »Vielleicht habe ich keine andere Wahl.« Nicole drehte sich um und schenkte ihm eine wahrhaft schöne Sicht auf ihren Hintern, als sie davonstürmte.

Aber sie ging nirgends hin, denn noch war er nicht fertig mit ihr.

»Warum hast du nicht versucht, mich zu verführen?« Womöglich sollte er das nicht fragen, andererseits konnte er nichts gegen den Gedanken tun, dass sie ihn vielleicht zu wenig reizvoll fand. Zog sie tatsächlich solche Jungen wie den eben vor?

Der Kuss könnte ein Fehler gewesen sein. Schließlich konnte auch er es mit Verführung probieren statt mit schierer Kraft. Falls Erstere bei ihr wirkte.

»Weil es zwecklos ist, einen Jäger verführen zu wollen«, warf sie ihm über die Schulter zu. »Du würdest mich vögeln und hinterher trotzdem umbringen.«

Eventuell. »Wenn du jetzt gehst, wirst du auf jeden Fall sterben.«

Diese Worte stoppten sie. Sie drehte sich um. »Ist das eine Drohung? Was willst du machen? Über mich herfallen? Ich bin nicht so leicht zu überwältigen.«

Doch, war sie.

»Im Moment bin ich nicht die Bedrohung.« Er ging näher, magisch angezogen von ihrem Duft. Sie roch nach Frau und noch etwas anderem. Da war ein Hauch von … Vanille?

»Für mich siehst du sehr wohl wie eine Bedrohung aus«, erwiderte sie und wandte sich ganz zu ihm um.

»In ungefähr fünf Minuten werden noch mehr von Romeos Freunden hier sein. Ich habe ihnen gesagt, sie sollen sich fernhalten.« Keenan neigte den Kopf zur Seite und schnupperte. »Aber ich schätze, sie haben nicht auf mich gehört.«

Nervös benetzte Nicole sich die Lippen. »Romeo? Wer ist das?«

»Der Idiot, den du heute Nacht als ersten Blutspender auserkoren hattest.« Demnach wäre Keenan Idiot Nummer drei. »Ich habe ihn und seine Männer vertrieben, aber nicht umgebracht.« Er hatte keinen von ihnen mit den Händen berührt, weil er fürchtete, dass eine Berührung von ihm reichte, um sie geradewegs in die Hölle zu befördern.

Doch diese besondere Macht besaß er nicht mehr. Und das war sehr, sehr gut so.

»Wenn du jetzt gehst, schnappen sie dich, bevor du es zu deinem kaputten Chevy geschafft hast.«

»Er ist nicht kaputt!«

»Jetzt schon.« Gewiss war es nicht gerade ritterlich gewesen, ihren Motor lahmzulegen, doch er musste ihre Flucht verhindern.

Wieder einmal reckte sie trotzig ihr Kinn. »Ich kann mir jederzeit einen anderen Wagen besorgen.«

»Die wollen dich in Stücke reißen.«

Sie ging weiter, und er folgte ihr nicht. Sie würde zu ihm kommen.

»Sie wissen, dass du ein Vampir bist, Nicole.«

»Spar dir diesen blöden Ton!«, schimpfte sie, ohne anzuhalten. »Ich kann nichts für das, was ich bin.«

Er erstarrte. Hatte er es angewidert gesagt? Voller Hass? Zugegeben, er war kein Fan der Untoten, aber sie war nicht wie die anderen.

Wann hatte sie sich gewandelt? Es muss in jener Nacht gewesen sein. Az hatte gesagt, dass sie nicht mehr lebte.

Scheinwerfer schienen auf den Parkplatz, und Keenan sah, dass sie erstarrte. »Das sind sie nicht«, meinte er. »Noch nicht.«

Sie sah sich wütend zu ihm um. »Du willst mich doch auch umbringen, genau wie die.«

»Nein.« Es gab einiges, was er von ihr wollte, ihr Tod jedoch hatte momentan keine Priorität. »Wollte ich dich tot sehen, meine Süße, wärst du schon unter der Erde.«

Und er müsste sich nicht hier unten herumplagen.

»Was willst du dann?«

Ah, jetzt blieb sie stehen. Und er ging auf sie zu, als sie sich zu ihm drehte.

Über ihr erschienen die ersten Strahlen der Morgenröte am Himmel. Die schwächsten Stunden der Vampire nahten. »Wenn du nicht mit mir kommst, töten sie dich heute.«

»Was willst du?«

Er sah sie an. Dich. »Ist das so wichtig? Ich biete dir Schutz für den Tag, biete dir dein Leben an. Du musst nur kommen und es dir nehmen.« Er streckte ihr seine Hand hin.

Zaghaft kam sie näher. »Auf dieser Welt ist nichts umsonst.«

»Das ist es in keiner Welt.« Jedes Handeln hatte Konsequenzen, wurde belohnt oder bestraft.

»Und ich soll dich einfach beim Wort nehmen?« Sie lachte verbittert. Es klang völlig anders als das Lachen, an das er sich erinnerte. »Klar doch. Und sowie ich nicht aufpasse, rammst du mir einen Pfahl ins Herz.«

»Dann pass lieber auf. Aber komm mit mir. Wir dürfen keine Zeit verschwenden.« Er blickte nochmals zum Himmel. »Sie kennen deine Schwächen.« Genau wie er.

»Ich traue dir nicht«, flüsterte sie.

»Gut.« Seine Hand war nach wie vor ausgestreckt. »Du hast noch fünf Sekunden, und diesmal trittst du allein gegen sie an.« Sie hatte nur wenig von seinem

Blut getrunken und war entsprechend nicht stark genug, um es bei Tage mit ihren Feinden aufzunehmen. Das dürfte ihr bewusst sein.

Dennoch wich sie wieder von ihm zurück. »Ich bin nicht so dumm, einem Mann mit so einem schönen Gesicht zu vertrauen.«

Diese Bemerkung entlockte ihm ein verwundertes Blinzeln.

»Vor allem nicht, nachdem ich weiß, welche Lügen sich hinter Gesichtern wie deinem verbergen. Der letzte Mann, der aussah wie du – schön, nein, vollkommen –, lehrte mich, was die Hölle ist.«

Sein Herz hämmerte gegen seine Rippen. »Welcher Mann?«

Doch sie redete weiter, als hätte sie seine Frage gar nicht gehört: »Er drang in meinen Kopf ein, nahm mir meinen freien Willen, brachte mich dazu …« Sie stockte. »Ich traue keinem mehr. Und schon gar nicht jemandem, der so aussieht wie du.«

Dann rannte sie weg. Schon wieder rannte sie in die Nacht davon.

Er stand da, seine Hand ins Leere gestreckt. Einen Moment lang wartete er, nur kurz.

Und dann hörte er ihren Schrei, gefolgt von dem dumpfen Knallen von Fäusten. Ein Mann brüllte vor Schmerz.

Hätte sie ihm doch vertraut.

Bald darauf hallte das Quietschen von Reifen durch die Luft, und der Geruch von verbranntem Gummi wehte ihm entgegen. Die Männer hatten ihren Preis; sie hatten den Vampir gefangen.

Schade. Sie hätten auf ihn hören sollen, denn er

log nie. Und leere Versprechungen machte er schon gar nicht.

Jetzt würden sie sterben.

Die Schweine hatten sie in den Kofferraum geworfen. Als wäre sie dort sicher eingesperrt! Wenn sie wartete, bis die Sonne richtig aufgegangen war, wäre sie vielleicht gefangen, aber jetzt nicht.

Sie winkelte die Knie an und rammte sie nach oben. Mit einem metallischen Kreischen gab das Schloss nach, und die Kofferraumklappe flog auf.

Sofort geriet der Wagen ins Schlingern, riss erst nach rechts, dann nach links aus. Nicole setzte sich auf und hielt sich hinten am Wagen fest. Sie müsste springen, und der Aufprall auf der Straße dürfte richtig wehtun; andererseits wäre es nicht das erste Mal, dass sie sich üble Schürfungen zuzog.

Eine Kugel pfiff an ihrem Kopf vorbei. Sie duckte sich. Den Pick-up, der sich von hinten näherte, hatte sie zu spät bemerkt, vor allem den Kerl mit der Waffe, der sich mit dem Oberkörper aus dem Beifahrerfenster beugte.

Wo zum Teufel waren die Cops, wenn man sie brauchte?

Und natürlich war auch sonst niemand auf der Straße. Diejenigen, die um diese Zeit noch wach waren, hingen in den Bars herum, aber ganz sicher nicht auf einer einsamen Landstraße. Sie war allein. Vielleicht hätte sie auf den Jäger hören sollen.

Und vielleicht hätte er sie im ersten unaufmerksamen Moment gepfählt.

Na gut. Sie stemmte sich hoch und sprang aus dem Kofferraum.

Der Schütze feuerte wieder und verfehlte sie.

Nicole schlug auf dem Asphalt auf und schürfte sich den rechten Arm auf, wie sie bereits geahnt hatte. Sie rollte, schlug nochmals auf und rollte weiter.

Der Truck kam direkt auf sie zu.

Purzelnd steuerte sie auf den Straßenrand zu, wo sich ein Abhang befand.

Der Fahrer trat in die Bremsen, und das Quietschen schmerzte in ihren Ohren.

Sobald sie von der Straße war, mussten die sie zu Fuß jagen. Vorausgesetzt, sie schaffte es von der Straße runter.

Die Sonne kroch höher am Horizont, und Nicole fühlte, wie ihre Glieder allmählich schwerer wurden.

Carlos, der Kerl aus der Cantina, den sie irrtümlich für leichte Beute gehalten hatte, kam auf sie zugelaufen. Verdammt, sie hätte die Falle erkennen müssen! Wann würde sie jemals dazulernen?

Sie kullerte den Abhang hinunter, und nach einigen unerquicklichen Stößen landete sie im Schutz der Bäume. Nun hatten diese Idioten kein Ziel mehr. Zumindest kein gut sichtbares. Ihr Atem kam ihr zu laut vor.

Vampire waren nicht dazu geschaffen, sich zu verstecken. Sie sollten schließlich die großen Bösen sein.

Leider war Nicole noch ein Frischling, was diese Vampirexistenz anging, und böse zu sein lag ihr bis heute nicht. Sie konnte nicht einmal ihre Krallen ausfahren. Schuld war die verdammte Sonne.

Stille.

Nicole blickte sich um. Eben noch hatte sie Rufe gehört, Geschrei in spanischer Sprache, sie würden sich die »Teufelshure« schnappen. Die aufgehende Sonne hatte ihr beim ersten Angriff nichts anhaben können. Sie besaß noch genügend Kraft, um mit der rechten Faust auszuholen und dem alten Kerl den Kiefer zu brechen. Aber dann waren sie alle auf sie losgegangen und hatten sie in den Kofferraum geworfen.

Jetzt jedoch war sie merklich schwächer. Und alles blieb still.

Ihre Nasenflügel zuckten. Diesen Geruch kannte sie. Es war der Duft, nach dem jeder Vampir lechzte: Blut.

Ein Motor heulte auf. Vorsichtig hob Nicole den Kopf ein bisschen und sah, wie ein Wagen davonbrauste.

Mitten auf dem Highway lagen zwei Tote.

Nicole blickte nach links.

»Du hättest auf mich hören sollen.«

Keenan. Der Jäger, den sie nicht loswurde.

Er warf einen Pfahl auf den Boden, der auf Nicole zurollte. »Rate mal, was Romeo dir ins Herz rammen wollte.«

Nicht Romeo, sondern Carlos. Das war jedenfalls der Name, den er ihr genannt hatte. »Du hast ihn getötet?«

»Nein. Er konnte mit ein paar seiner Männer entkommen.«

Ein paar. Ja, ein Blick auf die Leichen verriet ihr, dass einige von ihnen weniger Glück gehabt hatten. »Du hast die umgebracht.«

Sein Mundwinkel zuckte. »Das musste ich gar

nicht. Deine Menschen waren erbärmlich schlechte Schützen. Sie wollten auf dich zielen, haben aber stattdessen ihre eigenen Leute erwischt.«

Sie glaubte ihm nicht. Eigentlich nicht. Aber dann sah sie wieder zu den Toten. Unter ihnen hatten sich große Blutlachen gebildet.

Es waren eine Menge Schüsse gefallen, als sie weglief.

»Ich habe sie nicht angerührt«, sagte er, und sie blickte ihn wieder an. »Es war nicht nötig. Sie haben sich gegenseitig umgebracht. Darin sind Menschen gut.«

Er hielt eine Hand in die Höhe, die Innenfläche zu Nicole. »Mit jeder Sekunde, die du draußen bleibst, wirst du schwächer.«

Schwächer, ja, beinahe menschlich. Falls die Kerle wiederkamen, hatte sie keine Chance.

»Du hast mein Wort, dass ich nicht hier bin, um dich zu töten.«

»Was ist dein Wort wert?« Die Hand war verlockend. Wie lange war es her, seit sie wirklich jemandem vertrauen konnte?

Sie richtete sich auf und schwankte.

Prompt wurde ihr klar, dass irgendetwas ganz und gar nicht stimmte.

Nicole blickte hinab auf ihren Arm. Sie blutete.

»Sie haben dich getroffen«, sagte er mit wutbebender Stimme.

Sie hatte die Kugel nicht gespürt. Dennoch war ihr Arm voller Blut.

Eine sichere Methode, einen Vampir zu töten, war, ihn auszubluten.

»Nicht zum ersten Mal«, stammelte sie. Die Schusswunde würde verheilen, sofern sie nicht vorher verblutete. Sie drückte mit der linken Hand an ihre Schulter. Es war ein glatter Durchschuss.

Ich habe nicht genug von seinem Blut genommen.

Aber etwas war komisch an Keenans Blut. Es schmeckte vollkommen anders als alles, was sie bisher getrunken hatte: nicht süß, sondern eher wie ein alter Wein mit einem Hauch Würze.

Das war nicht das Aroma von menschlichem Blut und erst recht nicht das von *Anderen*. Aber Letztere waren meist sowieso zu schlau, als dass sie sich von Vampiren beißen ließen – ausgenommen, es handelte sich um eine raffinierte Falle.

»Was ist?«, fragte sie. Er hielt seine Hand immer noch in die Luft; allerdings wusste Nicole nicht, wie lange sie noch aufrecht stehen konnte. »Was ist dein Wort wert?«, wiederholte sie.

Er kam auf sie zu und nahm sie in die Arme. Sein Duft, männlich und stark, umhüllte sie. »Du hast keine Wahl.«

Erste Sonnenstrahlen schienen auf sie herab. Wenn er wollte, könnte er sie töten. Blutend und geschwächt von der Sonne war sie so gut wie wehrlos.

Was sie selbstverständlich nicht zugeben würde. »Falls du versuchst, mir etwas zu tun, reiße ich dir den Kopf ab.« Ein kühner Bluff. Fast schon richtig böse. Wäre ihre Stimme nicht mitten im Satz gekippt, hätte er wohl auch einschüchternd geklungen.

»Du kannst es ja mal probieren«, sagte er und hob sie hoch. Sie sog scharf den Atem ein, als die Schulterwunde zu pochen begann.

»Wie bist du so schnell hergekommen?«, fragte sie. Das einzige Fahrzeug, das sie gesehen hatte, war der alte Truck gewesen, der dem Wagen mit ihr im Kofferraum gefolgt war. »Wo ist dein Auto?«

»Ich brauchte kein Auto.« Jetzt allerdings lief er auf den verlassenen Truck zu. Er hob sie hinein, lief um die Motorhaube und sprang auf den Fahrersitz.

Der Zündschlüssel steckte noch. Seine kräftigen, sonnengebräunten Finger griffen danach.

Nicole berührte seine Hand. »Danke.« Es hörte sich heiser an.

Fragend sah er zu ihr. »Du brauchst mir nicht zu danken.«

Aber er hatte ihr das Leben gerettet. Vielleicht zum zweiten Mal in dieser Nacht. Und ihre reizende Südstaatenmutter hatte ihr einst Manieren beigebracht. Manche Dinge starben nie.

Sie schloss die Augen und lehnte sich auf dem abgewetzten Sitz zurück. »Ich wache hoffentlich nicht in Handschellen an ein Bett gefesselt auf oder so.«

Schweigen. Es war jenes drückende, unangenehme Schweigen, das sie normalerweise nicht ausstehen konnte.

Im Moment allerdings hatte sie schon hinreichend damit zu tun, nicht das Bewusstsein zu verlieren.

»Eine Warnung«, sagte sie und schluckte. »Wenn die Sonne untergeht, bin ich eine ganz andere.« Dann war sie eine Frau, die gelernt hatte, gegen die Übelkeit anzukämpfen und Blut von lebendigen Menschen zu trinken. Eine, die wusste, wie man verführte und sich die zitternden Knie nicht anmerken ließ.

Wäre sie doch nur nicht so entsetzlich müde.

Seit Monaten war sie auf der Flucht, allein und unglücklich.

Und würde er sie umbringen wollen, wäre sie schon längst tot.

Ein schwacher Trost und leider der beste, den sie kriegen konnte. Denn in diesem Augenblick wusste Nicole, dass sie keine Wahl hatte. Sie hatte schon keine mehr gehabt, als sie zurück auf die Straße gekrabbelt war. Sie brauchte ihn.

Nur was hatte er mit ihr vor?

Die Hotelwände waren papierdünn, die Bettlaken alt und vergilbt.

Und es waren keine Handschellen in Sicht.

Keenan trug Nicole zum Bett und legte sie behutsam auf die durchhängende Matratze. Sie rührte sich nicht. Vor ungefähr drei Stunden war sie eingeschlafen – oder vielmehr: bewusstlos geworden. Er war weitergefahren, weil er sie einigermaßen in Sicherheit bringen wollte.

Noch waren einige ihrer Entführer frei. Romeo und ein Nebendarsteller waren geflohen, und da Keenan nicht wollte, dass sie ihr aufs Neue nachstellten, überquerte er die Grenze.

Nicht dass Texas viel sicherer für seinen kleinen Vampir war.

Vampir.

Stirnrunzelnd blickte er sie an. Ihr T-Shirt war blutgetränkt, und Vampire konnten es sich nicht leisten, so viel Blut zu verlieren. Wenn sie aufwachte, musste sie unbedingt trinken.

Nahrung für einen Vampir; er war wahrhaftig tief

gesunken. Nicht dass es ihm etwas ausmachte, ihren Mund auf sich zu spüren. Nein, das war nicht schlecht gewesen.

Angenehm.

… mit Handschellen ans Bett gefesselt.

Er biss die Zähne zusammen. Als bräuchte er Handschellen, damit sie bei ihm blieb! Schon bald würde sie erkennen, dass er das Einzige war, was sie von den Monstern auf ihren Fersen trennte. Nun verstand er das Flüstern, das er gehört hatte: Es waren die Geschichten der *Anderen*, die seiner entlaufenen Lehrerin nachjagten.

Er griff nach ihrem T-Shirt. Ein Ziehen, und der Stoff zerriss. Ihre Haut war blutverschmiert, aber die Wunde schloss sich bereits. Gut. Er würde sie saubermachen und Nicole schlafen lassen.

Und währenddessen konnte er überlegen, was er mit ihr anfing.

Ihre Lippen waren leicht geöffnet, und sie atmete ruhig. Sie war so blass, viel blasser als in New Orleans. Dort war ihre Haut von der Sonne gebräunt gewesen, und in ihren Augen hatte oft ein Lachen geblitzt.

Jetzt hatte sie die gleiche Haut wie alle Vampire, die Keenan schon gesehen hatte, zu bleich. Und wenn sie sich nährten, waren ihre Augen pechschwarz.

Er strich sanft über ihren Arm. Ihre Haut war genauso zart, wie er es sich vorgestellt hatte. Glatt und kühl.

Sie war …

Plötzlich riss sie die Augen auf. Sie waren nun von dem dunklen Grün, das ihm so sehr gefallen hatte. »Ich will nicht sterben«, hauchte sie ängstlich.

»Wirst du nicht.« Nicht heute. Dafür sorgte er.

Ihre linke Hand wanderte an ihren Hals. »Es tut so weh.«

Wusste sie überhaupt, was sie redete? Unwahrscheinlich. Ihre Augen fielen schon wieder zu, und ihre Stimme war sehr schleppend.

Trotzdem beugte er sich näher zu ihr, bis sein Mund neben ihrem Ohr war. »Ich werde dir nicht wehtun.«

Zumindest nicht noch mehr, als er schon hatte.

Anscheinend war ihm fast alles genommen worden. Sogar das Leben – *ihr Leben* –, das er doch retten wollte.

Drittes Kapitel

Der Durst weckte sie. Der Schmerz in ihrer ausgedörrten Kehle und das Rumoren in ihrem Bauch holten sie aus dem Schlaf. Durst, Hunger, für Vampire war es ein und dasselbe.

Dann nahm sie andere Geräusche wahr: leises Atmen, das Knarren und Quietschen von Betten, nahe, offenbar im Umkreis von dreißig Metern, und das Dröhnen von Autos auf einer Autobahn.

Sie schluckte, was den Durst leider um nichts linderte. Nicole machte die Augen auf. Er lag schlafend neben ihr. Seine langen Wimpern warfen dunkle Schatten auf seine Wangen.

Sein Oberkörper war nackt, sodass Nicole die starken, trainierten Muskeln unter der goldbraunen Haut bewundern konnte. Das dünne Laken lag auf seinen Hüften und bedeckte knapp seinen Unterleib und die Beine.

Nicole sah nach unten. Ihre Kleider waren verschwunden. Na gut. Das hatte sie sich schon gedacht, als sie die kühle Luft auf ihren Brüsten fühlte. Rasch zurrte sie das Laken nach oben.

Und dieser Durst bewirkte, dass sich ihre Zähne schmerzlich verlängerten.

Er schlief und war sehr nahe. Wenn sie vorsichtig war, würde er nicht einmal merken, was sie tat.

Vielleicht.

Nicole beugte sich über ihn, worauf ihr Haar nach vorn fiel und seinen Arm streifte. Sie hörte seinen kräftigen Herzschlag. Beim ersten Mal hatte er wunderbar geschmeckt. Sie bräuchte nur einige wenige Schlucke, dann wäre sie hinreichend bei Kräften, um in die Nacht zu verschwinden.

Sie senkte ihren Mund zu seinem Hals. Nur ein paar Tropfen …

»Also ich musste versprechen, dass ich dir nichts tue, aber kaum bist du wach, gehst du mir an die Gurgel?«

Sie erstarrte, blickte auf und sah, wie sich seine Lider langsam hoben. Er drehte den Kopf ein wenig und blickte ihr in die Augen. »Das ist nicht besonders fair, Süße.«

Vergeblich bemühte sie sich zu schlucken. »Du verstehst das nicht.« Ein Mensch würde sich so fühlen wie sie jetzt, wenn er eine Woche lang nichts zu essen bekommen hatte. Der Hunger beherrschte alles.

»Ich verstehe mehr, als du ahnst.«

Nein, tat er nicht. Sie rückte weg von ihm, wobei sie das Laken vor ihre Brust gepresst hielt.

Blitzschnell packte er ihren Unterarm. Wieder erstarrte sie.

»Wo willst du hin?«, fragte er. Allerdings war sein Klammergriff keineswegs grob. Sein Daumen streichelte sie sogar, als würde er es genießen, ihre Haut zu berühren. Wie seltsam.

Und wie verführerisch.

Ein Schauer lief ihr über den Rücken. »Wenn ich nichts von dir nehmen kann, muss ich jemand anderen finden.«

Nun packte er sie fester. »Willst du noch einen Menschen verführen?«

Sie drehte sich zu ihm um. »Wäre es dir lieber, wenn ich ihnen die Kehle aufreiße?«

»Mir wäre es lieber, wenn du gar nichts mit ihnen zu tun hättest. Menschen sind gefährlich.«

Sie lachte. »Von allen Monstern da draußen fürchte ich mich vor ihnen am wenigsten.«

»Dann bist du dumm.« Er ließ sie nicht los.

Und wie toll, dass er sie dumm nannte! Äußerst schmeichelhaft.

»Menschen haben dich letzte Nacht gejagt«, sagte er. »Sowie Menschen begreifen, was du bist, wollen sie deinen Tod.«

»Jeder will meinen Tod.« Was glaubte er denn, warum sie seit Monaten auf der Flucht war? »Ich renne vor Gestaltwandlern, Dämonen und Jägern wie dir weg, seit ich eine von den Untoten wurde.« Und sie war es gründlich leid.

Würden sie doch bloß alle in Ruhe lassen!

Aber seit sie als Vampir aufwachte, schien sie eine Art Zielscheibe auf dem Rücken zu tragen. Dauernd hatte irgendwer es auf sie abgesehen. Bevor sie New Orleans verließ, war eine Gruppe von Dämonen in ihr Haus eingebrochen. Schreiend und kämpfend wollten sie Nicole zwingen, mit ihnen zu fliehen.

Sie hatten nicht mit ihren Vampirkräften gerechnet. Sie übrigens auch nicht. Aber als sie einem Dämon fast den Arm abriss, ließen die anderen endlich von ihr ab.

»Wie lange bist du schon ein Vampir?«

Da war kein Knurren. Es war nur eine Frage,

während er weiter mit dem Daumen ihr Handgelenk streichelte.

Ihre Brüste spannten sich. »Circa sechs Monate.« Sie benetzte sich die Lippen, denn ihr Durst war unerträglich. Das Laken an seiner Hüfte war tiefer gerutscht, doch sie würde nicht hinsehen. Nun ja, jedenfalls nicht schon wieder. »Ich war eine völlig durchschnittliche fast dreißigjährige Frau, ging in der Sonne spazieren, aß Schokoladenkuchen und trank nach der Arbeit Margaritas, und dann …«

Sie zuckte mit den Schultern, gab sich betont gelassen, weil sie alles andere als das war.

»Dann eines Nachts wurde ich zu etwas anderem.« Sie wollte nicht über jene Nacht reden. Der Jäger würde so oder so kein Mitleid zeigen und ihr anbieten, sie gehen zu lassen. Jäger kannten kein Mitgefühl.

»Ein Vampir hat dich gebissen.«

Sie verdrehte die Augen. »Tja, schon, so läuft es normalerweise ab. Er hat gebissen, ich habe mich gewehrt, und …«

»Du musstest sein Blut trinken, um dich zu verwandeln.«

Sie rammte die Glasscherbe in seinen Hals. Blut spritzte aus der Wunde auf ihre Hände, ihr Gesicht, ihre Bluse. Nicole räusperte sich. »Das habe ich wohl.« Sie krallte die Hände fester in das Laken. »Seins, nicht das von dem anderen Mistkerl.«

»Dem anderen?«

»Es waren zwei dort, einer, der mich angegriffen hat, und einer, der nur zuguckte.« Egal wie sehr sie flehte, er hatte ihr nicht geholfen. »Als ich mich wehrte, konnte der andere gar nicht schnell genug wegkommen. Er rannte weg, aber eines Tages werde ich ihn finden.«

»Wirst du?«

Sie nickte energisch. »Oh ja, und ob! Und er wird für das bezahlen, was er getan hat.« Nein, für das, was er nicht getan hatte.

Hilf mir.

Keenan drehte seine Hand, sodass seine Pulsschlagader zu ihr wies. »Nimm das Blut.«

Nicole blinzelte. »Warum?«

»Du darfst nicht jagen. Diese Menschen könnten uns gefolgt sein, und wenn du auf die Jagd gehst, finden sie dich.« Er verstummte kurz, ehe er hinzufügte: »Und wenn du nicht trinkst, sind wir zu langsam.«

»Wir? Nein, das gewiss nicht, denn es gibt kein Wir.«

»Trink!«

Klar, als würde sie ein Büffet ablehnen. Sie zog seine Hand zu sich. Ihre Zähne schabten über seine Haut, ihre Zunge kostete ihn, und dann biss sie zu.

»Nicole.«

Sie blickte zu ihm auf. Seine blauen Augen glitzerten, und während sie zusah, färbten sich seine Wangen rot.

Köstlich. Kein Aroma hatte sie je so überwältigt wie dieses, und mit jedem Tropfen seines Blutes spürte sie, wie ihre Kräfte zunahmen.

»Soll es sich so anfühlen?«, fragte er heiser.

Tat sie ihm weh? Ihre Finger schlangen sich fest um sein Handgelenk, obwohl sie sich bemühte, nicht zu grob zuzubeißen.

Er knirschte mit den Zähnen. »Dein Mund«, zischte er.

Sofort hob sie den Kopf. »Tut es weh? Entschuldige, ich wollte dir nicht wehtun.«

Keenan verneinte stumm. »Es ist schön.«

Aha? Sie hatte es keineswegs als schön empfunden, als sie gebissen wurde. Für sie war es pure Angst und entsetzliche Qual gewesen. Aber die Männer, an denen sie sich in den letzten Monaten genährt hatte, schienen den Biss zu genießen, was komisch war.

Er hielt ihr wieder sein Handgelenk hin. »Mehr.«

Sie wollte ja mehr, doch es gab für alles einen Preis. »Weißt du, was geschieht, wenn ich trinke?«

Er kniff die Augen ein wenig zusammen.

Das Laken an seinen Hüften hatte sich gehoben. Er war erregt. Oh, verdammt, sie wollte doch nicht hinsehen! Rasch blickte sie wieder zu seinem Gesicht. »Beim Trinken gehen Vampire eine Verbindung zu ihren Opfern ein.« Noch eine Lektion, die sie gelernt hatte. »Je mehr ich trinke, desto mehr Kontrolle habe ich über dich.« Vielleicht sollte sie einfach die Klappe halten. Die Kontrolle über einen Jäger zu haben, konnte nur gut sein.

Leider erinnerte sie sich allzu gut, wie es sich anfühlte, von jemandem kontrolliert zu werden. Sie wusste, wie es war, wenn jemand anders die Gedanken beherrschte, das Handeln steuerte und einen dirigierte wie eine Marionette. *Das tue ich ihm nicht an.* Sie ließ Keenans Hand los.

Es gab zwei Arten von Vampiren: jene, die als Blutsauger geboren wurden, und solche, die gewandelt wurden, wie sie. Doch auch bei den Gewandelten ließ sich die Blutlinie – in diesem Fall wörtlich – in allen Fällen zu einem Geborenen zurückverfolgen.

Und die Geborenen waren die mit der totalen Kontrolle. Sie konnten sich mit jeder Person in ihrem kranken Blutstammbaum verbinden und sie kontrollieren.

Die Gedanken des Geborenen drangen in die Köpfe der anderen ein, schwächten deren Willen, zwangen sie zu Dingen, die sie nie von sich aus tun würden.

So wie Nicole, die nie töten wollte, dazu gebracht wurde, es doch zu tun.

Sie hatte keinerlei Kontrolle über sich gehabt.

Und das wollte sie Keenan auf keinen Fall antun. Egal was er war, er hatte sie letzte Nacht gerettet.

»Du kannst keine Kontrolle über mich bekommen.«

Er klang so sicher, dass sie beinahe lachen musste. Als sie jedoch in seine Augen sah, wurde ihr klar, dass er wusste, wovon er redete.

»Bei meiner Art funktioniert es nicht«, sagte er. »Nur eines kann uns kontrollieren, und dieses Eine ist kein Vampir. Vampire haben keine Macht über mich.« Er blickte kurz zu den schwachen Bissmalen an seinem Handgelenk und wieder zu ihr. »Also trink weiter. Du kannst mich weder verletzen, noch mich töten oder mich beherrschen.«

Ein wenig zaghaft griff sie erneut nach seinem Handgelenk. »Klingt, als wärst du eine ideale Nahrungsquelle für mich.« Es sollte ein Scherz sein.

Sie hob seine Hand an ihre Lippen und sog an der Haut. Unterdessen blieb ihr Blick auf sein Gesicht gerichtet, und sie sah, wie sich seine Pupillen weiteten. Ihre Zähne kratzten über sein Handgelenk. »Zu schade, dass du ein Kopfgeldjäger bist und mich gegen Bares an deinen Boss übergeben wirst.« Schließlich war sie eine gesuchte Verbrecherin.

Nicole biss zu. Sein Atem wurde schneller und sein Herzschlag lauter, während sie trank.

Jeder Schluck schenkte ihr Kraft und … Verlangen.

Lust.

Noch nie hatte sie ein Opfer körperlich begehrt. Sie hatte sich wenige Schlucken Blut genommen und war verschwunden, denn sie wollte es gar nicht genießen.

Keenan war anders.

Sie leckte ihm über die Haut, stahl sich die letzten Tropfen. Nach wie vor sahen sie einander in die Augen, und das schiere Verlangen in seinem Blick war unmissverständlich.

»Ich bin kein Kopfgeldjäger.«

Sie ließ seine Hand aufs Laken sinken. »Aber du bist doch von Night Watch.« Night Watch war *die* Kopfgeldjäger-Agentur für Paranormale. Die Agenten von Night Watch waren oft selbst *Andere*. Wer könnte besser geeignet sein, Übernatürliche zu fangen, als die Gestaltwandler mit ihren Supersinnen oder die Hexen mit ihrer Magie?

Und Nicole war bereits von einer Night-Watch-Agentin gewarnt worden. Dee Daniels hatte alle Vampire gewarnt, als sie Grim niederschlug, den Geborenenmeister, der sie kontrolliert hatte.

Wenn ihr die Grenze überschreitet, sterbt ihr.

»Ich weiß von Night Watch, aber ich arbeite nicht für sie.« Er neigte den Kopf zur Seite. »Ich arbeite für niemanden.«

Nun war es ihr Herz, das zu schnell schlug. »Aber du hast gesagt …«

»Nein, das hast du gesagt. Und zu dem Zeitpunkt war ich auf der Jagd, was mich quasi zu einem Jäger machte.« Er schmunzelte. »In gewisser Weise.«

»Was hast du gejagt?« Ihr Herzklopfen drohte ihren Brustkorb zu sprengen.

»Dich.«

Sie sprang aus dem Bett. Dabei zerriss das Laken, doch ihr blieb noch genug, um ihre Blöße zu bedecken.

»Ich bin schon eine ganze Weile hinter dir her.«

»Hinter mir? Und nicht, weil du angeheuert wurdest, mich zu finden?«

Er verneinte stumm.

Wo waren ihre Sachen? »Warum dann?«

»Weil du der Schlüssel bist.«

Nein, sie war ein Vampir, kein magischer Schlüssel zu irgendetwas.

»Ich habe etwas sehr, sehr Wichtiges verloren, und du kannst mir helfen, es wiederzubekommen.«

Was?

Er stand auf, das Laken fiel herunter, und leider guckte Nicole doch hin. Eindrucksvoll.

Ein Jammer, dass er irre war. »Ich bin kein Schlüssel zu irgendwas.«

Als er um das Bett herumging, hatte sie perfekte Sicht auf seinen überaus wohlgeformten Hintern. Dann nahm er sich eine Jeans, die über der Stuhllehne hing. Es war wohl besser so. Er zog sich die Hose an und kam auf sie zu. »Ich glaube eher, dass du der Schlüssel zu allem bist.«

Sie sah ihn verwundert an. »Du irrst dich. Ich bin Lehrerin, ich …«

»Du *warst* Lehrerin. Jetzt bist du ein Vampir.« Er schüttelte den Kopf und betrachtete sie ein bisschen zu forschend. »Ich weiß nicht, ob es die Dinge leichter oder schwerer macht.«

Nicole wich von ihm zurück. »Hör mal, ich wünsch dir ja wirklich, dass du deinen verlorenen Schlüssel findest, aber ich denke, ich sollte jetzt verschwinden.« Sie stieß mit dem Rücken an die Tür.

Auf einmal erbebte die Tür hinter ihr. Jemand hämmerte von draußen dagegen.

»Ich bin nicht der Einzige, der dich für den Schlüssel hält«, raunte er. »Hast du dich nie gefragt, wieso all diese Dämonen hinter dir her sind?«

»Na ja, ich dachte, ich habe schlicht Pech.« Schon vor ihrer Verwandlung hatte ihr das Schicksal ein paar ziemlich miese Karten ausgeteilt. *Hätte mich kein Vampir gewandelt …*

»Dabei dürftest du eine der glücklichsten Frauen sein, denen ich je begegnet bin.«

Blödsinn.

Wieder erbebte die Tür.

»Da draußen steht ein Dämon«, sagte Keenan. »Er weiß, dass du hier bist, doch mich hält er für einen gewöhnlichen Menschen und somit uns beide für leichte Beute.«

Sie trat von der Tür weg. »Ich bin nicht sonderlich

versessen auf Dämonen.« Nicht seit eine ganze Gang von ihnen über sie hergefallen war.

Seine Lider zuckten kaum merklich.

»Aber ich habe keine Angst vor ihnen«, ergänzte sie rasch.

In dem Moment zerbarst die Tür unter der Wucht der Fausthiebe. Nicole sprang zurück, als der Dämon ins Zimmer stürmte.

Der Kerl war muskelbepackt, groß und blickte sie mit zornigen schwarzen Augen an. Bei Dämonen waren die Augen immer schwarz – die Iris, die Sklera, alles war schwarz. Doch gewöhnlich benutzten sie einen Blendzauber, um eine natürlichere Augenfarbe vorzutäuschen.

Offenbar wollte dieser hier keinen Hehl daraus machen, was er war.

»Vampir«, donnerte er, »ich hab's satt, dich zu jagen.«

Er hob den Kopf und fixierte Keenan. Schlagartig wurde er sehr blass. »Du … du bist kein …«

Keenan trat einen Schritt vor und lächelte. »Ich bin ihr Beschützer.«

Der Dämon riss seine Augen auf. »Schwachsinn! Sie ist ein Vampir und braucht keinen Schutz.«

»Keiner rührt sie an oder tut ihr etwas. Wer ihr zu nahe kommt, kriegt es mit mir zu tun.«

Hoppla, das war … Nicole atmete langsam aus. Das war nett. Allerdings hatte der Dämon recht: Sie war ein Vampir mit übermenschlichen Kräften und konnte wahrlich allein mit ein oder zwei Dämonen fertigwerden.

Selbst wenn dieser Kerl in der Tür an die zwei Meter groß war und aus Ziegelsteinen gebaut schien. Größe sagte nichts über Stärke aus. Nicht in dieser neuen Welt, in der sie heute lebte.

Also trat sie vor, immer noch das dünne Laken umklammernd. Dabei streifte ihr Arm Keenans, denn sie standen ziemlich nahe beieinander.

Sie warf ihrem Helden einen Seitenblick zu. Er wirkte nicht besonders verängstigt. Sexy und stark? Keine Frage. Beängstigend? Nein.

Den Dämon hingegen brachte er eindeutig zum Zittern.

»Du willst mich nicht zum Feind«, knurrte der Dämon schließlich, machte jedoch keinerlei Anstalten, auf sie loszugehen. Genau genommen rührte er sich gar nicht, als wäre er vor Angst erstarrt.

»Doch, will ich«, entgegnete Keenan seelenruhig. »Dich und deinen Boss.«

Warum schien hier jeder außer ihr zu wissen, was los war?

»Also lauf zurück zu Sam und sag ihm, dass sie tabu ist. Es gibt keine Vampirjagd mehr, es sei denn, er will seine Dämonen verlieren.«

Der Dämon nickte ruckartig, wich einen Schritt zurück und blickte flüchtig zu Nicole.

Ihr stockte der Atem, denn was sie in seinen Augen sah, war blanker Hass.

Als er sich umdrehte und weglief, wusste sie, dass sie ihn wiedersehen würde. Und sie wusste ebenfalls, dass er nicht zögern würde, ihr an die Kehle zu gehen, sollte er sie allein erwischen.

»Wir müssen hier weg.« Keenans Augen waren auf die kaputte Tür gerichtet. »Sogar in einem Loch wie dem hier fällt eine eingetretene Tür auf, und die Polizei können wir wirklich nicht gebrauchen.«

Richtig. Sie bemerkte, dass ihre Krallen ausgefahren waren, und diese lodernden schwarzen Augen hatten sich in ihr Gehirn eingebrannt. »Er hatte Angst vor dir.«

»Das sollte er auch.«

»Ich bin ein Vampir, aber er hatte Angst vor dir.« Sie drehte sich um und packte seinen Arm mit der rechten Hand. Mit der linken hielt sie immer noch das Laken fest. »Bevor ich mit dir irgendwo hingehe, will ich wissen, was zur Hölle du bist.«

Das grimmige Lächeln erschien wieder, bei dem sich seine hübschen Mundwinkel bogen, wohingegen die Augen ernst blieben. »Wie ich eben sagte, ich bin dein Beschützer.«

»Blödsinn!«

Er wandte sich achselzuckend ab, und Nicoles Blick fiel auf seinen Rücken. Goldene Haut, Muskeln und Narben.

Es waren helle, rote Narben. Zwei Linien, jede etwa zwanzig Zentimeter lang, verliefen direkt an den Schulterblättern.

»Was ist dir passiert?« Die Narben waren zweifellos frisch und sahen übel aus.

Er schnappte sich ein T-Shirt und streifte es sich über. »Ich habe einen Fehler gemacht.« Mit diesen Worten holte er ein zweites T-Shirt aus einer kleinen grauen Tasche und warf es ihr zu.

Nicole fing es auf und drückte den weichen Baumwollstoff. »Was für einen Fehler?«

Nun kam ihre Unterwäsche geflogen: ihr BH und

ihr Slip. Keenan sah sie streng an. »Einen, den ich nicht wieder begehen werde.«

Klar. Nett, geheimnisvoll und grüblerisch. Jedenfalls kam Keenan ihr wie ein grüblerischer Mann vor. Sie ließ das Laken fallen und beobachtete, wie sich seine Augen weiteten. *Ja, guck ruhig hin.* »Dir ist bewusst, dass mir das rein gar nichts sagt.«

Er schwieg, die Augen auf ihre Brüste gerichtet, und trat einen Schritt vor.

»Denk nicht mal dran«, flüsterte sie. »Beschützer sollen beschützen, nicht betatschen.«

Seine Wangen röteten sich leicht. »Vielleicht tun wir beides.«

Ihre Brustspitzen wurden hart. *Reiß dich zusammen!* Sie kannte ihn nicht. Ja, sie hatte ihn gekostet, aber deshalb wusste sie noch längst nichts über seine Vergangenheit oder sein gegenwärtiges Leben.

Er könnte irgendwer sein. Irgendwas.

Egal wie sexy er sein mochte, sie konnte nicht.

Noch nicht.

»Warum hast du mich ausgezogen?« Sie legte das T-Shirt auf den Tisch und zog ihren Slip an. Mit dem BH ließ sie sich Zeit.

Er benetzte seine Lippen. »Ich musste dich baden, um das Blut runterzukriegen.«

Daran erinnerte Nicole sich nicht. Eigentlich erinnerte sie von der letzten Nacht nur die höllische Fahrt im Truck. »Dann sollte ich dir wohl danken.« Allmählich häuften sich die Dinge, für die sie dem Kerl dankbar sein musste. Das machte sie misstrauisch. »Und was hast du alles angefasst, als du mich gebadet hast?«

Der BH war zugehakt und drückte ihre Brüste nach oben. Ja, er sah sie immer noch an. Männer, übernatürliche wie menschliche, waren doch alle gleich.

»Nicht genug«, murmelte er.

Sie runzelte die Stirn.

»Wenn ich dich in sinnlicher Absicht berühre, Süße, merkst du es.«

Auf jeden Fall mangelte es ihm nicht an Selbstbewusstsein. Doch woher rührte dann das leichte Zittern seiner Hände?

Er drehte sich wieder weg. »Fahren wir. Bald dürften die Cops hier sein.«

»Mit mexikanischen Cops komme ich klar.«

Oh nein! Sie steckte die Hände durch die T-Shirt-Ärmel und schlüpfte mit dem Kopf hinein. Es roch nach ihm. »Sag mir bitte, dass du mich nicht in die Staaten geschleppt hast.«

»Doch, gern geschehen. Als du ohnmächtig wurdest, habe ich deinen Hals gerettet und dich aus Mexiko weggebracht – fort von den Einheimischen, die es auf dein Blut abgesehen hatten.«

Sie zog ihre Jeans hoch. Binnen Sekunden fand sie ihre Stiefel und konnte sie gerade noch anziehen, als Keenan auch schon ihren Arm packte und sie durch die zersplitterte Tür zerrte.

Tatsächlich war bereits Sirenengeheul zu hören. Nicole blieb still, als sie sich im Schatten hielten und eilig in den Truck sprangen. Sie fuhren langsam und friedlich vom Parkplatz, vorbei an dem Streifenwagen, der ihnen entgegengerast kam.

Nicole wartete vielleicht fünf Minuten, ehe sie sagte, was sie sagen musste: »Ich habe gehört, dass Dämonen einander auf Anhieb erkennen. Sie können jeden Blendzauber durchschauen und das Monster dahinter sehen.« Ihre Finger trommelten auf der Armlehne.

Der Truck wurde schneller.

So war es in der paranormalen Welt. Was sich glich, erkannte sich. Genau wie sie verlässlich andere Vampire erkannte. Und angeblich spürten Hexen die Macht ihrer Artgenossen.

»Dieser Dämon«, fuhr sie fort, »hat dich nur einmal angesehen und bekam Angst.«

»Weil er nicht blöd war.«

Klar doch. »Aber was hat er gesehen?«, fragte sie und musterte ihn. »Was hat er an dir gesehen, das ihn sofort zurückweichen ließ?« Und nicht bloß zurückweichen; der Kerl war weggerannt.

Keenan sah zu ihr. Selbst im schwachen Licht konnte sie ihn deutlich sehen. Er hatte wunderschöne blaue Augen. Moment mal! Seine Augen wurden dunkler. Viel dunkler.

Das waren Dämonenaugen!

»Ich schätze, er hat den Blendzauber durchschaut«, antwortete Keenan ruhig.

Oh verdammt.

Sie steckte in Schwierigkeiten.

Sam starrte hinauf in den Nachthimmel. So viele verfluchte Sterne. Millionen von denen funkelten auf ihn hinab.

Menschen sahen zu den Sternen, wünschten sich Dinge und träumten.

Er sah zu den Sternen und wusste, dass sie keine Bedeutung hatten. Die Sterne waren nur Glasscherben im schwarzen Himmel. Nein, Sterne waren bedeutungslos.

Allerdings waren *Andere* dort oben, mächtige Wesen, die sämtliche Fäden zogen und die Puppen tanzen ließen.

Schritte näherten sich hinter ihm. Sam holte tief Luft und nahm den Geruch desjenigen auf, der kam: Alkohol, Zigaretten, Dämon. Elijah.

Kein Vampir. Mist. Der Schweinehund würde bluten dafür, dass er wieder versagt hatte. Wie schwer konnte es denn sein, sich einen frisch gewandelten Vampir zu schnappen? Und die Lady war so frisch, dass sie wahrscheinlich kaum ihre Reißzähne richtig trainiert hatte.

Sam drehte sich um und wollte dem Dämon einen Energieschwall entgegenschleudern, als er die Angst in Elijahs Blick wahrnahm.

Er lächelte. Endlich.

»D-du hast nicht gesagt, dass sie Verstärkung hat.«

Weil Sam nicht gedacht hätte, dass sie welche hatte. Er hatte sich solche Mühe gegeben, sie von allen und jedem zu isolieren. Ihr lächerlicher kleiner Wohlfühlbereich in New Orleans war fort. Ihren Job hatte sie verloren, und ihr Heim war zerstört. Keine Familie, keine Freunde, denn sie alle hatten jetzt Angst vor ihr. Keiner wollte mit einer Mörderin zu tun haben.

Wenn man die Beute isolierte, war sie viel einfacher zur Strecke zu bringen.

»Der hätte mich killen können!«, schimpfte Elijah, dass ihm Speichel aus den Mundwinkeln flog.

Sam zog eine Braue hoch. »Er?« Seine Stimme klang milde und gefasst wie immer.

»Er, ja, dieser verdammte Engel, der bei ihr war. Und sie roch wie er. Scheiße, Mann, gibt es keine Regeln, die Engeln verbieten, mit Menschen rumzumachen?«

»Wahrscheinlich schon.« Ganz sicher. Dafür konnten sie verstoßen werden. Engel genossen nicht annähernd die bevorzugte Behandlung, die Menschen zuteilwurde. Ein Schnitzer, und sie brannten.

»Und auch noch mit Vampiren!« Purer Ekel spiegelte sich in Elijahs Miene. »Was soll der Mist?« Der Dämon hielt nicht viel von Vampiren. Wer tat das schon?

Und was Engel betraf, hatten Dämonen allen Grund, sie zu fürchten.

Sam atmete langsam ein und fragte: »Bist du sicher, dass der Mann ein Engel war?«

Elijah nickte energisch. »Es ist völlig unmöglich, einen von denen zu töten, und das weißt du!«

»Alles stirbt«, konterte Sam, der die Lügen satthatte, die *Andere* verbreiteten, insbesondere die über sie selbst. Nur ein einziges Wesen war unsterblich. Alle anderen konnten sehr wohl sterben. Manche von ihnen hatten lediglich das zweifelhafte Vergnügen, es wieder und wieder zu tun.

Ja, das Leben konnte echter Mist sein.

Elijah fuhr sich mit einer Hand durch sein blondes Haar. »Tja, ich will nicht dazugehören.«

Zu schade. Elijah war bereits dem Tod geweiht.

Sam hatte das Ende des Schweinehundes seit Tagen kommen gesehen. Zumal er es so plante. Elijah hatte zwar seinen Nutzen, war stark, böse und normalerweise allzeit bereit, andere in Stücke zu reißen. Aber selbst ein Killer musste irgendwann sterben.

»Beschreib ihn mir.« Es gab Hunderte von Engeln. Tausende. Und er konnte irgendeiner von ihnen sein.

»Blond, schwarze Augen und mit schwarzen Flügeln, die ihm über die Schultern hingen.«

Schwarze Flügel. Ein Todesengel.

»Zuerst habe ich die Flügel gar nicht gesehen. Die bewegten sich hinter ihm wie schräge Schatten.« Er verstummte kurz. »Genau wie deine.«

Sam rollte die Schultern und streckte seinen Rücken, als er das geisterhafte Flattern von Flügeln fühlte, die nicht mehr da waren.

Elijah stieß seinen Atem durch zusammengebissene Zähne aus. »Schräg.«

Die Schattenflügel waren bloß eine Illusion, eine magische Erinnerung. Einzig Dämonen oder Engel konnten sie sehen, weil in ihren Adern das Blut himmlischer Wesen floss.

Luzifer war nicht der einzige gefallene Engel. Unzählige andere hatten die göttliche Gunst verwirkt. Oder sie gegen die Chance eingetauscht, wie die Menschen zu sein.

Nein, die Dämonen, die heute auf Erden wandelten, waren keine Marionetten des Teufels. Sie waren die Abkömmlinge der Gefallenen: nicht so bevorzugt wie Menschen, aber auch nicht so verflucht wie die meisten anderen Monster, egal was manche Schwachköpfe denken mochten.

»Hatte er ungewöhnliche Merkmale?«, fragte Sam ungeduldig. Mit wem hatte er es zu tun? Man zog nicht in die Schlacht, ohne den Feind zu kennen.

Er hatte recht gehabt. Der Vampir war die Verbindung. Der Schlüssel. Der Gefallene wollte sie, wie Sam schon vermutet hatte.

»Nein«, sagte Elijah und schüttelte seinen Zottelkopf. »Er war blond und hatte schwarze Augen. Er war einer von diesen verfluchten Schönlingen, aber …« Der Dämon überlegte. »Als ich ihn sah, wollte ich schwören, dass ich einen kalten Lufthauch merkte.«

Perfekt, dachte Sam. Es gab so viele Engel da draußen, so viele verschiedene Arten, von harmlos bis hin zu extrem gefährlich. Und Sam wollte keine Zeit mit der harmlosen Variante verplempern.

»Wie hat er sich der Frau gegenüber benommen?« ein frisch gefallener Engel wäre verwirrt. Er war nicht auf den Ansturm der Emotionen vorbereitet, vom Verlangen ganz zu schweigen.

Ein leichtes Ziel.

Elijah blickte sich um. Doch der Dämon hatte keine Bedrohung von hinten zu befürchten. Die wahre Bedrohung stand direkt vor ihm. Wurde der Kerl jetzt ernsthaft vertrauensselig? Was für ein fataler Fehler.

»Er hat sie immer wieder angeguckt.«

Interessant.

»Und er hat gesagt, dass er ihr Beschützer ist.«

Sams Mundwinkel zuckten. Er nahm an, dass der Kerl weit mehr war als ein wohlmeinender Schutzengel. Aber wenn der Gefallene gern so tun wollte, wer war Sam, die Seifenblase der Vampirin platzen zu lassen? Das konnte warten.

»Ich habe kein Problem, einen Vampir zu killen.« Elijah verschränkte die Arme vor der Brust. »Doch um den Typen mache ich lieber einen großen Bogen.«

»Bist du sicher, dass er dich töten würde?« Dass Elijah Furcht zeigte, war neu. Er hatte noch nie Angst vor einer Jagd gehabt.

Elijah wich zurück. »Ich erkenne den Tod, wenn ich ihn sehe.«

Ja, darauf wollte Sam wetten.

»Wir sind fertig«, sagte Elijah und kehrte Sam den Rücken zu. Oh, was für eine schlechte Idee! »Ich hab's satt, nach deiner Pfeife zu tanzen.«

Von wegen. Sam brauchte es lediglich mit einem anderen Tanz zu versuchen. »Und wo kriegst du dein Spezialgebräu her, Elijah? Wer hilft dir, wenn du mich verlässt?«

Elijah blieb stehen.

Er blickte sich zu ihm um, und man konnte an seinem Gesicht ablesen, wie er mit sich rang. Abhängigkeiten waren keine Seltenheit bei seiner Art. *Dämonen und Süchte.* Solange Elijah seine Drogen bekam, konnte er seine Gier nach Blut und Gewalt steuern. Mit den Drogen tötete er nicht wahllos, sondern bestimmte Ziele.

Ohne die Drogen wurde jeder, auch Frauen und Kinder, zu seiner Beute.

Sam bildete sich gern ein, dass er eine gute Tat vollbrachte, indem er den Hund während der letzten Monate an der kurzen Leine hielt. Doch wenn Elijah die Hand beißen wollte, die ihn fütterte, nur zu.

»Du bist nicht der Einzige in der Stadt«, murmelte Elijah und ging weiter.

War er wohl.

»Falls du es dir anders überlegst«, rief Sam ihm nach, »helfe ich dir vielleicht.«

Elijah näherte sich dem Kamm des kleinen Hügels, sodass sein Körper einen dunklen Schatten vor dem Sternenhimmel bildete.

»Vielleicht töte ich dich auch einfach«, ergänzte Sam leise und lächelte, weil er wusste, dass der Dämon ihn nicht hören konnte.

Sein Hund würde zurückkommen. Wahrscheinlich binnen achtundvierzig Stunden. Und wenn nicht, gab es immer andere Dämonen. Andere, die brauchten, was er ihnen geben konnte. Andere, die schwächer waren und leicht zu kontrollieren.

Dämonen kamen in allen Größen, Farben und Formen daher. Manche rangierten ganz unten auf der Kräfteskala, zwischen eins und drei. Die armen Schweine könnten ebenso gut Menschen sein. Dämonen der Stufe zehn oder L-10 waren die Alphas im Dämonenland. Den Legenden nach.

Aber die Geschichten waren Quatsch.

Er blickte wieder zum Himmel mit all den glitzernden Sternen und begann, leise vor sich hin zu pfeifen.

Es brauchte eine Weile, bis ein Gefallener seine Kräfte wiedererlangte. Der Sturz und die Verbrennungen vernichteten einen Engel. Dieser neue Gegner war noch sehr geschwächt.

Mithin war der Zeitpunkt ideal zum Spielen.

Und ideal, um zu sehen, wie sehr der »Beschützer« tatsächlich an seinem Schützling hing.

Würde er für sie töten? Für sie bluten? Für sie sterben?

Das ließe sich herausfinden.

Ein Stern flog mit leuchtendem Schweif über den Himmel.

Viertes Kapitel

Nicole stürzte sich nach vorn, packte das Lenkrad und riss es scharf nach rechts, sodass der Truck quer über die Straße schlingerte.

Keenan, den ihr Angriff vollkommen überraschend traf, wehrte sie ab. »Nicole, was machst du denn?«

Der Truck rammte einen Holzzaun, und die Reifen drehten durch.

Keenan trat auf die Bremse, woraufhin der Wagen zweimal hüpfte, bevor Qualm aus der Motorhaube aufstieg und sie stehen blieben.

Natürlich war Nicole inzwischen schon aus dem Wagen geklettert. Ihre Tür schwang weit offen im Wind, und Keenan erheischte nur noch einen Blick auf ihr verlockendes Hinterteil.

Schon wieder.

Er sprang aus dem Truck. Diese Schrottmühle brachte sie ohnehin nirgends mehr hin, und wenn er sich nicht beeilte, könnte Nicole verschwinden.

»Nicole!«, rief er. Super. Er sah sie nicht mehr. Bei ihrer Vampirschnelligkeit könnte sie sonstwo sein. »Ich will dir helfen!«, schrie er in die Nacht.

Der Schlag kam von hinten: ein harter, fester Hieb, der ihn der Länge nach zu Boden gehen ließ. Er rollte sich blitzschnell herum, aber leider nicht schnell genug. Nicole drückte seine Hände auf die Erde und hockte über ihm.

»Wieso brauche ich die Hilfe eines Dämons?« Ihre Zähne verlängerten sich.

Sie saß rittlings auf ihm, ihre Hüften auf seinen. Keenan hatte noch nie so unter einer Frau gelegen. Und es gefiel ihm.

Sehr sogar.

Sein Schwanz schwoll an. »Ich bin nicht hier, um dich zu verletzen.« Er hatte sich die Mühe gespart, seine Augen wieder blau werden zu lassen. Deshalb hatte sie ihn gesehen, wie er wirklich war. Wahrscheinlich war es besser so. Keenan könnte sich problemlos von ihr befreien, egal welche Vampirkräfte sie besaß, aber stattdessen blieb er unter ihr liegen und blickte sie an. »Würde ich deinen Tod wollen, hätte ich dich in dem Hotel umbringen können. Es wäre ein Leichtes gewesen, dich im Schlaf zu ermorden.«

»Vielleicht hast du nicht vor, mich zu töten«, entgegnete sie misstrauisch. »Der Tod ist der leichteste Teil.«

Ja, das hatte er früher auch gedacht. Bis sie kam.

»Falls das hier ein Trick von dir und deinen Dämonenkumpels ist, er funktioniert nicht.«

Nun beleidigte sie ihn. »Ich habe keine Dämonenfreunde.« Wenn man es genau bedachte, hatte er überhaupt keine Freunde.

Sie neigte sich tiefer, sodass ihre Schenkel an ihm rieben.

Nicht schlecht.

»Was ist so besonders an mir?« Finsternis loderte in ihren Augen. *Beim Kämpfen oder beim Vögeln.* Das hatte er gehört. Vampiraugen wurden schwarz, wenn sie sich für den Kampf oder den Geschlechtsakt bereit machten.

»Verrate mir, Keenan, wozu ich einen Beschützer brauche? Du kennst mich nicht. Du weißt nichts über mich.«

Ihr Duft umgab ihn. Ihr Haar streifte seine Wange. Wenn er wollte, könnte er sich aufbäumen und auf ihr sein, und das binnen zwei Sekunden ... oder einer.

Wenn er wollte.

Ich will.

Er zügelte das wilde Tier in sich, von dessen Existenz er nie etwas geahnt hatte. Bis er sie traf.

Lust.

»Du bist nichts Besonderes«, raunte er mit zusammengebissenen Zähnen.

Sie sah ihn fragend an. »Äh, ich ...«

»Du bist genau wie jeder andere Mensch.« Und sie ließ ihn ihre Krallen spüren, nur ein leichtes, dennoch schmerzhaftes Kratzen.

Bei dem sein Schwanz nicht zucken dürfte.

Was er aber trotzdem tat.

Keenan rang nach Luft und schmeckte sie. Er kniff die Augen zu, was jedoch wenig half, denn jetzt konnte er sie fühlen, spürte deutlich ihre wohlgeformten Schenkel, ihren schmalen, weichen Körper. *Beherrsch dich!* »Du warst genau wie die anderen«, knurrte er heiser. »Bist zur Arbeit gegangen, hast an dieser Schule unterrichtet. Arbeit, nach Hause, wieder zur Arbeit.«

Er hörte, wie ihr der Atem stockte. »Welche Schule?«

Er öffnete die Augen. »St. Mary's, unten im French Quarter. Nach dem Unterricht bist du länger geblieben, wenn die Schüler noch Fragen hatten, dann nach Hause geeilt, hast dich umgezogen und eine Freundin – wie hieß sie noch gleich? Donna? – auf ein paar Drinks in einer Bar getroffen oder …«

»Woher weißt du das?«

»Du hast nie einen Mann mit nach Hause genommen.« Zumindest nicht solange er sie beobachtete. »Du hast geflirtet, hast was getrunken, kürzere Röcke getragen als in der Schule.«

Ein Schauer schüttelte sie, sodass sie auf ihm erzitterte, was sich wie die Berührung von Seide anfühlte.

»Du warst nicht anders als hunderte anderer Frauen in der Stadt. Arbeit, Freunde …« Nicht anders. Nicht anders als die Tausenden anderer Seelen, die er geholt hatte, und dennoch hatte er ihr in die Augen geblickt und alles verloren.

Wut überkam ihn und war wie Öl auf das Feuer seiner Lust. Keenan bäumte sich auf, drehte sie beide um und drückte Nicole auf die Erde.

»Ich bin kein Mensch, den du herumstoßen kannst«, sagte er zu ihr, sein Gesicht nur wenige Zentimeter von ihrem entfernt. »Deine Kräfte wirken bei mir nicht. Dein Biss schwächt mich nicht.« Und in diesem Moment war er es, der beißen wollte. Warum sollte er nicht? Warum konnte er sich nicht nehmen, was er von ihr wollte?

Er hatte für sie gebrannt.

»Das ist Blödsinn!« Sie wollte ihn von sich stoßen. Wann begriff sie endlich, dass er sie nicht entkommen ließ? »Ein Vampir kann einen Dämon aussaugen, ihn töten.«

Er sah ihr in die Augen. Nein, sie war nicht die Frau, die sie gewesen war. Heute erkannte er Geheimnisse in ihrem Blick, Schmerz und Zorn; einen Zorn, der seinem in nichts nachstand, weil auch er nicht mehr derselbe war. »Süße, ich entsinne mich nicht, gesagt zu haben, dass ich ein Dämon bin. Du ziehst voreilige Schlüsse aus dem Umstand, dass dieser Mistkerl meinen Blendzauber durchschaute.«

Ihre Lippen öffneten sich leicht.

Und er nahm sich, was er wollte.

Sein Mund presste sich zu einem harten, tiefen Kuss auf ihren. Dieses Verlangen, dieser alles verschlingende Hunger war es, der die Menschen in Versuchung führte.

Sünde.

Oh ja, er wollte mit ihr sündigen.

Sie wandte ihr Gesicht nicht von ihm ab, biss ihn nicht mit ihren zu scharfen Zähnen.

Aber sie erwiderte seinen Kuss auch nicht.

Dabei wollte er unbedingt, dass sie ihn erwiderte.

»Nicole.« Er lockerte seinen Griff an ihren Handgelenken. Ihre Brüste waren angespannt, ihre Hüften bogen sich seinen entgegen. Keenan kannte die Anzeichen weiblicher Erregung, wusste indes nicht, wie er sie dazu bringen konnte, ihrem Verlangen nachzugeben.

Er gab ihre Hände frei. Seine Lippen blieben auf ihren, und er schaffte es, sie sanfter zu küssen, während er mit der Zunge in ihren Mund glitt. Oh ja.

Dieser köstliche Geschmack, der ganz und gar Nicole war, quälte ihn. Er wollte mehr. Alles.

Und nun waren ihre Hände auf ihm, in seinem Haar. Sie stemmte ihn nicht mehr weg. Nein, sie zog ihn näher zu sich.

Ihre Zunge kam seiner entgegen. Ein kleines Stöhnen drang aus ihrer Kehle. Es war ein gieriger, verführerischer Laut, der bewirkte, dass all sein Blut in seine Erektion strömte.

Lust.

Männer hatten hierfür getötet. Waren hierfür gestorben.

Und endlich verstand er es.

Er schob die Hände zwischen ihre Körper und ertastete den Verschluss ihrer Jeans. *Berühren.*

Er musste wissen, wie sie sich anfühlte, nachsehen, ob sie feucht war. Wie würde sie dort schmecken?

Mit einem leisen Ratschen zog er den Reißverschluss auf. Dann tauchte er seine Finger in die Jeans und fühlte den weichen Baumwollslip. Ihre Hüften hoben sich ihm entgegen, und sie leckte ihre Lippen.

Ein Wagenmotor dröhnte in der Ferne, das Geräusch kam näher und näher.

Nein!

Er hob den Kopf und blies ruhig den Atem aus, ohne die Augen von ihr abzuwenden. Ihre Lippen waren gerötet von seinem Kuss, ihre Arme um ihn geschlungen, ihre Krallen in seine Schultern gebohrt.

Sein Blick wanderte tiefer, verharrte bei den festen Brustspitzen, die sich durch das T-Shirt abzeichneten, und fiel von dort auf ihre offene Jeans. Die blasse Haut ihres Bauchs und ein Teil ihres schwarzen Slips waren zu sehen.

Mehr.

Der Motor näherte sich. Eine Sirene heulte auf.

»Ein Cop«, flüsterte Nicole. Ihre rauchige Stimme war wie ein Streicheln auf seiner Haut. »Wenn er den Truck sieht, wird er denken, dass wir verletzt sind. Er fährt sicher nicht gleich wieder weg.«

Nein. »Das hier ist noch nicht vorbei.« Sein Daumen strich über ihre Lippen. Zunächst weiteten sich ihre Augen, dann schnellte ihre Zunge heraus und leckte ihn.

Sein Herz hämmerte gegen seine Rippen. »Nicole, lauf nie wieder vor mir weg.«

Der Polizist kam näher. Keenan konnte das Rollen der Reifen hören.

Sie nickte kaum merklich. »Sobald wir ihn los sind, erzählst du mir alles, okay? Denn wenn du kein Dämon bist, was bist du dann?«

Das konnte er ihr sagen. Er richtete sich auf und zog sie mit sich nach oben. »Früher einmal war ich ein Engel.«

Erschrocken öffnete sie den Mund, schüttelte aber gleich den Kopf. »Was? Hör auf, das ist unmöglich. Engel sind nicht …«

»Vampire sind real«, fiel er ihr ins Wort. »Dämonen leben, Werwölfe heulen.« Er sah sie fragend an. »Warum sollte es keine Engel geben?«

Eine Wagentür knallte, und Schritte bewegten sich in ihre Richtung. »So ein Mist«, sagte eine tiefe Männerstimme. »Hallo! Hallo! Keine Angst, ich kann Ihnen helfen!«

Keenan blickte zu dem kaputten Truck. Solange sie im Dunkeln blieben, könnte ein Mensch sie nicht sehen. Aber die Scheinwerfer des Streifenwagens beleuchteten das Truck-Wrack. Er drehte sich zu dem Cop.

Nicole packte seine Hand. »Schutzengel?«

Nicht ganz.

»Es gibt etwas, das du wissen musst«, sagte er, ohne sie anzusehen. Auf seiner überhitzten Haut fühlte sich ihre Hand kalt an.

»Was?«

»Manchmal fallen Engel wirklich.« Sie verdiente eine Warnung.

Nicole holte hörbar Luft.

»Und wenn wir es tun, bringen wir die Hölle mit uns auf die Erde.«

Prompt wich sie einen Schritt zurück. »Also bist du einer von den Guten.«

Er lachte. »Nicht einmal annähernd.« Dann beugte er sich zu ihr, zog ihren Jeansreißverschluss hoch und hakte den Knopf zu. Seine Finger verweilten ein wenig zu lange, doch dagegen war er machtlos. »Aber ich bin nicht hier, um dir wehzutun. Diesen Schweinen, die hinter dir her sind, werde ich allerdings sehr wohl wehtun.«

»Weil ich dein Schlüssel bin?«

Das hatte er ihr in einem schwachen Moment verraten. Die Wahrheit hätte nicht herauskommen dürfen, nur war es jetzt zu spät. Er nickte.

Der Polizist fluchte und brüllte, daher mussten sie diese Unterhaltung auf später verschieben.

Keenan lief zum Truck.

»Wenn das alles wahr ist …«

Ihre Stimme folgte ihm, Nicole selbst hingegen nicht.

»Wenn das wahr ist«, wiederholte sie. Ein Vampir zweifelte am Wort eines Engels? Die Welt war wirklich aus den Fugen. »Wie kam es dann zu deinem Fall, Keenan?«

Er erstarrte.

»Engel fallen nicht einfach so. Es muss etwas Übles gewesen sein, stimmt's? Etwas richtig Übles.«

Der Taschenlampenstrahl des Cops erfasste sie. »Heiliger Kuhmist!«, rief er aus und rannte auf Keenan zu. »Ganz ruhig, Sir, ich hole Hilfe.«

Keenan hob eine Hand. »Ich bin nicht verletzt.«

»Ich auch nicht«, murmelte Nicole, die langsam zu ihm kam.

Der Lampenstrahl schwenkte zu ihr und beleuchtete ihr blasses Gesicht.

»Ma'am, sind Sie sicher?« Der Cop klang besorgt. »Der Truck sieht höllisch aus.«

Wie passend.

»Ich habe nicht einen Kratzer«, sagte sie und lächelte.

Der Polizist … nein, das war kein Polizist. Der ältere Mann, der vorsichtig auf sie zukam, trug eine braune Sheriff-Uniform mitsamt blinkendem Silberstern. Er zog die Brauen hoch. »Würden Sie mir bitte erzählen, was hier los war?« Nun klang er nicht mehr besorgt sondern misstrauisch. Seine rechte Hand bewegte sich unauffällig zum Waffenhalfter.

Nicole trat einen Schritt vor.

Sobald wir ihn los sind, erzählst du mir alles, okay?

Keenan griff nach ihrem Unterarm. Nicole war nicht mehr die Frau, die sie in New Orleans gewesen war. Und er hatte keine Ahnung, was sie die letzten sechs Monate getan hatte. Beute gesucht, womöglich Menschen getötet?

Was auch immer, es schmälerte sein Verlangen nach ihr nicht.

»Tu ihm nichts«, befahl er flüsternd.

Ihr Lächeln blieb.

»Lassen Sie die Frau los!«, brüllte der Sheriff ihn an. »Und Sie beide nehmen die Hände hoch.«

Keenan gehorchte ihm und hob beide Hände. Einen Moment später tat Nicole es ihm gleich.

Der Sheriff kam näher und schnupperte hörbar. »Ich kann keinen Alkohol riechen.« Er sah Nicole an. »Ma'am, haben Sie getrunken.«

Beinahe hätte Keenan gegrinst.

»Nein, ich …«

»Heiliger Kuhmist!«

Nun hatte der Sheriff die Waffe gezogen und richtete sie auf Nicole.

»Ich weiß, wer Sie sind.«

Keenan bemerkte die Angst in Nicoles Gesicht.

Der Sheriff sprang zurück und richtete die Waffe auf Nicoles Herz. »Heute erst habe ich ein Fax mit Ihrem Foto gekriegt. Sie werden wegen Mordes in Louisiana gesucht.«

Keenan hörte Nicoles Atem stocken, sehr leise nur, doch ihm entging es nicht.

»Und Sie haben fast einen Cop umgebracht …« Der Sheriff kniff den Mund zusammen. »Er wollte Ihnen helfen, und Sie haben ihn fast umgebracht.«

»Nein, habe ich nicht!«

Keenan kannte die Geschichte nicht. »Vielleicht haben Sie die falsche Frau.«

Der Cop blickte kurz zu ihm. »Mit der wollen Sie nichts zu schaffen haben, Mister.«

»Doch, will ich«, erwiderte Keenan ruhig.

Nicoles Hände flogen nach oben, und sie rammte dem Cop ihre Faust unters Kinn. Der Mann stolperte rückwärts.

Als der Sheriff auf dem Boden aufschlug, waren seine Augen geschlossen. Er hatte das Bewusstsein verloren.

»Ich kann nicht ins Gefängnis gehen«, flüsterte Nicole, die den Sheriff anstarrte. »Ich wollte ihm nichts tun, aber ich kann mich nicht einsperren lassen.«

»Ein Vampir würde im Gefängnis nicht überleben.« Oder vielmehr würden es die anderen nicht zulassen. Er kannte das Spiel. Manche Übernatürliche – gewöhnlich die niederen Dämonen und die Zauberer – kamen im Gefängnis klar. Vampire nicht. Sie fingen an, sich an Mithäftlingen zu nähren, was natürlich nicht geduldet wurde. Außerdem hielt sie ein normales Gefängnis so oder so nicht. Ebenso wenig wie Gestaltwandler.

Er bückte sich zu dem Sheriff. Der Mann atmete noch; und sein Kiefer war nicht gebrochen, was recht erstaunlich war. Keenan sah wieder zu Nicole auf. »Bereit zum Laufen?« Ein schwacher Blumenduft drang in seine Nase, und sogleich blickte er sich um.

Doch es war niemand hier.

Nur Nicole mit ihren großen, ängstlichen Augen und der Sheriff, der nichts mitbekam.

Dieser Duft …

Es war Zeit zu verschwinden.

Den Wagen des Sheriffs konnten sie nicht nehmen, denn der war viel zu auffällig. Dank ihrer Kraft und Schnelligkeit schafften sie es auch ohne Auto weit genug weg von dem Mann am Boden.

Sie nickte ernst. »Was ist mit ihm? Wenn er zu sich kommt, wird er mich zur Fahndung ausschreiben, und dann suchen mehr Deputys nach mir.«

»Also sollten wir dafür sorgen, dass sie dich nicht finden.« Er richtete sich auf und blickte sich erneut um. »Wir laufen bis zum nächsten Haus und organisieren uns irgendeinen Wagen.«

»Stehlen?« Sie nagte an ihrer Unterlippe und sah nach unten zu dem Sheriff. Er wirkte reichlich schutzlos, wie er so mit ausgebreiteten Armen dalag. Sein Hut war ihm vom Kopf gerutscht und neben ihm auf der Erde gelandet, und das dünne graue Haar klebte ihm an der Stirn. »Verstößt es nicht gegen eines der Gebote, ihn so hier liegen zu lassen? Besonders, nun ja, engelhaft ist das nicht.«

Da wollte sie jetzt unbedingt weiter drauf herumreiten, was?

»Ich habe dir doch gesagt, dass ich ein gefallener Engel bin.« Sie mussten weg. Dornröschen würde nicht lange weiterschlafen. »Willst du jetzt fliehen, oder möchtest du warten, bis er aufwacht und dich ins nächste Gefängnis verfrachtet?«

Sie schluckte. »Fliehen.«

Er nahm ihre Hand, und sie rannten in die Nacht.

Der Engel beobachtete sie. Keenan war so schnell, dass er den Vampir leicht weit hinter sich lassen könnte, wenn er wollte.

Aber er wollte nicht.

Das war der entscheidende Punkt bei diesem Albtraum. Keenan wollte die nicht verlassen, die gelogen, betrogen und gemordet hatte.

Wie traurig. Er hatte so viel Potenzial, war so vielversprechend gewesen. Und nun sank er so tief.

Dafür würde der Vampir bezahlen. Sie sollte leiden. Welch eine Verlockung, die Starken zu schwächen.

Ja, sie würde leiden.

Flügel schlugen, als sich der Engel bereit machte, über seine Beute hinwegzufliegen. Der Tod nahte, schwebte durch die Luft. Dieses Mal wäre er nicht abzuwenden. Es gäbe keinen Aufschub in letzter Minute.

Jedenfalls nicht für den Vampir. Für Keenan bestand immer noch eine Chance. Gnade konnte zurückgewonnen werden.

Es bedurfte lediglich einen selbstlosen Akts, mutig und entschlossen.

Und schon wäre alles vergeben, wären alle Sünden fortgewischt.

Der Engel stieg auf, bis seine schwarzen Flügel eins wurden mit dem Nachthimmel.

Sheriff Tom Duggley setzte sich auf und befühlte sein Kinn. Die kleine Frau hatte einen gemeinen rechten Haken. Aber darauf hätte er gefasst sein müssen.

Er stand auf und schlurfte zu seinem Wagen. Blumenduft wehte in der Luft, sehr leicht nur, und dennoch war es komisch, denn hier war nichts als Brachland weit und breit.

Tom war überrascht, dass sie ihm die Wagenschlüssel dagelassen hatten – und den Wagen. Wie dumm von ihnen, denn zu Fuß waren sie leichter aufzuspüren.

Er griff nach dem Funkgerät. »Ein Fahndungsaufruf«, begann er und spuckte einen Mundvoll Blut aus. Der Kinnhaken war nicht von schlechten Eltern gewesen.

Andererseits hatte sie ihn nicht getötet, und das wiederum war komisch.

»Wir haben eine gesuchte Straftäterin in unserer Gegend, eine Nicole St. James.« Er ratterte die Personenbeschreibung herunter.

Sie hätte ihn ohne Weiteres töten können. Es wäre ein Kinderspiel gewesen, solange er bewusstlos war.

Nur hatte sie es nicht.

Und dieser Kleiderschrank von Beschützer, der bei ihr gewesen war, hatte ihm ebenfalls kein Haar gekrümmt.

»Und seid extrem vorsichtig, falls ihr sie seht«, warnte er, die Finger um sein Funkgerät geklammert. Seine Deputys würden nicht verstehen, wie extrem die Situation war.

Die wussten ja nichts von Vampiren. Er schon.

Wie gut, dass er sich die Freiheit genommen hatte, Spezialmunition für seine Einheit zu bestellen. Die war in einer Lage wie dieser überaus praktisch.

Die Kombination von Silberkugeln und Weihwasser war schon seit einigen Jahren bei den Gesetzeshütern im Umlauf. Und besonders an der Grenze erwies sie sich als nützlich. Denn nachts auf Streife in Texas wusste man nie, was einem vor die Flinte kam. Davon konnte er nach seiner langen Dienstzeit ein Lied singen.

Sie hatte ihn am Leben gelassen.

Sehr merkwürdig für einen Vampir.

Verflucht merkwürdig. Denn wenn die Geschichten wahr waren, hatte Nicole St. James seit ihrer Vampirwandlung zwei Männer getötet.

Das Motorrad dröhnte die Straße entlang. Die Maschine vibrierte zwischen Nicoles Beinen, während sie sich an ihrem Engel festhielt.

Engel?

Ausgeschlossen.

Andererseits hatte sie ihr Leben als einigermaßen brave Katholikin verbracht und folglich schon von Engeln erfahren, kaum dass sie sprechen konnte. Sie war immer gläubig gewesen, bis …

Bis sie dachte, dass Gott sich von ihr abgewandt hatte.

Nicht als sie die Nachricht vom Arzt erfuhr, nein, da hatte sie immer noch geglaubt, hatte gehofft und wollte beten.

Aber dann, es war in jener schmalen Gasse gewesen, brach jene blutgetränkte Hölle über sie herein, und sie verlor ihren Glauben. Ganz zu schweigen von den Dingen, die sie getan hatte.

Sie schloss die Augen und presste die Stirn an Keenans starken Rücken. Natürlich trugen sie keine Helme. Sie hatten schon Glück gehabt, an dieses Motorrad zu kommen. Der Besitzer war allerdings nicht so dumm gewesen, auch noch Helme dazulassen. Nun rasten sie über die Landstraße, Nicoles Arme um Keenan geschlungen.

Ihm zu vertrauen, war gewiss nicht klug, doch was blieb ihr anderes übrig? Sie war in diese neue Welt geworfen worden, ohne den blassesten Schimmer, wie sie darin bestehen sollte. Die letzten paar Monate hatte sie mit Ach und Krach überlebt, war jedoch mehrmals dem Tode sehr nahe gewesen.

Und sie hatte sich verändert. Die Frau, die sie gewesen war, starb in jener Gasse; und die, die sich jetzt an den gefallenen Engel klammerte, war selbst eine Gefallene.

Er hatte gesagt, dass es ihn nicht schwächte, wenn sie sein Blut trank, was ihn zur idealen Nahrungsquelle für sie machte.

Ideal, aber …

Ich darf ihm nicht trauen.

Wenn ein Vampir sich nährte, entstand ein Band zwischen ihm und seiner Beute. Dieses Band erlaubte es dem Vampir, in die Gedanken desjenigen einzudringen, dessen Blut er getrunken hatte. Und dort konnte der Vampir das Denken kontrollieren, aber auch Gedanken oder Erinnerungen auslöschen.

Hatte man die Kontrolle über jemanden, war Vertrauen eigentlich kein Thema mehr. Deshalb machten sich die meisten Vampire auch keine Sorgen um die Vertrauenswürdigkeit ihrer Beute.

Nicole indes wollte keine Kontrolle. Das hatte sie nie. Sie wusste zu gut, wie es sich anfühlte, die Marionette von jemand anderem zu sein.

Bald funkelten die Lichter der Stadt in der Ferne: San Antonio. Gut. Je größer die Stadt, umso besser konnte man sich als Paranormaler dort verstecken. Und umso leichter fand man Nahrung.

Keenan lenkte das Motorrad routiniert durch die Straßen, während sie sich an ihm festhielt. Ob sie wollte oder nicht, ihr Schicksal schien neuerdings untrennbar mit seinem verkettet.

An einer belebten Straßenecke mit Bars, Betrunkenen und Autos hielt Keenan an.

Nicole stieg vom Motorrad. »Danke für …«

Er drehte sich zu ihr um, und seine Augen blitzten. »Hier kriegen wir Waffen.«

Waffen? Sie standen vor einer Bar!

»Waffen«, wiederholte er und musterte sie, »und Kleidung für dich.« Er ließ das Motorrad einfach stehen, nahm ihre Hand und drängte sich durch die Menge. Ihr Engel hielt offenbar nichts vom Schlangestehen. Er schritt geradewegs auf den Eingang zu.

Der Türsteher war nicht so dumm, ihn aufhalten zu wollen. Vielleicht hatte er aber auch die Spitzen von Nicoles Reißzähnen gesehen.

Dann waren sie drinnen. Bässe wummerten, Rauchschwaden waberten in der Luft, und es roch nach … Blut.

Nicole blieb stocksteif stehen. Der Blutgeruch war überall. Draußen hatte sie überhaupt nichts riechen können, aber drinnen übertönte der Geruch alles.

»Was denn? Warst du etwa noch nie in einer Blutbar?«, murmelte er. »Ich hätte gedacht, die sind deine bevorzugten Lokale.«

Ihr wurde schlecht. »B-blutbar.« Na gut. Sie wusste, dass es solche Läden gab, hatte von ihnen gehört.

»Der beste Imbiss für Vampire«, sagte er und schaute sich in der Bar um. Nicole folgte seinem Blick und sah eine Frau, die einen Mann gegen eine Wand gedrängt hatte, ihre Zähne an seinem Hals. In einer Ecke nährten sich zwei Männer an einer Frau, und ein Stück weiter biss ein weiblicher Vampir in das Handgelenk seines blonden Begleiters.

Blut.

»Ich, ähm, mag keine Blutbars«, brachte Nicole mühsam heraus. Ihre Zähne brannten, was eine instinktive Reaktion auf das viele Blut war, so wie das Sabbern bei einem Hund.

Doch die Beute in diesen Blutbars wurde gnadenlos ausgenutzt, ausgesagt und weggeworfen. Vor allem aber wurden die Menschen hinterher meistens getötet.

»Ich bin nicht ...« *Wie die.* Von wegen! Wem machte sie hier etwas vor?

Seine Augen waren wieder blau, und sein ruhiger Blick schien exakt das zu sagen, was sie dachte.

»Warum sind wir hier?«, fragte sie. Er hatte gesagt, um Waffen zu besorgen; doch die einzigen tödlichen Waffen, die sie hier entdecken konnte, waren Reißzähne.

»Hinter dir sind Dämonen her. Und ich besitze nicht mehr die Fähigkeiten, die ich einst hatte.« Er neigte den Kopf seitlich und blickte hinüber zur Bar. »Wenn wir gegen die kämpfen wollen, die dich jagen, müssen wir bewaffnet sein.«

Sicher doch, denn sie war nicht gerade eine Kämpferin par excellence, wie er sicher schon bemerkt hatte. »Woher wusstest du von dieser Bar?«

Er ging bereits auf den Tresen zu, als er antwortete: »Ach, du würdest staunen, was ich alles gesehen habe.«

Nein, eher nicht.

Keenan erreichte den Tresen, legte beide Hände flach auf die Oberfläche und sagte: »Max.«

Der Barmann blickte fragend zu ihm auf. Keenan kannte ihn?

»Ich möchte die Ware im Hinterzimmer sehen«, sagte Keenan.

Nicole stützte einen Ellbogen auf die Bar und blickte sich weiter um. Die Menschen kamen freiwillig hier rein, aber mit einem einzigen Biss brachten die Vampire sie unter ihre Kontrolle. Sie konnten nicht nach Hause zurücklaufen und ihren Freunden erzählen, wie cool der neue Club war. Von dem Moment an, in dem sie erstmals gebissen wurden, sagten sie gar nichts mehr ohne die Erlaubnis des Vampirs.

Kontrolle. Nicole hasste sie.

»Hör zu, Alter«, sagte der Barmann, »ich kenne dich nicht, und ich habe keinen Schimmer, was du …«

Weiter kam er nicht.

Nicole drehte sich zu ihm und sah, dass Keenan über den Tresen gesprungen war. Seine Hand drückte dem Barmann ziemlich grob die Luft ab.

»Verkauf mich nicht für blöd. Ich weiß von dem Lager, und ich brauche Waffen«, befahl Keenan.

Feingefühl lag dem Engel anscheinend nicht. Nicole räusperte sich. Der Barmann war ein Vampir; vielleicht konnte sie mit ihm reden. Sie lächelte sehr vampirhaft. »Entschuldige, mein Freund ist neu in der Szene. Was er meint, ist, dass wir dir etwas abkaufen wollen.«

Der Vampir musterte sie mit schwarzen Augen. Dann nickte er, so gut es ihm momentan möglich war. »Ich verhandle mit dir«, ächzte er.

»Du verhandelst mit uns beiden, Max«, versprach Keenan ihm und schob ihn von sich.

»Woher weißt du, wer ich bin?«, fragte Max argwöhnisch.

»Es hat sich herumgesprochen.«

Okay, das klang ominös.

Max richtete sich gerade auf, sah sich prüfend um und wies mit dem Daumen zur Tür links. »Da lang.«

Sie konnte gar nicht schnell genug aus der Bar kommen, denn dieser Blutgeruch setzte ihr zu. Ihre Selbstbeherrschung war noch nie sonderlich gut gewesen, und gerade jetzt war der Geruch köstlicher als die leckersten Süßigkeiten, die sie kannte.

Sie eilte hinter Max und Keenan her, drehte sich allerdings noch einmal um und …

Oh, Mist!

Nicoles Augen begegneten den pechschwarzen eines Vampirs, von dem sie gehofft hatte, ihn niemals wiederzusehen. Ein hübsches Gesicht mit einem solch kalten und grausamen Lächeln, dass es einen fröstelte.

Ein Liebhaber und Mörder. Connor.

Sie hielt den Atem an. Dann hob Connor die Hand, krümmte einen Finger und lockte sie näher. Mistkerl!

Sie lief hinter Keenan her.

Doch sie wusste, dass der Vampir ihr folgen würde. Zum Teufel mit ihm. Sie hatte es gewusst.

Manche Monster hörten nie auf zu jagen.

Nicht bevor man ihnen einen Pfahl ins Herz stieß.

Fünftes Kapitel

Max holte eine Waffe hervor und hielt sie Nicole mit dem Knauf nach vorn hin. Sie nahm sie zögernd, stellte jedoch fest, dass sie sich fest und schwer, beinahe beruhigend anfühlte.

»Silberkugeln«, sagte er. »Die wirken bei Wolfswandlern am besten, aber auch alle anderen verfluchten Viecher reagieren darauf. Ein Schuss, und sie gehen zu Boden.« Er grinste. »Wenigstens für eine Weile. Lange genug, dass ihr sie köpfen könnt.«

Sie sah zu ihm auf. »Lange genug«, wiederholte sie leise. Ihre Stimme klang dünn, weil es ihr vor Angst die Kehle zuschnürte.

Connor könnte jeden Moment kommen. Sie durften keine Zeit verlieren. »Wie viel?« Warum fragte sie überhaupt? Sie hatte ungefähr hundert Scheine in ihrer Gesäßtasche. Besser gesagt: Die hatte sie letzte Nacht gehabt. Heute hatte sie noch nicht nachgesehen.

Max strich mit seiner Zunge über seine Reißzähne. »Tja, also …«

»Um Gestaltwandler sorgen wir uns nicht.« Keenan nahm ihr die Waffe ab und knallte sie zurück auf den Holztisch. »Was hast du gegen Dämonen?«

Max' schwarze Augen verengten sich. »Kommt

drauf an, wie stark euer Dämon ist. Falls ihr einen niederen meint, vielleicht eins oder zwei, sind diese Waffen ausreichend.«

Sie ballte die Fäuste.

»Ich rede nicht über eine Stufe zwei.« Keenan sah sich über die Schulter um. Die dünne Holztür konnte niemanden lange aufhalten. Schon gar nicht jemanden wie Connor McQueen.

»Worüber dann?«, fragte Max und verschränkte die Arme vor seinem Oberkörper.

»Mächtiger.« Keenan drehte den Kopf wieder zu ihm. »Ganz oben. Stark genug, um die Stadt in Schutt und Asche zu legen.«

»Wie bitte?«, hauchte Nicole. Der Dämon, der sie jagte, war so stark gewesen? Nein, dann hätte er doch auf keinen Fall die Flucht ergriffen. Wer stark war, floh nicht. Das taten nur Schwache.

Wie ich.

Das matte Lächeln schwand aus Max' Gesicht. »Was bist du?«, fragte er Keenan misstrauisch.

Nicole trat näher zu ihm. »Ich sagte bereits, dass er zu mir gehört.«

»Er ist kein Haustier.«

Haustier war der Slang-Ausdruck für einen Menschen, den sich ein Vampir hielt, um sich an ihm zu nähren und mit ihm Sex zu haben. Sie schluckte. »Doch, ist er.« Nicole fühlte Keenans Blick auf ihrem Gesicht.

Aber Max schien ihr nicht zu glauben. Sein Wangenmuskel zuckte. »Ich will, dass ihr beide verschwindet. Mir ist egal, wie viel Geld ihr habt. Macht, dass ihr rauskommt!« Er fuhr sich mit der Hand durchs

Haar. »Ich habe keinen Bock auf einen Stufe-10-Dämon, der mir an den Kragen will.«

»Und wenn er es wollte«, murmelte Keenan, »wie würdest du dich gegen ihn verteidigen?«

Max öffnete den Mund ein wenig.

Im selben Moment klopfte es an der Tür, trügerisch sanft. Nicole fuhr blitzschnell herum, sodass sie Rücken an Rücken mit Keenan stand. Dies war die beste Kampf- und Verteidigungsposition.

Und sie war zwei Sekunden später, als das Schloss zerbarst und die Tür aufflog, bereit für Connor.

»Hallo, Liebes«, sagte er mit einem Hauch von englischem Akzent. »Wer hätte gedacht, dass man dich in einer Absteige wie dieser antrifft?«

Eine feste Hand drückte ihre Schulter. Keenan. Nein! Er hatte sich umgedreht, als Connor hereinkam, und nun war sein Rücken Max zugekehrt. Ein fataler Fehler bei einem Vampir.

Sie packte Keenans Arm und riss ihn aus dem Weg. Im selben Moment stürzte sich Max mit ausgefahrenen Krallen und verlängerten Zähnen auf ihn. Er traf stattdessen Nicole und riss sie zu Boden. Seine Krallen hieben ihr in den Arm, aber sie schaffte es, ihm die Faust unters Kinn zu rammen. Max' Kopf schnellte nach hinten, und sie rollte sich weg von ihm.

Als sie wieder aufsprang, sah sie Connor mit blitzenden Reißzähnen in der Tür stehen. Zwei andere Vampire waren hinter ihm. Das war ja klar. Er hatte es immer schon geliebt, Publikum zu haben.

»Du blutest«, sagte Keenan viel zu ruhig rechts neben ihr.

Sie wollte nicht an ihren Arm denken. Die Krallenhiebe taten höllisch weh. »Mir geht es gut.« Tatsächlich waren sie geliefert. Connor blockierte den einzigen Ausgang.

Hierherzukommen war eine ziemlich blöde Idee gewesen.

»Du hättest dein Haustier nicht mitbringen dürfen«, zischte Max, der sie und Keenan umrundete. Er wischte sich Blut vom Mund und leckte es von seinen Fingern. »Hier essen nur Vampire. Alle andere stehen auf der Speisekarte.«

»Ja, dämliche Idee hierherzukommen«, murmelte sie und versuchte, sich vor Keenan zu drängen. Mit einem breiten, unechten Lächeln ergänzte sie: »Mein Fehler. Passiert nicht wieder.«

»Nicole, Nicole«, raunte Connor kopfschüttelnd. »Von allen Vampiren hätte ich dich am allerwenigsten hier erwartet.«

»Wer ist das?«, fragte Keenan.

Connor lächelte vielsagend. »Ich bin der, der sie die süßen Wonnen von Schmerz und Vergnügen lehrte.«

Über das Thema wollte sie sich jetzt wirklich nicht unterhalten.

»Wir haben zusammen getötet«, sagte er versonnen. »Danach trank ich von ihr und …«

Und Keenan war auf ihm. Verfluchter Mist, sie hatte nicht mal gesehen, dass er sich bewegte! Keenan hatte seine Hand um Connors Hals geschlungen, und Connors Handlanger starrten ihn mit großen Augen an. Er war wirklich verteufelt schnell.

»Nicole tötet nicht.« Keenans tiefe Stimme füllte den ganzen Raum aus.

Connors Krallen schlitzten ihm die Arme auf.

»Doch, Kumpel, tut sie. Nicht dass sie … eine Wahl gehabt hätte.«

Max wollte Keenan abermals von hinten angreifen. Diesmal schnappte sich Nicole die Waffe, die er unvorsichtigerweise auf dem Tisch liegen ließ, und schoss auf ihn.

Max heulte auf und fiel. Silber mochte ihre Art nicht umbringen, aber jede Kugel, vor allem aus nächster Nähe und direkt in die Wirbelsäule, schmerzte enorm.

Der Schuss hatte alle anderen aufgeschreckt. Nicole richtete die Waffe auf Connors Untergebene. »Einen Schritt weiter, und ihr dürft Silber schürfen.«

Sie rührten sich nicht.

»Du verteidigst mich?«, fragte Keenan erstaunt. »Das hätte ich nicht gedacht.«

»Tja, na ja, du hast mich gerettet, also bin ich jetzt wohl dran.«

Er nickte. »Aber ich brauche keine Hilfe.«

Auch noch undankbar.

Keenan blickte Connor an. »Willst du sterben?«

Connor riss sich von ihm los. Er war schon immer sehr stark gewesen. »Blödmann, ich *bin* tot. Und du auch. Nikki hat nicht den Mumm, auf mich zu schießen, nicht nach allem, was wir zusammen erlebt haben. Ich schlitze dich auf, blute dich aus und dann …«

Nicole schoss Connor mitten in die Brust. Er torkelte rückwärts und kippte um, ihren Namen schreiend.

»Gerade wegen dem, was wir erlebt haben, kann ich dich töten«, flüsterte sie. Ihre Hand mit der Waffe zitterte. Ja, gerade weil sie wusste, wie böse und grausam Connor sein konnte, war sie imstande, auf ihn zu schießen. Entweder das oder sie würde sterben. Und sie wollte nicht sterben.

»Du Schlampe!« Connor drückte eine Hand auf seine Brust. Sofort waren seine Finger blutig.

Rufe ertönten aus der Bar. Natürlich hatten die anderen Vampire die Schüsse gehört. Bei ihrem übersensiblen Gehör konnten sie ihnen unmöglich entgehen. Nicht einmal Menschen hätten das laute Knallen überhören können. Es dürfte ein Albtraum werden, hier wieder rauszukommen.

Keenan trat zurück.

»Es muss noch einen zweiten Ausgang geben«, sagte Nicole, die sich hastig umblickte. Sie zitterte immer noch. *Ich habe ihn nicht umgebracht.* Connor war bloß vorübergehend ausgebremst. Er würde sich schnell erholen, sowie er erst mal seine Zähne im Hals eines seiner Gorillas versenkt hatte.

Er ist kein Mensch und er ist nicht tot, versuchte sie, sich zu beruhigen.

Connors Untergebene waren verschwunden. Wahrscheinlich holten sie Verstärkung. »Vielleicht noch eine Tür.«

»Nein, Scheiße, nicht, lass mich in Frieden!«

Erschrocken drehte Nicole sich um. Keenan hockte neben Max, und der Engel hatte ein Messer in der Hand. Woher hatte er das? Er kratzte den Vampir nur leicht.

»Es ist Blutverlust, nicht?«, fragte Keenan auf dieselbe ruhige Art, mit der er ihr gesagt hatte, dass sie blutete. »Der kann einen Vampir umbringen.« Er hob das Messer an Max' Kehle. »Du kannst langsam verbluten, oder ich schneide dir einfach den Kopf ab.« Die Klinge schnitt in Max' Haut.

»Nein!«

Nicole bewegte sich nicht. »Keenan.«

»Du hast meine Frage nicht beantwortet, Max.«

Die Rufe draußen wurden lauter. Noch mehr Vampire schlichen auf die Tür zu. Nicole blickte hinab auf die Waffe in ihrer Hand. Wie viele Kugeln mochte sie noch haben? Wie viele Vampire konnte sie zurückhalten?

»Erzähl mir, was du hast, womit sich ein Dämon der Stufe zehn ausschalten lässt?«

Ausgerechnet das wollte Keenan jetzt wissen? Sie blickte zu ihnen. »Sag's ihm«, fuhr sie Max an. Sie musste wirklich weg. Schnellstens.

Noch ein Vampir versuchte, durch die Tür zu kommen. Nicole feuerte und verfehlte ihn.

Gelächter erklang.

»Du machst«, keuchte Connor, »sie nur hungriger.« Seine rote Hand presste wieder gegen seine Brust. Er grinste gequält. »Und du hast ... mein Herz nicht getroffen.«

Weil sie es nicht treffen wollte. Vor Monaten hatte er ihr geholfen, das Elend und den Hass zu verdrängen, die sie fast aufgefressen hatten. »Ich war dir was schuldig.« Gab es einen Preis für Wonne? »Jetzt sind wir quitt. Solltest du Keenan oder mir noch einmal zu nahe kommen ...« Was dann? Könnte sie ihn umbringen?

Connor sah ihr in die Augen. »Du hattest noch nie einen Killerinstinkt.«

»Was tötet Dämonen?«, fragte Keenan.

»N… nichts.«

Die Klinge schnitt tiefer. Mehr Blut floss. Nicoles Hand an der Waffe schwitzte. »Waffen wie diese«, begann sie und hob die Hand, »sollen bei stärkeren Dämonen angeblich zwecklos sein.«

»Wie alle, die von Menschen gemacht sind«, murmelte Connor, dessen Lider sich flackernd senkten. Er hatte eine Menge Blut verloren, was er jedoch bei nächster Gelegenheit mehr als ausgleichen würde, wie Nicole wusste. Der Kerl liebte Blut.

Und er hatte recht. Den Geschichten zufolge konnte keine von Menschen gemachte Waffe mächtige Dämonen der Stufe zehn töten.

War so einer hinter einem her, steckte man ziemlich tief in der Patsche.

Aber was konnte solch ein Dämon von ihr wollen?

Du bist der Schlüssel.

Zu einem sehr kaputten Schloss.

»Wenn du mir nicht helfen kannst«, knurrte Keenan, »nützt du mir nichts.« Blut floss über die blitzende Klinge.

Was tat er da? Er durfte doch nicht töten; schließlich war er ein …

»Engel!«, keuchte Max, und alle erstarrten.

Keenan neigte sich näher zu ihm. »Was ist mit Engeln?«

»Engels…staub.«

Das Messer hob sich ein klein wenig, aber nach wie vor floss Blut.

»Ich hab gehört«, sagte Max und schluckte, »dass es eine Voodoo-Priesterin in L.A. gibt. Die hat Engelsblut mit Kräutern gemischt und daraus Engelsstaub gemacht.« Er redete jetzt sehr schnell. »Das ist Gift für Dämonen, sogar für die richtig fiesen.«

»Du hast nicht zufällig etwas von dem Zeug hier?«, fragte Keenan.

»Nein«, antwortete Max und lachte heiser. »Dafür braucht man eine Menge Blut, und ich habe noch keinen beknackten Engel getroffen, den ich abmurksen kann.«

Die Klinge an seinem Hals zitterte. Nicole verstand sehr gut, wie gern Keenan jemanden abmurksen wollte.

Sie lief zu ihm und strich mit der linken Hand über seinen Arm. »Wir müssen hier weg.«

Keenan nickte und stand auf. Sein Körper war völlig angespannt, hart wie Stein.

Nicole sah zur Tür. Dort warteten ein paar grinsende Vampire. Sie mussten sich ihren Weg nach draußen erkämpfen. Ein Jammer, dass Nicole keine besonders gute Kämpferin war.

»Du wendest dich gegen deine eigene Art«, sagte eine Blonde ganz vorn, deren Zähne blutbefleckt waren. »Das ist nicht sehr loyal.«

Nicole zuckte betont lässig mit der Schulter. »Tja, ich bin wohl nicht der loyale Typ.«

Feuer explodierte. Ein glühend roter Flammenball schoss direkt auf die Blonde und die anderen Vampire zu. Schreiend wollten sie wegrennen, rempelten sich gegenseitig aus dem Weg, um dem Feuer zu entkommen.

Einem Feuer, das aus dem Nichts entflammt war.

Nein, nicht aus dem Nichts. Keenans Hand war erhoben, und seine Finger zeigten direkt auf den Feuerball, umgeben von Rauchfäden. Der Rauch schien sich um ihn zu kräuseln und ihn gleichsam festzuhalten.

Weil das Feuer von ihm kam.

Verdammt.

Dämonen konnten Feuer kontrollieren; anscheinend teilten sie dieses Talent mit Engeln.

Nicole bemerkte, dass ihr der Mund vor Staunen offen stand, und schloss ihn. Dann schüttelte sie den Kopf. »Das hättest du gerne früher erwähnen dürfen.« Sie hätte einige Kugeln sparen können. Was sie auch tun würde, denn Silberkugeln konnten sich durchaus noch als praktisch erweisen.

Die Vampire flohen, konnten nicht schnell genug wegkommen, und Nicole steckte die Waffe in ihren Jeansbund.

Keenan blickte auf seine rauchenden Finger. »Ich wusste nicht, dass ich das kann.«

Sie schob ihn zur Tür. »Lass die Hand oben. Vielleicht musst du uns den Weg nach draußen freibrennen.«

Das war nicht nötig, denn alle Vampire waren fort. Die Menschen waren noch dort und starrten sie mit glasigen Augen an, ihre Körper blutig.

Nicole biss die Zähne zusammen. Warum entschlossen die sich freiwillig, Beute zu sein?

»Komm schon«, sagte Keenan und packte ihren Unterarm. Sie zuckte zusammen, weil seine Hand so heiß war. Zwar war sie nicht heiß genug, um ihr die Haut zu verbrennen, aber trotzdem sehr heiß.

Sie sah ihn an. »Keenan …«

Doch er schaute sich in dem Club um. »Ich sollte den Laden abfackeln.«

»Nein, sie können nicht fliehen«, sagte sie und wies auf die Menschen. »Sie sind viel zu weggetreten.«

Er schritt zur Tür. Nicole drehte sich noch einmal um. All das Blut war verlockend.

Nicht hingegen die leeren Blicke der Leute. Sie waren vollkommen verloren, hilflos, verzweifelt.

Genau wie ich, dachte Nicole.

Das Motorrad stand draußen, wo sie es geparkt hatten, was in dieser Gegend an ein Wunder grenzte. Nicole steckte die Waffe in die Satteltasche, und sie stiegen auf. Keenan ließ den Motor an und gab Gas, während sich Nicole fest an ihn klammerte und die Hitze einsog, die von ihm ausströmte, wie sie normalerweise Blut in sich aufsog.

Ein heftiger Schauer schüttelte ihn, und Nicole umfing ihn noch fester. »Keenan?«

Das Motorrad fuhr schneller. Sie drehte sich um, konnte jedoch nirgends Vampire entdecken.

Er bog nach links, nach rechts, dann in eine Gasse und hielt an. Sofort sprang er vom Sitz und rannte weg von ihr.

»Keenan?« Unsicher blieb sie auf dem Motorrad sitzen. »Was ist?«

Er riss sein T-Shirt vorn entzwei, vom Hals bis zur Hüfte, sodass seine Brust entblößt wurde. »Zu … heiß.«

Sie räusperte sich. Es leuchtete ein, dass einem beim Feuerbeschwören ein bisschen warm wurde.

Allerdings schwitzte er sehr. Seine Wangen glühten

rot, und seine Augen wechselten wild zwischen Blau und Schwarz.

Das war gar nicht gut.

Nicole blickte sich in der Gasse um. »Hier sind wir nicht sicher.« Die Untertreibung des Jahrhunderts. Sie sah niemanden, konnte indes dank ihrer Vampirsinne Schritte nahen hören. Hier jagte jemand.

Natürlich jagte dieser Tage überall irgendwer.

»Es ist so verflucht heiß.«

Sie sprang ebenfalls vom Motorrad und lief zu ihm. Eine Berührung bestätigte ihr, dass er wirklich sehr heiß war, als hätte er hohes Fieber. »Konntest du tatsächlich vorher kein Feuer beschwören?« Sie hatte keine Ahnung, wie diese Feuersache funktionierte.

Keenan verneinte wortlos.

»Super. Okay.« Sie zog ihn näher zu sich und blickte sich abermals in der Gasse um. »Ich habe ein kleines Motel ein paar Straßen weiter gesehen.« Es war eines von diesen Stundenhotels, in denen keiner Fragen stellte. »Dort verstecken wir uns, stellen dich unter eine kalte Dusche, und schon geht es dir besser.« Vielleicht. Hoffentlich.

Oder er fing an, alles um sich herum in Brand zu setzen.

O-oh. Im Moment war sie ihm am nächsten.

Die rapide wechselnde Augenfarbe bereitete ihr am meisten Sorge. »Du musst weg von mir.«

Offensichtlich dachte er dasselbe wie sie. Falls er diese Kraft nicht bändigen konnte, würde sie Feuer fangen. Genau wie Hexen brannten auch Vampire sehr schnell.

Denn trotz aller anderslautenden Legenden waren

Vampire im Grunde nicht schwer zu töten. Altmodisches Pfählen oder Köpfen wirkten ebenso zuverlässig wie Ausbluten – ja, das bescherte einem gleichfalls einen toten Vampir. Oder man ließ ihn von Flammen geradewegs in die Hölle schicken, von einem Feuer ins nächste.

Sie schluckte. »Du brauchst mich.« Denn er schien Mühe mit dem Stehen zu haben. Er hatte sie nicht verlassen, als sie kurz vor dem Zusammenbruch war, und sie würde ihn jetzt nicht verlassen.

Es sei denn, das Feuer kam ihr zu nahe.

Nicole zog ihn zum Motorrad zurück. Sie stieg als Erste auf. »Leg deine Arme um mich und halt durch, nur kurz.«

Er hockte sich hinter sie, worauf das Motorrad unter seinem Gewicht tiefer sank. Dann schlang er seine Arme um ihre Mitte. Seine Hitze drang durch ihr T-Shirt, war aber nicht schmerzhaft. Ganz und gar nicht.

Vielmehr tat sie gut.

Erst beim zweiten Anlauf bekam sie den Motor gestartet. Beinahe wären sie umgekippt, doch dann schaffte Nicole es, die Maschine schlingernd zum Beschleunigen zu bringen. Sie fuhren nicht schnell, und es war auch keine angenehme Fahrt, aber wenigstens brachte Nicole sie zu dem Motel.

Dort legte sie einen Fünfziger auf den Tresen und bekam Zimmer Nummer sieben. Die Glückszahl. Eilig bugsierte sie Keenan ins Zimmer, verriegelte von innen und begann, ihn auszuziehen.

Der Engel betrachtete das Chaos in der Blutbar. Lauter Menschen, bleich und benommen, bereit für den Tod.

Gut, denn der Tod war auch bereit für sie.

Eine Berührung, und eine Seele gehörte ihm, reif für das Jenseits und das Jüngste Gericht.

So viele Seelen, die so leicht zu nehmen waren.

Aber nein, der Tod durfte nicht frei wählen. Er nahm nur diejenigen, die auf der Liste standen.

Also ging er an dem Vampir mit der blutigen Brust vorbei, der ihn tatsächlich zu sehen schien, nahm die Menschen, die markiert waren, und ließ die anderen entrinnen.

Der schwache Geruch des Gefallenen hing in der Luft und vermengte sich mit dem von Asche an den Wänden und dem Boden.

Der Gefallene entdeckte also sein Können. Das war gefährlich für jene, die in Keenans Nähe waren, denn beim ersten Kräfteschub war er außer Kontrolle.

Das erste Mal war stets am verlockendsten und folglich am gefährlichsten.

Keenan würde mehr wollen, nein, mehr brauchen.

Dämonen waren nicht die Einzigen, die allzu leicht süchtig wurden.

Sein Blick suchte den Raum ab. *Nimm noch eine.*

Sie alle hatten ihre Süchte.

Er war stark genug, gegen seine zu kämpfen; der Gefallene war es nicht.

Es würden noch weitere Tote folgen.

Ihre Hände waren auf ihm, sanfte, kühle Hände, die ihn streichelten und ihm die Kleider herunterrissen.

»Nicole.« Keenans Zunge fühlte sich geschwollen an, wie überhaupt sein ganzer Körper. Schuld waren das Feuer und ihre Hände.

Sie warf sein T-Shirt auf den Boden. »Zieh die Schuhe aus!«, befahl sie ihm.

Er wäre beinahe umgekippt, konnte aber seine Schuhe abstreifen.

Dann bewegten sich ihre Hände auf seinen Hosenbund zu. Die Hitze in ihm loderte noch heißer, und die Luft um sie herum knisterte vor Funken.

Sie hielt inne, sah den Puls unten an seinem Hals rasen. »Hast du dich im Griff?«, fragte sie leise.

Kaum. Er nickte.

Ihre Hände strichen über seinen Bauch, und Keenan sog hörbar Luft ein. Das Feuer schien seinen ganzen Leib von innen nach außen zu verbrennen, aber das Verlangen konzentrierte sich ganz auf sein pochendes Glied. Ihre Finger waren so nahe, und er wollte, dass sie ihn dort berührte.

Nein, er wollte in ihr sein.

Sie schob seine Jeans nach unten. Als sie hinabsah, wirkte sie für einen Moment verunsichert, wich zurück und eilte ins Bad. »Wir müssen dich abkühlen.«

Er stand nackt da, die Fäuste geballt. In ihm tobten Gier, Hitze und Verlangen.

Lautes Wasserrauschen ertönte von nebenan.

»Keenan?«

Er trat seine Jeans beiseite, die noch an seinen Knöcheln hing, und kämpfte sich Schritt für Schritt ins Bad. Nicole wartete neben der Dusche, aus der ein fester Strahl hinabregnete.

»Es ist eiskalt und sollte dir helfen«, sagte sie mit belegter Stimme, und wieder fiel ihr Blick auf seinen Schwanz.

Er sollte nicht nach ihr verlangen. Noch nie hatte er jemanden gewollt, noch nie begehrt, noch nie jemanden nehmen wollen.

Und nun glaubte er, sie dringender zu brauchen als seinen nächsten Atemzug.

Er stieg in die Dusche. Wie Eisnadeln prasselte das Wasser auf ihn ein.

Trotzdem schwand die Hitze nicht. Und ebenso wenig die Lust. Er konnte die Augen nicht von ihr abwenden.

Wasser ergoss sich über seine Schultern, floss seine Brust hinab, und wie von allein streckte er eine Hand nach ihr aus.

Ihre Augen wurden dunkler, bis sie vollständig schwarz waren. In diesem Blick sah er sein eigenes rohes Verlangen und seine Lust gespiegelt.

»Nicole.« Nein, es war verboten. Dies hier taten Engel nicht.

Nur war er kein Engel mehr. Wenn er schon den Preis für seine Lust bezahlt hatte, durfte er sich dann nicht die Wonnen nehmen, die ihn erwarteten?

Sie kam näher. Wasser sprühte auf sie und durchnässte ihr T-Shirt. Dann hob sie die Hände, allerdings nicht um ihn zu berühren, sondern um ihr Hemd auszuziehen.

Die Hitze verschlang ihn. Sie brannte so heiß in ihm, dass es schmerzte.

Er betrachtete sie: zarte Haut, blass und glatt; der schwarze BH, der ihre gewölbten Brüste umfing …

Binnen Sekunden war der BH auf dem Fußboden, wo er neben ihren Stiefeln, den Socken, der Jeans und dem weichen Baumwollslip landete.

Dampf stieg in der eiskalten Dusche auf, der von Keenans Haut waberte.

»Du musst abkühlen«, flüsterte sie.

Der Anblick ihres nackten Körpers würde ihn gewiss nicht abkühlen. Im Moment war er sicher, dass nichts ihn kühlen könnte.

Ihr Bauch war flach, die Hüften leicht gerundet, die Beine lang, sinnlich …

Sie trat unter die Dusche. Ihre Brustspitzen verhärteten sich unter dem eisigen Wasser zu dunkelrosa Knospen.

Nehmen. Kosten.

Er begehrte sie so sehr, doch als er nach unten sah, ballte er unwillkürlich die Fäuste. Es war besser, sie nicht zu berühren.

Sie erschauderte in der Kälte, als sie näher zu ihm kam, bis ihre Brüste sich an seinem Oberkörper rieben.

Er schloss die Augen. Das Gefühl war pure Qual, eine sinnliche Hölle.

Und er wollte mehr.

Er wollte ihre Brüste in seinem Mund. Keenan hatte Menschen beim Geschlechtsakt gesehen, und einst fand er es schmutzig. Jetzt erschien es ihm überaus verlockend.

Er wollte das: jenes Wiegen der Körper, den keuchenden Atem, die feste Umklammerung ihres Geschlechts.

Alles wollte er.

»Du wirst nicht kälter«, sagte sie mit rauchiger Stimme und legte beide Hände auf seine Schultern.

Sein Lachen klang rau. »Wie soll ich nicht brennen, wenn du mich berührst?«

Sie reckte sich ihm auf Zehenspitzen entgegen. »Vielleicht ist es das, was du brauchst. Du musst das Feuer herauslassen.«

Ihre Lippen waren so nahe, dass er schon den Kuss zu schmecken meinte. »Und wenn es dich verbrennt?«

Nicole schüttelte den Kopf. Ihre dunklen Locken waren bereits tropfnass. »Wird es nicht.« Der kalte Wasserstrahl brachte sie zum Bibbern, dennoch lehnte sie sich noch näher an ihn. »Wird es nicht«, wiederholte sie voller Überzeugung, obwohl es so vieles gab, was sie nicht wusste.

Ihre vom Wasser kalten Lippen berührten seine. Sie hatte den Mund geöffnet, und ihre Zunge drang in seinen Mund.

Er war verloren. Andererseits war er es bei ihr von Anfang an gewesen.

Sein Verlangen übermannte ihn, er zog sie fest an sich. Er wollte jeden Millimeter ihres Körpers an seinem spüren. Seine Zunge kam ihrer entgegen und kostete sie. Und weil er mehr wollte, öffnete er seinen Mund weiter. Er wollte alles.

Nicole glitt mit einer Hand zwischen ihre Körper, geschmeidig und sicher. Ihre Finger strichen über seine Brustwarzen, und ein Knurren vibrierte in seiner Kehle. Dann wanderte ihre Hand tiefer.

Als sie seinen Schwanz berührte, zuckte Keenan heftig.

»Ganz ruhig«, hauchte sie, wich ein wenig zurück und sah ihn an. Das Wasser war nicht mehr kalt, denn er hatte es erhitzt, konnte es nicht kontrollieren.

Er hatte keine Kontrolle!

Ihre Finger umfingen sein Glied, bogen sich um seine Erektion und begannen, sie zu reiben. Es waren lange, langsame Striche, während ihre Lippen an seinem Hals waren.

Er wünschte sich, dass sie ihn biss, sehnte sich nach ihrem Mund auf seiner Haut. Ihre Berührung entflammte ihn, und doch war noch nie etwas so gut gewesen. Sie übte gerade den richtigen Druck aus, fest und sicher, und sie wurde beständig schneller.

»Es ist okay«, sagte sie mit ruhiger Stimme und drückte ihn mit dem Rücken an die Fliesenwand. »Du kannst mir nicht wehtun.« Sie lächelte matt. »Ich bin stärker, als ich aussehe.«

Ich auch. Er war sehr stark, und dennoch fühlte er sich in ihrer Nähe zerbrechlich.

Sein Atem ging schwerer, sein Herz drohte ihm aus der Brust zu springen. Dann leckte ihre Zunge über seinen Hals, was sein Verlangen erst recht anfachte.

Und nun begann sie, an ihm nach unten zu gleiten. Dampf stieg von ihr auf, und ihre Lippen hauchten unzählige Küsse auf seine Brust, seinen Bauch.

Seine Muskeln spannten sich an, sowie ihre Lippen sein Glied umfingen.

Wohlgefühl explodierte in ihm. Ein Lecken ihrer

Zunge, nur ein einziges, und Keenan verlor die Kontrolle.

Alles wurde in ein gedämpft rotes Licht getaucht, und ein fernes Rauschen dröhnte in seinen Ohren. Wonne mischte sich mit dem Feuer in ihm, wischte seine Vergangenheit fort und stürzte ihn in einen unendlichen Strom aus Verlangen, Gier und …

Ja.

Genuss.

So viel Genuss.

Sie leckte abermals an ihm, strich mit den Fingern über seinen Schwanz und sah zu ihm auf.

In dem Moment wusste er, dass er nicht genug bekommen könnte. Dieser Ansturm wilder Wonnen war erst der Anfang, und er musste mehr haben.

Er brauchte alles.

Kein Wunder, dass Menschen für Sex logen und mordeten. Nein, das wunderte ihn wirklich nicht mehr.

Er hakte die Hände unter ihre Arme und hob sie hoch, ohne ihr Gewicht wahrzunehmen.

»Keenan, wir sollten …«

Mehr bekam sie nicht heraus, weil er sie küsste, seine Zunge tief in ihren Mund eintauchte und es genoss, als ein leises Stöhnen in ihrer Kehle erbebte.

Mit ihr in den Armen und ohne den Kuss zu unterbrechen, trug er sie aus dem Bad.

Die Hitze, die ihn von innen zu verbrennen drohte, war gleichsam gebündelt und auf Nicole gerichtet.

Behutsam legte er sie aufs Bett. Er blickte sie an, prägte sich jede Rundung, jede winzige Sommersprosse, jeden Zentimeter ihrer vollkommenen Haut ein.

Sie winkelte ihre Beine leicht an und spreizte sie, was Keenan den Atem verschlug. »Ich will dich«, flüsterte sie.

Ihre rechte Hand schwenkte hinunter zu dem zarten Haarflaum, der ihre Scham bedeckte.

Das Dröhnen in Keenans Ohren war wieder da, und diesmal erkannte er, dass es sein Pulsschlag war, der viel zu schnell ging.

»Ich will dich«, sagte Nicole wieder, was überflüssig war, denn nichts könnte ihn von ihr fernhalten.

Er beugte sich über sie und kniete sich mit einem Bein auf die nachgebende Matratze. Fast scheute er sich, sie zu berühren. Nachdem er so oft von einem Moment wie diesem geträumt hatte, fürchtete er, dass er die Hand ausstrecken und feststellen könnte, es war wieder bloß ein Traum gewesen.

Aber es war kein Traum. Auch kein Albtraum. Dies war real. Er konnte die Spitzen ihrer Reißzähne sehen, und ihre Augen waren pechschwarz.

Nicht ganz wie in seinen Fantasien.

Und doch war es immer noch Nicole.

Seine Finger strichen ihren Arm hinab. Immer schon hatte er ihre Haut geliebt. Er neigte sich hinunter und blies sanft über ihre Brustspitze.

Sie bog sich ihm entgegen. »Keenan!«

Genau so sollte eine Frau seinen Namen sagen: voller Lust, Verlangen und Ungeduld.

Nicht angsterfüllt.

Er leckte über die Brustknospe, kostete sie und fand, dass sie herrlich schmeckte. Nun öffnete er den Mund weiter, nahm sie ganz in sich auf und sog an ihr.

Mehr.

Seine Zähne schabten über ihre Haut. Vielleicht gab es einen Grund, weshalb Vampire so gern zubissen. Das Beißen war angenehm.

Ihre Beine bewegten sich, ihr Atem ging schneller. Das gefiel ihm.

Er liebkoste die andere Brust mit der Hand, dann musste er auch sie schmecken. Ihre Brüste waren süß, die Spitzen wie reife Erdbeeren – noch eine neue Verlockung, die er erst unlängst entdeckte.

Die Welt steckte voller Versuchungen.

Der Duft ihrer Erregung betörte ihn. *Sie will mich.* Dies hier war kein Spiel, kein Trugbild. Nicole begehrte ihn ebenso sehr wie er sie. Er hob den Kopf und blickte in ihre Augen.

»Keine Sorge«, sagte sie mit einer Stimme, die wie pure Sünde klang, »ich beiße dich nicht. Ich habe mich unter Kontrolle.«

Er sich nicht. Und was das Beißen betraf … »Ich dich aber.« Dann küsste er sich über ihren Bauch nach unten, erkundete ihren Leib. Er konnte sie gar nicht genug berühren, nicht genug schmecken. Und, ja, er musste sie beißen, musste an ihrer Haut knabbern, weil es ihm zu gut gefiel, wie sie seinen Namen seufzte, sobald sie seine Zähne fühlte. Er achtete darauf, dass er ihr nicht wehtat, denn er wollte lediglich ihr Verlangen befeuern.

Schließlich schob er ihre Beine weiter auseinander und kniete sich zwischen sie. Sein Herz hämmerte, seine Muskeln waren hart vor Anspannung und sein Glied derart erregt, dass es zu explodieren drohte.

Er zitterte, als er sie berührte. Sie rang hörbar nach

Atem, und er sah zu ihrem Gesicht auf. Doch da war kein Schmerz, nur Wonne.

Wieder berührte er sie, streichelte sie und machte sich mit allen verborgenen Rundungen vertraut, bis er jene Stellen fand, die sie dazu brachten, sich ihm stöhnend entgegenzubiegen.

Er beugte sich tiefer, weil er noch mehr wissen musste.

Wie schmeckte sie?

»Keenan«, hauchte sie und grub die Finger in seine Schultern. »Bitte …«

»Ich muss dich kosten.« Nie hätte er sich ausgemalt, sie so zu haben. Fantasien waren eines, die Realität etwas ganz anderes. Aber jetzt, da er sie hatte, willig und bereit unter sich, konnte er nicht widerstehen.

Nur einmal schmecken.

Würde einmal genügen?

Seine Lippen streiften ihr Geschlecht, seine Zunge leckte sie.

Nein, einmal war nicht annähernd genug.

Ein Knurren entfuhr ihm, als seine Hände fester auf ihre Hüften drückten. Er öffnete sie weiter, kostete sie, leckte an ihr und genoss ihre Hitze.

Ihr Stöhnen war in seinen Ohren, ihre Krallen bohrten sich in seine Schultern, und ihre Hüften schoben sich dichter an ihn.

Er hörte sie seinen Namen rufen, hörte ihren Atem, der in kurzen Stößen ging, doch er war noch nicht fertig.

Ihr Körper spannte sich an, und er blickte rechtzeitig auf, um die blinde Wonne zu sehen, die sich in ihren Zügen spiegelte. Sogleich drückte er seinen Mund fester auf ihre Scham und sog genüsslich das Aroma ihres Höhepunktes in sich auf.

Danach rutschte er nach oben, direkt in ihre ausgebreiteten Arme, und küsste sie auf den Mund, sodass er fühlte, wie sich ihr Verlangen aufs Neue steigerte.

Er wollte in sie eindringen, sich nehmen, was er sehnsüchtig begehrte, und die Befreiung des Höhepunktes erfahren.

Das war verboten.

Aber was kümmerten ihn noch Regeln? Die Regeln waren für Engel gemacht, und er hätte ohnedies nie wieder die Chance zu fliegen, nachdem ihm die Flügel abgebrannt waren.

Nimm es dir!

Er konnte nicht fliegen, doch er konnte sie haben. Und er wollte sie.

In dem Augenblick nahm er den Duft wahr: den zarten, beinahe süßlichen Blumenduft.

Jenen Duft, der die Nähe eines Engels ankündigte.

Er löste den Kuss und drehte sich um. Automatisch griff er nach dem dünnen Laken und bedeckte Nicole. »Raus hier!«, brüllte er.

»Was?«, fragte Nicole verwirrt. »Nach dem eben willst du, dass ich gehe?«

Er fasste ihre Hand und hielt sie fest. »Nicht du.« Suchend blickte er sich im Zimmer um, folgte dem Geruch, bis seine Augen die gegenüberliegende Ecke fixierten. »Stehst du neuerdings auf Zugucken?«, provozierte er den, der dort wartete.

»Äh, Keenan?« Nicole klang besorgt. »Hier ist keiner.«

»Doch, er ist hier.« Keenan stieg aus dem Bett. Die Mühe, seinen nackten Körper zu bedecken, sparte er sich. Seine Nacktheit war ihm egal – im Gegensatz zu ihrer. »Falls er nicht hier ist, um mich zu töten, soll er gefälligst seinen geflügelten Arsch hier rausschwingen.«

Er fühlte den Windhauch auf seinem Gesicht. Engelskraft. »Kannst du ihn nicht riechen?« Ihre hochsensiblen Vampirsinne müssten diesen Duft eigentlich bemerken. Sogar die meisten Menschen konnten ihn riechen, wenn sie aufmerksam waren.

Die Laken raschelten. »Ich … ja!«

Keenan drehte sich zu ihr.

Ihre Augen waren weit aufgerissen, ihr Mund ein wenig geöffnet. »Den Geruch kenne ich. In der Gasse, als der Vampir mich überfiel …« Sie sprang aus dem Bett, das Laken vor ihre nackten Brüste haltend. »Dort habe ich das auch gerochen.« Ängstlich blickte sie sich im Zimmer um. »Da war so viel Blut, dass ich gar nicht verstand, wieso ich Blumen riechen konnte.«

Weil ein Engel in der Nähe gewesen war.

»Ist er das, der in der Gasse war?« Hatte sie eben noch ängstlich geklungen, war nun nichts als Wut in ihrer Stimme. »Dieser Mistkerl ist hier? Der, der einfach rumstand und zugeguckt hat, wie der Vampir mich angriff?«

Noch ein Windhauch strich über Keenans Gesicht. Dann wurde der Blumenduft weniger, denn der Engel verschwand. Was sollte sein Besuch?

War er als Warnung gemeint?

Keenan nahm solche Engelsdrohungen dieser Tage gar nicht gut auf.

»Er geht«, flüsterte Nicole und griff nach Keenans Arm. »Ich merke, wie der Geruch verfliegt.« Wieder schaute sie sich im Zimmer um. »Wieso kann ich ihn nicht sehen?«

»Weil du nicht tot bist.« Langsam atmete er aus. Es war Zeit, die Wahrheit zu sagen. »Du kannst einen Engel nur sehen, wenn du stirbst – in den letzten Sekunden vor dem Tod.«

Ihre Mundwinkel bogen sich nach unten. »Hast du es nicht mitgekriegt? Ich *bin* tot.«

»Nein, du bist untot. Das ist etwas anderes.« Sie war nur für wenige Momente gestorben, nicht lange genug, dass ihre Seele den Körper verlassen konnte. Gerade so lange, dass ihr Körper sich veränderte, als der Virus in sie eindrang.

Denn das war Vampirismus: ein Virus. Einer der sich, sofern man nicht aufpasste, in der gesamten Menschheit ausbreiten könnte, bis sie ausgestorben war. Ausgestorben oder verwandelt.

Er rollte die Schultern und zwang sich, sie anzusehen. »Er ist fort.«

»Er?« Sie sah ihn fragend an. »Konntest du ihn sehen?«

Keine Lügen. »Ich habe genug gesehen.«

»War er das, der in jener Nacht dort war?«, fragte sie verbittert. »War er das Schwein, das seelenruhig zugesehen hat, als mich ein Vampir töten wollte?«

»Nein.« Engel, ob gefallene oder nicht, konnten nicht lügen. Er atmete aus. »Jenes Schwein … nun, das dürfte ich gewesen sein.«

Sechstes Kapitel

»Was?« Ihre Stimme war matt und kalt, genau wie ihr Blick.

Und ihre Zähne wurden länger und schärfer. Wenn die Reißzähne herauskamen, stand Ärger bevor.

Trotzdem musste sie alles erfahren. Nach dem, was er heute Nacht getan hatte, verdiente sie die Wahrheit. »Ich war der Engel in jener Nacht. Ich war es, den du gespürt hast.«

»Du?« Ihre Fingerknöchel wurden weiß, so fest umklammerte sie das Laken vor ihrem Oberkörper. »Du hast gesehen, was er tat?«

»Ich habe alles gesehen.«

»Und du hast nichts getan?«, fragte sie ungläubig, nein, angewidert.

Er machte seinen Rücken gerade. Eine andere Reaktion hatte er nicht erwartet.

»Du hast dagestanden und zugelassen, dass er mich verletzt? Er hat mich mit seinen Krallen aufgeschlitzt, mich gebissen! Verdammt, ich dachte sogar, dass er mich vergewaltigen würde!«

Keenan drehte sich weg von ihr. »Das hat er nicht.« *Weil ich es nicht zuließ. Ich brach die Regeln und holte ihn, als ich dich holen sollte.*

»Warte. Jetzt kapier ich.«

Keenan sah über die Schulter zu ihr. »Das bezweifle ich.«

Die falschen Worte zur falschen Zeit.

Sie sprang auf ihn zu, und das Laken fiel herunter. »Du warst mein Beschützer, mein Schutzengel, stimmt's? Dein Job war es, auf mich aufzupassen.«

Nein. Er war nie ein Schutzengel gewesen, und er hätte nicht so sehr auf sie aufpassen dürfen. Doch weil er nicht lügen konnte, schwieg er lieber.

»Ich dachte, Schutzengel müssen ihre Schützlinge vor Schaden bewahren.«

Sollten sie. Ausgenommen, er war in der Nähe. Dann bekamen die Schutzengel neue Schützlinge zugewiesen. Keiner konnte den Tod aufhalten.

Er rieb sich übers Gesicht. *Ich habe es.*

Hatte er nicht? Oder war dieser Engel heute Nacht aus einem anderen Grund hier gewesen? Sollte er beenden, was Keenan verhindert hatte?

Nein!

Keenan griff nach seiner Jeans und zog sie sich über. Als Nächstes stieg er in seine Schuhe.

»Was hast du vor?«, fragte Nicole.

»Ich muss jemanden suchen.«

»Nein, du gehst jetzt nicht.« Wütend, nackt und unsagbar verführerisch stand sie vor ihm. Das Bett war nur wenige Schritte entfernt. Er war dem Paradies ihres Körpers so nahe gewesen, und nun hatte er diese Chance verloren.

Danke, Az, du Arschloch. Menschliche Flüche und Beleidigungen fielen ihm beständig leichter.

»Du warst dort.« Ihre Abscheu war unübersehbar, als sie seinen Arm packte. »Warum hast du ihn nicht aufgehalten? Warum hast du mir nicht geholfen?« Ihre Krallen gruben sich in seine Haut, dass er blutete.

Er starrte sie an, spürte den Schmerz kaum. »Du solltest in jener Nacht sterben.«

Ihre Lider zuckten.

»Ich durfte dir nicht helfen. Keiner durfte es.« Das war die kalte, brutale Wahrheit.

Sie erschauderte.

Keenan musste hier raus, weg von ihr, denn er wollte sie in seine Arme nehmen, sie festhalten und beschützen.

Aber die Wahrheit, die eigentliche Wahrheit war, dass er die ganze Zeit die größte Gefahr für sie gewesen war. Er war die Finsternis, die kam, sie zu holen.

In ihrem schlimmsten Moment war er bei ihr gewesen und hatte zugesehen.

All ihr Zorn und ihre Verzweiflung richteten sich auf ihn.

Ihm war, als würde ihm eine Faust in die Brust gerammt. »Ich wollte … dir nicht wehtun.« Noch eine schmerzliche Wahrheit.

»Du hast gesagt, dass ich ein beknackter Schlüssel bin.« Ihre Unterlippe bebte. »Ein Schlüssel zu was?«

Er senkte den Blick.

»Sieh mich an, Engel!«

Gehorsam blickte er auf.

»Was für ein Schlüssel bin ich? Warum hast du mich bewacht? Warum überwacht mich jetzt noch ein Engel?«

»Ich weiß nicht, warum er hier ist.« Aber er würde es herausfinden. »Und du bist der Schlüssel, weil …«

Sag's ihr. »Ich in der Nacht, als du dich verwandelt hast, fiel.«

Sie blinzelte.

Blitzschnell entwand er sich ihr und eilte zur Tür. Jeder Engel, auch ein gefallener, war schnell.

»Keenan!«

»Bleib hier«, befahl er ihr, ohne sich umzudrehen. »Du bist jetzt geschwächt.« Draußen ging die Sonne auf.

»Oh nein, das knallst du mir nicht einfach so vor den Latz! Ich kann ja wohl schlecht die bescheuerte Sonne kontrollieren!«

»Ruh dich aus«, entgegnete er ruhig. »Ich komme wieder.« Das war ein Versprechen.

»Nein, du verlässt mich nicht. Wenn du hinter diesem Engel herjagst, komme ich mit.«

Von der alten Zimmertür blätterte das Holz ab, wie Keenan feststellte, als er auf das Türblatt starrte. »Er muss dich nur berühren, und du bist tot.« Eine weitere schlichte Wahrheit: Todesengel töteten mittels bloßer Berührung. »Kein Vampir kann auch nur ansatzweise mit seiner Macht konkurrieren.« Mit diesen Worten öffnete er die Tür und verschwand.

Elijah wusste, dass der Morgen nahte. Schweiß lief ihm über den Rücken, als er die Frauen ansah, die aus der Bar kamen, fest in den Armen ihrer Begleiter.

Sein Herz raste zu schnell, seine Hände wollten nicht aufhören zu zittern, und sein Magen verkrampfte sich.

Entzugserscheinungen. Er kannte sie leider allzu gut. Wenn er nicht bald Drogen bekam, würde es ihn zerreißen. Oder vielmehr würde er jeden Idioten zerreißen, der ihm unter die Augen kam.

Er war so sicher gewesen, dass Sam ihn versorgen würde. Absolut sicher.

In seinem Mund war ein Aschegeschmack. Egal was er trank oder aß, es schmeckte nach Asche.

Und dieses Gemurmel rief ihn, verhöhnte ihn.

Das erste Mal hatte er es gehört, als er vierzehn war. Es war ein hämisches Wispern, das ihm sagte, die Menschen könnten geradewegs durch seinen Blendzauber hindurchsehen und wüssten genau, was er war.

Er musste verhindern, dass sie ihn durchschauten.

Er musste.

So wie er schon andere daran gehindert hatte, so viele andere vor ihnen …

Nein!

Elijah drehte sich weg von den Leuten. Wenn er nur seine Drogen bekam, dann hatte er sich wieder im Griff. Er würde sich die Beute nehmen, die er wollte. Zum Henker mit den Stimmen. Die konnten ihm nicht sagen, wer sterben sollte.

Er brauchte Drogen. Einzig die Drogen erstickten die verfluchten Stimmen.

Drogen allerdings konnte ihm nur ein Dealer beschaffen, und es musste einer sein, der bereit war, einen Dämon zu beliefern.

Nicole blieb nicht in dem Hotelzimmer. Sie war ja schließlich kein abgerichteter Hund, der blind gehorchte.

Sie schnappte sich die Waffe aus der Blutbar und rannte nach draußen. Doch obgleich erst Sekunden vergangen waren, konnte sie keine Spur mehr von

Keenan entdecken. Er hatte nicht einmal den Hauch eines Geruchs hinterlassen.

Zum Teufel mit ihm!

Er hatte es mitangesehen, war Augenzeuge ihres schlimmsten Albtraums gewesen, ihres Schmerzes, ihrer Erniedrigung und ihrer entsetzlichen Angst.

Er hatte alles gesehen und ihr nicht geholfen.

Zur Hölle mit dem Schwein!

Er war fort. Na gut. Am besten blieb er es auch. Sie wollte ihn nicht wiedersehen, denn wenn, würde sie ihn eigenhändig umbringen.

Er war dort gewesen … und eben noch war er hier gewesen und hätte um ein Haar mit ihr geschlafen.

Der Zorn in ihr wuchs mit den Stunden, die vergingen. Sie fand einen kleinen Laden, in dem sie sich einige neue Sachen kaufte. So konnte sie sein T-Shirt endlich wegwerfen, war sie es doch leid, seinen Duft an sich kleben zu haben. Ihre neue Jeans war eng, das T-Shirt schmiegte sich an ihren Körper an, und die Stiefel waren genau richtig, um jemandem kräftig in den Hintern zu treten: beispielsweise einem Engel.

Sie ging hinaus auf die Straße, wo sie die Hitze der Sonne auf ihrer Haut fühlte. Müdigkeit machte ihre Bewegungen träge, und sie musste sich einen Unterschlupf suchen. Irgendein Zimmer würde es tun, solange es nicht das billige Hotelzimmer war. Hauptsache, sie konnte schlafen.

Ihre Wut hatte ihr die Kraft verliehen, es bei Tageslicht draußen auszuhalten, doch ihre Gefühle waren in einem solchen Tumult, dass sie ihr kostbare Energie raubten.

Sie war verraten worden. Dieses Wissen kam einem Dolchstoß gleich, der sie mitten ins Herz traf. In jener Nacht war sie sehr schwach gewesen. Hätte er eingegriffen, ihr geholfen …

»Ich wäre noch am Leben«, flüsterte sie.

»Nein, Nicole, wärst du nicht. Das wäre gegen die Regeln gewesen.«

Erschrocken drehte sie sich zu der harten Männerstimme um.

Der Mann stand ein Stück weiter. Er hatte dunkles Haar, das ihm auf die Schultern fiel, und trug eine dunkle Sonnenbrille, deren Gläser Nicoles Spiegelbild zeigten. Breite Schultern dehnten das schwarze T-Shirt. Der Fremde lehnte mit dem Rücken an der Seitenmauer eines Gebäudes und lächelte matt.

»Dich davon abzuhalten, in jene Gasse zu gehen, dich zu retten, die Option hatte unser Junge nicht«, sagte er grinsend.

Unser Junge?

Plötzlich kam ihr der Tag nicht mehr ganz so warm vor. Sie machte einen winzigen Schritt nach vorn. Gleichzeitig wurde ihr bewusst, wie wenig belebt diese Straße war. Nur einige Menschen waren hier unterwegs, was bedeutete, dass sie nicht mit Hilfe rechnen durfte. »Wer bist du?«

Er zog eine schwarze Braue hoch. Seine Daumen hatte er in die Gürtelschlaufen der Jeans gehakt. »Ich bin ein Freund von Keenan.«

»Ein Engel?« Sie war mit dem festen Glauben an Engel aufgewachsen. Nur hatte sie nie erwartet, dass sie wie Keenan aussahen … oder wie dieser Typ.

Aber sie glaubte an sie.

Vampire und die anderen Monster waren es gewesen, an die sie nicht geglaubt hatte. Und diese Ahnungslosigkeit hatte sich auf grausame Weise gerächt.

Sein leises Lachen jagte ihr einen Schauer über den Rücken. »Ich bin genauso wenig ein Engel wie Keenan.«

Aber Keenan war doch einer!

»Sobald ein Engel gefallen ist, wird er zu etwas ganz, ganz anderem.« Er nahm seine Sonnenbrille ab, und Nicole sah, dass seine Augen vom gleichen strahlenden Blau waren wie Keenans. Sein Blick ging erst nach links, dann nach rechts an den Passanten vorbei. »Wieso kommst du nicht näher? Dann können wir uns unterhalten, ohne die Menschen zu verstören?«

Sie rührte sich nicht. Die Waffe steckte im Jeansbund, verborgen unter ihrem T-Shirt. Nur was könnte eine Silberkugel gegen jemanden wie ihn ausrichten? Wahrscheinlich nicht viel. »Ich fühle mich hier ganz wohl.«

Seine Augen verengten sich zu schmalen Schlitzen. »Wirklich?«

Nicole schluckte. »Was willst du?«

Er trat einen Schritt auf sie zu, und sofort ging Nicole in Habachtstellung.

»Wo ist Keenan?«, fragte er.

»Richtig gut bist du nicht mit ihm befreundet, was?« Unauffällig bewegte sie ihre rechte Hand zur Waffe. Sollten die Menschen sie ruhig sehen! Sie hatte nicht vor, auf dieser Straße zu sterben.

»Nein, bin ich nicht«, antwortete er, ohne mit der Wimper zu zucken.

Super.

»Er hat dich also allein gelassen.« Seine Lippen waren sinnlich und grausam zugleich, was für seine Erscheinung insgesamt galt, stellte Nicole fest, als er die Mundwinkel nach unten zog. »Das hätte ich nicht erwartet. Ich hatte gedacht, dass du ihm wichtiger bist.«

»Weshalb sollte ich ihm wichtig sein?« *Ich habe um Hilfe gefleht, doch Keenan half mir nicht.* »Wir kennen uns kaum.« Ihr entging nicht, wie wütend sie klang.

Der Fremde machte noch einen fließenden Schritt auf sie zu, und bei der Bewegung musste sie an eine Schlange denken, die sich an ihre Beute anschlich. »Oh, du magst ihn nicht gut kennen, Keenan dich hingegen schon.«

Dann war er vor ihr, nur Zentimeter entfernt. Er hatte sich viel zu schnell bewegt, so schnell wie Keenan in dem Motel.

Ihre Hand griff nach der Waffe.

Im selben Moment packte er ihr Handgelenk und hielt es fest. »Das kann ich dir nicht gestatten.« Sein Kopf neigte sich ganz nahe zu ihr, sodass seine Lippen ihr Ohr streiften, als er sprach. Für die Leute auf der Straße sah es gewiss aus, als wären sie ein Liebespaar, das sich heimliche Versprechen zuflüsterte. »Diese Kugeln rauszuholen, kann ziemlich unerfreulich sein«, raunte er. Sein Atem wehte über ihre Haut.

Nicoles Fingerspitzen wurden taub. Er tat ihr nicht weh, sondern es schwand einfach jedes Gefühl in ihrer Hand. »Wer bist du?«

Er strich ihr mit der linken Hand das Haar von der Wange. »Nenn mich Sam.«

Das sagte ihr nichts.

Er hob den Kopf und sah sie an. »Er hätte bei dir bleiben müssen.« Tatsächlich hörte er sich fast traurig an. »Ich dachte, dass er dich beschützt.«

»Warum sollte er?«, konterte sie, denn auf keinen Fall ließ sie sich einschüchtern. Soweit sie wusste, könnte dieser Knabe ein niederer Dämon sein, der extradick auftrug und versuchte, sie zu beeinflussen. »Er hat nichts mit mir zu tun.« Obwohl sie noch seine Hände auf sich fühlte, ihn schmecken konnte, den Mistkerl. »Wir sind nicht …«

Sein Lachen brachte sie zum Verstummen. »Spar dir die Mühe, mich belügen zu wollen.«

»Ich lüge nicht.«

Winzige Fältchen erschienen in seinen Augenwinkeln, ehe er einen verwunderten Ausdruck annahm. »Du weißt es nicht.«

Sie kniff den Mund zusammen.

Wieder strichen seine Finger über ihre Wange. »Ich wette, er berührt dich so, nicht wahr?«

Zwei kichernde Teenager gingen an ihnen vorbei.

»Alles ist so neu, wenn man gefallen ist. Berührungen können solche Freude bringen.« Seine Augen waren so strahlend wie kalt. »Oder solche Pein.«

»Lass meine Hand los«, zischte sie. Ein Cop kam den Gehweg entlang. Das Letzte, was Nicole jetzt gebrauchen konnte, war, zwischen diesem Kerl und einem Polizisten gefangen zu sein.

Er ließ sie nicht los. »Als Nächstes schlagen die Gefühle zu, Wut, Hass und Zorn«, sagte er und blickte auf ihren Mund. »Lust. Ich wette, über die weiß er dank dir schon eine Menge.«

Nicole sprang zurück und war selbst überrascht, dass sie es geschafft hatte, sich von ihm zu befreien. »Ich bedeute Keenan gar nichts. Also falls du ihm irgendwas heimzahlen willst, indem du mich angreifst …«

»Hör auf zu lügen.«

Der unverhohlene Zorn in seiner Stimme machte ihr Angst, und ihr Herz raste.

»Er ist deinetwegen gefallen. Natürlich besteht ein enges Band zwischen dir und ihm.«

Er war ihretwegen gefallen?

»Und wegen diesem Band«, sagte er seufzend, »wirst du bedauerlicherweise leiden müssen.«

Ihr gefiel kein bisschen, wie sich das anhörte.

»Sag nicht, ich hätte dich nicht gewarnt.«

In dem Moment traf sie der Schlag. Nein, kein Hieb, eher ein elektrischer Schlag. Ihr Kopf ruckte nach rechts, und sie sah den Cop, der sich ihnen genähert hatte. Der Mistkerl hatte einen Taser gezückt. Der Energieschwall traf sie mit voller Wucht, rüttelte sie durch, sodass sie keinen Ton herausbrachte. Und der Cop brüllte irgendetwas.

Wäre sie bei vollen Kräften gewesen, hätte sie diese Volt-Attacke nicht einmal langsamer gemacht. Sie hätte den Kerl ausgelacht, ja, die Stromwellen schlicht weggewischt und gelacht.

Aber die Sonne schien, sie war geschwächt, und sie ging zu Boden.

Die Zimmertür des Motels stand offen. Keenan runzelte die Stirn. Ihm wurde mulmig, und er stieß die Tür weiter auf, ohne anzuklopfen.

Leer.

Natürlich hatte sie ihn mal wieder verlassen. Was nach seiner Enthüllung kein Wunder war. Sicher hielt sie nichts bei dem Mann, der schuld war, dass sie sich in eine Untote verwandelte.

Es stimmte, was sie gesagt hatte: Er hatte dagestanden und zugesehen.

Das war quasi seine Lebensgeschichte.

Er wandte sich von dem Zimmer ab, in dem alles nach ihr roch, und sah sich auf der Straße um. Die Sonne stand hoch am Himmel. Bei Tag hätte sie nicht rausgehen dürfen.

Um diese Zeit war sie zu leichte Beute.

Vielleicht sollte er einfach verschwinden. Seine Besessenheit von ihr konnte nicht gut sein.

Er ging zum Motorrad, die Hände tief in seinen Jeanstaschen vergraben. Er hatte neue Sachen gekauft, auch für sie. Letztere waren in den Satteltaschen.

Nun trat er den Motorradständer nach oben. Wo konnte sie hin sein?

Ich hätte bei ihr bleiben müssen.

»Hast du etwas verloren?«, raunte eine schmierige Stimme.

Seine Hände klammerten sich fester um die Lenkergriffe. Langsam blickte er auf und nach links.

Ein Mann stand dort, groß und ganz in Schwarz gekleidet, die Augen hinter einer Sonnenbrille verborgen.

»Vielleicht ist es nicht etwas, was du verloren hast«, sagte der Mann, der lässig auf ihn zugeschlendert kam. »Vielleicht ist es jemand.«

»Sam.«

Sammael grinste. »Wie schön, dass du deine alten Freunde nicht vergessen hast.«

Keenan sprang vom Motorrad. »Wir waren nie befreundet.« Niemand wäre so blöd, sich mit Sam anzufreunden, denn Sams Freunde hatten die unangenehme Angewohnheit, in der Hölle zu landen.

Sam zuckte mit der Schulter. »Mein Fehler. Ich vergaß, dass du stets dachtest, du wärst was Besseres als ich. So wie die anderen.«

»Nein.« Er machte sich auf einen Angriff gefasst, weil er wusste, dass er kommen würde. »Ich dachte nur, dass das wahllose Abschlachten von Menschen nicht die beste Vorgehensweise ist.« Dieses Abschlachten war der Grund, aus dem Sammael vor Jahrhunderten gefallen war. Einst war er der Stärkste gewesen, hatte eine Macht besessen, die mit Az' durchaus mithalten konnte.

Aber dann hatte Sammael beschlossen, jene zu töten, die nicht auf seiner Liste standen. Er war vom Weg abgewichen.

Der Gefallene lachte. »Füg mal die Teile zusammen! Ich habe jene getötet, die nicht auf ihrer Liste standen, und dafür wurde ich rausgeschmissen, genau wie du, Keenan, genau wie du.«

»Ich habe nichts mit dir gemein.« Sam hatte nicht bloß einen getötet sondern Dutzende. »Ich habe versucht, sie zu retten, nicht …«

Sam wurde sehr ernst, als er ihm ins Wort fiel. »Du hast die Regeln gebrochen, genau wie ich. Haben sie dir eine Chance gegeben, es zu erklären, oder dich einfach rausgeschmissen?« Sam kam näher. »Ist dir immer noch, als könntest du deine Flügel spüren? Versuchst du manchmal zu fliegen, nur um dich wieder zu erinnern, wie sie dir ausgebrannt wurden?«

Ja. Manchmal meinte er zu fühlen, wie seine Flügel sich hinter ihm entfalteten. Eine Lüge. Eine Illusion. »Warum bist du hier?« Er wünschte, dass er Sams Augen sehen könnte, denn die würden ihm manches verraten. Leider konnte er nur sein Spiegelbild in den Gläsern der Sonnenbrille sehen.

»Vielleicht wollte ich einfach nur mit jemandem meiner Art reden. Es kommt ja nicht oft vor, dass ein Engel fällt.«

Er hatte recht. Und manche Engel überlebten den Fall nicht. Ihre Körper waren dieser Übermacht an Schmerz nicht gewachsen.

»Du wolltest ›sie‹ also retten, ja?«, fragte Sam grinsend. »Handelt es sich zufällig um die niedliche kleine ›Sie‹, die diesen süßen Südstaatenakzent hat?«

Keenan packte Sam beim Kragen. »Wo ist sie?«

Sam verzog keine Miene. »Ist sie wirklich der Grund, weshalb du gefallen bist? Du hast deine Flügel, all deine Macht eingetauscht gegen ein menschliches Leben?«

»Wo ist sie?«, wiederholte Keenan energischer.

»Natürlich ist sie nicht mehr richtig menschlich, nicht?« Er schien erstaunt. »Gehörte das zu deinem Plan? Denn ihre Verwandlung in einen Vampir dürfte die da oben richtig angefressen haben.«

Keenan stieß ihn zurück. Sam knallte in einen Geländewagen, der vor dem Motel parkte. Metall kreischte, und es blieb eine große Delle, wo der Gefallene eingeschlagen war.

Keenan schüttelte angewidert den Kopf. »Du weißt überhaupt nichts. Du versuchst nur, mir den Verstand zu verwirren.« Jeder wusste von Sam, von dem Engel, der zum Fallen bestimmt gewesen war. Sie alle hatten schon lange vorher gewusst, dass er sich einst gegen die höheren Mächte wenden würde. Und Sam hatte diese Finsternis in sich getragen, den Hauch des Bösen, das immerzu in ihm lauerte.

Sam war nicht der einzige Engel dieser Art. Wenn man so viel Macht hatte, konnte die Finsternis schnell mal Oberhand gewinnen.

Um diese Versuchung wusste Keenan heute viel besser als früher. Und er drehte sich weg von Sam.

»Weiß sie, dass du der Engel bist, der geschickt wurde, ihre Seele zu holen?«

Keenan ging weiter. Er würde aufs Motorrad steigen und …

»Keine Antwort. Das heißt, du kannst nicht antworten, weil du unfähig bist zu lügen.«

Und Sam war vor ihm. Einfach so, schneller als ein Augenzwinkern. »Du hättest nicht fallen müssen, nur um an einen knackigen Hintern zu kommen.«

Keenan stürzte sich auf ihn. Doch Sam war schon wieder weg, stand etwa fünf Schritte entfernt von ihm.

»Da musst du schon schneller sein«, höhnte Sam.

Keenan machte einen Satz auf ihn zu, und Sams Faust rammte in seine Brust, direkt über dem Herzen, sodass er zurückstolperte.

»Ich sagte doch, du musst schneller sein. Und *stärker*.« Sam bewegte sich weiter weg von ihm. »Wenn du bereit für echte Macht bist, komm zu mir.«

Was?

Sam wandte den Kopf zu ihm. »Sie lassen keine Seele entkommen. Das solltest du wissen. Nein, das weißt du. Ich wette, deshalb bist du hinter diesem knackigen Hintern her, seitdem du wieder halbwegs bei Verstand warst.«

Bei Verstand.

Keenans Finger begannen zu rauchen, als der Zorn in ihm aufloderte.

»Ah, die Feuerkraft hast du also schon, ja? Das ist ein guter Anfang. Aber du wirst mehr als Feuer brauchen, um deinen Vampir am Leben zu halten.« Er salutierte spöttisch. »Wenn du spielen willst, such mich.«

»Du verfluchtest Arschloch, wo ist …«

»Aber, aber, redet so ein Engel?«

Keenan biss die Zähne zusammen. »Ich bin kein Engel mehr.«

Von Sams Sonnenbrille funkelte ihn sein Spiegelbild an. »Nein, bist du nicht.« Sam wies auf Keenan. »Aber da drin steckt noch die Kraft eines Engels. Sie wartet nur darauf rauszukommen. Und du wirst diese Magie und Kraft zurückwollen.«

Die Macht, mit einer einzigen Berührung zu töten. Keenan atmete aus. Nein, die wollte er nicht zurück. »Du hast Nicole nicht gesehen.«

Sam rollte seine Schultern. »Einen Tipp schenke ich dir, denn, nun ja, du hast nicht viel Zeit. Oder, besser gesagt, sie hat keine.«

Es waren Menschen in der Nähe. Beinahe konnte er ihre Blicke fühlen. Und es kostete ihn alle Kraft, seinen Zorn zu bändigen und das Feuer zu beherrschen, das aus ihm herausplatzen wollte.

»Das letzte Mal, dass ich deine Süße sah, lag sie am Boden und zuckte. Noch dazu verdrehten sich ihre Augen recht Furcht einflößend.«

»Was hast du mit ihr gemacht?« Er würde Sam in Stücke reißen und auf ewig zur Hölle jagen.

»Ich gar nichts«, antwortete Sam kopfschüttelnd. »Die Guten haben sie, und weil deine Süße nicht gerade gut ist, gehe ich mal davon aus, dass sie nicht bis Sonnenuntergang überleben wird.«

Was?

Doch Sam war fort. Verschwunden. Nur noch sein Geruch lag in der Luft. Und es war nicht der leichte, blumige Duft von Engeln.

Es war Schwefel. Der Geruch der Hölle.

Sie wachte in einem Käfig auf. Nicole öffnete die Augen, sprang auf und fand sich gefangen in einer zweieinhalb mal drei Meter großen Gefängniszelle.

Na prima.

Sie rannte an die Tür und packte die Stäbe. »Hallo!«

Alles schien verlassen. Anscheinend war sie in einer Art Untersuchungshaftzelle und momentan die Einzige, die sie hier festhielten.

O-oh.

»Hey!«, rief sie. Irgendwo musste doch ein Polizist sein. »Das könnt ihr nicht machen! Ihr könnt doch nicht einfach Leute auf der Straße mit einem Taser lahmlegen und …«

Metall kreischte, als eine Tür geöffnet wurde. Nicole hielt den Atem an. Eine Polizistin kam, nicht der Cop, der sie mit dem Taser beschossen hatte.

Die Frau musste Anfang dreißig sein, hatte kurzes schwarzes Haar und braune Augen.

»Sie sind nicht irgendjemand, Miss St. James«, sagte sie in schleppendem texanischen Tonfall. »Nach Ihnen wird gefahndet, weil Sie beinahe einen Polizisten umgebracht haben.«

Nicole umklammerte die Gitterstäbe fester. »Das war … ich wollte ihm nichts tun.«

Die Tür hinter der Polizistin fiel scheppernd ins Schloss. »Natürlich. Sie hatten nur Hunger, stimmt's?«

Nun wich Nicole zurück.

»Sie waren hungrig, und Officer Greg Hatten sah wie ein leckerer Snack aus.«

»Sie wissen, was ich bin?«

Ein träges Nicken. Die Frau, die ihrem Namensschild nach Jennifer Connelly hieß, zog ihre Dienstwaffe. »Ich weiß, was Sie sind und wie man Sie tötet.«

Solange die Sonne hoch am Himmel stand, konnte Nicole die Gitterstäbe nicht durchbrechen, und die bleierne Mattigkeit, die sie empfand, verriet ihr, dass heller Tag war. »Und warum lebe ich noch, wenn Sie mich tot sehen wollen?«

»Sie sind schon tot.«

Mussten ihr das dauernd alle sagen? »Ich habe nicht darum gebeten. Ich wollte ganz sicher kein Vampir sein, und ich hatte nicht vor, diesen Cop zu verletzen.«

»Sparen Sie sich Ihre Rührgeschichte.«

Nicole blinzelte.

»Soll ich raten?«, fuhr die Polizistin hämisch fort.

»Wenn Sie die Wahl hätten, würden Sie die Zeit zurückdrehen und wieder menschlich sein, richtig?«

Nicht ganz, denn menschlich zu sein würde bedeuten, dass sie tot war.

Connelly gab ihr ohnehin keine Chance, etwas zu antworten. »Wie auch immer, es läuft folgendermaßen: Ich mache den Käfig auf, und Sie versuchen zu fliehen.«

Ja, das war ein guter Plan. Eingesperrt zu bleiben, war jedenfalls keine Option.

Connelly hob ihre Waffe an. »Sie greifen mich an, und ich erschieße Sie.«

Nicole blieb die Luft weg. Doch kein so guter Plan.

»Und weil ich so eine blendende Schützin bin, werden Sie ausbluten, gleich hier, vor meinen Augen.« Connellys Waffe zielte auf Nicoles Herz. »Sie sehen, ich bin kein Fan von Vampiren. Die Toten gehören unter die Erde, nicht auf die Straße, wo sie über Unschuldige herfallen und sie aussaugen.«

»Und Sie meinen, dass keiner mitbekommt, wenn Sie mich erschießen? Ihre Kollegen werden sich fragen, was hier drinnen passiert ist.«

»Sie haben einen Cop angegriffen«, erwiderte Connelly achselzuckend. »Keinen interessiert, was mit Ihnen passiert.« Sie kam näher ans Gitter und betrachtete Nicole verächtlich. »Ich dachte, Sie wären länger ausgeknipst.«

»Und ich dachte, die Polizei soll Leuten helfen.« Das nervte gewaltig. Ihre Reißzähne brannten, als das Adrenalin sie aus dem Kiefer trieb. Auch ihre Krallen verlängerten sich. Sollte die Polizistin näher kommen, würde sie Connelly einen Kratzer verpassen, den sie nicht so bald vergaß.

»Wir helfen Leuten.« Connelly blickte sich um, als wollte sie sich vergewissern, dass niemand hiervon etwas mitbekam. »Ich töte Monster.«

»Ich bin kein Monster! Vor sechs Monaten war ich genauso menschlich wie Sie! Ich bin nicht …«

»Vampire lügen«, fiel ihr die Polizistin ins Wort. »Sie täuschen und betrügen. Einer versprach meiner Schwester, dass sie ewig leben würde.«

Oh Mist. Das würde nicht gut ausgehen.

»Wissen Sie, was er getan hat?«

Nicole konnte es sich denken.

»Er hat ihr die Kehle zerfetzt, und ich durfte zusammenklauben, was von ihr übrig war.« Connelly öffnete die Gittertür und kam herein. Ihre Hand an der Waffe war vollkommen ruhig. »Ich weiß Bescheid über Sie. Jetzt spielen Sie die Unschuldige, aber gleich hinter der Bezirksgrenze haben Sie einen Sheriff angegriffen.«

Nicole hätte ahnen müssen, dass sich der Kinnhaken noch rächen würde. »Ich habe ihn nicht umgebracht.« Das zu erwähnen war wahrscheinlich überflüssig.

»Vermutlich nur, weil Sie keine Gelegenheit mehr dazu hatten.« Connellys Augen verengten sich. »Tom hat mich angerufen und mich vorgewarnt, dass Sie in der Gegend sein könnten. Er war dabei, als sie meine tote Schwester fanden. Ihm ist klar, dass ich weiß, wie man mit jemandem wie Ihnen verfährt.«

Bei dieser Polizistin konnte Nicole nur verlieren. »Hören Sie, ich …«

»Aber was ist mit Jeff Quint?«

Eine Faust drückte Nicoles Herz zusammen.

»Sam Bentley?«

Verdammt. »Ich wollte sie nicht töten.« Ihre Gesichter verfolgten sie bis heute und würden es immer. Immer.

»Na klar. Sie waren bloß durstig, und da mussten Sie ihnen leider die Gurgel herausreißen.« Connellys Stimme war belegt vor Wut. »Genau wie es dieser Dreckskerl bei meiner Schwester getan hat. Er hat sie von einem Ohr zum anderen aufgeschlitzt.«

Nicole ließ die Hände unten. »Ich will Ihnen nicht wehtun.« Sie verstand den Schmerz und den Zorn der Frau.

»Ach nein? Zu schade. Ich kann es nämlich kaum erwarten, Ihnen wehzutun.«

Mist. »Der Polizist mit dem Taser weiß, dass ich hier bin.« Das musste er. »Er wird kommen und nachsehen.«

»Keiner sieht nach Ihnen. Keinen kümmert, ob Sie leben oder sterben. Was meine Kollegen angeht, sind Sie eine Polizistenmörderin.«

Connelly und sie trennten nur wenige Schritte. *Töten oder getötet werden.*

Nicole sprang nach vorn, und Connelly blieb keine Zeit zu schießen. Rasch packte Nicole die Hand mit der Waffe und hörte Knochen knacken. Als die Polizistin aufschrie, rammte Nicole ihr den Ellbogen auf die Nase. Knorpel knirschte, Blut spritzte, und die Frau ging zu Boden.

Nicole trat die Waffe aus dem Weg und blickte hinab auf die Bewusstlose. »Ein Glück für dich, dass ich *keine* Polizistenmörderin bin.« Das Blut war allerdings verlockend. Wenigstens hatte Connor sie ein paar Tricks gelehrt. Vielleicht sollte sie dem Schwein doch noch ein bisschen dankbar sein. Nicole starrte immer noch die Polizistin an. »Und ein Glück für mich«, sagte sie und kniete sich hin, »dass wir ungefähr gleich groß sind.«

Die Uniform dürfte ihr also passen.

Nun zur Preisfrage: Wie kam ein Vampir aus einem Polizeigebäude? Mit ganz viel Glück könnte sie einfach an den anderen Cops vorbeimarschieren. Vielleicht reichte die Uniform als Tarnung, solange sie niemanden ansah.

»Ich fürchte, du musst es dir hier eine Weile gemütlich machen«, sagte Nicole zu der ohnmächtigen Frau und musterte sie. Die Größe und die Haarfarbe stimmten.

Sie zog ihr die Schuhe aus. Die waren zu klein, mussten aber gehen.

Zwei Minuten später verließ »Officer Jennifer Connelly« die Zelle selbstbewussten Schrittes, den Kopf gesenkt und mit wild pochendem Herzen.

Hinter ihr hockte die Gefangene mit dem Rücken an der Wand, das dunkle Haar vor dem Gesicht.

Als sie den langen Korridor hinunterging, fühlte Nicole, wie ihr Schweißtropfen über den Rücken liefen. Sie winkte einigen Cops im Arrestbereich zu, an denen sie vorbeikam, wobei sie bewusst die Hand vor ihr Gesicht hob.

Dann konnte sie den Ausgang sehen. Dort vorne wimmelte es von Leuten, sodass es ein Leichtes war, im Gedränge unterzutauchen und nach draußen zu gelangen.

Betont ruhig und gelassen ging sie die Treppe vor dem Gebäude hinunter. Am liebsten wäre sie gerannt, doch das Risiko war zu groß, dass jemand sie sah. Zu langsam durfte sie allerdings auch nicht sein, denn jeden Moment könnte man Jennifer Connelly in der Zelle entdecken.

Als sie das Dröhnen eines Motorrads hörte, blickte Nicole auf. Sie atmete erleichtert auf, als sie Keenan erkannte, der direkt vor dem Polizeigebäude anhielt. *Flucht!* Sie lief auf ihn zu.

Er blickte nach rechts und sah ihr in die Augen, sofort, was irgendwie unheimlich war.

»Nicole?«

Sie schüttelte den Kopf und sprang hinter ihm auf den Sattel.

»Ich wollte dich … retten«, sagte er ein bisschen zögerlich.

Sie musste lachen und schlang die Arme um ihn. »Diesmal habe ich mich selbst gerettet.« Und es war knapp gewesen. »Jetzt fahr schon, Engel, ehe die Cops merken, dass ich nicht in der Zelle sitze.« Die Sonne brannte auf sie herab und schwächte Nicole. Sie musste dringend schlafen.

Bald.

Er ließ den Motor aufheulen. »Zu Befehl, Ma'am.«

Dann gab er Gas und fuhr mit ihr weg vom Revier und den Cops, die sie tot sehen wollten. Sie in Sicherheit zu bringen, war wohl das Mindeste, was er ihr schuldete.

Wie es aussah, konnte sie sich nicht mehr darauf verlassen, dass die Guten ihr halfen.

Ich wollte dich retten.

Wie niedlich.

Was würde er tun, wenn ihm klar wurde, dass sie nicht mehr zu retten war? Officer Connelly hatte recht gehabt: Nicole hatte gemordet, mehr als einmal. Und dieser wilde Machtrausch, der mit so viel Bluttrinken einherging, hatte ihr gefallen.

Es war vollkommen richtig, dass sie versuchten, sie zur Strecke zu bringen. Pech für sie, dass Nicole nicht nach Sterben war.

Sie schloss die Augen und hielt sich an ihrem Engel fest, sehr fest. Und sie brausten davon, als wäre der Leibhaftige hinter ihnen her.

Sam trat aus dem Schatten nahe dem Polizeirevier. Ziemlich beeindruckend. Nicole St. James hatte es geschafft, sich selbst zu retten. Dazu hatte sie keinen gefallenen Engel gebraucht.

Er verzog das Gesicht.

Hätte sie sich nicht selbst befreit, wäre Keenan hineingerannt und hätte einen toten Vampir vorgefunden. Was hätte der Gefallene dann gemacht? Wäre er außer sich gewesen vor Zorn?

Das wäre mal ein hübscher Anblick gewesen.

Aber die Zeit der Rage käme noch, bald.

Denn Keenan konnte zwar mit seiner kleinen Vampirin fliehen, doch er konnte sie nicht verstecken. Zumindest nicht lange.

Keiner konnte sich vor dem Schicksal verstecken, und Nicoles Schicksal stand seit Langem fest.

Es war der Tod.

Nicht einmal ein gefallener Engel konnte sie vor dem retten.

Siebtes Kapitel

Nicoles Arme waren fest um ihn geschlungen, ihre Brüste an seinen Rücken gepresst, und ihr Duft umgab ihn.

Sie war in Sicherheit.

Zu spät erst hatte er Sams Rätsel gelöst. Dann war er zur Polizei gerast, und dort kam sie aus dem Gebäude – ausgerechnet in einer Polizeiuniform. Nicht dass ihr die Uniform nicht stand …

Aber er würde zu gerne die Geschichte dazu hören.

Keenan fuhr, bis die Stadt nur noch eine ferne Silhouette war. Der Truckstop, an dem er anhielt, war eher eine Bar als eine Raststätte. Der Laden war ziemlich heruntergekommen. Laute Country-Musik dröhnte heraus, und insgesamt wirkte das Lokal nicht besonders einladend. Doch das Motorrad stotterte, und weiter kamen sie damit wahrscheinlich nicht.

Er musste ihnen ein anderes Transportmittel besorgen.

Nachdem er den Motor abgestellt hatte, blieb er einen Moment lang ruhig sitzen und lauschte dem Song, in dem es darum ging, dass dem Sänger Unrecht getan wurde.

Nicole ließ ihn nicht los, obwohl sie standen, und das gefiel ihm.

»Ich kann da nicht reingehen«, flüsterte sie direkt

an seinem Ohr. Sein Schwanz zuckte beim Klang ihrer verführerischen Stimme, und sein Körper spannte sich an.

Warum reagierte er so auf sie? Nur auf sie?

Versuchung. Jeder hatte eine dunkle Herausforderung, der er sich stellen musste.

Keenan drehte sich zu ihr.

Sie benetzte ihre Lippen. »Wir wollen doch nicht auffallen, und in diesem Schuppen fällt eine Polizistin garantiert auf.«

Er bückte sich, holte eine Tüte mit Kleidung hervor, die er besorgt hatte, und reichte sie ihr.

»Was ist … Wo hast du die her?«

Keenan zuckte mit der Schulter. »Ich habe sie heute gekauft, als ich unterwegs war.«

Sie schob ihr hübsches Kinn vor. »Ach ja, stimmt ja. Du hattest reichlich Zeit zum Einkaufen, während ich von deinem Freund bedroht wurde, mit einem Taser betäubt und in einen Käfig geworfen.« Sie sprang vom Motorrad und drückte die Tüte an ihre Brust. »Also glaub ja nicht, dass wir jetzt wieder quitt sind, verstanden?«

Er stutzte. »Welcher Freund?« Das war keine Frage.

Sie blickte sich nach links und rechts um. Der Parkplatz war dunkel, und er parkte an der dunkelsten Stelle. Eilig riss sie sich das dunkelblaue Hemd herunter, sodass er ihre Brüste in dem sexy BH bewundern durfte. Wie gern würde er sie noch einmal kosten.

Dann hatte sie auch schon das neue T-Shirt an, das ihre Kurven sehr vorteilhaft zur Geltung brachte.

»Nicole.« Seine Stimme war raspelnd tief, und er versuchte, einen Blick auf ihre Brüste zu erhaschen. Er räusperte sich und versuchte es noch einmal: »Erzähl mir, von welchem Freund du redest.«

Sie schlüpfte aus der Hose. Ihre Beine waren absolut vollkommen, lang und schmal. Er war so nahe davor gewesen, sich mit jedem Detail ihres Körpers vertraut zu machen – innen und außen.

Würde sie ihn je wieder so nahe an sich heranlassen?

Das bezweifelte er.

»Augen nach oben!« Sie schloss den Reißverschluss der Jeans, die er ihr gekauft hatte. Sie hatte sogar den neuen Slip darunter angezogen. Oder vielmehr den winzigen Fetzen Stoff, der ein Slip sein sollte.

Es war ein kompletter Striptease gewesen, den sie auf diesem Parkplatz vorgeführt hatte. Die Lenkergriffe verbogen sich in Keenans Händen. Als das Metall quietschte, blickte Nicole zu ihm. »Was machst du da?«

Er sprang von der Maschine und packte ihre Arme. »Welcher verdammte Freund?«, wiederholte er, denn er hatte keinen einzigen Freund, der auf Erden wandelte.

»Der große Typ, der auch solche blauen Augen hat wie du. Aber er hatte schwarzes Haar und war ganz in Schwarz, ein echter Goth.«

»Sam.«

»Ja, das hat er gesagt.«

Er hob sie leicht an, sodass sie auf Zehenspitzen stehen musste. »Was hat er noch gesagt?«

»Du zerquetschst mir die Arme!«

Sofort lockerte er seinen Griff, ließ sie jedoch nicht los. Sam war hinter ihr her gewesen. »Er hätte dich töten können.«

»Wieso denkt jeder, dass ich so leicht zu töten bin? Ich bin noch hier, laufe herum und …«

»Für jemanden wie Sam bist du leicht zu töten.« Was auf die meisten zutraf – Menschen wie Andere.

Sie schüttelte den Kopf. »Der Typ wollte mich nur hochnehmen. Er war ein Dämon, der meine Gedanken steuern wollte.«

»Sam ist kein Dämon.«

Nun machte sie große Augen. »Was ist er dann?«

»Er ist wie ich.«

»Ein gefallener Engel.«

Er nickte. »Nur dass Sam schon sehr viel länger auf dieser Erde ist, als du dir vorstellen kannst.« Er strich über ihre Haut; es war ein reiner Reflex. »Und er ist stärker, viel stärker als der mächtigste Dämon.«

»Wieso ist er hinter mir her?« Vor Angst klang ihre Stimme höher und kippte.

Er biss die Zähne zusammen. »Meinetwegen.«

»Er hat gesagt … Ich habe ihm nicht geglaubt, aber er hat gesagt, dass du wegen mir gefallen bist.«

Zum Teufel mit ihm! Ein großer Lastwagen kam auf den Parkplatz gefahren, dessen Bremsen laut ächzten. Keenan schob Nicole schnell seitlich neben das Gebäude. Es war nicht das beste Versteck, aber wenigstens hatten sie hier Deckung, falls es Schwierigkeiten gab.

»Stimmt das?«, fragte Nicole leise. Ihre Stimme

war wie ein Streicheln auf seiner Haut. »Bin ich der Grund, weshalb du gefallen bist?«

»Nein. Ich fiel wegen dem, was ich getan habe.« Das war keine Lüge.

»Oh.« Sie klang enttäuscht.

Dann zog sie ihre Hände weg. »Er schien sich sicher, dass es wegen mir war.«

Keenan konnte außerordentlich gut sehen, egal ob es hell oder dunkel war, und so entging ihm nicht, dass sie verlegen zur Seite blickte.

»Aber du warst mein, nun ja, Beschützer, und deshalb dachte ich …«

»Ich war kein Schutzengel«, unterbrach er sie, denn es war Zeit, dass sie mehr erfuhr. Nein, er würde ihr alles sagen; das hatte sie verdient.

Eine Tür knallte. Er sah nach links. Der Lkw-Fahrer ging auf den Truckstop zu. Keenan wartete, bis er drinnen verschwunden war.

Dann sagte er: »Es gibt eine Menge Engel, viele verschiedene und weit mehr, als die Theologen annehmen.« Tausende, und alle hatten unterschiedliche Jobs und Pflichten.

»Manche beschützen«, gestand er. Dieser Teil der Geschichten war richtig. »Andere bestrafen.«

Sie hob kaum merklich das Kinn.

»Und manche töten.«

Hier erschrak sie.

»In jener Nacht in der Gasse«, sagte er und trat einen Schritt zurück, »solltest du sterben.«

»Das bin ich.«

»Nein.« Er harsches Lachen entfuhr ihm. »Du solltest endgültig sterben, nicht als Vampir wieder aufwachen. Der Vampir sollte dich aussaugen, dir die Kehle herausreißen und deine zerschundene Leiche in der Gasse liegen lassen.«

»Kein Grund zur Beschönigung«, murmelte sie trocken, auch wenn sie ein wenig die Schultern einzog. »Ich weiß schon, was gemeint ist.«

Sanft strich er über ihre Wange. »Ich konnte es nicht zulassen. Deshalb habe ich … gezögert.«

Sie erstarrte. »Du warst dort, um mich zu töten.«

»Ich war dort, um deine Seele ins nächste Leben zu bringen.« Er blickte auf seine Hand. »Eine Berührung, mehr wäre nicht nötig gewesen. War es nie. Eine einzige Berührung, und der Tod trat ein.«

Nun ergriff sie seine Hand und drückte sie.

»Statt dich zu berühren«, sagte er mit harter Stimme, »berührte ich ihn.«

»Keenan.«

»Ich brach die Regeln. Ich nahm ein Leben, das ich nicht nehmen durfte. Und weil ich ungehorsam war, warfen sie mich in die Hölle.«

»Hölle?« Ihre Nägel stachen in seine Haut. »Oh, Keenan …«

»Meine Flügel wurden weggebrannt, als ich stürzte. Feuer loderte in mir, und als ich aufschlug, als ich endlich landete …« Er atmete langsam aus und blickte sich auf dem Parkplatz um, ehe er Nicole wieder ansah. »Ich wusste nicht einmal, wer ich war, *was* ich war. Ich wachte mitten auf einem leeren Feld auf. Die Erde um mich war versengt, und als ein Farmer angelaufen kam, um mir zu helfen, wusste ich lediglich, dass ich ihn nicht anfassen durfte.«

Seine Berührung hatte stets den Tod bedeutet.

Nicole sagte nichts, beobachtete ihn nur in der Dunkelheit, und mit ihren Vampiraugen dürfte sie zu vieles erkennen. »Glaub mir, nach dem Himmel war dies die Hölle für mich.« Die Gefühle, der Schmerz, der Hunger, der Durst, das Verlangen – er hatte nichts von alle dem verstanden. Wieder und wieder litt er schreckliche Qualen und wusste nicht, warum.

Denn als er zu sich kam, kannte er nur Schmerz und Zorn.

Bis er sich langsam wieder an sie erinnerte.

Himmel.

Hölle.

Fallen.

»Es dauerte, doch schließlich erinnerte ich mich.« Nicht an alles. Die Zeit zwischen seinem Sturz und dem Aufwachen auf dem Feld fehlte ihm bis heute. Wenn er versuchte, sich an jene Tage zu erinnern, hörte er das Knistern von Feuer und das Echo von Schreien.

»Ich erinnerte mich«, sagte er ruhig, »und dann machte ich mich auf die Suche nach dir.«

Eine Träne rollte über ihre Wange.

Er fing sie mit seinen Fingern ein. »Weine nicht um mich.«

Noch eine Träne lief über ihr Gesicht.

»Weine nicht, Süße.« *Ich bin es nicht wert.* Denn fast hätte er sie in jener Nacht geholt. Sie hatte recht: Er hatte einfach dagestanden und zugesehen.

Nie wieder.

Seine Lippen trafen auf ihre. Keenan schmeckte das Salz ihrer Tränen auf seiner Zunge. Schmerz.

Engel kannten keinen Schmerz. Sie kannten auch keine Leidenschaft oder Lust.

Jetzt kannte er es alles, und er glaubte nicht, dass die Gefühle ihn noch einmal in die Hölle schicken konnten. Sie tobten nicht mehr in ihm, drohten nicht mehr, ihn zu zerreißen.

Jetzt bewirkten sie, dass er sich lebendig fühlte, menschlich.

Ihre Lippen öffneten sich ihm, und er vertiefte den Kuss, sodass sie sein Verlangen spürte.

Es war ein Verlangen, das einzig sie stillen konnte.

Seine Hände glitten über ihren Körper, umfingen ihre Taille und zogen sie dichter an ihn. Wann immer er bei ihr war, war er erregt, brauchte sie verzweifelt.

Die Lust pochte in seinen Adern; sein Glied schmerzte, und er wollte sie.

Er sehnte sich danach, sie nackt und ganz für sich zu haben.

Aber nicht hier an diesem schmutzigen Truckstop, wo zu viele Augen zu viel sehen könnten. Wenn er sie nahm, und das würde er, wollte er das Erlebnis mit niemandem teilen.

Einen Moment lang noch kostete er den Kuss aus. Er könnte nie genug davon bekommen, sie zu schmecken. Diese Mischung aus Wildheit und Süße faszinierte ihn, so tödlich sie auch sein konnte.

Nicht dass er sich allzu große Sorgen deshalb machte.

Langsam löste er den Kuss.

»Was jetzt?«, flüsterte sie.

Gleichzeitig nahm er den Duft wahr: eine schwache Note von frischen Blumen.

»Wir verschwinden von hier.« Er blickte sich um. Dort, links von ihnen parkte ein Pick-up mit großen Rädern und blitzender Lackierung. Wahrscheinlich besaß das Ding einen Motor, den man so richtig zum Heulen bringen konnte. »Und zwar sofort.« Sowie sie in Sicherheit waren, würde er sie nehmen, denn viel länger konnte er nicht mehr warten.

Dazu reichte seine Selbstbeherrschung nicht aus.

Aber es würde nicht leicht, einen Ort zu finden, an dem sie sicher vor den Augen eines Engels waren.

Die Fahrertür des Pick-ups war verriegelt, also stieß Keenan seinen Ellbogen in die Fensterscheibe, schlug das Glas kaputt und zog den Riegel hoch.

»Weißt du, wie man das Ding kurzschließt?«, fragte Nicole.

»Ey, was machst du da, Arschloch?«

Keenan drehte sich um und sah einen großen blonden Mann auf sich zugelaufen kommen.

»Das ist mein Truck!«

»Ja.« Leider. »Tut mir leid. Den brauchen wir.«

»Von wegen!« Der Kerl holte mit der Faust aus und hieb nach Keenan.

Er verfehlte ihn.

Unterdes war der Blumenduft stärker geworden. *Das ist das Letzte, was ich jetzt gebrauchen kann.*

Keenans rechte Hand ballte sich zur Faust. »Du hättest in der Bar bleiben sollen.«

»Ich mach dich platt, Saftsack!« Speicheltropfen stoben aus dem Mund des Blonden, der ein Messer aus seinem Stiefel zog. »Keiner rührt Betty an.«

Betty?

»Ich glaube, er meint den Wagen«, murmelte Nicole.

Der Mensch stürzte sich schreiend auf Keenan, das Messer hoch erhoben.

Er wartete, dann boxte Keenan ihm ins Gesicht. Der Mann knallte der Länge nach zu Boden. Keenan schüttelte den Kopf. Hätte es den Typen denn umgebracht, drinnen zu bleiben und noch etwas zu trinken?

Nicole kam herbeigelaufen und hockte sich neben den Mann. Ihre Hände griffen nach seiner Brust.

»Was tust du?«, fragte Keenan. Falls sie vorhatte, von dem zu trinken …

Sie kann mein Blut haben!

Dann warf sie ihm einen Schlüsselbund zu. »Kurzschließen ist unnötig.«

Er fing die Schlüssel auf. Nicht schlecht.

Die Türen des Truckstops flogen auf. Ah, sie bekamen noch mehr Gesellschaft. »Steig ein«, sagte er und schaute sich erneut um.

Nicole sprang in den Wagen und rutschte über das zerbrochene Glas auf die Beifahrerseite. Er folgte ihr. Keenan ließ den Motor an, und noch ehe die nahenden Trucker den Blonden am Boden entdeckten und losschrien, rasten Nicole und er vom Parkplatz.

Nicole sah nach hinten. »Wir können so nicht weitermachen. Ich möchte endlich irgendwo anhalten und ausruhen.«

Sie hatten beide einen bescheidenen Tag gehabt. Keenan wusste nach wie vor nicht, was auf dem Polizeirevier geschehen war. Sie hatte einen Taser erwähnt, das war alles.

Ihre Finger strichen über seinen Arm, als sie näher rückte. »Wo können wir hin? Sag mir bitte, dass du ein sicheres Haus in der Nähe kennst.«

Sicher vor Engeln und Dämonen?

Gab es so ein Haus?

Er blickte kurz zu ihr. Ja, er würde solch einen Ort finden, und sie wäre in Sicherheit. Dafür sorgte er.

»Mir ist das alles unheimlich«, sagte sie leise. »Dieser Sam hat gesagt, dass ich leiden würde.«

Nein, würde sie nicht. Nicht solange er bei ihr war.

Andererseits war er nicht bei ihr gewesen, als sie festgenommen wurde.

Er zwang sich, wieder auf die Straße zu sehen, und tat es gerade rechtzeitig, dass er den Engel bemerkte, der vom Himmel fiel. Nein, er fiel nicht, sondern er kam angeflogen.

Kräftige schwarze Flügel schlugen in der Nacht, näherten sich dem Asphalt. Und als der Mann – Engel – vor dem Truck landete, schien die Straße unter ihm ein wenig nachzugeben.

Keenan trat auf die Bremse, und quietschend schlingerte der Wagen.

Die Knie des Engels knickten kaum ein, als er mit gesenktem Kopf aufsetzte. Während der Truck auf ihn zuschleuderte, blickte er langsam auf.

Leuchtend blaue Augen starrten Keenan an: Augen, die alles gesehen hatten, was die Welt bieten konnte, und es für dürftig befanden. Azrael war noch nie von den Menschen und ihrem Dasein beeindruckt gewesen.

Azrael, oder Az, das ganz große Tier, war auf die Erde gekommen. Das war gar nicht gut.

Az' Miene war kalt und hart. Nicht die Spur eines Gefühls spiegelte sich in seinen steinernen Zügen. Emotionen waren seiner Art fremd.

Etwa einen halben Meter vor Az kam der Truck endlich zum Stehen. Az richtete sich vollständig auf, und die Flügel auf seinem Rücken streckten sich.

»Keenan!« Nicole packte seinen Arm. »Was ist los? Wieso halten wir?«

Natürlich konnte sie den Engel nicht sehen. Das könnte sie nur, wenn sie dem Tod nahe war. »Wir haben Besuch.« Er sah auf die Straße. »Ein Engel.«

»Diese Typen scheinen ja ziemlich oft runterzuplumpsen.« Zwar war ihr Ton scherzhaft, doch sie klammerte sich an ihn und war kurzatmig.

»Öfter als sie sollten«, pflichtete er ihr bei und legte eine Hand auf den Türgriff.

Nur ließ Nicole ihn nicht los. »Was für ein Engel?«, fragte sie ängstlich. Und es war klug von ihr, Angst zu haben, denn Engel waren nicht zwangsläufig gut, nicht einmal ansatzweise. Ungeachtet der Geschichten konnten sie jederzeit mindestens so viel Blut vergießen wie Dämonen.

Er wollte ihr das nicht sagen, doch wie sollte er nicht? »Er ist ein Todesengel.« Die Flügel verrieten es. Schutzengel hatten weiße, nur Todes- und Strafengel hatten schwarze, denn sie brachten Verzweiflung.

Keenan stellte den Motor ab und sah zu Nicole. Ihre Augen fixierten die Straße, als wollte sie erkennen, was sie unmöglich sehen könnte. Sein Blick folgte ihrem. Az starrte auf den Truck, nein, er starrte direkt Nicole an, und dieser Blick war unmissverständlich.

Nein.

Keenan sprang aus dem Truck und rannte auf seinen alten Mentor zu. »Bleib weg von ihr!«, brüllte er.

Az bewegte sich nicht. Es gab nicht viel, das Az rühren konnte. Mitleid oder Furcht waren es nicht. Keinerlei Gefühl, niemals. Er war der fehllose Todesengel.

Während Keenan immer geahnt hatte, dass er unvollkommen war.

»Ich hätte nicht gedacht, dass du sie so schnell findest«, sagte Az und legte den Kopf leicht schräg. Seine tiefe, kräftige Stimme schien die Nacht auszufüllen.

Keenan sah sich rasch über die Schulter um. Nicole wollte aussteigen. »Bleib da!«, befahl er ihr. »Er darf dich nicht berühren.«

Eine Berührung war alles, was es brauchte. Und da Nicole ihn nicht kommen sähe, war sie wehrlos.

Keenan stellte sich zwischen Az und Nicole. Er wollte nicht einmal, dass der Kerl sie ansah. »Was machst du hier?«

Az runzelte die Stirn. »Du weißt, warum ich hier bin. Du weißt, weshalb ich überhaupt herkomme.«

»Der Tod.« Der einzige Grund, wie ihnen beiden bewusst war.

»Entspann dich. Dass ich hier bin, bedeutet nicht, dass sie heute Nacht sterben muss.«

»Ganz richtig, muss sie nicht.«

Az sah ihn mit seinen funkelnden Augen an. »Aber bald wird eine Seele hinübergehen.«

Nicoles Seele. Wütend trat er einen Schritt auf Az zu. »Warum?«

»Der Auftrag wurde nie erledigt.« Ganz einfach. In Jeans und weißem Hemd sah Az wie ein gewöhnlicher Sterblicher aus. Für den könnte man ihn halten, wären da nicht die gigantischen schwarzen Flügel, die das weiße Hemd als puren Blendzauber entlarvten. Engel konnten jedes Kleidungsstück vortäuschen, ohne dass ihre Flügel dadurch behindert wurden.

»Der Job ist vorbei«, sagte Keenan und machte sich zum Kampf bereit.

Az bewegte sich nicht. »Du weißt, dass ihr der Tod bestimmt ist.«

Keenan schüttelte den Kopf. »Nein. Sie hat in jener Nacht überlebt, und somit hat sich ihr Schicksal gewendet.« Er hatte es gewendet.

»So simpel ist es nicht, wie dir bekannt ist. Du kannst nicht eine Seele gegen eine andere eintauschen. Das ist gegen die Regeln.«

»Ich bin nicht gefallen …« *Um sie sterben zu sehen.*

Az beobachtete ihn ruhig. Dann, nach einem Moment, sagte er: »Ihr Name steht im Buch.«

Az' berühmtes Buch. Einst war es eine Schriftrolle, heute das Who-is-Who der Todgeweihten. In dem Buch standen sowohl die Namen der Gesegneten wie jene der als verdammt Geltenden.

Stand ein Name einmal in dem Buch, gab es kein Zurück mehr. Das zumindest besagten die Legenden.

»Wie lange hat sie noch?«, fragte Keenan mit belegter Stimme. Falls ihr Name eben erst eingetragen wurde, blieben ihr vierzig Tage. Danach musste ihre Seele geholt werden.

Nur hatte er ihre Seele zuvor nicht geholt.

Und er würde nicht erlauben, dass es jetzt jemand anders tat.

»Zehn Tage.«

Was?

»Vielleicht weniger«, ergänzte Az achselzuckend. »Ich dachte wirklich, dass du länger brauchst, um sie zu finden.«

»Heißt das, du wolltest, dass sie schon tot ist, bevor ich sie finde?«

»Sie *ist* tot.« Az hob seine Hand und zeigte hinter Keenan. »Sie ist bereits markiert, ihr Schicksal besiegelt. Nichts kann es ändern.«

»Blödsinn.«

Az zog eine Braue hoch. Er war es nicht gewohnt, dass einer seiner Soldaten fluchte.

Blödsinn. Eines von Nicoles Lieblingswörtern. Sie konnte alles hören, was er sagte, Az jedoch hörte sie nicht. »Das Schicksal hat sich schon einmal geändert und kann es wieder.«

»Wozu?« Nun erschien doch ein Anflug von Gefühl auf Az' Zügen: Neugier. »Lass sie gehen. Was kümmert es dich, ob sie lebt oder stirbt?«

Keenan würde sich nicht zu ihr umdrehen und den Engel aus den Augen lassen. »Es kümmert mich.« Mehr musste Az nicht wissen.

Az seufzte. »Du irrst.« Seine Flügel raschelten auf dem Asphalt. »Ich wollte nicht, dass du kommst und sie tot auffindest. Was sollte mir das nützen?«

Keenans Magen krampfte sich zusammen. »Was willst du, Az?«

»Sie ist mir gleich, nur ein Auftrag von Tausenden, Millionen. Sie alle sterben, genau wie sie.«

Auf einmal hörte Keenan Nicoles stummen Aufschrei.

Wieso sollte sie einen stummen Schrei ausstoßen?

»Engel sollten nicht fallen«, fuhr Az schneller fort. »Engel sollten nicht brennen, nicht leiden.« Er war einen Schritt näher gekommen. »Wir sind besser als Menschen, stärker und so viel mächtiger.«

Aber die Engel waren nicht bevorzugt. Nein, die Menschen waren diejenigen, denen Gaben geschenkt wurden, die Hoffnung und Lieben kennen durften.

»Engel sollten nicht fallen«, wiederholte Az.

»Ich bin es.« *Und vielen Dank für die Info vorweg, Az. Dieser ganze »Ich habe gehört, das Feuer ist das Schlimmste, entlockt einem die lautesten Schreie«-Mist war nicht unbedingt hilfreich.*

»Du bist gefallen und kannst wieder auferstehen.«

Wie bitte? Er hatte noch nie gehört, dass Engel zurückkamen, nicht nachdem sie gefallen waren.

»Es ist ganz einfach, Keenan. Ich weiß, dass sie deine Versuchung ist. Wir alle haben unsere Prüfungen. Beweise, dass du stärker bist. Beende den Auftrag, tu, was von dir erwartet wird.«

Sie umbringen. Nein, das sprach er nicht aus, denn Nicole war zu nahe.

»Bring sie um und komm nach Hause.« Az hatte kein Problem damit, die Worte auszusprechen.

Keenan streckte sich. »Nein.«

»Wenn du es nicht tust, tut es ein anderer.«

Er wusste, dass es keine leere Drohung war. »Wer? Bist du es? Bist du hier, um ihre Seele zu holen?«

Az blickte ihn nur stumm an.

»Ich will nicht sterben.« Auf Nicoles Worte hin drehte Keenan sich zu ihr.

Sie stand vor dem Truck, umrahmt von den Scheinwerfern, und sie blickte nicht ihn sondern Az an.

Konnte sie ihn sehen?

Dann bewegte sich Az ein wenig nach links, doch Nicoles Blick folgte ihm nicht. Also konnte sie ihn nicht sehen.

»Keiner will jemals sterben«, sagte Az.

Jetzt wanderte ihr Blick nach links – zu dem Engel, der ihren Tod wollte.

»Das ist das Problem«, erklärte Az. »Nur zählt nicht, was du willst, Vampir. Du wirst binnen zehn Tagen sterben, die Frage ist nur, durch wessen Berührung.«

Nicht durch meine! Keenan stürzte sich auf Az.

Doch mit einem einzigen Flügelschlagen war der Engel fort. Die Scheinwerfer leuchteten in leere Dunkelheit.

»Keenan?«

Er drehte sich wieder zu ihr, blitzschnell diesmal, weil er fürchtete, Az könnte ihn überlistet und sich ihr unbemerkt genähert haben. Sie durfte nie wieder so schutzlos sein; dafür musste er sorgen.

Aber sie stand ganz allein vor dem Truck und wirkte in diesem Moment unsagbar klein und verletzlich.

Dann blitzte eine Reißzahnspitze auf.

Ganz so hilflos war sie vielleicht doch nicht.

Er eilte zu ihr. Sie sah ihn mit großen dunklen Augen an.

»Willst du mich töten?«, fragte sie im gleichen ruhigen Tonfall, in dem eine andere Frau gefragt hätte, ob er sie küssen wollte.

Er packte ihre Arme und zog sie an sich.

»Willst du?«, flüsterte sie.

Statt zu antworten, küsste er sie leidenschaftlich. Ihm war egal, dass Az' Duft noch in der Luft lag. Sollte der Engel doch zusehen. Er durfte gern sehen, wem Keenans Treue galt.

Sie würde nicht durch seine Hände sterben.

Und jeder Engel, der ihr nahe kam, würde erleben, dass sein Zorn zehnmal heißer brannte als die Hölle.

Er war nicht gefallen, um sie zu verlieren.

Er war gefallen, um für sie zu kämpfen.

Zehn Tage.

Nein.

Es war an der Zeit, einen Pakt mit dem Teufel zu schließen.

Die Stimmen wurden lauter. Das Wispern in Elijahs Kopf war zu verlockenden Rufen angeschwollen, die ihn in Versuchung führten.

Mach, dass sie es nicht sehen.

Elijah war sicher, dass die Menschen durch seine Maske hindurchsahen. Sie erkannten das Monster dahinter, und sie verhöhnten es.

Knurrend drängte er sich durch die Menge an der Bar.

Sie konnten ihn sehen.

In seinen Schläfen hämmerte es, sein Herz raste, und immer noch lockte ihn diese Stimme in seinem Kopf.

Er brauchte Drogen, denn nur sie konnten die Stimme dämpfen, sodass er wieder Luft bekam und jagen konnte, wie er wollte: jagen und töten, ohne gesehen zu werden.

Er stieß die Tür auf, und die heiße Nachtluft schlug ihm ins Gesicht. Nachdem er mehrmals Luft geholt hatte, torkelte er weg. Sein Körper zitterte, und jeder Schritt schmerzte.

Diese Stimme war so laut. *Sie sehen dich!*

Er krümmte sich, als ihn eine Schmerzwelle überrollte.

»Hey, ist alles okay mit dir?«

Es war eine hohe, besorgte Frauenstimme.

Schritte näherten sich schnell. Er öffnete die Augen und sah kleine Füße, weiße Sandalen, gebräunte Beine.

»Ist dir schlecht?«, fragte die Besitzerin der Beine. »Soll ich jemanden für dich anrufen?«

Langsam blickte er auf und sah direkt in ihre dunklen Augen.

Sie sieht dich, raunte die Stimme.

Ihre Augen wurden größer, als er lächelte. Dann stürzte er auf sie zu.

Die Schlampe sprang schreiend weg von ihm. Doch er hatte schon sein Messer gezückt und würde verhindern, dass sie ihn je wiedersah, dass sie überhaupt noch etwas sah.

Dann würde auch die Stimme still sein.

Die sieht nie wieder was.

Er packte ihr Haar und drückte sie nach unten.

»Hey, Dämon!«

Elijah blickte nach hinten und sah ein Brett auf

sich zukommen. Er wollte rückwärtsstolpern, doch das Holz krachte ihm schon in den Schädel.

Dann sah er nichts mehr.

Achtes Kapitel

Keenan und Nicole erreichten New Orleans wenige Stunden nach Sonnenaufgang. Auf der Fahrt hatte Nicole nicht geschlafen, weil sie nicht abzuschalten wagte.

Schließlich kam es nicht alle Tage vor, dass ein Engel sagte, man wäre für den Tod vorgemerkt.

Und sie hatte ihn sehr wohl gehört. Seine tiefe Stimme war klar und deutlich gewesen, als er Keenan aufforderte, sie zu töten.

Sie kniff die Augen zu. Wenn Keenan sie tötete, würde er wieder aufsteigen. Okay, sie schätzte mal, das bedeutete, er würde eine Gratisfahrt hinauf in die Wolken bekommen.

Aber was geschah mit ihr? Nach dem, was sie in den letzten Monaten getan hatte, wartete gewiss keine flauschige Wolke auf sie.

Ich will nicht sterben.

»Ich kann nicht zurück«, sagte sie zu Keenan, während ihre Fingernägel in ihre Handflächen drückten. »Ich kann nicht zurück zu meiner Wohnung.« Die wurde wahrscheinlich von der Polizei überwacht.

»Du hast keine Wohnung mehr.«

Sie riss die Augen auf.

Der Wagen war langsamer geworden. »In deinem Apartment wohnt jemand anders. Er ist ungefähr vor einem Monat eingezogen.«

Klar. Natürlich. Sie räusperte sich. »Und wo wollen wir hin?« Er hatte darauf bestanden, dass sie nach New Orleans zurückfuhren, obwohl Nicole die Stadt nie wiedersehen wollte. Zu viel Schmerz wartete dort.

»Ich habe einen Unterschlupf gleich außerhalb der Stadt.«

Keenan besaß eine Wohnung? Woher konnte er überhaupt Geld haben?

Er sah zu ihr, und seine Mundwinkel bogen sich kaum merklich nach oben. Offenbar konnte er ihre Gedanken lesen. »Du vergisst immer wieder, Süße, dass ich so ziemlich jedes Geheimnis der Menschen und der Anderen kenne. Ich weiß, wo die ganzen Leichen vergraben sind.«

Ja, das glaubte sie ihm sofort.

»Und es gibt einige Andere, die mir etwas schuldig sind. Das Haus war eine Bezahlung.«

»Bezahlung wofür genau?«

»Das willst du nicht wissen.«

Wahrscheinlich nicht.

Ihr wurde schwer ums Herz, als sie an der Stadt vorbeifuhren, die sie so geliebt hatte. Inzwischen fuhren sie einen unauffälligen Ford. Gleich hinter der texanischen Grenze hatten sie den Wagen gewechselt, um sich die Cops vom Leib zu halten, die auf Vampirtötungsmission waren.

Bald wurden die Straßen leerer, und sie fuhren an Eichen und vermoosten Landschaften vorbei.

Dann …

»Wir sind da«, sagte Keenan leise, als er anhielt.

Nicole blickte zu einem alten Vorkriegshaus. Es

war renoviert, allerdings keines dieser zu eleganten, vor Geld strotzenden Herrenhäuser. Dieses Haus war halb von Bäumen verborgen, trotzte jedoch dem Sumpf dahinter.

»Sind wir hier sicher?«, fragte Nicole und stieg aus dem Wagen.

Er antwortete nicht.

Das hieß wohl Nein. Die Sonne brannte herab, als sie auf das Haus zugingen, und Nicole fühlte, wie sie ihr die Kraft raubte.

Keenan öffnete die Türen. Erstaunlich war, dass es drinnen nicht muffig und abgestanden roch, wie es normalerweise der Fall war, wenn Häuser länger leer gestanden hatten. Stattdessen war die Luft sauber, frisch und einladend.

Die Möblierung war eher karg, doch nach sechs Monaten in billigen Motels beklagte Nicole sich ganz gewiss nicht. Dagegen wirkte dies hier wie das Ritz.

»Du solltest schlafen«, sagte Keenans tiefe Stimme hinter ihr. Er verriegelte die Tür. »Geh dich ausruhen, damit du wieder zu Kräften kommst.«

Sie legte eine Hand aufs Treppengeländer, wobei sie bemerkte, dass sie schwitzte. »Was meinte der Engel damit, eine Seele gegen eine andere einzutauschen?« Auf der Fahrt hatte sie nicht gefragt. Sie war viel zu benommen vor Angst gewesen, um irgendetwas zu fragen. Ihr blieben noch zehn Tage zu leben.

Schon einmal hatte es einen Countdown zu ihrem Leben gegeben, und das wollte sie nie wieder.

Zehn Tage.

Eine steile Falte erschien zwischen Keenans Brauen. »Hast du das gehört?«

»Ich habe alles gehört.« Einschließlich des Teils, in dem er dich bat, mich zu töten, ergänzte sie in Gedanken.

Er schüttelte den Kopf. »Das hättest du nicht dürfen. Die meisten Leute können nie Engel sehen oder hören. Sie nehmen höchstens mal deren Geruch wahr.«

Nach Blumen.

Nicole bekam eine Gänsehaut. Vor sechs Monaten hatte sie den Duft einige Male in ihrem Klassenzimmer und in ihrem Haus bemerkt. Nun wurde ihr klar, dass es Keenan gewesen war, der sie beobachtete.

Doch dazu würden sie noch früh genug kommen. Zuerst brauchte sie eine Antwort. »Du hast mir nicht geantwortet, Keenan.« Ihr fiel auf, dass er teuflisch gut darin war, ihren Fragen auszuweichen.

Die Falte verschwand. »Statt deiner ist in jener Nacht der Vampir gestorben.«

»Du hast gegen Befehle verstoßen.« Die Wut und der Schmerz, die sie in dem Motelzimmer empfunden hatte, waren verklungen, und sie konnte wieder klar denken.

Er nickte.

Nicole glitt mit der Zunge über ihre Unterlippe. »Der Vampir hätte weggehen sollen, und dann war er es, der ins Gras biss.« Sie hatte es nicht begriffen, aber Keenan hatte ihre Hilferufe erhört.

Auf die einzige Weise, die er konnte.

Keenan sah sie an.

»Danke«, sagte sie leise.

Er blinzelte. »Nicole …«

»Diese ganze Sache ist ein bisschen viel für mich, okay?« Sie ließ das Treppengeländer los und drehte sich zu ihm. »Ich meine, du bist ein Engel! Mein Leben lang habe ich Geschichten von Engeln gehört, aber …« Ihr Lachen klang zittrig. »Ich hätte nie gedacht, dass ich mal einem begegne.«

»Die meisten Leute denken auch nicht, dass sie mal einem Vampir begegnen.«

Ja, das stimmte.

»Du hast ihn getötet.« Sie sah Keenan prüfend an. »Du hast einen Vampir getötet, damit ich leben kann?«

»Ja.«

Sie ging zu ihm und legte beide Hände an seine Brust. »Danke, dass du mich gerettet hast.« Er hatte nicht bloß dagestanden. Egal was er sagte, sie war einzig seinetwegen noch am Leben.

Doch er wich zurück. »Ich habe dich nicht gerettet.«

Sie war doch hier, atmete, kämpfte mit Blutdurst, weil er sie nicht sterben ließ.

»Die Engel sind hinter dir her. Azrael – Az, kommt, und nichts wird ihn aufhalten.«

Daran wollte sie nicht denken. »Soll er ruhig kommen.« Erst recht wollte sie nicht an das denken, was nach dem Tod geschehen würde. »Im Moment interessiert mich weder er noch was in zehn Tagen passieren könnte.«

»Du lügst«, erwiderte er. »Menschen lügen so viel und oft so unbekümmert.«

Sie machte einen Schritt auf ihn zu. »Ich lebe jetzt. Vielleicht lebe ich nicht mehr lange, aber jetzt bin ich noch lebendig.« Lebendig und mit dem verführerischsten Mann zusammen, den sie kannte.

Er hatte sie gerettet, für sie gelitten.

Hatte sie beschützt.

Verführerischer ging es definitiv nicht.

Sie stellte sich auf die Zehenspitzen, sodass ihr Mund dicht vor seinem war. »Danke«, hauchte sie gegen seine Lippen, bevor sie ihn küsste. Es war ein heißer, eindringlicher Kuss. Und als seine Zunge ihre berührte, durchfuhr sie ein Lustschauer.

Dieses Brennen war wunderbar.

Seine Hände umklammerten ihre Arme, und er drückte sie zurück.

Was? Wieso?

»Diesmal werde ich nicht aufhören.« Es war ein dunkles Versprechen.

Sehr gut. Sie fuhr sich über ihre Lippen, auf denen sie ihn schmecken konnte: aromatisch und süß wie Schokolade. Nein, besser, viel besser. »Das möchte ich auch nicht.« Doch er sollte gewarnt sein. »Sex mit mir …« *Sei vorsichtig!* »Ist nicht wie mit anderen Frauen.«

Er nahm ihren Mund ein. Seine Zunge tauchte tief in sie, und Nicole stöhnte. Ihre Brüste wurden hart, ihre Beine drängten sich näher an ihn, spreizten sich, um ihn zu fühlen.

Als sie bereits ungeduldig wurde, löste er den Kuss. »Andere Frauen interessieren mich nicht.«

Gut zu wissen. »Es ist nur«, begann sie zögerlich, »dass für Vampire Sex und Blutdurst … Es ist nicht so wie mit …«

»Ich war noch mit keiner Frau zusammen.«

Nun war sie ehrlich verblüfft. Nicht dass sie selbst tonnenweise Erfahrung hätte. Dennoch hatte es einige wenige Liebhaber gegeben. Er hingegen hatte noch nie Sex gehabt und wollte ausgerechnet mit ihr anfangen?

»Menschen und die meisten Anderen können uns nicht einmal sehen«, sagte er grinsend. »Folglich ist Sex kein großes Thema.«

Aber … »Du hast noch nie …«

»Ich wollte nicht. Engel haben keine Emotionen und keine menschlichen Bedürfnisse.«

Wie Liebe oder Lust.

Doch er hatte seine Flügel verloren, und sie konnte seine Erregung deutlich spüren. »Ich will dir nicht wehtun.« Sie würde versuchen, sich zu bändigen. Die Sonne schien, also war auch ihre Selbstbeherrschung schwächer. Trotzdem würde sie es versuchen.

»Wirst du nicht«, sagte er und streifte ihr Kinn mit seinen Lippen. »Du kannst es gar nicht.«

Er verstand nicht, was es bedeutete, wenn sich die Blutgier eines Vampirs mit körperlichem Verlangen mengte. Dann hing ihre Selbstkontrolle an einem seidenen Faden, wie Nicole auf schmerzliche Art von Connor lernen musste.

»Ich denke, ich wollte dich«, sagte Keenan, umfing ihre Taille und hob sie in seine Arme, »seit ich dich zum ersten Mal sah.« Er presste die Lippen auf ihren Hals.

Nicole tauchte ihre Finger in sein dichtes, weiches Haar. »Ich bin nicht die Frau, die ich war.«

Seine Zunge streichelte über ihre Haut, und sie erschauerte. »Du bist die Frau, die ich will.«

Sie würde sich bemühen, nicht die Kontrolle zu verlieren. Seinetwegen wollte sie sich anstrengen, ihren Blutdurst zu bändigen und die Wonnen zu genießen.

Nur ein Mann und eine Frau. Das schaffte sie.

Es war sein erstes Mal, und das wollte sie ihm nicht verderben.

Seine warmen Hände glitten unter ihr T-Shirt. Zentimeter für Zentimeter bewegten sie sich ihren Bauch hinauf, bis sie unmittelbar unter ihrem Busen verharrten. »Du musst mir verraten, was dir gefällt«, raunte er, wobei seine Zähne an ihrem Hals schabten.

Ihr Atem stockte. »Du, ähm, machst das schon ziemlich gut.«

Doch er hob den Kopf. »Ich kann es besser.«

Dann schwang er sie in seine Arme und trug sie durchs Haus. Er brachte sie nicht etwa die Treppe hinauf, sondern einen verwinkelten Korridor entlang. Sonnenlicht fiel durch die Fenster und verjagte die Schatten. Keenan betrat das letzte Zimmer rechts. Es war ein Schlafzimmer: ohne Kommode, ohne Schrank, nur mit einem Bett.

Dort legte er sie hin und richtete sich wieder auf. Er blickte sie an, während er begann, sich auszuziehen.

Oh ja. Sein Hemd flog auf den Fußboden, und Nicole hatte eine herrliche Aussicht auf seine Brust. Eine sehr muskulöse Brust. Ihr Engel hatte weit mehr zu bieten als ein Sixpack und sonnenverwöhnte Haut, die zum Anbeißen glatt und verführerisch war.

Dann fiel seine Jeans.

Nicole spürte ein Ziehen in ihrer Scham.

Keenans Körper war vollkommen, absolut makellos. Und sie wollte jeden Millimeter von ihm berühren, ihn kosten.

Sein Glied ragte ihr entgegen, und unwillkürlich setzte sie sich auf, wollte eine Hand nach ihm ausstrecken.

»Nein, Süße, ich möchte …«

Doch sie hatte bereits die Finger um ihn gelegt, und er hörte auf zu reden. »Lass mich nur«, sagte sie, denn es war wichtig, dass es für ihn gut wurde.

Sie neigte sich vor und knabberte zärtlich an seinem flachen Bauch. Das war unverzichtbar. Manchmal musste man eben beißen, auch wenn sie darauf achtete, dass seine Haut unversehrt blieb.

Sie leckte die Stelle ab. Dabei fiel ihr Haar nach vorn und strich über seinen Bauch. Er hielt hörbar den Atem an. Seine Hände umklammerten ihre Schultern, diesmal jedoch nicht, um sie wegzuschieben, sondern um sie näher zu sich zu ziehen.

»Bist du sicher«, fragte er angestrengt, »dass ich es bin, den du willst?«

Ihre Antwort bestand darin, dass sie sich tiefer beugte und mit der Zunge die Spitze seiner Erektion umkreiste.

Sein Griff an ihren Schultern wurde fester.

Nicole öffnete den Mund und nahm ihn in sich auf. Sie passte sehr genau auf, dass ihre Zähne auf Abstand blieben. Seine Haut fühlte sich samtig glatt an, zugleich hart und gespannt. Nicole streichelte ihn mit ihrer Zunge und schmeckte die salzige Note.

»Nicole!« Sein primitives Verlangen war nicht zu verkennen.

Doch sie war nicht fertig mit ihm. Noch nicht.

Unmittelbar vom Tode bedroht, wollte sie das Leben in vollen Zügen genießen.

Und es schmecken.

Also benutzte sie ihren Mund und ihre Zunge, um ihn zu verwöhnen. Nicole nahm ihn tief in sich auf, während sie an ihm sog, und ihr gefiel, wie heiser seine Stimme klang und wie sehr er sich an sie klammerte.

Leider zu bald zog er sich zurück und hielt sie davon ab, ihm zu folgen. »Ich will in dir sein.«

Und genau da wollte sie ihn auch haben.

Ohne den Blick von seinem Gesicht abzuwenden, kniete Nicole sich auf. Sie streifte ihr T-Shirt ab und warf es auf den Boden. Sekunden später folgte ihr BH. Ihre Brüste reckten sich ihm entgegen.

Sie wollte seinen Mund dort spüren.

Und sie wollte ihn in sich.

Wieder einmal bewegte er sich verblüffend schnell, war bei ihr auf dem Bett und fing sie unter seinem Körper ein. Seine Beine schoben sich zwischen ihre, während sein Mund ihre Brust einfing.

Als Nicole seine Zähne auf ihrem Nippel fühlte, wurde ihr schon klammer Slip noch feuchter. Sie hob ihre Hüften zu ihm, wollte dringend die Jeans und den Slip loswerden, die sie von ihm trennten. Gleichzeitig strichen ihre Finger über seinen Rücken.

Er griff nach ihrem Jeansbund und öffnete ungeduldig den Verschluss. Dann schob er den rauen Stoff nach unten. Nicole half ihm, in dem sie die Beine anhob und ihre Stiefel wegkickte. Die Jeans landete mitsamt dem Slip auf dem Fußboden.

Ja.
Nun war nur noch Haut auf Haut zu fühlen. Und Keenans Mund war wieder auf ihr, leckte, küsste, streichelte sie und machte sie wahnsinnig.
Ihre Reißzähne brannten und wurden länger. Selbst bei Tageslicht wäre sie außerstande, diese reflexartigen Veränderungen aufzuhalten. Der Sex befeuerte ihre Blutgier zu sehr.
Beißen.
Seine Finger berührten ihre Scham, öffneten sie und ertasteten ihre erregbarste Stelle. Dort streichelte er sie, dass sie unter ihm erbebte. »Keenan, mehr!«, flehte sie. Sie konnte nicht mehr warten, brauchte ihn jetzt sofort. Sie brauchte ihn so dringend wie die Luft zum Atmen, wie Blut.
Ihn.
»Du bist heiß und feucht.« Seine Stimme umhüllte sie, und das rohe Verlangen, das in seinen Worten mitschwang, jagte ihr wohlige Schauer über den Körper. »Ich habe an dich gedacht«, sagte er. Die Spitze seiner Erektion drückte gegen sie, direkt an ihrer Öffnung. »So viele Nächte habe ich von dir geträumt.«
Sein Geständnis erstaunte sie. »Du …«
Doch er fing ihre Hände ein und presste sie auf die Matratze. »Dann wachte ich auf, und du warst nicht da.«
Seine Augen waren genauso schwarz wie ihre. Denn dass ihre sich verfärbt hatten, fühlte sie deutlich. Auch in seinen war nichts Blaues mehr, nur noch Finsternis.
Dann drang er mit einem tiefen Stoß in sie ein, dass

es ihr den Atem raubte. »Du verlässt mich nie wieder.«

Nicole schlang die Beine um ihn. Sie hatte nicht vor, irgendwo hinzugehen.

Er zog sich zurück, tauchte aufs Neue tief in sie, und beide stöhnten.

Wonne flutete sie wie eine heiße Welle, pulsierend und anschwellend. Das Bett ächzte unter ihnen, als ihre Bewegungen wilder und kraftvoller wurden.

Sie leckte sich die Lippen, wollte mehr.

Ein weiteres Mal versank er vollständig in ihr.

Gierig umklammerte sie ihn mit ihren Scheidenmuskeln. Ihr Körper dehnte sich sehnsüchtig. Die Spannung in ihrem Innern baute sich auf, und das Versprechen eines herrlichen Höhepunktes schien zum Greifen nahe.

Während er wieder und wieder in sie eintauchte, bog er seinen Kopf nach hinten, sodass sein Hals direkt vor ihrem Mund war. Ihre Lippen waren auf seiner Haut, schmeckten ihn. Und sein Puls schlug so schnell.

Sie kam ihm bei jedem seiner Stöße entgegen.

Ihre Zähne schabten an seinem Hals. *Kontrolle!* Von ihrer Selbstbeherrschung war nicht mehr allzu viel übrig; zu sehr wollte sie sein Blut, seinen Körper, alles von ihm.

Ihr Mund öffnete sich weiter, und ihre Zähne kratzten ihn.

»Tu es«, befahl er. »Nicole.« Seine Hüften wiegten sich auf ihr, als er immer wieder in sie eintauchte. Jedes Mal, wenn er sich zurückzog, strich sein Glied über ihre Klitoris.

Noch ein Stoß …

Sie biss ihn, als sie kam. Ihre Zähne versenkten sich in seinem Hals, wie sein Schwanz sich in ihr versenkte. Die Spannung explodierte in einem Feuersturm von Wonne, Hunger, Verlangen und Blut.

Sie erbebte. Jeder ihrer Muskeln zitterte, und sie trank von ihm, während ihre Scheidenmuskeln sich um ihn spannten und lockerten.

Keenan bewegte sich weiter, füllte sie vollständig aus. »Ja, das ist so gut«, murmelte er, bevor er sich versteifte und sich die heiße Flut seines Orgasmus in sie entlud.

Sie leckte seinen Hals ab und fing den Bluttropfen ein, der über seine Haut rann. Ihre Hände waren wieder frei. Wann hatte er sie losgelassen? Sie legte die Arme um ihn.

Er erzitterte und drang tiefer in sie. Dann hob er den Kopf und sah sie mit glänzenden Augen an

Ich wollte ihn nicht beißen. Ich habe versucht, mich zu beherrschen.

Aber manchmal konnte man schlicht nichts dagegen tun, was man war.

Sie blickte zu ihm auf, und für einen Moment schien das Licht um ihn wie gedämpft. Dunkle Schatten breiteten sich hinter ihm aus, streckten sich nach oben: kräftige Schatten, die sich von seinem Rücken zu erheben schienen.

Wie Flügel.

Angst überkam sie, und sie zog ihn näher zu sich. Ihre Hände glitten über seinen Rücken, über die rauen Narben, wo einst Flügel gewesen waren.

Dort waren keine mehr.

Und sie sah auch keine Schatten mehr. Es musste eine Sinnestäuschung gewesen sein.

Du stirbst innerhalb von zehn Tagen. Die einzige Frage ist: durch wessen Berührung? Sie hörte die Stimme des Engels in ihrem Kopf.

Wessen Berührung?

Keenans starke Hände waren auf ihr, streichelten, liebkosten sie.

Eine einzige Berührung genügte.

Und eine einzige Berührung reichte, ungeahnte Wonnen zu bescheren. Diesmal hatte Keenan ihr Wonne gebracht.

Aber nächstes Mal?

Sie schloss die Augen und drückte ihn fest an sich.

Carlos Guerro starrte den Dämon vor sich an. Der Mistkerl hatte versucht, seine Cousine zu ermorden. Er war es gründlich leid, dass alle Übernatürlichen glaubten, sie könnten seine Art einfach so ausrotten.

Zuerst seine Mutter, die von dem verfluchten Vampir verführt und ausgesaugt wurde.

Als Nächstes hatte Carlos den Untergang seines Rudels mitangesehen.

Und jetzt kam dieses Arschloch in sein Revier in Mexiko, kurz nachdem diese üble Vampirin und ihr Freund zwei seiner Männer getötet hatten.

Das sollte er bereuen. Carlos würde dafür sorgen, dass er keinen leichten Tod starb.

Der Dämon bettelte, heulte und flehte. So war es am Ende immer mit ihnen.

Keiner wollte sterben.

Zu schade.

Carlos lächelte den Dämon an. »Hast du ernsthaft gedacht, du kannst hier jagen? Hast du geglaubt, du kannst einen Kojotenwandler angreifen und …«

Der Dämon blickte entsetzt auf. »I-ich hatte keine Ahnung …«

Egal. Die Kojotenwandler waren nicht die Fußabtreter der paranormalen Welt, und es wurde Zeit, dass die Leute das begriffen.

Jene Mitglieder seines Rudels, die den letzten Angriff der Wölfe in L.A. überlebt hatten, waren nach Hause gekommen, um sich wieder zu sammeln. Und um die Jagd aufzunehmen. Sie hatten einiges zu tun, jeden und alles zu töten, was auf sie losging.

Vor allem musste sie ihre Stärke beweisen. Sie warteten nicht ab, bis sie gejagt wurden, nein, jetzt jagten sie.

Der Dämon grub mit den Händen in der Erde. Sie hatten ihn gezwungen, sein eigenes Grab zu graben. Auf diese Weise war das Aufräumen hinterher leichter. »Ich wollte sie nicht!«, schrie der Dämon. »Ich sollte den verdammten Vampir töten!«

Carlos zog die Schaufel zurück, die er ihm in den Magen knallen wollte. »Welchen Vampir?« Vor seinem geistigen Auge erschien ein Bild der Frau mit dem pechschwarzen Haar und der zu blassen Haut. Der Frau, die ihm in der Bar so verführerisch zugeflüstert hatte und ihn mit nach draußen nahm.

Natürlich hatte er gleich gewusst, was sie war. Und er hatte vorgehabt, ihr die Kehle aufzureißen.

Dann war ihr Liebhaber gekommen.

Der Dämon, der behauptete, dass er Elijah hieß, blickte mit wässrigen Augen zu ihm auf. Es war schwierig, dem Kerl einen verständlichen Satz zu entlocken. Er wirkte völlig irre. Wahrscheinlich war er mit Drogen vollgepumpt. Manche Dämonen experimentierten zu viel mit allem möglichen Stoff herum. Mit ein bisschen Glück beförderten die sich demnächst selbst mit Überdosen zurück in die Hölle.

Falls das Glück den anderen hold war.

Elijah glotzte ihn verständnislos an.

»Welcher Vampir?« Carlos hob die Schaufel an den Hals des Dämons. Es war nur eine Drohung, denn so sähe sein Todesschlag nicht aus. Den führte Carlos lieber direkter aus.

Hinter ihm flüsterte seine Cousine seinen Namen.

Er beachtete Julia nicht. Dies hier war nicht ihre Sache; sie war lediglich der Köder gewesen.

»F-frau … schwarzes Haar …« Elijah schwankte. »S-sie war h-hier … bevor … die s-sollte ich umbringen.«

Derselbe Vampir? Ein anderer? War das von Bedeutung?

Nein.

Die Zeit des Dämons jedenfalls war abgelaufen.

»Die hat sich mit einem … Scheißengel eingelassen …« Als der Dämon lachte, troff ihm Blut übers Kinn. »Ein Engel und ein Blutsauger.«

Carlos ließ die Schaufel fallen. »Was?«

»Er hat mich gesehen«, murmelte Elijah und rieb sich die Augen. »Das hab ich gewusst. Ein Blick, und er hat alles gesehen … Das dürfen die nicht.«

Bekloppter Irrer. »Es gibt keine Engel.« *Mierda.* Gäbe es doch nur einen, denn in L.A. war er über ein

Anderen-Geheimnis von einem extrem mächtigen Gift gestolpert.

Engelsstaub. Es handelte sich um eine höchst wirksame Mischung, die Dämonen vernichtete, ganz gleich wie stark sie waren. Sogar solche der Stufe zehn starben, verabreichte man ihnen das Gift. Und ein Gegenmittel existierte nicht.

Das einzige Problem war, dass Engelsstaub angeblich aus reinem Engelsblut gemacht wurde, und Engel liefen dieser Tage nicht viele frei herum.

Diese gerissenen Biester blieben vorsichtshalber im Himmel.

Seine Krallen brachen aus den Fingerspitzen hervor, als Carlos sich bereit machte, etwas Spaß zu haben.

»Beschützer«, stammelte Elijah, dem Blut aus den diversen Schnitten in seinem Gesicht rann. »Er hat gesagt, er ist ihr Beschützer.«

Und wenn der Dämon die Wahrheit sagte?

»Wie sah er aus?«, fragte Julia, die näher kam. Seine Cousine hatte schon immer Probleme damit gehabt, sich im Hintergrund zu halten.

Beim Klang ihrer Stimme erstarrte der Dämon. Langsam wie eine Schlange drehte er den Kopf zu ihr und lächelte. »Ich sehe dich.«

Sie warf ihr langes Haar nach hinten und trat an den Rand der Grube. Julia fürchtete sich nicht vor dem Dämon. Sie hatte bloß so getan, als sie den Köder spielte. Carlos hatte überhaupt noch nie erlebt, dass sie sich vor irgendetwas fürchtete. »Ich sehe dich auch, *Cabron*«, sagte sie.

Elijahs Lächeln wurde breiter.

»Und du denkst, dass du einen Engel gesehen hast, ja?« Ihre Krallen waren vollständig ausgefahren.

Der Dämon nickte, während er sie fixierte. Sein blondes Haar klebte in dicken Strähnen an seinem Kopf.

»Und dieser Engel kam einfach so vom Himmel geflogen?«, fragte Julia hämisch.

Elijah kam näher an den Rand seines Grabes. »Schwarze Flügel … wie Schatten hinter ihm …«

Carlos merkte auf. Das hatte er schon mal gehört: Wenn Engel fielen, verloren sie ihre Flügel.

»Gefallen … der Drecksack ist gefallen«, stammelte Elijah. »Damit er einen Vampir ficken kann.«

Julia lachte. »Haben Engel es so bitter nötig, ja?«

»Wenn ein Engel in der Gegend wäre«, sagte Carlos scharf, »hätte es sich längst herumgesprochen.« Und wenn es stimmte? Carlos' Herz pochte vor Spannung.

Engelsblut. Könnte er an Engelsblut herankommen, wäre er in der Lage, die stärksten Dämonen auszulöschen, die ihm in die Quere kamen. Er könnte das Blut benutzen, um sich jeden Paranormalen zu kaufen, den er wollte. Jeder wollte immerzu Dämonen killen. Er könnte den Leuten die Mittel geben und bekäme im Gegenzug …

Macht.

Endlich wären die Kojoten wieder mächtig. Keiner könnte sie mehr verarschen. Nie mehr.

Elijah starrte immer noch Julia an. »Die meisten können … die nicht sehen.« Er spuckte eine Blutpfütze aus. »Die können seine F-flügel nicht sehen. Nur die, die Dämonenblut haben.«

Ah, das war auch so eine Geschichte, die Carlos kannte. Legende oder Wahrheit? »Beschreib ihn«, zischte er.

»Groß, blond und klebt an ihr wie eine zweite Haut.«

Carlos erinnerte sich an den Idioten, der sein Spiel durchkreuzt hatte. Er war ein *Gringo* gewesen, der zu fest zuschlagen konnte und seine Männer getötet hatte. Oder, besser gesagt: Er hatte sie nicht direkt getötet.

Vielmehr war er viel zu schnell den Kugeln ausgewichen, sodass sie nicht ihn, sondern Jo und Ruben trafen.

Und der Mann hatte den Vampir verteidigt. Aber so einfach konnte es doch nicht sein. »Er bumst sie?«

Elijah begaffte Julia gierig. »Ihr Geruch war überall an ihm.«

»Wo sind sie jetzt?«

Die Augen des Dämons in seinem blutüberströmten Gesicht wirkten unglaublich groß. »Ich hab sie verloren, als sie aus Mexiko raus sind.«

Bedauerlich. Aber trotzdem sehr interessant. Denn falls ein Engel gefallen war – für einen Vampir! –, dann hatte er eine Schwäche.

Carlos war gut darin, Schwächen auszunutzen.

»Übernimm du ihn Julia«, sagte er mit einem Handschwenk, denn sie sabberte schon fast, und er hatte von Elijah, was er wissen musste. *»Mátelo.«* Bring ihn um.

Es war sinnlos, hier noch mehr Zeit zu vergeuden. Jetzt gab es eine andere Beute zu jagen.

Julia hockte sich an den Rand der Grube. »Du hattest recht, Dämon. Ich kann dich sehen.«

Er blinzelte und wirkte ein bisschen verloren.

»Ich sehe das verdammte Monster in dir, und das werde ich herausreißen.« Mit diesen Worten stürzte sie sich auf ihn.

Elijahs Schreie hallten durch die Nacht.

Carlos wandte sich von ihnen ab, in Gedanken schon ganz bei dem Vampir. Sie aufzuspüren, dürfte ein Leichtes sein. Ihre Art hinterließ eine Blutspur, der man folgen konnte.

Gegen ihre Blutgier waren sie machtlos. Sie konnten nicht bekämpfen, was sie waren.

Er blickte hinab zu seinen Krallen. Bei Anderen war die Menschlichkeit nichts als Fassade.

Wieder schrie Elijah.

Und diese Maske zerriss sehr schnell.

Neuntes Kapitel

Sein Herz hämmerte in seinen Ohren, und das wilde Pochen brachte seinen Brustkorb zum Erzittern. Keenan stützte sich auf die Ellbogen und sah Nicole an. Das Wohlgefühl summte noch durch seinen Körper. Sein Orgasmus war überwältigend gewesen, erschütternd, und er wollte mehr.

Kein Wunder, dass Menschen so viel Sex hatten. Er machte süchtig.

Und er war nicht so schmutzig gewesen, wie es ihm früher erschien. Stattdessen war er heiß und wild.

So viel besser als in seinen Träumen.

Ihre Hände waren auf seinem Rücken, strichen über seine Haut, und sein Schwanz in ihr schwoll aufs Neue an.

»War das …« Sie verstummte und benetzte ihre Lippen. »Für ein erstes Mal wusstest du recht gut, was du tust.«

Er lehnte sich vor und küsste ihre Schulterbeuge. *Ich habe schon sehr viel Sex gesehen.* Es gab keine Bewegung, die ihm nicht geläufig war. Theoretisch kannte er sich bestens aus. Aber das physische Erlebnis teilte er einzig mit ihr. Und es gab noch so vieles mehr, das er mit ihr tun wollte.

»Äh … Keenan?« Ihre Hände glitten nach vorn und drückten gegen seine Schultern. »Noch mal?«

Sie klang überrascht. Wieso? Was hatte sie erwartet? Er lächelte. »Wir fangen gerade erst an.«

Ihre Augen waren wieder grün, doch kaum begann er, sich erneut in ihr zu bewegen, färbten sie sich langsam schwarz.

Hinter ihren Lippen blitzten die Spitzen ihrer Zähne – jener Zähne, die sie in seine Haut gegraben hatte.

Ihr Biss war nicht schmerzhaft gewesen; ganz im Gegenteil.

Es war pures Vergnügen gewesen, ein sinnlicher Kick, unter dessen Wucht er erbebt war.

Und er hoffte, dass sie ihn wieder biss.

Zunächst stieß er tiefer und fester in sie hinein. Ihre Scheide war feucht von ihrem Höhepunkt, und wunderbar eng. Sie umfing ihn vollständig und streichelte jeden Millimeter seines Glieds.

Diesmal wollte er sie ansehen, wollte nichts von dem versäumen, was sich beim Akt auf ihren Zügen spiegelte.

Seine Rückenmuskeln spannten sich bei den Wiegebewegungen.

Ihre Beine umklammerten ihn fest, was sich herrlich anfühlte.

»Du musst dich nicht zurückhalten«, flüsterte sie. »Bei mir brauchst du nicht vorsichtig zu sein.«

Dennoch hatte er das Gefühl, er sollte es lieber. Sie war so klein, zart und …

Lachend stemmte Nicole sich hoch und mit einer einzigen Bewegung hatte sie Keenan auf den Rücken geworfen, sodass sie rittlings auf ihm hockte und er zu ihr aufblickte.

»Du vergisst immer wieder, dass ich nicht mehr die Frau bin, die du beobachtet hast.« Ihre Stimme hatte einen dunkleren, traurigen Ton bekommen.

Sein Glied war noch in ihr, und sie saß auf seinen Oberschenkeln. Nun fasste sie seine Hände, führte sie zu ihren Brüsten und begann, sich zu bewegen, indem sie sich halb erhob und wieder auf ihn zurückglitt. Ihr Rhythmus steigerte sich schrittweise, wurde schneller und fester.

Während sie ihm in die Augen blickte, ging ihr Atem in kurzen Stößen. »Ich kann alles ab, was du zu geben hast.«

Sie war das Verführerischste, was er jemals gesehen hatte.

Keenan bäumte sich auf, als seine Selbstbeherrschung nachzugeben drohte. Er fing ihren Kopf ein und drückte ihren Mund an seinen Hals. »Beiß mich.« Denn das wollte er. Er brauchte diesen wilden Rausch, der mit ihrem Biss einherging.

Und sie biss.

Ihre Zähne bohrten sich in seine Haut. Derweil waren seine Hände in ihrer Taille, und er hob und senkte sie auf sich. In diesem Winkel konnte er noch tiefer in sie eindringen, und ein Stöhnen entfuhr ihm.

Er fasste sie zu grob, stieß zu hart in sie hinein.

Ihr Mund war wunderbar. Ihr Körper …

Ja.

Tiefer und härter. Ihre Nägel kratzten ihn. Sie leckte seinen Hals, und sein Schwanz zuckte in ihr.

Dann spürte er die Wellen ihres Höhepunktes, ihre Scheide, die ihn zusammenpresste und wieder losließ. Sie kam.

Und er explodierte in ihr. Sein Körper versteifte sich, und das Trommeln seines Herzschlags dröhnte in seinem Schädel. Als er kam, hob sie den Kopf und sah ihn an.

Dunkle, tiefschwarze Augen.

Seine rechte Hand umfing ihr Kinn, und er presste seine Lippen auf ihre.

Das Wohlgefühl füllte ihn vollständig aus. So viel Wonne. Doch bei der Berührung ihrer Lippen erblickte er plötzlich den Tod.

Die Vision kam aus dem Nichts, so wie die abertausend anderen im Laufe der Jahre. Todesengel hatten stets Visionen vom letzten Moment ihrer Seelen. Auf die Weise wussten sie besser, wann sie den jeweiligen Menschen berühren mussten.

Und jetzt sah er ihren Tod.

Nicole lag in einer Blutlache. Ein hölzerner Pflock steckte in ihrer Brust. Blut lief ihr aus dem Mund. »Ist schon … gut …« Ihre Stimme war gebrochen, genau wie ihr Körper.

Und er war da. Seine Finger schlossen sich um den Pflock, als er versuchte, ihn herauszuziehen.

»Diesmal kannst du sie nicht retten.«

Er drehte sich um. Dort stand Az.

»Keiner kann sie retten.«

»Keenan?« Nicole drückte seine Schultern. »Keenan, ist alles in Ordnung?«

Die Vision verschwand, und es blieben Nicole und er im Bett.

Er rang sich ein Lächeln ab.

Doch sie schüttelte den Kopf. »Was ist passiert? Du warst richtig weg.«

»Nein«, erwiderte er sofort. »Ich lasse dich nicht allein.« Az irrte sich. Die Vision war falsch.

Nur waren Visionen nie falsch, und Az konnte nicht lügen.

Er drängte die Angst und die Wut beiseite, zog Nicole zu sich hinunter und hielt sie fest. Ihr Herz raste unter seinen Händen, und das beruhigte ihn ungemein. Sie lebte.

Er musste bloß dafür sorgen, dass sie am Leben blieb. Und damit sie es blieb, würde er gegen Engel kämpfen.

Sein Blick wanderte durch das Zimmer. Kein verräterischer Blumenduft stieg ihm in die Nase, aber die Vision war von irgendwoher gekommen. Seit er gefallen war, sollte er die Bilder nicht mehr sehen. Und wenn er sie von sich aus nicht mehr sehen konnte, musste ihm jemand dieses Todesbild geschickt haben. Jemand, der ein ernst zu nehmender Mistkerl war.

Az.

Keenan blickte hinauf zur Decke. *Du willst auf die harte Tour spielen, Az? Nur zu, spielen wir, Engel.*

Als Nicole die Augen öffnete, war Keenan fort. Rasch stieg sie aus dem Bett, das Laken mit sich ziehend. »Keenan?«

»Wir haben nicht viel Zeit.«

Seine Stimme kam aus der Dunkelheit links von ihr. Die Nacht war hereingebrochen und hüllte das Haus in ihre Schatten. Nicole wandte den Kopf und entdeckte Keenan mühelos. Die Nachtsichtigkeit von Vampiren konnte durchaus ihr Gutes haben. »Was meinst du?«

»Du wirst sterben.«

Das war nicht unbedingt das, was eine Frau beim Aufstehen hören wollte. »Der Sex war gut«, sagte sie leise. Viel besser als gut, und sie wollte, bitte, mehr. »Aber an deinem Bettgeflüster müssen wir noch arbeiten.«

Er machte einen Satz. Anders konnte man die Bewegung nicht nennen, mit der er bei ihr war, sie in seine Arme riss und an sich drückte. »Das ist kein Scherz. Du wirst sterben. Ich habe es gesehen.«

Sie bekam eine Gänsehaut.

»Todesengel sehen das Ende der für sie bestimmten Seelen voraus. Wir wissen genau, wie es aussieht.«

»Ich dachte, du besitzt diese Kräfte nicht mehr.«

Sie bemerkte, wie er traurig den Mund verzog. »Ich bin nicht sicher, dass es meine Kräfte waren.«

Das klang übel. Sie blickte in sein vollkommenes Gesicht, konnte die Wut in den strengen Falten neben seinem Mund und in seinen düster blickenden Augen ablesen. »Ich verstehe nicht, was das heißt.« Sie verstand es wirklich nicht. Es gab so vieles an der Anderen-Welt, von dem sie keine Ahnung hatte.

»Az stellt irgendwelche Dinge mit mir an. Er hat mir das Bild geschickt, weil er will, dass ich weiß, was passiert.«

Ihr Tod. Sie musste schlucken, denn sie hatte einen Kloß im Hals. »Vielleicht kann man dem nicht entrinnen, was kommt.« Sie hatte es versucht, zwei Mal, aber wenn der Tod es auf sie abgesehen hatte …

»Du bist aus jener Gasse entkommen.« Seine Finger drückten ihre.

Ja, ein Teil von ihr war jener Gasse entkommen.

»Nichts ist in Stein gemeißelt. Menschen haben Wahlmöglichkeiten, und heutzutage haben auch Engel die. Az kann sich seine verfluchten Regeln sonstwohin stecken.«

Das war nicht besonders engelsgleich. Andererseits waren Engel offenbar auch nicht die kleinen Putten mit den Harfen, als die Nicole sie kannte.

Sie waren große, gefährliche Männer, die einen Feind mit bloßer Gedankenkraft zu Schutt und Asche verbrennen konnten.

»Zieh dich an.« Er nahm seine Hände herunter. »Wir gehen zurück in dein Viertel.«

»Warum?« Sie hatte ihm doch schon gesagt, dass sie dort nicht hinkonnte.

»Weil wir, wenn wir gegen Az kämpfen wollen, Hilfe brauchen.« Er drehte sich zur Tür.

Sie ergriff seine Hand. »Das ist nicht dein Kampf.« Glaubte er, dass er eine Art Buße tun musste für das, was geschehen war?

»Doch, ist es.« Keenan blickte über seine Schulter zu ihr, und sein Blick schien sie zu verbrennen. »Weil du es bist.«

Ihr Atem blieb irgendwie auf halbem Wege hängen. »Wir sind nicht …« Okay, sie hatten großartigen Sex gehabt. Fantastischen.

Trotzdem blieb sie ein Vampir, und er hielt sie immer noch für eine gewöhnliche Frau. Wüsste er, was sie getan hatte, wäre er der Erste, der sie in Jenseits befördern wollte.

Und wer sagte ihr, dass er es nicht würde? Wenn er herausfand, dass sie nicht mehr die niedliche Nicole war, überlegte er es sich vielleicht. Er würde ihr die

Todesberührung geben, und dann kehrte er zurück zu dem Leben, das er hatte.

Während sie – was? Den Tod bekam, den sie verdiente?

»Du warst mein Auftrag. Meiner! Ich war es, der dein Leben nehmen oder es verschonen sollte. Niemand sonst.«

Aha. Okay. Er hatte dieses ganze »Du bist mein«-Ding also nicht nur im romantischen Sinn gemeint. Jetzt kapierte sie es. Und fand es abgedreht.

Natürlich nicht so abgedreht wie Sterben. Aber es rangierte gleich dahinter.

Ihre Finger gruben sich tiefer ins Laken.

»Du hast in jener Gasse überlebt, und mit deinem Überleben haben sich die Regeln geändert. Alles hat sich geändert.« Er ballte die Hände zu Fäusten. »Die Engel benehmen sich schon zu lange so, als besäßen wir die absolute Macht. Dass wir töten können, heißt nicht, dass wir es auch müssen.«

»Und du denkst ernsthaft, dass wir diesen Typen aufhalten können, diesen Az…«

»Azrael.«

Oh, verdammt, den Namen kannte sie! »Er ist nicht bloß einer der Todesengel.«

»Nein, er ist *der* Todesengel. Der stärkste. Der, dem alle anderen unterstellt sind.« Er zuckte mit der Schulter, und ihr Blick fiel auf seinen Rücken. Wieder einmal hatte sie für einen Moment den Eindruck, dass ihn eine merkwürdige Finsternis umgab: schattenhafte Flügel, die weit nach oben aufragten. Dann zwinkerte sie, und die Schatten waren fort. »Az ist der, der hinter uns her ist.«

Eigentlich nicht hinter ihnen, sondern nur hinter ihr. Nach allem, was sie gehört hatte, wollte Az nicht Keenan töten. Er wollte ihm vielmehr einen geheimen Schlüssel geben – sie –, der ihn zurück in den Himmel brachte.

»Ein Glück für uns, dass Az einen mächtigen Feind hat.« Wieder sprach er von »uns«. Und was war das? Wie hieß es so schön: Der Feind meines Feindes und so weiter. »Wer?«, fragte Nicole selbst für ihren Geschmack zu prompt.

Seine Lippen wurden zu schmalen Linien.

Nicole wusste schon, dass ihr die Antwort nicht gefiel, bevor er etwas sagte.

»Sam.«

Verdammt.

Sam blickte auf die hell erleuchtete Bühne. Er beobachtete das neue Mädchen, als es zum anfeuernden Rhythmus der Musik herauskam.

Groß, ein bisschen zu dünn, aber mit hübschen Brüsten. Sie sah indes nicht wie eine Stripperin aus, und sie bewegte sich auch nicht mit der Anmut einer Tänzerin.

Dann aber drehte sie ihr Gesicht zu ihm, und ihre dunklen, tiefen Augen fesselten ihn an den Stuhl.

Macht.

Er setzte sich auf und lehnte sich unwillkürlich näher zur Bühne. Der Stripclub war sein Zuhause. *Temptation*: Ein sehr passender Name für die Absteige eines gefallenen Engels.

Aber mit ihr, der Neuen, die er noch nicht ausprobiert hatte, stimmte irgendwas nicht.

Sie begann zu tanzen. Ihre Bewegungen waren nicht besonders sinnlich, was sie sein sollten. Dazu tanzte sie zu langsam.

Und doch war etwas an dem sanften Schwung ihrer Hüften, den langsamen Drehungen, das eindeutig sehr, sehr sexy wirkte.

Ihm fiel auf, dass die Rufe und Pfiffe im Club verstummt waren. Nicht einmal mehr leises Gemurmel war zu hören.

Alle Augen waren auf sie gerichtet. Keiner konnte wegsehen.

Genauso wenig wie er. Sie waren gebannt.

Das war Macht.

Er packte Rons Arm. Ron war ein niederer Dämon, der hier für ihn arbeitete. »Wer ist sie?«

Ron zwinkerte nervös. »Äh, sie hat gerade erst angefangen. Ich wusste nicht …«

»Der Name«, fiel er ihm ins Wort.

»Seline. Seline O'Shaw.«

Unweigerlich sah er wieder zu ihr. Musste es, als könnte er nicht anders. Und er war nicht mehr so wehrlos gewesen seit …

Tausend Jahren.

»Sie ist nicht menschlich.« Dessen war er sich vollkommen sicher. Er fühlte keinen Blendzauber um sie, doch er wollte alles wetten, was er besaß, dass die Frau auf der Bühne kein gewöhnliches Südstaatenmädchen war.

Und ganz sicher keine Stripperin.

Denn sie strippte gar nicht, jedenfalls nicht ganz. Sie tanzte verführerisch, ja, und doch waren ihre Bewegungen zu trickreich. Wann immer sie etwas enthüllte, bedeckte sie es gleich wieder, indem sie ihr langes blondes Haar darüber warf oder sich wegdrehte.

Die Frau war gut.

Dämon?

Hexe?

Er würde es herausfinden.

Dann sah sie wieder zu ihm. Ihre Blicke begegneten sich, und in ihrem lag Wut.

Die Musik verstummte. Nach einem weiteren Blick der Tänzerin verschwand sie hinter dem schwarzen Vorhang.

Er stand auf. Sein Blut kochte. Endlich jemand, der die Mühe lohnte.

»Du hast Besuch, Boss«, sagte Ron.

Langsam wandte er den Kopf und funkelte den Dämon verärgert an. »Jetzt nicht.« Er ging. Die Tänzerin war hinter der Bühne. Dort würde er sie finden und herausbekommen, was sie war.

Die Nacht entwickelte sich weit interessanter, als er erwartet hatte.

Ron, dem Schweißperlen auf der Stirn standen, stellte sich ihm in den Weg. »Er hat gesagt, sein Name ist Keenan und dass du nach ihm suchst.«

Ah ja, seine andere Beute. Eigentlich war Keenan der Grund, weshalb er nach New Orleans zurückgekommen war. Wozu sich über die Landstraßen und Autobahnen quälen, wenn er wusste, dass Keenan wieder herkam?

Aber jetzt? »Er soll warten«, sagte er zu Ron, worauf dem Dämon beinahe die Augäpfel aus dem Kopf quollen.

Der Gefallene musste eben die Füße stillhalten, denn Sam hatte andere Beute zu fangen.

Außerdem genoss der Engel vielleicht das Angebot im *Temptation*.

Nach dem Wirbelsturm hatte es eine Weile gedauert, bis das Leben in ihrer Stadt wieder normal wurde, aber heute Nacht sah Nicole, dass New Orleans wieder zurück war. Die Straßen waren voll, Stimmengewirr erfüllte die Luft, und alles pulsierte vor Leben.

Ihr Engel brachte sie zu dem letzten Ort, mit dem sie gerechnet hätte: einem Stripclub. Der Türsteher zuckte nicht einmal mit der Wimper, als er sie hineinließ, wohingegen Nicole Keenans Hand so fest umklammerte, dass sie fürchtete, ihm die Knochen zu brechen. »Warum sind wir hier?« Sie war nicht prüde, oder, na gut, sie mochte ein bisschen prüde gewesen sein, bevor sie sich wandelte. Auf jeden Fall hatte sie, als er sagte, dass sie sich für den Kampf bereit machen mussten, eher erwartet, dass sie in einen Magieladen gingen oder vielleicht auf irgendeinen Friedhof, um Geister zu beschwören.

Aber doch nicht das hier!

»Sofern die Geschichten stimmen«, erklärte er ihr, »ist das hier Sams bevorzugter Aufenthaltsort.«

Ein Laden namens *Temptation*? Mit vollbusigen Stripperinnen? Ja, sie konnte sich durchaus vorstellen, dass ein gefallener Engel gerne hier war. Besonders dieses Schwein Sam.

Sie sah zur Bühne. Eine Frau mit langem blonden Haar und einem Träumt-weiter-Gang trat gerade ab.

Die Männer starrten ihr mit offenen Mündern nach, doch sie drehte sich nicht um.

Keenan drängte sich durch die Menge. »Da ist er.«

Sie sah nach rechts. Ja, als könnte sie den Kerl vergessen! Sam steuerte auf die Hintertür zu und riss die »Privat«-Tür auf.

Keenan packte Nicoles Hand und zog sie mit sich. Sie bewegten sich sehr schnell, drängelten sich ziemlich unhöflich durch die Menge, bis sie gestoppt wurden.

»Was soll die Eile, Süße?«, fragte ein großer, muskulöser Biker, der Nicoles linke Hand umfasste. »Wieso machst du nicht mal eine Pause?«

Sie war ja stehengeblieben, denn wie sollte sie auch nicht, so wie er sie festhielt? »Ich bin kein Teil des Programms«, fuhr sie ihn an. Sah sie etwa aus wie eines der halb nackten Hühner hier?

Seine Augen wanderten ihren Körper entlang. »Könntest du aber.«

»Nein«, sagte Keenan sehr entschieden. »Könnte sie nicht. Und jetzt nimm die Finger von ihr, oder …«

Doch der Biker ließ nicht los, und die Typen, die mit ihm am Tisch saßen, sahen alle aus, als käme ihnen eine ungezwungene Schlägerei ganz recht.

»Oder was?«, fragte der Biker. »Du bringst mich dazu?«

Keenans linke Hand schnellte vor und traf den Biker an der Brust. Er flog ungefähr vier Meter weit und krachte in die seitliche Bühnenbegrenzung. Die Stripperin auf der Bühne kreischte, aber der DJ spielte weiter.

»Ja, genau das«, murmelte Keenan.

Die Leute um den Typen standen eilig auf.

»Ihr wollt euch nicht mit mir anlegen«, sagte Keenan gelassen. »Aber falls ihr es versuchen möchtet, nur zu.« Er zuckte mit der Schulter.

Sie ließen es und rührten sich nicht mehr.

Keenan nickte. »Und jetzt bleibt gefälligst weg von uns.« Er lief mit Nicole weiter zu der geschlossenen Tür.

Im Laufen sagte Nicole: »Ich wäre übrigens auch alleine mit dem fertiggeworden.« *Hör auf, mich für menschlich zu halten!*

Seine Hand rammte gegen das Türholz, und er sah sie an. »Ich weiß.«

»Und wieso …«

»Ich wollte einfach ein paar Leuten den Marsch blasen.«

Ungläubig schüttelte sie den Kopf. »Also im Moment hörst du dich so gar nicht wie ein Engel an.«

»Vielleicht war ich auch nie ein guter Engel.« Seine Augen wurden ausdruckslos. »Aber Menschen haben die Überlieferung dauernd falsch gedeutet. Die meisten von uns wurden geschaffen, um zu strafen und zu töten.«

»Und zu schützen?«, flüsterte sie. Schließlich beschützte Keenan sie.

Er antwortete nicht. Stattdessen öffnete er die Tür und schritt einen schmalen Gang hinunter. Hier wimmelte es von halb bekleideten Frauen. Einige von ihnen machten Keenan eindeutige Angebote, was ihnen giftige Blicke von Nicole eintrug. Sie war womöglich auch in der Stimmung, ein bisschen auszuteilen.

»Sam!« Keenans Stimme hallte durch den Korridor. »Komm raus!«

Sam erschien nicht.

Dafür kam ein kleiner Mann mit feuerrotem Haar und dunklen Augen aus einer dunklen Nische. Es war der Kerl, mit dem Keenan gesprochen hatte, als sie in den Club kamen. Er hieß Ray oder Ro…

Keenan packte ihn beim Kragen. »Wo ist er?«

Ein zitternder Finger wies nach links.

»Er will Spielchen spielen. Hätte ich mir denken können.« Keenan ließ den Mann fallen und trat die Tür ein.

Nicole sah, wie Sam sich zu ihnen umdrehte. Hinter ihm stand eine Frau, von der Nicole allerdings nicht viel erkennen konnte, weil Sams Körper sie verdeckte. Absichtlich, nahm Nicole an.

»Dein Timing ist beschissen«, sagte Sam, verschränkte die Arme vor seiner Brust und betrachtete Keenan fragend.

»Du hast es gewusst.« Keenan stürzte sich auf Sam, hob ihn in die Luft und schleuderte ihn gegen einen Spiegel, dessen Glas zersplitterte.

Nicole blickte sich um. Ron – so hieß er – beobachtete die Szene mit großen Augen. »Vielleicht sorgst du dafür, dass die anderen auf Abstand bleiben«, schlug sie ihm vor und ließ ihre Reißzähne blitzen.

Ron stolperte rückwärts.

Aha. Offenbar war er kein geeigneter Beschützer. Es konnte eben schwer sein, gutes Personal zu finden.

»Du hast gewusst, dass Az kommt«, knurrte Keenan und stürzte sich abermals auf Sam.

»Nein!«, sagte die blonde Frau. Es war weder ein Schrei noch eine verzweifelte Drohung, sondern ein simpler Befehl.

Jetzt konnte Nicole sie richtig sehen. Die Frau trug Jeans und eine weite weiße Bluse. Ihre braunen Augen wirkten kalt und entschlossen.

Und sie hatte eine Waffe, die sie auf Keenan richtete.

»Wenn du ihn noch einmal angreifst, muss ich dich erschießen«, sagte sie zu Keenan.

Sam lachte tief und dröhnend. »Du kannst es versuchen, aber eine Kugel hält ihn nicht unten.«

Gut zu wissen.

»Und sowieso zielst du besser auf sie«, fügte Sam hinzu und zeigte auf Nicole.

Mistkerl. Und diesen Typen wollten sie um Hilfe bitten? »Auch mich hält keine Kugel am Boden.« Das wollte Nicole nicht unerwähnt lassen.

Die Frau zielte nach wie vor auf Keenan. »Sie hat nichts getan«, erklärte sie frostig. »Ihr zwei seid die, die sich prügeln, und ich will nicht zum Kollateralschaden werden.«

Recht hatte sie: Ein Kollateralschaden zu sein, war wirklich wahrlich doof.

»Ist die Tatsache, dass sie ein Vampir ist, von Belang?«, fragte Sam nur mäßig neugierig.

»Ist sie nicht. Genauso wenig wie die, dass ihr zwei«, sie schwenkte die Waffen von Keenan zu Sam und zurück, »Dämonen seid.«

»Also das ist eine Beleidigung.« Sam schüttelte sich die Glasscherben ab und stand langsam auf. »Nur weil du in der Hölle bist, sind wir nicht gleich Dämonen.«

Sie hob den Arm und richtete ihre Waffe auf sein Herz. »Keine Bewegung.«

Er erstarrte.

»Braver Junge.« Sie sah zu Nicole. »Ich würde dir empfehlen, dass du mit mir verschwindest. Was immer diese beiden vorhaben, du willst nicht dabei sein.«

»Zu spät«, murmelte Sam. »Es geht nur um sie.«

Nicole schluckte. »Danke, aber ich gehe nirgends hin«, sagte sie und trat näher zu Keenan.

Die Frau biss die Zähne zusammen. »Na gut, deine Beerdigung.«

»Die hatte sie schon.« Sam konnte einfach nicht den Mund halten, und seinem Gesichtsausdruck nach machte ihm dies hier richtig Spaß.

Die Blonde mit der Waffe schüttelte den Kopf und bewegte sich rückwärts zur Tür, ohne die beiden Männer aus dem Blick zu lassen.

»Wir sehen uns, ja?«, rief Sam. »Seline, du kommst morgen wieder und tanzt.« Der letzte Satz klang wie ein Befehl.

Seline sagte nichts. Sie hielt ihre Waffe auf die beiden gerichtet, ging noch ein paar Schritte rückwärts und verschwand durch die Tür.

Nicole, die Sam aufmerksam beobachtete, entging das kurze Flackern seiner Augenlider nicht. Das war … Enttäuschung. Interessant. Sie würde es sich merken.

Sam klopfte sich mehr Glasscherben ab und seufzte. »Gibt es einen Grund, weshalb du hier reinplatzt, Gefallener? Oder wolltest du dich nur in Versuchung führen lassen?«

Keenan ballte seine Fäuste. »Az will sie.«

Sam zuckte nicht einmal mit der Wimper. »Ach ja?« Er war nicht überrascht. Andererseits hatte er Nicole bereits gesagt, dass es passieren würde.

Du wirst leiden.

»Ich schätze, man kann den Tod nicht überlisten«, murmelte Sam, den eindeutig nicht beeindruckte, dass sie bald tot sein würde – schon wieder.

Es war ja nicht sein Problem.

Sie hätten nicht herkommen sollen.

»Blöd für dich.« Sam machte ein paar Schritte nach vorn. »Aber was zum Geier habe ich damit zu tun? Wieso sollte mich interessieren, ob ein Vampir draufgeht?«

Nicole zuckte unweigerlich zusammen. »Keenan, lass uns gehen.« Sie wollte diesen Mistkerl sicher nicht anbetteln, nicht einmal wenn es um ihr Leben ging. Und er würde ihr so oder so nicht helfen.

»Genau«, sagte Sam. »Geh, Keenan. Geh und vögel deinen kleinen Vamp, solange du noch kannst. Und wenn Az sie holen kommt und du versuchst, ihn daran zu hindern, tja, dann wirst du herausfinden, wie das Sterben für einen Gefallenen ist.« Sein Mund bog sich zu einem grausamen Lächeln. »Denkst du, du kommst wieder nach oben? Irrtum.«

Jemand boxte Nicole brutal in die Brust. Nein, falsch, es fühlte sich nur so an. Der Gedanke, dass Keenan sterben könnte, tat weh. »Er stirbt nicht meinetwegen«, sagte sie. Das würde sie nicht zulassen.

»Er ist deinetwegen gefallen«, entgegnete Sam achselzuckend. »Sterben ist der nächste Schritt.«

»Sam!«, fuhr Keenan ihn an, worauf der Raum zu erbeben schien.

Nein, er erbebte wirklich, und Sam grinste. »Wie ich sehe, hast du wieder ein wenig Biss bekommen. Kein Möchtegern-Dämon mehr, was?«

Wie bitte?

Spiegelscherben knirschten unter Sams Stiefeln, dann blieb er unmittelbar vor Keenan stehen. Nicole sah die beiden Männer abwechselnd an. Sie waren von gleicher Größe und Statur, nur einer dunkel, der andere hell. Und die Luft um sie herum knisterte buchstäblich vor Energie.

»Was würdest du für sie tun?«, fragte Sam. »Würdest du, um sie zu retten, noch einmal fallen?«

Keenan blickte kurz zu ihr.

Oh verdammt. Er hat es wirklich gemacht. Er ist meinetwegen gefallen.

Sie schluckte, denn der Kloß in ihrem Hals drohte sie zu ersticken. Keenan war für die Frau gefallen, die sie vor ihrer Verwandlung gewesen war. Wenn er herausfand, was sie seitdem getan hatte …

Erzähl es ihm.

Dann würde er sich von ihr abwenden, und sie bräuchte nicht mehr zu befürchten, dass er ihretwegen sein Leben riskierte.

»Ich lasse sie nicht sterben«, sagte Keenan ruhig. »Sie hat vorher gelebt, was bedeutet, dass sie eine neue Chance verdient. Az macht diese Geschichte persönlich.«

Erschrocken sah Nicole ihn an und bemerkte, wie sein Wangenmuskel zuckte.

»Ach, du glaubst nicht, dass ihr Name auf der großen, magischen Todesliste steht, was?«, seufzte Sam. »Du denkst, Az will an dir ein Exempel statuieren, damit die anderen Engel sehen, dass es sich nicht lohnt, einen Fehler zu machen? Dass Fallen nicht heißt, fortan fröhlich und genüsslich zu leben, sondern in einem Albtraum endet?«

»Sag du es mir. Du kennst ihn länger als ich.« Keenans Stimme vibrierte vor Wut.

»Stimmt.« Sams Grinsen war plötzlich wie weggewischt. »Ich kenne ihn gut genug, um zu wissen, dass er alles tun würde, damit seine kleinen Soldaten nicht aus der Reihe tanzen.« Seine Augen waren inzwischen schwarz und kalt, als er zu Nicole blickte. »Er würde keinen Moment zögern, dich umzubringen.«

Super. Wie schön, dass sie etwas Besonderes war. »Können wir gegen ihn kämpfen?«, fragte sie.

»Du nicht. Du bist bloß ein Vampir und hast nicht die Kraft.« Er verstand es wahrlich, sie aufzuheitern.

»Aber du«, Sam nickte und sah wieder zu Keenan. »Wenn du deine Kräfte zurückhast, kann dich nichts aufhalten.«

»Ich besitze keine Kräfte mehr.«

»Nein? Und wie hast du dann neulich Nacht das Feuer gemacht?«

»Woher weißt du davon?«

Sam lachte. »Es gibt Weniges auf dieser Welt, was ich nicht weiß. Bezahlt man die Leute gut genug, erzählen sie einem eine Menge. Ein Vampir, Connor, kam zu mir gerannt, um mir von deinem Besuch in der Blutbar zu berichten.«

Connor. Für Geld hatte er schon immer alles geopfert, Leben eingeschlossen.

»Erzähl mir, Gefallener«, fuhr Sam fort. »Wenn deine Kräfte weg sind, wie konntest du eben das Zimmer zum Beben bringen? Und wie«, hier senkte er die Stimme, »konntest du den Tod deiner süßen Vampirin sehen, wenn deine Kräfte nicht wieder zurückkommen?«

Ihre Zähne brannten, und ihre Fingernägel verlängerten sich. Sam war eine Bedrohung, auf die ihr Körper instinktiv reagierte. Er spielte mit ihnen. Überhaupt hatte sie das Gefühl, dies hier wäre ein schräges Spiel, und sie wollte, dass es aufhörte.

Keenan sah kurz zu ihr. »Du meinst, all meine Kräfte werden wiederkommen?«

Sam lachte. »Ganz schön irre, was? Du kannst sie retten, aber der Preis ist höllisch.«

»Wovon redest du?«, fragte Nicole, die es leid war, nichts zu verstehen. »Falls wir diesen Az aufhalten können, dann sag mir, wie.«

»Wut ist der Schlüssel.« Bei Sams Grinsen wurde ihr eiskalt. »Du musst dich von deiner Wut beherrschen lassen, dann könntest du ihn besiegen.«

»Und warum kannst du ihn nicht ausschalten?«, fragte Nicole spitz, packte Sams Arm und zerrte ihn zu sich.

Ein elektrischer Schlag schoss durch ihre Fingerspitzen. Er war nicht richtig schmerzhaft – noch nicht.

»Interessant«, sagte Sam und blickte auf ihre Hand. »Sehr interessant.«

Fluchend zog Keenan sie weg von Sam.

Doch der starrte Nicole weiter an. »Vielleicht bist du doch nicht nutzlos.«

Na, war das nicht nett?

Sams Zunge huschte über seine Unterlippe. »Ich helfe euch, aber nicht umsonst.«

»Hast du nicht eben gesagt, dass ich ihn besiegen kann?«, knurrte Keenan.

»Ich sagte, du könntest, nicht dass du kannst«, korrigierte Sam und wippte auf seinen Fersen. »Das ist ein Unterschied.«

»Und was wäre dein Preis?«, fragte Nicole.

Seine Augen blitzten. »Für den Kampf gegen einen Engel auf Rachefeldzug? Denn auf dem ist er. Dein Name steht auf keiner Liste. Az will mit deinem Tod lediglich klarstellen, dass keiner mit seiner Wache herummacht.«

»Bist du sicher?« Keenan drückte ihre Hand ziemlich fest. »Er hat gesagt …«

»Er kann die Wahrheit ebenso gut verdrehen wie jeder von uns.« Sam verschränkte wieder die Arme vor der Brust. »Az ist nicht der blütenweiße Engel, der er gern wäre. Auch er wurde schon in Versuchung geführt, hat Regeln gebrochen. Und jetzt glaubt er, dass er die Instanz in Sachen Tod ist.«

»Du willst ihn vernichten.« Keenan kamen die Worte gelassen über die Lippen, obwohl er merklich angespannt war. »Du kämpfst schon lange gegen ihn.«

»Ja, das tat ich bereits, ehe du deine erste Seele holtest.« Nun wirkte Sam gelangweilt. »Az schuldet mir was, und manche Forderungen können die Pest sein.« Er kniff die Augen ein wenig zusammen. »Oder, in diesem Fall, ein Vampir.«

Der Kerl war reichlich seltsam.

Ein schwacher Geruch füllte den Raum: metallisch, beißend – Benzin.

Dann hörte Nicole ein leises Rauschen und drehte sich zur Tür. Feuer.

»Hmm, damit hatte ich nicht gerechnet«, murmelte Sam. »Schade, ich hatte mich schon so auf den Tanz morgen Abend gefreut.«

Was?

Rauch quoll durch die offene Tür.

»Hast du noch andere Feinde außer Az?«, fragte Sam, als er auf die nächste Wand zuging. Er schlug seine Faust dagegen, und Mauersteine brachen ein. »Es sieht nämlich ganz so aus, als hätte es jemand auf dich oder deinen Vampir abgesehen.«

Dann drängte er sich durch das Loch in der Mauer und entschwand in die Dunkelheit.

»Verdammt, Sam!«, brüllte Keenan. »Warte!«

Aber in einem brennenden Gebäude zu warten, war keine gute Idee. Vor allem nicht, wenn man wusste, dass einem sowieso schon die Zeit davonlief. Nicole ergriff Keenans Hand. »Komm jetzt.«

Sie waren gerade bei der eingebrochenen Wand, als Nicole ein Rufen hörte.

»Hilfe!«

Der Rauch füllte bereits Nicoles Lunge und machte ihr das Atmen schwer. Doch er konnte sie nicht umbringen; das Feuer hingegen schon.

Keenan zögerte und sah Nicole an.

»Keenan!«

Noch ein verzweifelter Ruf drang durch den Qualm und das knisternde Feuer. Es war der Hilferuf einer Frau.

Nicole drehte sich zur Tür. Sie konnte nicht fliehen.

Da packte Keenan sie und warf sie aus dem Gebäude. An den Bruchkanten der Steine schürfte sie sich Arme und Beine auf, und sie landete so unsanft auf dem Pflaster draußen, dass ihre Zähne klapperten. Als sie aufblickte, war Keenan fort.

Er war zurück in die Flammen gelaufen.

»Manche Engel«, raunte Sam, dessen leise Stimme mühelos das Feuerrauschen und die Schreie der Flüchtenden übertönte, »lernen es einfach nie.«

Nicole rappelte sich hoch.

»Man kann nicht jeden retten.« Sam rührte sich nicht vom Fleck, stand da und blickte auf das Feuer. »Manchmal kann man nicht mal sich selbst retten.«

Zum Teufel mit ihm. Manchmal *konnte* man jemanden retten. Sie packte die Mauerkante.

»Du verbrennst, wenn du wieder reingehst«, warnte Sam sie ruhig.

»Ich lasse Keenan nicht im Stich.« Er hatte sie nicht verlassen, und diese Frau drinnen schrie nach Hilfe. Nicole wusste allzu gut, was es bedeutete, nach Hilfe zu rufen, die nicht kam.

Für diese Rufende sollte Hilfe kommen.

»Wie niedlich.« Irgendwie war er auf einmal direkt neben ihr. Nein, hinter ihr. Seine Hand strich über ihren Arm, und Nicole bekam eine Gänsehaut von dieser komischen elektrischen Spannung, die er abstrahlte. »Aber ich kann nicht erlauben, dass du ihn rettest.«

Der elektrische Schlag wurde schmerzhaft und zielte direkt auf ihr Herz.

Sie öffnete den Mund, wollte schreien.

»Keine Bange, es bringt dich nicht um.«

Der Schrei schaffte es nie über ihre Lippen, denn Nicoles Stimme war weg. Sie fiel zu Boden. Entgeistert sah sie zu dem Engel auf.

Wirkte er traurig?

»Es bringt dich nicht um und ihn vielleicht auch nicht.«

Alles wurde dunkel. Nein, nicht dunkel, sondern schwarz vor Rauch.

Keenan!

»Er muss lernen, dass er nicht jeden retten kann.«

Das Feuer wütete.

»Sehen wir mal, wie weit wir ihn treiben können, ehe er bricht.« Sams tiefe Stimme trieb durch den Rauch.

Dieser Mistkerl sollte ihnen helfen!

Sie wollte nicht, dass Keenan gebrochen wurde. Sie wollte, dass er aus dem brennenden Haus kam.

Keenan!

Leider konnte sie seinen Namen nicht schreien. Sie konnte nicht atmen, sich nicht bewegen.

Hilflos lag sie da, während Sam sich wegschlich und die Flammen immer höher schlugen.

Zehntes Kapitel

Die Flammen knisterten um ihn herum, züngelten rotgolden und schienen schlangengleich nach ihm greifen zu wollen, als er den gebrochenen Schreien folgte.

Keenan hielt seinen Kopf gesenkt und lief schnell durch das Feuer. Nicole war in Sicherheit, dafür hatte er gesorgt. Nun musste er nur noch die rufende Frau finden.

Da.

Er sah sie durch die Flammen. Es war die Frau, die eine Waffe auf Sam gerichtet hatte. Sie stand hinter der Bar, eingefangen vom Feuer, und hielt sich hustend und keuchend eine Hand vor den Mund.

Hinter der Bar, na prima. Gleich neben einer Wand voller Alkohol. Dies dürfte der letzte Ort sein, an dem man sich bei einem nahenden Feuer aufhalten wollte.

Sie drehte den Kopf. Ihre wirren Augen begegneten seinen. Die Flammen schossen höher, und Keenan wusste, dass ihm die Zeit davonlief.

Dann brannte der Tresen.

Fluchend stürzte Keenan sich hin.

Nicole holte zwei Mal tief Luft, sog gierig den Sauerstoff ein, während ihre Finger sich zu bewegen begannen.

Zur Hölle mit diesem Sam. Er half ihnen nicht.

Er wollte sehen, wie leicht sie zu brechen waren.

Langsam stemmte Nicole sich auf und rang weiter nach Luft. Sie war beißend vom Rauch, brannte in der Kehle, aber momentan war Nicole nicht wählerisch. Sie nahm die Luft, die sie kriegen konnte.

Hastig blickte sie sich um. Inzwischen war die Polizei eingetroffen. Alles stand voller Streifenwagen, und die Uniformierten hielten die Passanten auf Abstand. Ein Feuerlöscher kam die Straße hinauf.

Keine Spur von Sam.

Oder von Keenan.

Er musste noch im Gebäude sein.

Sie sah zu dem Loch in der Mauer, aus dem Rauch quoll. Das Knacken der Flammen machte ihr Angst.

Wenn Keenan rausgekommen war, hätte er sie nicht hier auf dem Pflaster liegen gelassen. Auf keinen Fall.

Ihre Knie zitterten ein wenig, als sie aufstand. Was immer Sam ihr verpasst hatte, es war stark gewesen.

Vor Durst war ihre Kehle ausgetrocknet. Aber das konnte auch der Rauch sein – oder die Angst.

»Hey! Hey, Sie da!«

Sie drehte sich um. Ein Uniformierter mit einem runden, angespannten Gesicht winkte ihr zu.

»Kommen Sie da weg! Die Feuerwehr ist schon hier. Gehen Sie zurück!«

Konnte Feuer einen Gefallenen umbringen? Feuer tötete so gut wie alles oder jeden, einschließlich Hexen und Vampiren.

»Tut mir leid«, murmelte sie und duckte sich zur Öffnung. »Er braucht mich.«

Sie würde nicht zulassen, dass Keenan gebrochen wurde. Sam konnte sich zum Teufel scheren.

Keenan würde nicht brechen.

Der Vampir lief in die Flammen.

Das hatte er nicht erwartet.

Sie hätte fliehen sollen, ihre eigene Haut retten.

Statt zu ihrem Geliebten zu laufen.

Aber Sam lächelte, als sie verschwand. Er hatte gehofft, dass sie ihre Sicherheit für den Gefallenen aufs Spiel setzte – doch was für eine schwache Regung die Hoffnung war.

Flüchtig.

Menschlich.

Das Feuer könnte ihr binnen Sekunden die Haut herunterbrennen. Vampire brannten genauso schnell wie Hexen.

Der dezente Blumenduft kitzelte in seiner Nase, und sein Lächeln erstarb.

In dieser Nacht würde jemand sterben. Entweder Keenan, sein Vampir oder die hilflose Frau drinnen.

Der Geruch wurde intensiver, und Wind presste sich gegen seinen Körper.

Jemand sollte sterben.

Immer starb jemand.

Die Decke stürzte ein. Das Knarren und Knacken der Deckenbalken über Keenan vermischte sich mit dem Knistern der Flammen. Er schulterte seine Last, wobei er aufpasste, sie vom Feuer fernzuhalten. Die Frau – Seline – hatte geschrien, als er durch die Flammen sprang. Sie hatte versucht zurückzustolpern, stieß jedoch gegen das Glasregal hinter der Bar.

Nur knapp hatte er sie abfangen können, bevor sie ins Feuer stürzte.

Er schaute sich um. Das Feuer hatte ihn an den Armen und Beinen erwischt, die vor Schmerzen pochten.

Nicole hatte ihn Wonne gelehrt. Nun war die böse Schwester der Wonne zurück, die Pein, und sie gefiel ihm nicht.

Das Feuer rückte näher.

Keenan hob seine rechte Hand. Er hatte schon Feuer heraufbeschworen, also müsste er imstande sein, die Flammen zu kontrollieren. Wieder und wieder hatte er es versucht, bisher allerdings vergebens.

»Keenan!«

Riefen ihn die Flammen etwa? Lockten sie ihn, abermals hindurchzugehen und den lodernden Kuss zu spüren?

»Keenan, hier lang!«

Nein, es war nicht das Feuer, das rief, sondern Nicole. Sie war hier drinnen, umgeben von einer Feuerhölle, dabei sollte sie doch draußen in Sicherheit sein.

Nein.

Ihm war nicht bewusst, dass er das Wort geschrien hatte, bis er das Echo seiner Stimme hörte.

Dann waren die Flammen vor ihm und trennten ihn von Nicole.

Das Feuer würde sie zerstören, ihr die Haut vom Leib brennen.

»Nein!« Das Gebäude erbebte, und das Feuer zwischen ihnen erlosch. Sein Zorn trieb ihn an, als er auf Nicole zurannte.

Sie nahm seine Hand, und er fühlte den Schmerz kaum noch, so wohl tat ihm ihre Berührung.

Aber sie hustete, und Tränen liefen ihr übers Gesicht. »Wir müssen … raus … raus …«

Doch überall sonst brannte es lichterloh. Es war Brandstiftung gewesen, dessen war Keenan sich sicher. Jemand hatte ihnen diese Falle gestellt.

Seine Faust rammte in die Wand, und Steine rissen ein. Aber sie brachen nicht weg, so wie bei Sams Schlag in die Mauer.

Die Wand explodierte regelrecht, und dicke Steinbrocken flogen durch die Luft. Im nächsten Moment war Sam da. Er kam herein und streckte die Hände nach der Frau aus, die Keenan trug. »Gib sie mir.«

Für eine Sekunde zögerte Keenan, denn er fragte sich, ob Sam die Frau zurück ins Feuer schleudern wollte. Sie schien kaum noch zu atmen, und ihr Haar war blutverschmiert.

Doch Sam hob sie in seine Arme und lehnte ihren Kopf an seine Brust. »Schwacher Mensch.«

Alle Menschen waren schwach. So waren sie nun einmal erschaffen worden.

Sam drehte sich mit der Frau in den Armen herum, und Keenan packte Nicole. »Du hättest nicht …«, begann er.

Die Flammen fauchten und zischten um sie herum.

»… reinkommen dürfen!«

Ihre Finger legten sich um seine. »Später! Erst mal …«

Mit einem Kreischen von Holz und Metall krachte

die Decke ein. Nicole stieß Keenan durch die weggebrochene Mauer und stürzte sich hinter ihm her nach draußen.

Zunächst hörte Keenan nur Rauschen, dann schlug er auf dem Beton auf. Seine Haut an Armen und Beinen erlitt einige fiese Kratzer, die er jedoch nicht beachtete. Er rollte sich schnell herum und fing Nicole auf, als sie auf ihm landete. Ihre rechte Wange war rußverschmiert, ihre Augen waren weit aufgerissen und dunkel. Seufzend atmete sie auf. Hinter ihr wütete das Feuer weiter.

Keenan tauchte die Hand in ihr Haar, zog sie näher zu sich und küsste sie.

Das Feuer war ihr viel zu nahe gekommen. Es hätte ihr Ende sein können.

Der Tod kommt.

Blumenduft wetteiferte mit dem Gestank von Asche, und Keenan würgte.

Der Tod kommt.

Seine Zunge glitt in ihren Mund, während ihre Brüste auf seinen Oberkörper gedrückt wurden.

Nicht jetzt, oh nein! Du holst sie nicht.

Er würde Az nicht gewinnen lassen. Schließlich war er nicht gefallen, um sie zu verlieren. Er würde seinen Ex-Boss bekämpfen und besiegen, egal was dazu nötig war.

Selbst wenn es bedeutete, in die Dunkelheit abzutauchen.

»Bringt sie hier weg!«, donnerte eine Stimme. Hände packten ihn und Nicole, zerrten sie auseinander. Keenan knurrte, wollte denjenigen, dem die Hände gehörten, in Stücke reißen.

Dann jedoch sah er die junge Frau. Sie gehörte zur Feuerwehr, trug Uniform und eine durchsichtige Schutzmaske. Dahinter leuchteten ihre Wangen rot.

»Bringt sie zu den Sanis!«, rief sie, und ihre Männer zogen Keenan und Nicole von dem Gebäude weg.

Sanitäter? Keenan blickte an sich hinunter und sah die Brandblasen. Das Feuer hatte an ihm geknabbert.

Er blickte zu Nicole. An ihr waren keine Brandwunden zu entdecken, aber sie sah noch blasser als sonst aus.

Sie luden Nicole in einen Krankenwagen, wo ihr ein Sanitäter eine Sauerstoffmaske überstülpte.

Dann wandten sie sich ihm zu. Ein kräftiger Mann und eine zierliche Blonde schnitten ihm das Hemd herunter, und er sah, wie die Blonde angesichts seiner Wunden das Gesicht verzog.

Er fühlte sie kaum noch.

Wieder sah er zu Nicole und bemerkte, dass ihre Reißzähne verlängert waren. Sie musste schrecklich durstig sein.

»Oh mein Gott!« Dieser Ausruf kam von der blonden Sanitäterin neben ihm. Er drehte sich zu ihr und stellte fest, dass sie ihn mit tellergroßen Augen anstarrte.

Auch ihr Kollege guckte ihn entsetzt an und wurde kreidebleich. »Was ist das denn?«

Keenan spürte, dass sich seine Haut spannte, und ein kurzer Blick nach unten bestätigte ihm, dass seine Wunde bereits heilten. Sie schrumpften und schlossen sich vor seinen Augen – und vor ihren.

»Ich brauch das nicht!«, schimpfte Nicole. »Nicht. Keenan! Oh, Mist!« Sie hatte auf seine Brust gesehen, sprang aus dem Krankenwagen und lief zu ihm. »Verschwinden wir.«

Nein, sie brauchte Hilfe. Die Sanitäter konnten sie ins Krankenhaus bringen und ihr Blut geben.

»Komm schon!«

Die kleine Blonde hob eine Hand zu ihm. »Was sind Sie?«, flüsterte sie.

Er schüttelte den Kopf und folgte Nicole.

»Stopp!«, rief der Sanitäter. »Sie dürfen nicht weg. Wir brauchen …«

Doch Keenan und Nicole liefen los, vorbei an den Schaulustigen. Keenan wusste, dass er einen fatalen Fehler begangen hatte.

Er hatte die Menschen sehen lassen, was er war.

Bis sie endlich stehen blieben, tat Nicole alles weh. Der Durst ließ sie am ganzen Körper zittern, und ihre Zähne brannten. Was immer Sam mit ihr gemacht hatte, es hatte ihre Energiereserven aufgezehrt, und sie musste dringend trinken. Sehr dringend.

»Nicole.«

Sie drehte sich zu Keenan. Sie waren in einer Seitengasse, einem schmalen Gang zwischen zwei Gebäuden, der ihnen etwas Schutz vor neugierigen Blicken bot. »Hast du gewusst, dass das passieren würde?«

Wie sexy und stark er aussah.

Sie atmete pustend aus. »Sie haben gesehen, wie deine Wunden verheilten, Keenan.«

Er wich ihrem strengen Blick nicht aus. »Ich wusste nicht, dass sie so schnell heilen. Ich wurde noch nie verletzt.«

Er wurde noch nie verletzt? »Wie bitte? Sag das noch mal.« Schön langsam.

Keenan rollte seine Schultern. »Engel verletzen sich nicht und fühlen keinen Schmerz. Todesengel zumindest nicht. Wir holen Seelen.«

Ja, das war ihr klar.

»Nur die Sterbenden können uns sehen. Und wer stirbt, wehrt sich nicht. Jedes Leiden unsererseits ist überflüssig.«

Aha. »Also hast du gar nicht gewusst, was Schmerz ist, bis du … gefallen bist?« Im Gegensatz zu ihm kannte sie sich bestens mit Schmerz aus. Sie wusste, wie er einen zerreißen und um den Verstand bringen konnte.

Das Feuer.

Die Flammen würde sie nie vergessen.

»Ich kannte weder Schmerz noch Wonne.« Er sah sie zärtlich an. »Bis ich dir begegnete.«

Das war schön. Nein, Quatsch, war es nicht. Sie hatte ihn gelehrt, was Schmerz war? Schmerz war keine Postkartenidylle, an die man sich gern erinnerte, sondern ein Albtraum. »Ach, Keenan.«

Seine Finger strichen über ihre Wange. Diese sinnliche Berührung passte so gar nicht zu den Schmerzen, die sie gegenwärtig litt. Keenan kam näher und nahm sie in seine Arme. »Brauchst du Blut, Süße?«

»Ja.« Sie hatte ihre liebe Not, an etwas anderes zu denken als daran, ihre Zähne in seinen Hals zu versenken. *Er war eben in einem Feuer. Halt dich zurück!*

Seine Lippen streiften ihr Kinn. »Du hättest mir nicht in das Gebäude nachlaufen dürfen.«

Ihr Lachen klang zittrig. »Hast du ernsthaft gedacht, ich lasse dich dort allein? Sie schüttelte den Kopf, und er neigte sich näher zu ihr. Seine Lippen streichelten über die Stelle, an der ihr Puls pochte. »Wir sind ein, ähm, Team.« Wir gegen die Engel.

Hoffentlich waren sie am Ende nicht das Verliererteam.

»Hätte Sam mich nicht lahmgelegt, wäre ich früher bei dir gewesen.« *Verfluchter Sam.*

Er hob den Kopf. »Was?«

Sie schluckte. Wenn er sie berührte, war ihr Schmerz weniger schlimm, und seine Finger glitten in diesem Moment ihre Seiten hinunter zu ihren Hüften. »Er erwischte mich, sobald du weg warst. Eine Berührung, und ich konnte mich nicht mehr bewegen.« Sie war vollkommen hilflos gewesen

»Mistkerl.« Seine Hände waren an ihrem T-Shirt-Saum, tauchten darunter und streichelten ihre Haut. In einer Seitengasse. Für jemanden, der in Sachen irdischer Versuchung noch ein Neuling war, lernte er schnell.

»Ich, ähm, glaube nicht, dass wir auf ihn zählen können«, stammelte sie. Ihr Herz pochte wild, als sich ihre Lust mit dem Blutdurst vermischte, und sie wollte beißen. Aber sie hielt ihre Reißzähne auf Abstand zu ihm. »Egal was er sagt, wir dürfen nicht … Er wollte, dass du gebrochen wirst.«

Keenan betrachtete sie aufmerksam. Sein Mund öffnete sich ein wenig, doch ehe er etwas sagen konnte, dröhnte Motorradlärm durch die Nacht. Nicole drehte sich um, da blendeten sie auch schon grelle Scheinwerfer.

»Guck mal, was wir hier haben«, rief eine rumpelnde Stimme.

Eine vertraute Stimme.

Der Biker-Idiot von der Bar.

Keenan rührte sich nicht, ließ seine Hände auf Nicole, behielt allerdings die Männer im Blick.

So ein Mist, dachte Nicole. Sie erkannte den massigen Kahlkopf aus dem Club sofort wieder: ungefähr dreißig, muskelbepackt, beide Arme tätowiert. Und er kam direkt auf sie zu.

»Wusst ich's doch, dass euch das Feuer ausräuchert.« Er lächelte. »Nix hilft so gut gegen Vampire wie Feuer.«

Kannte sich denn jeder außer ihr mit Paranormalen aus?

Er zeigte mit einer lederverhüllten Hand auf Keenan. »Mit dir hab ich kein Problem. Aber ich rat dir was, Alter. Such dir eine andere Schnecke, die du bumsen kannst.«

Nicole wurde sauer. Sie brauchte dringend Blut, und dieser Kerl bettelte darum, gebissen zu werden.

»Pass auf, was du sagst«, erwiderte Keenan ruhig.

»Fick dich.«

Nein, er passte eindeutig nicht auf, was er sagte.

Jetzt zeigte er wieder auf Nicole. »Ich weiß, was du bist, Schlampe, und ich weiß, wer du bist.«

Je länger sie ihn ansah, umso vertrauter kam er ihr vor. Etwas an dem fleischigen Kinn, der dicken Nase …

»Ich hab's gleich gewusst, als du in den Club gekommen bist.« Der Biker nahm seine Hände herunter und hob sie gleich wieder, nun mit einem Holzpflock in der einen. Er war vorbereitet. »Den habe ich immer dabei, seit ich Jeff beerdigen musste.«

Oh verdammt!

Ein Bild blitzte in Nicoles Kopf auf: ein großer, bulliger Kerl, der ihr seine dicken Fäuste ins Gesicht schlug.

Dann war er sehr schnell zusammengesackt. Als sein Kopf auf dem Asphalt aufschlug, waren Jeff Quints Augen weit offen gewesen, genau wie sein Hals.

Sie packte Keenans Arm und wollte ihn wegschieben. »Ich mach das schon. Geh. Wir treffen uns zu …« Um ein Haar hätte sie *zu Hause* gesagt. Sie schluckte und rang sich ein Lächeln ab. »Wir treffen uns hinterher.«

Doch Keenan bewegte sich nicht von der Stelle. »Kommt nicht infrage, Süße. Ich lasse dich nicht allein.«

Gelächter erklang.

»Denkst du echt, eine wie sie braucht einen Beschützer?« Der Tätowierte hob den Pflock höher. »Was die braucht, ist ein schneller Tod.« Die Männer hinter ihm murmelten zustimmend. »Ach was, der Tod ist noch zu gut für die. Sie soll leiden!«

»Gib's der Schlampe, Mike!«, feuerte ihn einer seiner Kumpels an, der – wie sollte es anders sein – ebenfalls für eine Pfählung gerüstet war.

Das war definitiv nicht Nicoles Nacht.

Andererseits hatte sie geahnt, dass diese Nacht kommen würde, die Nacht der Abrechnung. Sie wollten ihr Blut. Und das schien nur fair, bedachte man, dass sie Jeff seines vollständig ausgesaugt hatte.

»Ich wollte ihn nicht umbringen«, sagte sie, ohne zu Keenan zu sehen. Sie konnte ihn nicht ansehen. *Zeit, dass er die Wahrheit erfährt.* Sie trat einen Schritt von ihm und der Mauer weg, um sich den Bikern zu stellen.

»Klar, du bist gestolpert und mit den Zähnen in seinem Hals gelandet«, knurrte Mike, der näher kam und seine wülstigen Lippen angeekelt nach oben zog. »Jeff war mein Bruder, die einzige Scheißfamilie, die ich hatte. Ich hab gewusst, dass Vampire hinter uns her waren, aber ich hätte nie gedacht, dass ein Grünschnabel wie du … Tja, er wohl auch nicht.«

Nein.

Sie fühlte, dass Keenan sie anstarrte, und blickte doch ganz kurz zu ihm. »Er hat nichts damit zu tun.«

»Dann soll er verschwinden.« Mike packte ihre Schulter grob. »Du aber verlässt diese Gasse nur in Einzelteilen.«

Der Boden schien zu beben. »Hände weg von ihr«, erklang Keenans tödlich ruhige Stimme.

Aber Mike hatte nur Augen für sie. »Jeff und ich … Weißt du, wie viele Blutsauger wir gekillt haben?«

Nein, aber die vielen Vampirtode erklärten, warum man sie auf Jeff Quint ansetzte. *Er macht Jagd auf uns. Jetzt jagen wir ihn. Wir reißen ihm die Kehle auf, lassen ihn bluten. Er soll betteln.* Wie lange waren ihr diese Worte immer wieder durch den Kopf gehallt? Wieder und wieder hatte Nicole sie gehört, bis sie ihr Denken, ihren Willen ausschalteten. In der Nacht, als Jeff kam, konnte sie nicht anders, als ihn anzugreifen.

Er hatte nicht einmal mehr die Chance gehabt, seinen Pflock hervorzuholen.

Nicht wie sein großer Bruder.

Mike nahm seine Hand nicht von ihr. Seine dicken Finger drückten auf ihre Schulter, als wollten sie ihre Knochen zermalmen. Die Kerle hinter ihm – fünf waren es, allesamt groß, in Lederkluft und mit einem Fahr-zur-Hölle-Grinsen – näherten sich ihnen.

»Ich habe dir gesagt, lauf weg«, fuhr Mike Keenan an. »Letzte Warnung, Schwachkopf. Bleib bei der Vampirschlampe oder rette deinen eigenen Arsch und hau ab.«

»Geh schon, Keenan«, flüsterte Nicole. Sie würde kämpfen, aber dies war nicht sein Kampf. Und falls es nicht gut für sie ausging, was bei dem Zahlenverhältnis durchaus möglich wäre, wollte sie nicht, dass Keenan für ihre Taten bezahlte.

»Ich gehe nirgends hin.« Er sah Mike an. »Nimm die Finger von ihr, Mensch, oder du verlierst deine Hand.«

Nicole hatte das Gefühl, dass er es wirklich ernst meinte. »Keenan …«

Aber Mike ließ sie nicht los. Stattdessen hob er seinen Pflock höher und hielt ihn unangenehm nahe an ihrem Herzen.

Dann stieß Keenan Mike vor die Brust. Mike flog durch die Luft und krachte in zwei seiner Biker-Freunde.

»Du hast deine Chance gehabt«, sagte Keenan. »Du, *Schwachkopf*, wärst besser verschwunden, solange du noch die Gelegenheit hattest.«

Mike sprang auf und griff an, alle seine Männer hinter sich. Sechs gegen zwei. Eigentlich keine schlechte Voraussetzung. Genau genommen war sie sogar gut, denn die Biker waren menschlich und …

Keenan sprang vor Nicole, schwang eine Faust, und zwei Kerle flogen rückwärts. Sie stürzten gegen die Mauer und standen nicht wieder auf.

Okay, vier gegen zwei. Noch besser.

Keenan packte den Nächsten bei der Gurgel. Dem Blonden fiel sein Pflock aus der Hand, als er sich gegen Keenan zu wehren versuchte. Sein blasses Gesicht färbte sich lila.

Nicole griff nach Keenans Arm, weil sie fürchtete, der Biker könnte gleich sterben. »Keenan, nicht.«

»Pfeifst du deinen Köter zurück?« Mike stürmte an Keenan vorbei auf sie zu. »Nichts kann dich retten, Schlampe, nichts!«

Mit erhobenem Pflock rannte er auf sie zu. Seine Kumpel umzingelten Keenan. Nicoles Zähne brannten, ihre Krallen verlängerten sich, und dann kam Mike noch näher.

Sie riss ihm den Pflock aus der Hand, zerbrach ihn und warf ihn hinter sich.

Was Mike nicht aufhielt. Nein, er knallte ihr seine Faust mitten ins Gesicht.

Daran erinnerte sie sich zu gut.

Ihre Blutgier wuchs, doch sie stolperte zurück.

»Gut so, lauf, mach dich bereit zu bluten.«

Ähm, nein. Sie würde nicht für ihn bluten. Seine Faust zielte abermals auf sie, doch nun fing Nicole sie mit der linken Hand ab. Dann rammte sie ihm ihre Faust in die Wange. Es war nicht der leichte Schlag wie in ihren Tagen vor dem Vampirsein.

Nicoles rechter Haken war kräftig genug, um Mike den Kiefer zu brechen. Und tatsächlich hörte sie die Knochen knacken.

Er trat zu, zielte mit seinem Stiefel auf ihren Bauch, doch sie wich aus, sodass er ins Leere traf und zu Boden ging.

»Das mit deinem Bruder tut mir leid«, sagte sie keuchend. »Ich wollte es nicht.« Nur hatte sie letztlich gar keine Wahl gehabt. Er hatte sie angegriffen, und hätte sie ihn nicht getötet, wäre sie am Ende geköpft worden.

»Du beschissene Schlampe!« Mike stemmte sich auf und zog ein Messer aus seinem Stiefel. »Er hätte dich umbringen sollen.« Seine Klinge pfiff durch die Luft.

Sie berührte Nicole nicht. Keenan hatte Mikes Hand gegriffen, sie umgedreht, dass das Gelenk brach, und das Messer fiel klappernd herunter.

»Ich hatte dir gesagt, dass du die Hand verlierst«, erinnerte Keenan ihn.

Die Adern an Mikes Hals wölbten sich vor.

Hinter ihnen sah Nicole die Überreste von Mikes Mannschaft. Sie lebten noch, wie sie an den Bewegungen ihrer Brustkörbe sah, aber sie konnten nichts tun. Mike hatte keine Verstärkung mehr.

Nicole schritt auf den Biker zu, berührte ihn jedoch nicht.

»Willst du mich jetzt beißen?«, fragte er. Blut tropfte ihm von den Lippen.

Ja, das würde sie gern. Vor allem brauchte sie Blut.

Keenans Schlag hatte den Kerl in die Knie gezwungen, und er blickte zu ihr auf, den Hals entblößt.

»Willst du mich umbringen, wie Jeff?«

Wieder sah sie zu den bewusstlosen Männern und kämpfte mit aller Kraft um ihren Rest Selbstbeherrschung. »Jagt ihr immer im Rudel?« Wölfe waren nicht die Einzigen, die das taten. Mike jagte Vampire, doch er war menschlich. Und Menschen waren Vampiren gegenüber stets im Nachteil. Folglich war es nur klug, ihre Schwäche durch entsprechende Mannstärke wettzumachen.

»Dir verrat ich sicher nicht, wie ich jage.« Tiefe Falten umrahmten seinen Mund. Keenan hatte immer noch Mikes gebrochene Hand gepackt, und dem Biker traten Schweißperlen auf die Oberlippe. »Ich sag dir kein Wort, also schlitz mich ruhig auf.«

Sie schüttelte den Kopf. »Das mit deinem Bruder tut mir wirklich sehr leid.« Sie konnte verstehen, dass Mike ihr Blut sehen wollte. Und die anderen Vampire, die er tötete, hatten es vielleicht verdient. Aber vielleicht auch nicht. *Wir sind nicht alle böse. Nicht, wenn wir eine Wahl haben.*

»Schwachsinn. Scheiße, du bist bloß … ein beschissener Blutsauger.«

Richtig, der war sie. Und er konnte ihre Zähne sehen.

Nur wurde sie nicht mehr von einem Geborenen kontrolliert. Nicole blickte zu Keenan, denn was sie sagte, war auch für seine Ohren bestimmt. »Wenn Vampire genommen werden«, begann sie. *Genommen* war der Ausdruck für Vampire, die durch einen Blutaustausch geschaffen wurden, nicht als solche geboren. Nur sehr wenige waren geborene Vampire. Und die Geborenen waren die stärksten, übelsten und am schwersten zu töten.

Sie holte Luft und sah wieder zu Mike. »Genommene bleiben an den Vampir gebunden, der sie gewandelt hat.« Nur war der Vampir, der sie wandelte, tot. Deshalb hatte sie nichts über die Vampirregeln oder deren Kräfte erfahren. Sie musste alles auf die harte Tour lernen.

»Ist mir doch scheißegal!«

»Vampire sind durch das Blut an den Geborenen gebunden, der ihre Linie begann«, fuhr Nicole unbeirrt fort, denn er musste ihr zuhören. Viel anderes blieb ihm in seiner Lage ohnehin nicht übrig. »Wir werden von dem Geborenen kontrolliert, der uns seine Gedanken aufzwingt und …«

»Es war kein Scheißgeborener, der meinen Bruder abgemurkst hat. Das warst du!«

Sie ließ die Schultern hängen. Ja, er hatte recht. Der Geborene war in ihrem Kopf gewesen, hatte geflüstert, befohlen, ihren Willen gebrochen, aber sie war es, die mordete. Es waren ihre Zähne, die sich in Jeffs Hals bohrten.

»Mach schon, bring mich um, damit dieser Scheiß ein Ende hat!«

Nicole verneinte stumm. »Ich töte dich nicht.« Die Stimme in ihrem Kopf war längst fort. Der Geborene, Grim, war tot, dank einer Kopfgeldjägerin namens Dee Daniels. Heute flüsterte niemand mehr in ihren Gedanken. Es war die Hölle gewesen, und es war vorbei.

Sie hatte die Kontrolle über sich. »Ich bin keine Mörderin.« Nicht mehr. Sie trank, um zu überleben, das war alles. Sie mordete nicht.

Denn wenn sie die Grenze überschritt und anfing

zu töten, bekam sie es mit Dee zu tun. Dee hatte alle von Grim Genommenen gewarnt: Tötet, und ich hole euch.

Und Nicole wollte sich gewiss nicht mit Dee oder Night Watch anlegen.

»Lass ihn los, Keenan«, sagte sie leise.

Prompt gab Keenan Mikes Hand frei, und der Biker kippte nach vorn, dass seine Hände aufs Pflaster klatschten.

»Komm mir nicht mehr in Quere, dann lasse ich dich auch in Ruhe.« Sie würden beide weiterleben. Als Nicole einen Schritt zurück machte, streifte ihre Schulter Keenans. »Verschwinden wir.«

Sie waren gerade fünf Schritte gegangen, als Nicole ein Rascheln hörte, das von Kleidung stammte, und dazu das Schaben von Holz.

Sie drehte sich um. Mike war auf den Beinen, hatte einen Pflock in der linken Hand und stürmte wieder auf sie zu.

So viel zu »in Ruhe lassen.«

Keenan wollte sie wegschieben, doch das ließ sie nicht zu. Stattdessen schubste sie ihn zur Seite, sodass Keenan zu Boden ging. Mit einem Arm blockierte sie Mikes Bewegung. Der Pflock hing über ihr, und Mike strengte sich an, ihn nach unten in ihr Herz zu rammen.

»Ich bin keine Mörderin«, sagte sie, obgleich ihr Blutdurst sie eine Lügnerin strafte. »Aber wenn du nicht aufhörst, wehre ich mich.«

»Gut so«, raunte er. »Denn ich höre ganz sicher nicht auf. Er war mein Bruder, mein Fleisch und Blut! Ich gebe erst auf, wenn du in der Erde verrottest.«

Schade. Sie wollte ihn wirklich nicht töten, denn sie hatte sich geschworen, nie wieder ein Leben zu nehmen.

Aber nach Sterben war ihr auch nicht, ganz gleich welcher Todesengel es auf sie abgesehen hatte.

»Greif mich noch einmal an«, warnte sie ihn ein letztes Mal, »und ich sauge dich aus.«

»So wie Jeff?«

»Ja«, antwortete sie, entriss ihm den Pflock und trieb ihn in seine Schulter. Er heulte auf, als sein Blut aus der Wunde spritzte.

Keenan knallte ihm seine Faust ins Gesicht. Sogleich verstummte das Geheul, und Mike gesellte sich zu seinen bewusstlosen Kumpanen auf dem Boden.

Dann blickte Keenan sie mit dunklen Augen an. »Wenn du ihn am Leben lässt, hetzt er dich weiter.«

»Kann sein.« Wahrscheinlich. »Aber ich muss ihm die Chance geben.« Die Chance, einfach wegzugehen.

Nur würde er es tun? Immerhin ging es um seine Familie, nicht bloß um seinen Stolz.

Er wollte Vergeltung.

Fraglos würde er sie weiterjagen.

Und irgendwann müsste sie ihn vielleicht sogar töten. Doch nicht heute, nicht diese Nacht. Der Blumenduft, der unverkennbar in der Luft lag, sagte ihr, dass der Engel nahe war. Vorerst musste er allerdings noch warten.

»Eventuell ist er einsichtiger, wenn er wieder zu sich kommt.« Ich hätte ihn töten können und habe ihm eine Chance gegeben.

Jetzt sollte er mir eine geben.

»Wir müssen hier weg«, sagte sie. Bevor die Typen wieder wach wurden und ehe die Streifenwagen kamen, deren Sirenen sie schon hörte.

Es war ein schlimmer Fehler gewesen, sich in New Orleans blicken zu lassen. In dieser Stadt lauerten zu viele Gefahren.

Andererseits schien dieser Tage überall irgendjemand hinter ihr her zu sein.

»Komm«, sagte Keenan und nahm ihre Hand. Sie hörte, dass er wütend war, und zögerte. Er wusste jetzt Bescheid, kannte die Finsternis in ihr. Ihm war bewusst geworden, dass sie nicht die Frau war, die er einst beobachtet hatte. Während er fort war, trat ihre böse Seite zutage.

»Beeil dich, Nicole, komm schon!« Dann rannten sie die Straßen hinunter und Seitengassen entlang. Die Bourbon Street passierten sie so schnell, dass das Gewimmel wie ein verschwommener Film vor ihren Augen war. Stimmen, Gelächter, Körper, die sie streiften. Sie liefen immer schneller, durchquerten Bars, die sie durch die Hintertüren wieder verließen, und eilten im Zickzack durch die Stadt.

Und plötzlich war Stille.

Sie blieben vor einem Voodoo-Laden stehen. Das Geschäft war geschlossen, Schaufenster und Tür mit dicken Gitterstäben geschützt. Kein Mensch war auf der Straße, denn das Nachtleben fand mehrere Blocks weiter statt. Nicole beugte sich vor und japste nach Luft. Vorerst waren sie in Sicherheit.

»Du hast getötet.« Da war sie wieder, die Wut in seiner Stimme. Und sie musste sich rechtfertigen, was sie eigentlich nicht konnte.

Sie hatte die Hände auf die Oberschenkel gestützt, rang nach Luft und nickte.

»Nach dem, was dir der Vampir in jener Gasse antat«, sagte er kopfschüttelnd und sah sie ungläubig an, »hast du jemand anderen getötet?«

Mehr als einen anderen. Sie räusperte sich. »Du weißt Bescheid über die Geborenen.« Sie hatte sich so lange gewehrt, wie sie konnte, doch er brach ihren Willen. »Sie nehmen dir deinen Willen.« Von dem Moment an, da sie ihren ersten Atemzug als Untote tat, war sie Grims Marionette gewesen. Er hatte in ihren Gedanken geflüstert, sie verhöhnt, und mit jedem Tag wurde sie schwächer und das Flüstern lauter.

Sie ging auf Abstand zu Keenan. Die Hitze der Nacht umfing sie, und der Geruch vom Fluss kitzelte in ihrer Nase. »Ich wollte nicht töten. Denkst du ehrlich, dass ich es jemals wollte?«

Sie hatte den Vampir getötet, der sie angriff, aber das war Notwehr gewesen. Unvermeidlich. Und die anderen …

Wie lange wollte sie sich noch rechtfertigen?

Sie schluckte. »Er hat mich gezwungen, meine Gedanken gesteuert, damit ich angreife. Die Männer, hinter denen er mich herjagte, hatten Vampire getötet.« Als wäre das etwas Schlechtes! Die meisten Vampire, denen sie begegnet war, lebten nur fürs Foltern und Abschlachten.

Grim hatte dafür gesorgt, dass seine Genommenen genau wie er waren.

»Du hast nie getötet, nicht bis zu jener Nacht.« Nun klang Keenan traurig, und das traf sie mitten ins Herz. »Ich wusste es, gleich als ich dich in Mexiko sah. Ich wusste, dass du dich verändert hast.«

Reißzähne, Krallen, Verführung, Blut, ja, es hatte sich einiges an ihr verändert. Und nicht zum Besseren. »Ich musste mich verändern, um zu überleben.« Sie würde sich nicht für alles entschuldigen, was sie getan hatte. Die Morde bereute sie und sie hatte sich geschworen, nie wieder zu töten. Aber das Verführen und das Bluttrinken konnte sie nicht lassen, wenn sie überleben wollte.

Er musterte sie.

Was sah er?

Ein Monster oder eine Frau?

»Wünschst du dir, du hättest mich in der Nacht berührt und ich wäre gestorben?« Diese Frage rutschte ihr einfach heraus. Sie wollte sie gar nicht aussprechen. Auch wenn sie ihr seit Tagen durch den Kopf ging, wollte Nicole sie nie stellen.

Seine Augen waren wie blaue Eissplitter.

Sie drehte sich weg und ging, oder lief vielmehr, die Straße hinunter. Seine Antwort wollte sie nicht hören. Sie wollte nicht hören, dass der Mann, der sie seit Tagen beschützte, tatsächlich wünschte, sie wäre tot.

Es gab schon genug Leute, die sich das wünschten.

Feste Hände packten sie und zogen sie an eine muskulöse Brust. »Sag das nie wieder!«

Er wandte sie zu sich, und nun wirkten seine Augen nicht mehr eisig, waren auch nicht mehr blau, sondern schwarz und lodernd.

»Keenan, ich …

Weiter kam sie nicht, denn sein Mund war auf ihrem. Es war kein sanfter Kuss, kein zärtlicher, zögernder. Er küsste sie hart, grob und mit wildem Verlangen.

Ihre Angst machte auch Nicole ganz wild. Sie umfing seine Arme, drängte sich dichter an ihn. Beide stolperten, bis Nicoles Rücken gegen die Holzwand eines nahen Hauses stieß.

Sie öffnete den Mund weiter, sog Keenans Zunge in sich ein und nahm alles, was er ihr geben konnte. Sein Geschmack füllte ihren Mund aus, als sie sich ihm entgegenbog.

Er begehrte sie immer noch. Er wusste, zu was sie geworden war, und kehrte sich nicht von ihr ab. Ganz im Gegenteil. Seine Zärtlichkeit hatte etwas Ungeduldiges, Besitzergreifendes. Ihr Engel verließ sie nicht.

Und sie ihn nicht. Noch nicht.

Durch die Kleidung fühlte sie seine Erektion, die sich an ihr rieb. Er war erregt.

Und sie wollte ihn in sich spüren. Nicole scherte nicht, wo sie waren, wie sie überhaupt nichts kümmerte außer Keenan.

Sie brauchte ihn, wollte ihn – seinen Körper, sein Blut.

Oh, sein Blut zu kosten, wäre himmlisch.

Seine Hand tauchte unter ihr T-Shirt und dort unter den BH, wo er mit dem Daumen ihre Brustspitze streichelte.

Ja.

»Das Gebäude steht leer.«

Er hatte recht. Von drinnen war kein Geräusch zu hören.

Keenan trat zurück, ließ ihren Arm aber nicht los. »Ich brauche dich.«

Und sie brannte für ihn.

Er kickte die Tür auf, und schon krachte das morsche Holz nach innen. Dann zog er Nicole hinein. Ein leerer Raum, ohne Möbel, aber mit Wänden, sprich: Privatsphäre.

Drinnen schob er sie an die nächste Wand und küsste sie leidenschaftlich.

Seine Hände glitten zu ihrem Hintern, und er presste sie an sich. Die Wölbung seiner Erregung war direkt an ihrer Scham.

Nicole klammerte sich an ihn, verdrängte alle ihre Sorgen und Ängste und hielt ihn einfach fest.

Hastig öffnete er den Knopf ihrer Jeans und zog den Reißverschluss herunter.

Ihr unerfahrener Gefallener hatte ihr die Jeans binnen zwei Sekunden bis zu den Knöcheln heruntergezogen. Als Nächstes verschwand ihr Slip, und schon waren seine Finger zwischen ihren Beinen, rieben und streichelten sie.

Nicole stellte sich auf die Zehenspitzen, und alle Muskeln in ihrem Leib spannten sich an. Ja, sie liebte es, wie er sie berührte. Schon jetzt kannte er ihren Körper, wusste genau, was ihr gefiel, wo und wie sie berührt werden wollte.

Er ging vor ihr auf die Knie.

»Keenan!«

Während er ihre Beine spreizte, schüttelte sie ihre Jeans ab und trat sie beiseite. Sein Atem wehte über ihre Scham, und Nicole erschauerte.

Dann befanden sich seine Hände zwischen ihren

Schenkeln, und seine langen, kräftigen Finger glitten in sie hinein.

Im ersten Moment zuckte sie zusammen. Ihr Körper war so überempfindlich, dass sie beinahe auf der Stelle gekommen wäre.

»Noch nicht«, befahl er ihr.

Seine Finger streichelten sie kräftiger, drangen tiefer in sie ein. Gleichzeitig strich er mit dem Daumen über ihre Klitoris, was bewirkte, dass ihr elektrische Stöße durch den Unterleib fuhren.

»Wunderschön.«

Sie legte beide Hände auf seine Schultern. »Keenan«, hauchte sie. Sie sollten nicht hier sein. Und wo war eigentlich »hier«? Noch nie hatte sie in der Öffentlichkeit Sex gehabt, weder als Frau noch als Vampir, und dieses leer stehende Gebäude galt für sie quasi als öffentlich.

Doch dann war sein Mund auf ihrer Scham, tauchte seine Zunge in sie ein, und ihre Knie hätten zweifellos nachgegeben, hätte er sie nicht festgehalten.

Sie kam schnell. Ihr Orgasmus überrollte sie in einer gigantischen Welle.

Ihr Körper wurde noch von den Nachbeben geschüttelt, als Keenan sich aufrichtete und Nicole hochhob. Seine Hose war offen; er bewegte sich wahrlich sehr schnell. Nun umfing er ihre Hüften, lehnte Nicole an die Wand und versank in ihr.

Es war reine, pulsierende Wonne.

Er blickte ihr in die Augen, während er sich mit langen Stößen in ihr bewegte. Mit aller Kraft zügelte sie ihren Hunger und konzentrierte sich auf ihre Scheidenmuskeln, die sie um ihn anspannte, damit sie sein langsames Gleiten in ihr besser fühlen konnte.

Ihr Herz pochte schnell, ihr Atem ging kurz und flach, und aufs Neue baute sich die Spannung in ihr auf.

Ihre Hände waren nach wie vor auf seinen Schultern, klammerten sich an ihm fest, und unwillkürlich neigte sie sich vor, um mit ihrer Zunge über seinen Hals zu streichen. Ihre Zähne schabten über seine Haut, rissen sie jedoch nicht ein.

Er stieß tiefer in sie hinein.

Jetzt bohrten sich ihre Zähne in seine Haut, und sein süßes Blut tropfte auf ihre Zunge. Um ihre Selbstbeherrschung war es geschehen.

Nicole erreichte den zweiten Höhepunkt und trank gierig von seinem Blut, von dem sie gar nicht genug bekommen konnte. Er stöhnte ihren Namen, bewegte sich noch wilder in ihr als zuvor.

Dann versteifte er sich. Nicole hob den Kopf, berauscht von seinem Geschmack. Seine schwarzen Augen begegneten ihren, bevor sie fühlte, wie er in ihr kam, sie ausfüllte, und während sie zusah, bemerkte sie den Schatten schwarzer Flügel, die sich hinter ihm ausstreckten.

Die Luft um sie herum schien aufzuwirbeln, als sich die Flügel bewegten. Ihr Atem ging laut, seine Finger hielten noch ihre Hüften umfangen, doch während die Wonneschauer abebbten, konnte Nicole nur auf die Flügel starren.

Und sie musste sie anfassen.

Langsam wanderte ihre rechte Hand über seine Schulter*, und sie streckte die Finger aus.

Was sie dort fühlte, war wie feinste, hauchdünne Seide. Kaum da, und dennoch …

Keenan erzitterte. Er hatte den Kopf geneigt, und sein Mund war auf ihren Hals gepresst. »Was tust du?«, fragte er murmelnd, ehe sich seine Lippen an ihrem Hals weiter öffneten. Seine Zunge streichelte über ihre Haut, und sie spürte, dass sein Glied erneut hart wurde. »Es fühlt sich gut an.«

Ja, das tat es. Ihre Finger kribbelten. »Ich berühre deine Flügel.«

Erschrocken wich er zurück und glitt dabei aus ihr.

Nein!

»Was?«, fragte er verwundert.

Nicole konnte sie immer noch sehen: große, dunkle Flügel. Wie es schien, wuchsen sie ihm aus dem Rücken. Nicole versuchte, einen Schritt vorwärts zu machen, doch ihre Knie waren schrecklich wacklig. »Deine Flügel.«

»Ich habe keine Flügel.«

Das hatte sie auch gedacht, aber sie nickte.

Er drehte sich um, zeigte ihr seinen Rücken. »Sie wurden mir herausgebrannt, als ich fiel.«

Zwar konnte sie die feuerroten Narben auf seiner ansonsten makellosen Haut durchaus sehen, nur sah sie außerdem diese dunklen Schatten, die hoch aufragten und ihn wie eine Wolke bedeckten. »Ich sehe sie.«

Er drehte sich wieder zu ihr. »Nein, sie sind nicht mehr da.«

Dann bemerkte sie den Blumenduft, leicht und süßlich. Was für ein seltsamer Geruch für jemanden, der sie mühelos auslöschen konnte. Nicole schnappte sich ihre Jeans und zog sie eilig an, während Keenan seinen Kopf seitlich neigte und zur eingebrochenen Tür blickte. Eine leichte Brise wehte hinein, dann …

Flügel, richtige Flügel, keine Schatten, erschienen, als der Engel nahte. Sein Gesicht war von unwirklicher, statuenhafter Schönheit. Er trug ein weißes T-Shirt und eine dunkle Jeans. Komisch, dachte Nicole.

Im selben Moment erschrak sie. Sie dürfte ihn nicht sehen. Da stimmte etwas nicht. Irgendetwas war völlig verkehrt. Man sah keinen Todesengel, es sei denn, man starb. Das hatte Keenan gesagt. »Ich sehe deine Flügel«, sagte sie zu Keenan, »und ich sehe *ihn*.«

Wenn sie den Todesengel sah, bedeutete es …

Ihre Zeit war gekommen.

Elftes Kapitel

Im Vorwärtssprung breitete Keenan die Arme aus, um sicherzugehen, dass Nicole hinter ihm blieb.

Sie konnte Az sehen.

Angst und Wut tobten in Keenan. »Du holst sie nicht!«

Az runzelte die Stirn. »Glaubst du, dass du mich aufhalten kannst?«

»Ich kann es verdammt nochmal versuchen.«

Az zuckte kaum merklich zusammen. Richtig, Engel sollten nicht fluchen.

Sie sollten auch keinen Sex haben.

Aber Keenan war kein Engel mehr, und Nicoles Benehmen färbte auf ihn ab.

»Stellst du dich mir in den Weg«, sagte Az ruhig und bestimmt, »stirbst du.«

»Nein!«, schrie Nicole, die sich an Keenans ausgestrecktem Arm vorbeidrängte. Ihre Kleidung war zerknautscht, ihre Wangen und ihre Lippen waren gerötet. Sie war unglaublich schön.

Und sie rannte auf den Tod zu.

»Denk nicht mal dran, Keenan etwas zu tun!«, brüllte sie Az an.

Der zog seine hellen Brauen noch dichter zusammen. »Du kannst mich wirklich sehen.« Tatsächlich klang er überrascht.

Was denn, ein Gefühl, bei Az?

Leider blieb keine Zeit, diesen Moment auszukosten. »Du holst sie nicht.«

»Nein.« Az legte den Kopf schräg und betrachtete Nicole. Dann machte er einen Schritt in das Gebäude, gleich darauf einen zweiten. Der Blumenduft wurde intensiver, allerdings rümpfte Az die Nase, also roch er wohl etwas anderes. »Sex.« Seine Nasenflügel bebten. »Wart ihr deshalb hier drinnen?« Er musterte Keenan. »Wie überaus menschlich von dir.«

Keenan wusste, dass es als Beleidigung gemeint war. »Danke.« Seiner Meinung nach hatten die Menschen schon immer das bessere Los gezogen: Freude, Leidenschaft. Klar, sie hatten auch den Schmerz, aber Schmerz überlebte man.

Az' Miene war ausdruckslos.

Im nächsten Moment stand Nicole zwischen den beiden Männern. Das Haar fiel ihr über die Schultern, und ihre zierliche Gestalt war sichtbar angespannt. »Ich dachte, ich habe noch zehn Tage.«

»Hmm«, machte Az und trat einen weiteren Schritt vor, der ihn auch Nicole näher brachte.

Rühr sie nicht an.

Eine einzige Berührung würde genügen.

Keenan packte Nicoles Arm und zog sie zurück. Sie sträubte sich, doch er zog nur fester. »Wenn er dich anfasst, stirbst du.«

Mehr brauchte er nicht zu sagen. Sie starrte immer noch Az an. »Warum sehe ich ihn?«

Nur Sterbende sollten Az sehen. Die oder …

»Du hast Engelsblut getrunken, nicht?«, fragte Az.

Prompt brannte das Mal an Keenans Hals. Aber ihm machte ihr Biss nichts aus. Er hatte ihn genossen.

Az schüttelte den Kopf. »Wir sind nicht dazu bestimmt, Beute zu sein, Keenan.«

»Ist er nicht«, erwiderte Nicole, und Keenan empfand einen Anflug von Stolz. Nicht einmal vom Tod selbst ließ sie sich einschüchtern.

Leider konzentrierte Az sich gleich wieder auf sie. »Ich weiß über dich Bescheid.«

»Schön.« Mit einem kühlen Lächeln bleckte sie ihre spitzen Zähne. »Er auch«, sagte sie und drückte Keenans Hand.

Az' Blick wanderte über ihren Körper. »Machst du dir nach allem, was du getan hast, Sorgen, was dich im Jenseits erwartet, Vampir?« Er erwiderte ihr Lächeln, und das war nicht freundlich gemeint.

»Ich weiß, warum du in jener Nacht auf den Kirchenstufen warst«, flüsterte er. »Du hättest in der Nacht geradewegs in den Himmel kommen können. Jetzt jedoch wartet ein anderes Schicksal auf dich.«

»Raus hier, Az!«, fauchte Keenan, der nur mit größter Mühe an sich halten konnte.

Az stand seelenruhig da.

»Du wolltest eine zweite Chance, nicht wahr?«, fragte Az. »Aber die hast du nicht bekommen. Du hast …«

Keenan stürzte durch den leeren Raum und schmetterte dem Engel seine Faust gegen das Kinn. Der Engel flog durch den Türrahmen und fing sich draußen stolpernd ab.

»Rate mal, was das ist«, forderte Keenan ihn auf, während er ihm folgte. Nicole eilte ihm nach. »Man nennt es Schmerz.« Es wurde Zeit, dass der Engel lernte, wie Menschen lebten.

Az richtete sich langsam wieder auf, hob eine Hand an sein Kinn und kniff die Augen ein wenig zusammen. »Nein, das kannst du nicht tun.«

»Ich kann dich sehen«, sagte Keenan, der auf ihn zuging. »Ich kann dich berühren. Und solltest du noch einmal versuchen, mich anzugreifen, oder andere auf uns losjagen, trete ich dir mächtig in den Hintern.«

Az biss die Zähne zusammen. »Das darfst du nicht.«

»Tja, ich schätze, bis vor fünf Sekunden hast du gar nicht geahnt, dass ich dich umhauen könnte. Nun weißt du es.« Er ballte die Fäuste. »In diesem Spiel ändern sich die Regeln.«

»Weil du es so sagst? Wer bist du zu urteilen?« Bei aller Frostigkeit schwang doch ein Hauch von Wut in seinen Worten mit. »Du bist ein Engel, dessen Flügel verbrannt wurden. Du wurdest verbannt, hier unten in dieser Hölle zu leben.«

»Vorsichtig«, warnte Nicole ihn. »Mir gefällt es hier.«

Az kniff die Lippen zusammen.

»Wie fühlt sich das an?«, fragte Keenan.

Blaue Augen starrten ihn an.

Und Keenan lächelte. »Wut ist besser, als gar nichts zu fühlen, stimmt's?«

Az' Flügel falteten sich auf seinem Rücken. Ah, der winzige Gefühlsausbruch war vorbei, und Az hatte sich wieder unter Kontrolle. »Du wünschst dir mich nicht zum Feind.«

»Nein, Az, du wünschst dir mich nicht zu deinem.« Achselzuckend breitete Keenan seine Arme wieder aus. »Ich bin schon gefallen. Was habe ich noch zu verlieren?«

Das waren die falschen Worte.

Sofort blickte Az zu Nicole. »Ja, was nur?

Keenan machte einen Satz nach vorn.

Doch er war zu spät. Wind wehte ihm entgegen, der Az' Antwort herbeitrug: »Wir sehen uns, Keenan.«

Und der Engel war verschwunden.

Keenan wusste, dass Az wiederkommen würde. Schließlich logen Engel nie. Sie konnten die Wahrheit verdrehen, verwirren und maskieren, aber nicht lügen.

Ebenso wenig wie Gefallene.

Entsprechend war seine Drohung, was passieren würde, sollte Az ihn nochmals angreifen oder jemand anderen auf sie hetzen, ein Versprechen.

Die Sonne brannte auf Carlos Guerro herab, als er die New Orleans Street entlangschlenderte. Schweißtropfen liefen ihm übers Gesicht, was ihn nicht weiter kümmerte. Er war längst an die Hitze gewöhnt.

Auf dieser Jagd war er allein, ganz wie er es wollte. Der Tag, an dem er keine Menschengang im Alleingang töten konnte …

Er bog um eine Ecke und entdeckte die alte Bar in einer Seitenstraße der Bourbon Street. Natürlich hatte sie geöffnet, obwohl es kaum ein Uhr mittags war.

Beim Hineingehen blinzelte er, denn drinnen herrschte dämmriges Licht. Wahrscheinlich war das Absicht, damit keinem auffiel, wie heruntergekommen das Mobiliar war oder wie schief der rissige Spiegel an der hinteren Wand hing. Je dunkler das Lokal, umso gepflegter wirkte es.

Seine Beute wartete links: sechs Männer, die schlaff in Sesseln hockten. Sie waren von blauen Flecken und Schwellungen übersät, und ihre Kleidung war blutbefleckt. Carlos atmete einmal tief ein und fing den Geruch ein, den er suchte: eine Vampirnote, und nicht irgendeine, sondern ihre.

Selbst mit dem Privatflugzeug, das er sich charterte, war es nicht leicht gewesen, ihr zu folgen. Doch eigentlich fand er eine zu einfache Jagd auch langweilig. Er hatte einen Sheriff kurz vor der Bundesgrenze getroffen, der ihren Angriff überlebt hatte. Dann war er auf eine Polizistin in San Antonio gestoßen, die höllisch angefressen war, weil ihr die Gefangene entkommen war.

Die Polizistin war weniger misstrauisch gewesen als der Sheriff, deshalb konnte er ihr mehr entlocken. Carlos hatte seine eigene Dienstmarke vorgezeigt. Es zahlte sich aus, stets eine falsche Polizeimarke bei sich zu haben. Sobald sie glaubte, einen Kollegen vor sich zu haben, hatte die Frau ihm alles über die Flüchtige erzählt.

Nicole St. James, neunundzwanzig Jahre alt, ehemalige Lehrerin, die eines Nachts austickte und einen Mann in einer Seitengasse von New Orleans umbrachte. Minuten später hatte sie einen Cop angegriffen.

Seit jener Nacht hatte Nicole St. James sich zu einer psychotischen Mörderin gemausert. Noch zwei Männer, die ihre Wege kreuzten, mussten Blut lassen. Die Polizisten hatten St. James als Serienmörderin bezeichnet, die ihren Opfern die Kehle aufschlitzte und deren Blut trank.

Nette Geschichte, aber vollkommener Unsinn. Polizisten sprachen oft von Serienmördern, wenn sie in Wahrheit *Andere* meinten.

Carlos winkte dem Barkeeper. »Whiskey.«

Er hörte das Gemurmel von Stimmen, als das Glas über den Tresen rutschte. Carlos inhalierte abermals, fing den flüchtigen Duft ein, bevor er sein Glas in einem Zug leerte und fühlte, wie ihm die Flüssigkeit brennend die Kehle hinablief. Was für ein angenehmes Brennen. Er sah zu seiner tuschelnden Beute. Die Biker wirkten stinksauer – und reichlich angeschlagen. Er fragte sich, ob auch sie so tun wollten, als wäre alles normal, oder ob sie auf die Regeln pfiffen.

»Was glotzt du so?«, knurrte der Größte von ihnen. Na ja, genau genommen waren einige von den Männern ziemlich groß.

Groß und dick bepackt mit Fett und Muskeln.

Und trotzdem hatte ihnen jemand kräftig den Arsch versohlt. Carlos erkannte die Arbeit eines Vampirs, wenn er sie sah.

»Hast du mich nicht gehört?«, brüllte der Kerl und sprang auf. Der Tisch rückte nach vorn, und seine Bierflasche fiel herunter. Er kriegte rote Flecken im Gesicht, als er auf Carlos zeigte. »Du glotzt mich schon an, seit du hier reingekommen bist. Was willst du?«

Vorsichtig stellte Carlos sein leeres Glas auf den Tresen. »Ich hatte mich nur gefragt, wer dich und deine Jungs so vermöbelt hat.«

Tja, das wollte er wohl nicht hören, denn nun sprangen sie alle auf die Beine und stürmten auf ihn zu. Sehr gut.

Carlos hatte recht gehabt: Sie waren alle groß, gut eins neunzig, ausgenommen ein hagerer Kerl, der sich zurückhielt. Der hatte gleich zwei Veilchen.

»Alter, du hast dir die falsche Bar ausgesucht.« Der Anführer – ein Kahlkopf mit Schlangen-Tattoos auf beiden Armen – grinste.

Carlos konnte Schlangen nicht leiden. Er zog eine Braue hoch. »Ist die Hand gebrochen?« *Sí,* eindeutig gebrochen. »Da hast du wohl was oder wen angefasst, wovon du besser die Finger gelassen hättest, *Hombre*.«

Der Kerl stürzte sich auf ihn.

Carlos wich zur Seite aus und griff nach der gebrochenen Hand. »Wirklich, Mike, du musst was gegen dein aufbrausendes Temperament tun.« Den Namen hatte ihm eine Stripperin verraten. Sie hatte den Kerl beim Brand im *Temptation* gesehen, und danach hatte sie gesehen, wie der Biker eine Frau und deren Freund in einer Seitengasse in die Enge trieb.

Die Stripperin hatte den beiden nicht geholfen. Tina war nicht direkt das, was man hilfsbereit nannte, aber gegen einen Preis hatte sie Carlos die Informationen gegeben.

Der schönste Teil ist immer wieder, die Beute zu finden.

»Woher weißt du, wer ich bin?«

Zum Spaß drückte er Mikes gebrochene Hand. Als der Koloss vor Schmerz stöhnte, fluchten seine Männer und wollten auf Carlos losgehen.

»Lasst es«, befahl er streng, ließ Mikes Hand los

und drehte sich zu ihnen, seinen Rücken zur Bar. Er hob beide Arme, vergewisserte sich allerdings, dass seine Krallen nicht ausgefahren waren. »Ich bin nicht hier, um mich mit euch zu prügeln.« Noch nicht.

Dann sah er Mike an. »Ich suche die Frau, die dir die Hand gebrochen hat.«

Mike guckte verdutzt, dann grinste er. Es war ein schiefes, unangenehmes Grinsen. »Alter, mit der wirst du im Leben nicht fertig.«

Carlos blickte sich in der Bar um. Einige andere Trinker waren noch dort, die sich jetzt eilig verzogen, weil sie mit einer Kneipenprügelei rechneten.

Womit sie recht haben könnten.

»Das lass mal meine Sorge sein«, murmelte er.

»Blödmann, du schnallst das nicht.« Mike piekte ihm einen Wurstfinger – der linken Hand, nicht der geschwollenen rechten – in die Brust und raunte: »Die Schlampe ist nicht mal menschlich.«

Na und? Sollte er jetzt überrascht tun? Nein, das war nicht seine Art. Carlos nickte. »*Sí*, ich weiß. Deshalb will ich sie ja schnappen. Sie hat *mi hermano*, meinen Bruder umgebracht, in Mexiko.«

Alle Männer sahen zu Mike.

Der schluckte. »Meinen auch.«

Ach ja? Wirklich. Fast hätte Carlos geschmunzelt. Wenn das kein genialer Auftakt war! Er hätte es gar nicht besser planen können.

»Ich will, dass sie dafür bezahlt«, sagte Carlos und sorgte dafür, dass seine Stimme vor Wut vibrierte. »Sie soll leiden. Ich will, dass sie bettelt und dass sie *dafür bezahlt*.«

»Viel Glück.« Mike rieb sich sein stoppeliges Kinn.

»Diese Vampirin hat eine Art Wachhund bei sich, und der Drecksack lässt keinen in ihre Nähe.«

Carlos bemühte sich, nicht allzu erfreut auszusehen.

»Den hat sie bestimmt zum Ficken und Aussaugen«, murmelte einer aus Mikes Gang.

Wahrscheinlich.

»Er war's, der mir die Hand gebrochen hat, weil ich seine Nutte angefasst hab«, sagte Mike.

»Du wolltest sie pfählen«, ergänzte wieder der andere, der eine dicke rote Beule auf der Stirn hatte.

Mike knurrte: »Dieser Kerl hat uns alle plattgemacht.« Er zeigte auf seine Männer. »Wenn wir den nicht geschafft haben, dann hast du garantiert keine Chance gegen den Typen.«

Konnte sein. »Die habe ich, wenn ihr mir helft.«

Nun war Mikes Interesse geweckt.

»Euer Fehler war, dass ihr sie zur Strecke bringen wolltet, als sie zusammen waren.« Ein gewaltiger Fehler, vor allem für Menschen, die gegen Übernatürliche antraten. »Man muss sie trennen.«

Mike nickte nachdenklich.

»Wir wollen den Vampir, klar? Die ist unser Ziel.« Der Idiot würde ihm sowieso alles glauben.

Mike überlegte, während unter seinen Männern Gemurmel anhob – »stimmt genau«, »Scheiße, ja.« Nach einer knappen Minute sagte Mike: »Ja, die will ich pfählen.«

»Das darfst du auch.« Irgendwann. »Aber zuerst müssen wir die beiden auseinanderbringen. Wir trennen sie, schwächen sie, und dann greifen wir an.«

Denn Nicole St. James, die Mörderin und genommene Vampirin, war allein bei Weitem nicht so gefährlich. Nicht wenn sie erst den Engel verloren hatte.

»Und wie soll das gehen?«, fragte Mike. »Wie sollen wir sie von dem Typen wegbringen?«

Dies war der schwierige Teil. Aber zum Glück hatte Carlos einen Plan. »Überlass das mir. Halt du deine Leute bereit, sie zu schnappen.«

Das war gelogen.

Mike und dessen Männer waren sein Plan. Sie waren sein Köder und seine Ablenkung. Nicole und ihr Engel würden sich so auf die Biker konzentrieren, dass der Vampir die echte Gefahr nicht mal erkennen würde, ehe es zu spät war.

»Wir müssen schnell sein«, sagte er. »Wir greifen noch vor Sonnenuntergang an.« Es war sinnlos, gegen einen starken Vampir antreten zu wollen. Deshalb musste es bei Tageslicht passieren.

»Weißt du denn, wo sie steckt?«

Gestaltwandler hatten nicht umsonst einen guten Riecher. Sie waren die Besten, wenn es um Spurensuche ging. Carlos war ihrer Spur vom *Temptation* bis hierher gefolgt.

Er war der beste Fährtenleser seines Rudels, und diese Spur von Blut, Feuer und Sex war sowieso kaum zu übersehen. Nicole aufzuspüren war ein Kinderspiel gewesen.

»Ja, weiß ich«, sagte er lächelnd. »Gehen wir und zerren die Schlampe ins Sonnenlicht.«

Nicole schrak zitternd und mit rasendem Herzpochen aus dem Albtraum.

Die Gasse, das Blut, das Monster.

Sie holte tief Luft.

Das Monster war sie gewesen.

»Nicole?«

Sie sah zur Seite. Keenan lag neben ihr im Bett, sein Oberkörper entblößt und das Laken lose über seinen Hüften. Sie schluckte. »Ach, es ist nichts.« Es war immer noch hell, wie sie an dem Sonnenlicht erkannte, das durch die Jalousien fiel. Außerdem fühlte sie sich schwer und schwach. Schlief er ihretwegen tagsüber?

Der Kloß in ihrem Hals hatte nichts mit dem Albtraum zu tun.

»Etwas hat dir Angst gemacht«, sagte er.

Ja, ich. Ich mache mir selbst Angst, und das schon seit einer ganzen Weile.

Er strich ihr über den Arm, und sie erschauerte. »Es … es ist nichts.«

»Lügnerin.« Das Wort klang fast zärtlich. »Erzähl's mir.«

Das Trommeln ihres Herzschlags wollte nicht weniger werden. Sie zog das Laken vor ihre Brust und hielt es dort umklammert. Im Moment brauchte sie irgendein Schutzschild, und ein besseres bot sich nicht. »Bevor ich angegriffen wurde, wusste ich nicht mal, dass ich imstande wäre zu töten.«

»Jeder kann töten. Die Leute müssen nur weit genug getrieben werden«, sagte er ruhig. Seinem Tonfall nach zu urteilen, wusste er sehr gut, wovon er sprach. Aber wahrscheinlich hatte er schon alles gesehen, wozu Menschen fähig waren, das Gute wie das Schlechte und alles dazwischen.

Ja, mit dem Tod wie dem Töten kannte er sich aus.

»Du hast gesagt, dass du mich schon vorher gesehen hast.« Bevor sie die schicken neuen Reißzähne, die erbärmliche Maniküre und diesen ziemlich unstillbaren Durst nach Blut bekam.

»Ja.«

»*Sie* hätte niemals einem Mann die Kehle aufgerissen. Nie.« Nicole senkte die Stimme. »Ich habe es zwei Mal getan. Zwei Menschen habe ich getötet.«

Und einen Vampir.

»Unter Zwang. Du hattest dich nicht unter Kontrolle.«

»Aber ich mochte das Blut.« Dies war das Finsterste, was sie zu gestehen hatte. Ihr Blick fiel auf ihre Hände, die nach wie vor ins Laken gekrallt waren. »Ich mochte den Blutrausch, die Macht. Ich wollte aufhören, weil ich wusste, dass es falsch war, dass ich sie umbrachte. Und die Stimme in meinem Kopf drängte mich weiterzumachen. Aber entscheidend ist, dass ich das Blut mochte.«

Dafür schämte sie sich unendlich.

»Du bist ein Vampir.«

Ja, klar, das wusste sie selbst.

»Nicole«, seufzte er, »es liegt in deiner Natur, dass es dir gefällt.«

»Und weil Vampire Blut so gern mögen, töten sie.« Aus dem Grund musste sie ihr Verlangen zügeln. »Die Lehrerin, die ich war und die unter der Woche jeden Abend um zehn zu Hause war, sie hätte es nie getan.«

Seine Finger legten sich auf ihre. »Warum redest du, als wäre sie eine andere Person?«

Sie sah zu ihm auf. Begriff er es denn nicht? »Weil sie eine andere war. Sie war ein guter Mensch.« Jedenfalls hatte sie sich bemüht, einer zu sein. Für jedes Nachmittagsprogramm hatte sie sich freiwillig gemeldet, hatte Konserven für Obdachlose gespendet und brav ihren Müll getrennt. Ja, verdammt, jene Frau war ein guter Mensch gewesen.

Keine Mörderin.

Kein Monster, das nach Blut gierte, kämpfte und tötete. Und erst recht war ihr nie das Wasser im Mund zusammengelaufen, wenn sie vor einem Toten stand, weil sie mehr von seinem Blut wollte.

Kein Wunder, dass die Albträume nicht aufhörten.

»Die Frau, die ich war, starb in einer dunklen Seitengasse«, sagte sie, ohne seinem Blick auszuweichen. Und da hatte sie schon kein Jahr mehr zu leben gehabt.

Seine Hand glitt über ihren Arm zu ihrer Brust und verharrte über ihrem Herzen. »Wenn sie tot ist, wieso fühle ich dann ihr Herz schlagen?«

»Ich bin nicht dieselbe. Nicht nach dem, was ich getan habe. Es sind nicht bloß die Morde. Mit Connor …« Sie kniff die Augen zu. »Ich bin nicht dieselbe.«

Die Wärme seiner Hand strömte in ihre Haut. »Du musstest dich verändern, um zu überleben.«

Sie sah ihn wieder an.

»Zuerst ist die Blutgier immer am stärksten.« Er setzte sich neben ihr auf. »Ich habe gesehen, wie sie manche um den Verstand brachte. Sie verloren die Kontrolle und stürzten sich auf jeden, der in ihre Nähe kam.«

Nicole erinnerte sich an den ersten, wahnsinnigen Hunger, an den Polizisten, den sie gebissen hatte, als er ihr zu Hilfe kam. »Ja.« Da hatte sie sich wahnsinnig gefühlt.

»Du hast den Polizisten nicht getötet.«

Sie schüttelte den Kopf. »Aber ich hätte beinahe. Ich konnte einfach nicht aufhören.« So etwas wollte sie nicht noch einmal erleben. Der Hunger nach Blut hatte ihr Denken und ihren Körper vollkommen beherrscht.

»Du hast aufgehört.«

»Fast wäre es zu spät gewesen.« Sie wollte nicht, dass er etwas in ihr sah, was sie nicht war. »Ich hatte keine Kontrolle über mich, sonst hätte ich ihn gar nicht erst gebissen. Wäre ich bei Sinnen gewesen, hätte ich nicht auf die Stimme in meinem Kopf gehört. Ich hätte niemals gemordet.«

Sie musste weg von Keenan. Seine Nähe machte sie schwach, und sie war schon schwach genug. Nicole sprang aus dem Bett und zog das Laken mit sich. »Engel sind real«, schleuderte sie ihm entgegen und bemerkte, dass sein eines Lid zuckte.

»Äh, ja, sind wir.«

Dies war der Punkt, der ihr Angst machte. »Ich wusste es, habe es immer gewusst.« Schließlich war sie eine gute Katholikin gewesen, *früher*.

Er betrachtete sie fragend.

»Engel sind real«, wiederholte sie, »und Dämonen sind es auch. Was bedeutet, dass nach diesem Leben kein sonniges Paradies auf mich wartet.« So viel stand fest. Hätte Keenan ihre Seele in jener Nacht geholt, wäre es vielleicht noch möglich gewesen, aber jetzt?

Er widersprach ihr nicht.

Nein.

Sie verdrängte die Angst, die sie zu ersticken drohte. »Ich möchte eine Chance, es wiedergutzumachen.« Ihr war bewusst, wie wahnsinnig sie klang, aber wen wunderte das? »Ich will nicht, dass Az mich holt, bevor ich eine Chance hatte, etwas wiedergutzumachen.«

Keenan stieg aus dem Bett und sparte sich die Mühe, seine Blöße zu bedecken. »Du kannst die Toten nicht zurückbringen.«

Er musste es ja wissen.

Sein Wangenmuskel zuckte. »Und Az bringt dich nirgends hin.«

Nicole konnte nur den Kopf schütteln. »Warum nicht?«

Keenan blinzelte. »Weil du noch nicht bereit bist zu gehen.«

»Nein.« Nun schüttelte sie den Kopf so energisch, dass ihr Haar flog. »Was kümmert dich das? Wieso interessiert dich, was mit mir passiert?«

Wieder blinzelte er und antwortete: »Ich weiß es nicht.«

Na super. Sie wandte sich von ihm ab und sammelte ihre Sachen ein. Nicht dass sie eine blumige Liebeserklärung oder etwas in der Art erwartet hätte. Er kannte sie ja praktisch nicht.

Er ist deinetwegen gefallen.

Offensichtlich war das Quatsch. Eilig zog sie sich ihren Slip und den BH an.

»Bist du wütend, weil ich das gesagt habe?«

Sie kniff die Lippen zusammen, während sie in ihre

Jeans schlüpfte – Jeans, die er für sie gekauft hatte. »Es verwirrt mich.« Okay, das war gelogen, zumindest halb. Er verwirrte sie und machte sie verdammt wütend.

Mit ihrem T-Shirt in den Händen drehte sie sich wieder zu ihm. »Du hast alles verloren, alles aufgegeben, und weißt nicht mal, wieso?«

Ich war es jedenfalls nicht wert. Diese Worte kamen ihr allerdings nicht über die Lippen. Nicole wollte sie ja sagen, konnte es aber nicht. Sie hatte ihm von ihren Taten erzählt wie von ihren Bedürfnissen. Nun war es an ihm, die Wahrheit zu begreifen.

Vielleicht war sie ihm schon klar geworden. Unwillkürlich ließ sie die Schultern hängen.

»Über zweitausend Jahre fühlte ich nichts.«

Erschrocken blickte sie zu ihm.

Er sah ihr direkt in die Augen, und dennoch schien er sie gar nicht wahrzunehmen. »Ich sah, wie Kinder geboren wurden, Eltern starben, Kriege, Hochzeiten, Glück, Leben. Aber nie fühlte ich irgendetwas.«

Es klang so kalt, dass Nicole fröstelte.

»Berührung kannte ich nur«, hier hob er seine Hand und betrachtete sie, als wäre sie ihm fremd, »wenn ich tötete. Und dann war keine Wärme in den Körpern, die ich berührte. Ich nahm sie ihnen schon, bevor ich sie anfasste.«

Er ballte die Hand zur Faust.

Stille.

Was konnte sie sagen? »Keenan …«

»Ich wollte mehr als das.«

Ein durchaus verständlicher Wunsch.

»Menschen hatten mehr. Sogar die *Anderen* hatten

mehr – und die sollten eigentlich der Schöpfungsfehler sein.«

Das war sie jetzt, ein Schöpfungsfehler?

»Engel wurden zu einem Zweck erschaffen. Sie sollten beschützen, anleiten, aber nicht fühlen.« Er ließ die Faust sinken. »Kein Kummer, kein Schmerz und auch kein Glück. Einfach nur Pflicht, sonst nichts.«

Er trat auf sie zu. »Ich wollte mehr«, wiederholte er. »Zuerst war es mir gar nicht klar, aber mit jeder Seele, die ich nahm, wollte ich einfach mehr.«

Wollen. War ihm bewusst, dass auch das eine Form von Fühlen war? Vielleicht hatten die anderen Engel keinerlei Empfindungen, er aber schon, und die hatten ihn zum Äußersten getrieben.

Nein, sie hatten ihn dazu getrieben, sich verstoßen zu lassen.

»Bei dir entschied ich, mehr zu nehmen.« Sanft umfing er ihr Kinn und hob es an, damit sie ihn ansah. »Seide«, flüsterte er. »Glatt, weich und warm.«

Mit einiger Verspätung ging ihr auf, dass er von ihrer Haut sprach.

Er neigte den Kopf und küsste sie. »Auch hier ist sie ganz weich, aber der Geschmack ...« Seine Lider senkten sich. »Ein wenig süß mit einer würzigen Note.«

Ach, wie leicht konnte er sie verführen! Eigentlich hatte er es ja schon.

Seine Fingerknöchel strichen über ihren Hals. »Und in dir zu sein«, nun blickte er sie wieder an, »ist pure Wonne.«

Sie benetzte ihre Lippen, die seinen Mund herbeisehnten.

»Ich war in Versuchung, und ich bin gefallen.« Inzwischen waren seine Fingerknöchel auf ihrer Brust, am Rand ihres BHs. »Menschen haben Gefühle, haben den Liebesakt, alles, was sie wollen.«

Nicht immer. Manchmal bekamen sie Albträume, die sie nicht wollten.

»Versuch mal, zweitausend Jahre mit nichts zu leben, und sieh dann, wie hungrig du nach *allem* bist.«

Nun war sein Mund wieder auf ihrem, küsste sie fest und leidenschaftlich, und Nicole erwiderte seinen Kuss. Mit Hunger kannte sie sich aus, nicht bloß dem nach Blut, sondern auch dem nach jemandem, der sie in den Armen hielt, sie begehrte, ganz gleich was sie war.

War sie für Keenan nur ein Körper? Nur eine Versuchung? Möglich wäre es. Für sie hingegen war er weit mehr.

Ein Mann, der zu ihr stand, dem das Monster in ihr gleich war. Er hatte sie vorher gekannt, trotzdem verurteilte er sie jetzt nicht.

Sie ließ ihr T-Shirt fallen und klammerte sich mit beiden Händen an seine Schultern. Die Zukunft war unbedeutend, musste es sein. Einzig das Hier und Jetzt zählte, denn in diesem Moment schufen sie eine Erinnerung, die ihr niemand nehmen konnte und die ihr bliebe, wenn sie ins Jenseits ging.

In die Hölle.

Sie öffnete sich dem Kuss weiter.

Dann hörte sie ein Fauchen und das Röhren von Motorrädern. Die Geräusche waren noch nicht allzu nahe, aber sie kamen.

Einen kurzen Moment gab sie sich noch dem Kuss

hin. *Wieso ist er nicht einfach weggeblieben? Ich habe ihn doch gewarnt.*

Vergeltung.

Keenan hob den Kopf. »Nicole«, hauchte er.

»Mike jagt mich mal wieder.« Weil sie weder ihn noch sonst jemanden töten wollte.

»Das war dir doch klar.«

Ja, nur hatte sie nicht erwartet, dass er sie so schnell finden würde. Aber ein Jäger wie Mike dürfte seine Beziehungen haben und hatte gewiss überall Leute, die ihn mit Informationen versorgten. »Er kommt, solange ich geschwächt bin.« Sie lehnte ihre Stirn an Keenans Schulter. Seine Arme umfingen sie, und selbst wenn der Tod nahen mochte, fühlte sie sich wunderbar geborgen.

»Er wird dich nicht anrühren.«

Weil sie noch wie viele, acht Tage hatte? Sieben? Weniger? Az hatte ja nicht behauptet, dass ihr noch zehn Tage blieben. Vielmehr sprach er von weniger als zehn Tagen. Engel logen vielleicht nicht, doch hatte Nicole das Gefühl, dass sie auch nicht immer die ganze Wahrheit sagten. Tja, Engelssemantik eben.

»Ich habe seinen Bruder ermordet.« Weil Jeff in Grims Augen eine zu große Bedrohung gewesen war. Der Jäger hatte schon ein Dutzend Vampire ausgeschaltet. Und so sollte Nicole den Köder spielen, um ihn zur Strecke zu bringen. »An seiner Stelle würde ich mich auch weiterjagen.« Aber sie wollte Mike nicht töten. Sie wollte nicht, dass er sie tötete, aber ihn umbringen?

An meinen Händen klebt schon genug Blut. Ihn zu töten, würde mir keine Vergebung bringen.

Als bestünde überhaupt eine Chance, dass sie Vergebung finden könnte.

Mike kam nicht allein. Das Brummen weiterer Motoren war deutlich zu hören.

»Sie können uns nicht beide schlagen«, sagte Keenan.

Nein, die Menschen würden verlieren, was bedeutete, dass sie starben. Selbst wenn Nicole schwach sein mochte, Keenan war es nicht.

Dies ist nicht sein Kampf.

»Sie tun dir nichts«, versprach er und löste ihre Umarmung.

Nicole bückte sich nach ihrem T-Shirt und streifte es sich über, während Keenan sich seine Jeans anzog. »Ich hätte mir gewünscht, dass er einfach verschwindet.«

Er lachte. »Und du findest wirklich, dass du so anders bist als die Frau vor dem Biss?« Er schüttelte seinen blonden Schopf. »Süße, ein kaltblütiger Killer schert sich um nichts, ob menschlich oder nicht.« Er wandte sich ab. »Ich kümmere mich um sie.«

»Was? Nein, du bist ein Engel. Dein Job ist …«

»Der Tod«, fiel er ihr ins Wort und öffnete die Tür. »Das letzte Mal, dass ich zögerte, wurde eine unschuldige Frau zu einem Vampir.« Er sah zu ihr. »Den Fehler mache ich nicht noch einmal.«

Dann war er fort – lief hinaus, um sich Vampirjägern zu stellen, die sein Blut nicht wollten.

Sondern ihres.

Sie lief ihm nach, denn wenn Nicole eines gelernt hatte – auf die harte Tour –, war es, ihre eigenen Schlachten zu schlagen.

Wenn es sein musste, würde sie Mike töten, denn er schickte sie heute nicht in die Hölle.

Es sah eher so aus, als müsste sie ihn dorthin schicken.

Zwölftes Kapitel

»Hast immer noch deinen Wachhund, was, Schlampe?«, rief Mike in dem Moment, in dem Nicole hinaus auf die Holzveranda trat.

Keenan biss die Zähne zusammen. Der Mensch hatte jede erdenkliche Chance bekommen, und trotzdem suchte er noch den Tod. Menschen! Verstanden die nicht, dass es letztlich immer um den freien Willen ging?

Mike hätte weggehen können.

Stattdessen lief er geradewegs in den Tod.

»Willst du dich wieder hinter ihm verstecken?« Mike stapfte näher und hob die linke Hand, in der er eine Waffe hielt. »Nur zu. Ich bin nämlich gespannt, wie viel dein Wachhund tatsächlich packt.«

Keenan rollte seine Schultern, doch Nicole sprang vor ihn. »Mein Kampf«, flüsterte sie ihm zu, ehe sie lauter zu Mike sagte: »Das ist deine letzte Chance. Ich will dich nicht töten.«

»Aber ich dich, Schlampe! Ich will dir die Kehle aufschlitzen, dir das Herz rausreißen, die Haut abziehen …«

»Ich will es nicht«, unterbrach sie seine bildhaften Drohungen, »aber ich werde es tun.« Das war vollkommen sicher. Sobald er verstummte, wurde auch ihre Stimme ruhiger und eiskalt. »Genau wie deinen Bruder.«

Die fünf Männer auf den Motorrädern hinter Mike rührten sich nicht, während Mikes Gesicht sich vor Hass verhärtete.

»Diesmal bin ich der, der vorbereitet ist.« Mike zielte mit seiner Waffe auf Nicole. »Bereit zu sterben, Vampir?«

»Meinst du, schon wieder?«, fragte sie.

Keenan wusste, dass sie nicht mal bei Tageslicht Kugeln töten konnten.

Sie schritt auf Mike zu, und jeder ihrer Schritte auf den Verandastufen schien zu hallen. »Nein, nicht direkt …«

Er schoss.

Sie wich zur Seite aus, sodass die Kugel ihre Brust verfehlte, aber Keenan hörte deutlich, wie das Geschoss in ihre Schulter einschlug. Sie zitterte ein wenig und glitt einen Schritt zurück. Dann schüttelte sie den Kopf. »Versuch's noch mal.«

Keenans Bewunderung für sie erklomm neue Höhen.

Sie sah zu ihm, und für einen Moment begegneten sich ihre Blicke. »Halt dich zurück. Das ist mein Kampf.«

Die anderen stiegen nicht von ihren Motorrädern, griffen nicht mal nach ihren Waffen. Vielleicht waren sie nur zum Zugucken hier.

Und Mike würde ihnen sicherlich eine hübsche Vorführung bieten.

Nicoles Blut tropfte auf den Boden.

Dachte sie allen Ernstes, dass er sich zurückhalten und stillschweigend zusehen würde?

Seine Finger begannen zu zittern, deshalb ballte er

die Hände zu Fäusten. Der Wind nahm zu und blies ihm ins Gesicht.

»Du bist schwach!«, höhnte Mike, seine Waffe immer noch auf sie gerichtet. »Viele Kugeln verträgst du nicht mehr, bis du platt bist.« Er feuerte, verfehlte, zielte und feuerte wieder.

Treffer.

Diese Kugel traf sie in den Arm und verlangsamte sie ein wenig. Mehr Blut floss. Sie war auf halbem Weg zu ihrem Ziel.

Mike grinste. »Jetzt!«

Dann hörten seine Kumpel auf zuzuschauen. Sie alle griffen in ihre Satteltaschen und holten Flaschen hervor.

»Brennen soll die Schlampe!«, schrie Mike.

Sie begannen, ihre Flaschen auf Nicole zu werfen. Sie wehrte sie ab. Noch mehr Flaschen flogen, aus deren Hälsen teils schmutzige Lappen hingen.

Nein!

Dies war nicht allein Nicoles sondern ihrer beider Kampf.

Keenan sprang von der Veranda, riss Nicole in seine Arme und drehte sich um, sodass die Molotow-Cocktails höchstens seinen Rücken trafen. Die Flaschen regneten herab, und ein Feuer züngelte zu ihren Füßen auf.

Nicole schrie, und Keenan bemerkte, dass ihr T-Shirt Feuer gefangen hatte.

Diesmal waren die Jäger vorbereitet.

»Eine Spezialmischung, Schlampe! Die habe ich aus einem Voodoo-Laden hier, und sie verschmort jeden Vampir zu Asche.«

Keenan hielt Nicole fest und rannte geradewegs durch die Flammen, die sie umzingelten. Kaum waren sie aus dem Feuerkreis entkommen, stürzten sie zu Boden. Das Feuer hatte ihn erwischt, fraß sich in seine Haut, doch der Schmerz war nicht der Rede wert.

Nicht so schlimm wie der, als ich fiel.

Kein Feuer konnte so übel sein wie jenes.

Er rollte Nicole herum und schlug nach den Flammen an ihrer Kleidung. Tränen liefen ihr über die Wangen, und überall an ihrem Körper erschienen rote Brandblasen.

Seine Haut hingegen heilte bereits.

»Ist schon gut«, flüsterte er, während rasende Wut in ihm brodelte. »Ich habe sie.«

Er hatte immer gewusst, dass manche Menschen den Tod verdienten. Sie verdienten es, zu schreien und um Gnade zu betteln.

Und er würde sich nicht gnädig zeigen.

Er küsste sie auf die Wange, schmeckte ihre Tränen. Der Geruch von Blut und Feuer stieg ihm in die Nase.

»Nicole?« Vor Angst krampfte sich sein Innerstes zusammen.

Aber sie nickte. »Ist schon … okay.« Sie blutete, hatte schreckliche Verbrennungen, aber sie lebte.

Bis zum nächsten Angriff. Mit Az im Nacken würde sie nicht mehr allzu viele Jägerangriffe überstehen.

Und die Mistkerle lachten über ihre Pein.

»Ich töte sie für dich.« Ein einfaches Versprechen. Richtig oder falsch galten nicht mehr. Zitternd strich er ihr über die Wange. »Ich töte sie.« Dann rannte er auf Mike und dessen Gefährten zu.

Mike und seine Männer waren schon wieder auf ihren Motorrädern, ließen die Motoren aufheulen und wollten weg.

Mikes Hinterreifen wirbelte eine Kieselwolke auf. Zwei weitere Maschinen folgten seiner.

Nein, sie würden nicht davonkommen.

Keenan stürzte sich nach vorn und kriegte einen der Mistkerle am Kragen zu packen, sodass er ihn von seinem Motorrad ziehen konnte. Der Mann schlug mit dem Kopf – ohne Helm – auf dem Boden auf.

Fast gleichzeitig sprang Keenan auf dessen Motorrad, packte die Lenkergriffe und lehnte sich nach unten, als die Maschine vorwärtsschoss.

Ihr entkommt mir nicht.

Er würde die Mistkerle einholen und zur Strecke bringen.

Dann war Nicole sicher.

Seine unbändige Wut löschte sämtliche Geräusche in seinem Kopf aus.

Tod.

»Keenan, nein!« Nicole sprang auf. Ihre Arme pochten vor Schmerz, wie auch ihr Oberkörper, und ihre Kleidung qualmte noch, aber sie schrie, so laut sie konnte.

Keenan blieb nicht stehen.

Sie wusste, dass er es nicht täte, nicht bevor er alle für sie getötet hatte.

War es das, was sie getan hatte: einen Engel in einen Mörder verwandelt?

Sie blies den Atem durch zusammengepresste Lippen aus, weil sie solche Schmerzen hatte, während sie auf den Mann zulief, der am Boden lag. Sie brauchte Blut. Und sie musste seines nehmen. Das war wohl das Mindeste, was der Kerl für sie tun konnte, nachdem er versucht hatte, sie bei lebendigem Leibe zu verbrennen.

Sie sank auf die Knie, griff nach ihm und bemerkte zu spät, dass er tot war.

Seine entsetzten Augen starrten sie an. Sein Mund war weit offen, sein Gesicht eine Maske von Schmerz und Grauen.

Nicole tastete ihn ab: kein gebrochenes Genick, überhaupt keine gebrochenen Knochen. Keine Wunden, kein Blut, nichts.

Und dennoch war er sehr tot.

Sie tastete ihn ab, versuchte zu begreifen, was geschehen war, und zugleich stieg ihr ein neuer Geruch in die Nase: wild, moschusartig, wie von einem Tier.

»Du bist wirklich noch ein Grünling in diesem Spiel, was?« Eine männliche Stimme mit einem Hauch von mexikanischem Akzent. »*Querida,* du ahnst nicht mal, was ich bin, hab ich recht?«

Sehr vorsichtig drehte sie sich nach rechts. Dort kam ein Mann aus dem Wald, dessen Schultern nach hinten gebogen waren. Ruhig schritt er auf sie zu, ein breites Grinsen auf dem hübschen Gesicht.

Dunkles Haar, dunkle Augen, kantiges Kinn, grausamer Mund.

Ein bekanntes Gesicht.

Mexiko. Carlos.

Die Beute, die sich als Jäger entpuppte. Nicole

sprang auf, was sich sofort mit einer fiesen Schmerzwelle rächte. »Was machst du hier?« Blöde Frage. Wie die anderen war auch er hier, um sie zu töten.

Weil sie war, was sie war.

Er grinste noch breiter und musterte sie. »Das sieht aus, als wenn es wehtut.«

Tat es, und es würde auch nicht besser, ehe sie nicht getrunken hatte und ihre Haut zu heilen begann.

»Ist er hinter denen her? Will er sie umbringen … für dich?«

Sie brauchte eine stärkere Waffe als ihre Krallen. »Ich wollte dich an dem Abend nicht verletzen. Ich war nur …«

»Durstig«, beendete er den Satz für sie. Bei seinem Lächeln enthüllte er Zähne, die viel zu scharf für einen Menschen waren.

War er ein Vampir? Nein, einem Vampir wäre egal, ob sie hungrig war.

Er hob eine Hand und zeigte ihr seine Krallen. Es waren keine verlängerten, rasiermesserscharfen Fingernägel wie ihre, sondern richtige Klauen, von der Art, wie Tiere sie hatten.

Oh Mist!

Dieser Geruch, diese Krallen …

»Dämmert's dir? Hat ja auch lange genug gedauert.« Er kam näher.

Sie brauchte eine Waffe.

Ein paar Flammen züngelten noch am Boden, doch es lag eine zerbrochene Flasche in der Nähe. Die schnappte sie sich und richtete sie auf Carlos. Glas hatte sich schon einmal als nützlich erwiesen.

»Hast du gedacht, dass du als Untote ganz oben in

der Nahrungskette stehst?« Er schlug die Zähne zusammen. »Weit gefehlt.«

»Du bist ein Gestaltwandler.« Das hätte sie viel früher erkennen müssen. Aber in Mexiko war sie so ausgehungert gewesen, dass sie den Geruch gar nicht registriert hatte – ein böser Fehler.

»Ja, der bin ich wohl«, antwortete er achselzuckend. »Das Glas da kann mir nichts anhaben. Und im Gegensatz zu dir bin ich tagsüber nicht geschwächt.« Sein Blick fiel auf ihren Hals. »Wenn ich wollte, könnte ich dir gleich jetzt die Kehle aufreißen.«

So schwach wie sie sich fühlte, war das durchaus möglich.

Zehn Tage. Neun, acht … wie viele waren noch übrig?

Ihre Nasenflügel bebten. Roch es nach Blumen? Kam der Duft aus dem Wald oder von etwas anderem?

Ihre Zeit lief ab.

»Aber ich will dich nicht umbringen, jedenfalls noch nicht.« Carlos stürzte sich auf sie, entwand ihr die zerbrochene Flasche und riss Nicole dicht an sich. Die Kollision ihres verbrannten Körpers mit seinen harten Muskeln entlockte ihr einen Schmerzensschrei. Carlos packte sie beim Haar und zog ihren Kopf nach hinten. »Ich hasse Vampire!«

Wer tat das nicht? Sie biss sich auf die Lippe, um nicht wieder aufzuschreien.

»Du schreist also leicht, ja. Das gefällt mir.« Seine Krallen glitten über ihre Wange. »Dann werde ich dich noch ganz viel schreien lassen, bis ich mit dir fertig bin.«

Ihre eigenen Krallen waren vor Wut und Angst ausgefahren, und ihre Zähne brannten. Hätte sie eine Chance, würde sie …

»Was?« Er riss ihren Kopf weiter nach hinten. »Willst du mir an die Gurgel?«

Ja.

»Das wolltest du auch an dem Abend in Mexiko, nicht?«

Sie hatte Blut gebraucht. »Nicht so«, murmelte sie. »Ich kann den Durst bändigen.«

Er runzelte die Stirn. »Nein, das glaube ich nicht«, erwiderte er mit einem Achselzucken. »Du riechst noch frisch, nicht wie der verwesende Dreckhaufen, nach dem Vampire sonst stinken.«

Wie schön für sie.

»Aber ich habe mich noch gar nicht richtig vorgestellt«, murmelte er und nahm endlich seine Klaue von ihr. »Mein Name ist Carlos Guerro.«

»Mich interessiert nicht, wer du bist.«

»Nein, das hat es nie. Und genau das war Teil des Problems.« Die zarten Linien in seinen Augenwinkeln vertieften sich. »Du wolltest mich bloß aussaugen.«

Sie schluckte. Vor Schmerz war ihr übel, und das Pochen der Brandblasen wollte nicht aufhören. »Er kommt wieder«, flüsterte sie. Keenan hatte sie nicht verlassen. Er war wutentbrannt den Jägern nachgejagt, doch er würde wiederkommen.

»Gut.« Wieder lächelte er. »Darauf zähle ich auch, *Querida.*«

Keenan war ausschließlich auf den Jäger Mike konzentriert, als er mit seinem Motorrad die Straße entlangraste. Er fuhr immer schneller.

Zwei Männer aus der Gruppe vor ihm verloren die Kontrolle über ihre Maschinen, kollidierten und flogen von der Straße.

Mike beachtete den Unfall nicht weiter, sondern gab noch mehr Gas.

Aber er war nicht schnell genug.

Keenan hatte die Witterung des Mistkerls: Angst, Wut und Feuer. Mike würde nicht entkommen.

Im Geiste sah Keenan Nicoles Tränen vor sich.

Sein Vorderreifen stieß in Mikes Maschine. Mit einem metallischen Kreischen überschlug sich das Motorrad des Jägers, sodass er durch die Luft geschleudert wurde.

Mikes letzte beiden Männer rasten weiter. Um die würde Keenan sich später kümmern.

Er sah nur zu Mike, der wie ein Krebs über den Asphalt krabbelte und irre kicherte, während ihm Blut aus der Nase lief.

»Die Schlampe ist tot!«

Keenans Fäuste waren geballt. »Sie wollte deinen Bruder nicht töten. Ein anderer Vampir zwang sie, ihn anzugreifen.« Wenn dieser Mike tatsächlich ein Vampirjäger war, wusste er über Gedankenkontrolle und Zwänge Bescheid.

Mike hob seine Waffe, zielte und feuerte.

Die Kugel verfehlte Keenan.

»Was soll der Scheiß?«

»Sie hat dir die Chance gegeben wegzugehen.« Alles um ihn herum war rot, und vor Zorn war Keenan beinahe blind. »Aber du bist wiedergekommen und hast sie verbrannt.« Er schüttelte den Kopf. »Es ist vorbei. Du tust ihr nie wieder etwas.«

Mike lachte höhnisch.

»Du hast sie allein gelassen«, rief er und spuckte Blut aus und etwas, das wie ein Zahn aussah. »Idiot. Du hast genau gemacht, was er gesagt hat.«

Der Wind schien mehrere Grad kälter zu werden. »Wer hat was gesagt?«

Noch mehr Lachen. »Sie ist allein und tot, bis du bei ihr bist.«

Nein, ihre Angreifer waren fort. Sie war bei Bewusstsein gewesen, als er losfuhr, und er hatte das Feuer gestoppt. Sie hatte gesagt, sie wäre okay.

Beim Atmen brannte es in seiner Brust.

Sie war am Leben gewesen und … er hatte sie allein gelassen. In seinem Zorn hatte ihn der Wunsch zu bestrafen vollkommen beherrscht.

Er wollte töten.

»Die Schlampe wird leiden.«

Keenan atmete aus und schritt über die Straße. »Nein wird sie nicht.«

»Tut sie schon!« Mikes wildes Gelächter wurde von einem Wind davongetragen, der eigentlich nicht da sein sollte. »Sie leidet jetzt.« Seine Lippen bogen sich zu einem breiten Grinsen, bei dem er blutige Zähne entblößte. »Gerechtigkeit.«

Keenan schüttelte den Kopf. Blödsinn. Es war keiner dort, der Nicole etwas tun konnte.

»Er hat gesagt, dass du sie allein lässt.«

»Er?« *Fahr zurück zu Nicole,* flüsterte eine Stimme in seinem Kopf.

»Er bringt sie um.« Mike blieb das Lachen in der Kehle stecken. »Wenn du sie wiedersiehst, ist sie aufgeschlitzt.«

Keenan packte Mike und riss ihn nach oben. »Wer? Wer ist hinter ihr her?«

Mikes Augen wurden tellergroß. Angst und Schmerz verzerrten sein Gesicht. »F-flügel«, japste er.

Und er starb.

Starb.

Keenan starrte auf seine Hände, mit denen er Mike gepackt hatte.

Eine Berührung bedeutete den Tod.

Rasch zog er sie von dem Toten zurück, und Mikes leblose Hülle fiel wie ein Stein um. Todesstarr.

Sam hatte recht gehabt: Seine Kräfte kehrten zurück, und nun hatte er die wieder, die er am meisten fürchtete.

»Nein.« Keenan stolperte rückwärts und blickte hinauf in den strahlend blauen Himmel. *»NEIN!«*

Wenn seine Berührung töten konnte, durfte er Nicole nie wieder anfassen.

Wenn du sie wiedersiehst, ist sie aufgeschlitzt.

Er durfte sie nicht sterben lassen. Keenan verdrängte die Wut, drehte sich um und rannte zu seinem Motorrad. Wer immer hinter Nicole her war, Keenan würde ihn aufhalten und ihn töten – mit einer einzigen Berührung.

Denn der Todesengel war zurück.

Fast konnte er das Schlagen seiner Flügel spüren, als er den Highway entlangraste.

Als Sam auf die zerschmetterten Motorräder auf dem alten Highway stieß, lächelte er.

Also ging sein Plan auf.

Er bremste seinen Truck – der ihm eigentlich ganz gut gefiel – und stieg aus, um die Wracks näher anzusehen. Zwei Männer, noch am Leben, wanden sich stöhnend im Sand. Einer …

Sams Stiefel pochten auf dem Asphalt, als er näherkam.

Ein Toter.

Sam hockte sich hin und betrachtete den toten Big Mike. Er war fast so etwas wie eine Legende in Vampirkillerkreisen. Mike und sein Bruder Jeff hatten nach dem Motto gelebt, dass nur ein toter Vampir ein guter Vampir war, und alles gepfählt, was ihnen unter die Nase kam.

Oder hatten es zumindest, bis der alte Jeff eines Nachts sturzbesoffen auf einen süßen kleinen Vampirfrischling mit einem knackigen Hintern und einem bösen Biss traf.

Lust machte selbst den gerissensten Jäger blind.

Sam betrachtete den Toten, an dem keine äußerliche Wunde zu entdecken war. Aber wenn Big Mike so gestorben war, wie Sam vermutete, wären die Male ohnehin innen.

Lächelnd richtete er sich wieder auf. Also gewann der Gefallene seine alten Kräfte zurück. Gut. Keenan hatte jetzt wahrscheinlich Angst, dass er jeden tötete, den er berührte.

Sam schlenderte zu seinem Truck.

Und Keenan sollte auch Angst haben, große Angst sogar.

Deshalb wäre er froh, Sam zu sehen. Oh ja, der Gefallene war genau da, wo er ihn haben wollte.

Mein Spiel, meine Regeln.

»Nicole!«, schrie Keenan, als er von seinem Motorrad sprang. Rauch stieg von dem sterbenden Feuer auf und kringelte sich in der Luft. Auf der Erde waren Blutflecken, doch Nicole war nirgends zu sehen.

»Nicole!«, brüllte er und lief die Verandastufen hinauf. Vielleicht war sie drinnen. Vielleicht hatte Mike nur Unsinn geredet.

Ja, sie war drinnen. Sicher reinigte sie ihre Wunden oder machte sich bereit, ihm gehörig den Marsch zu blasen, weil er sie zurückgelassen hatte. Sie musste drinnen sein.

Zwei Minuten später wurde ihm klar, dass sie fort war. Ihm blieb nichts außer dem leeren Haus und einer Blutspur, die in den Wald führte.

Er blickte zum Wald. Hatte sie jemanden gejagt? Keenan holte tief Luft und lief los. Er versuchte, der dünnen Blutspur zu folgen und rief immer wieder ihren Namen. Eine schreckliche Angst packte ihn, dass er zu spät sein könnte.

Halt dich fern von ihr, Az.

Er war nicht gefallen, nur um sie zu verlieren.

Weiter vorn lichteten sich die Bäume. Dort führte ein alter Wirtschaftsweg durch den Wald. Im festen roten Sand waren frische Reifenspuren, und die Blutspur hörte auf.

Sie war fort.

Nein, nicht nur fort, sondern verschleppt worden.

Und Keenan hatte den einen Mann getötet, der ihn

zu ihr führen konnte. Mike hatte ihm gesagt, »er« würde sie umbringen.

Wer zum Teufel war »er«?

Nicole war stark, keine leichte Beute.

Doch sie hatte geblutet und war von Brandwunden übersät gewesen. Keenan neigte den Kopf in den Nacken und blickte hinauf zum blauen Himmel. Das Sonnenlicht arbeitete gegen sie.

Wenn sie nur bis zum Abend überlebte, bis er sie fand …

Bleib am Leben!

Denn sollte sie sterben, würde die Hölle losbrechen.

Er fuhr herum und begann, zum Haus zurückzurennen. Mike mochte tot sein, aber diese beiden Idioten aus seiner Gang waren es nicht. Die würde er finden und zum Reden bringen. Entweder sie redeten oder sie starben ebenfalls.

Er lief schneller und schneller, sodass die Bäume verschwommen an ihm vorbeirauschten.

Litt Nicole?

Er kam aus dem Wald geprescht und erblickte Sam, der an einem schwarz glänzenden Pick-up lehnte.

Sam sah Keenan fragend an. »Alles okay?«

Keenan zögerte nicht, sondern stürmte direkt auf Sam zu. Die Todesberührung wirkte nicht bei jemandem mit reinem Engelsblut. Also rammte er Sam seine Faust in den Magen. Er sorgte sich nicht darum, dass er den anderen umbringen könnte. Es bräuchte weit mehr als einen Fausthieb, um Sam auszuschalten, auch wenn es nicht unmöglich war.

Sam zuckte nicht einmal. »Ah, ich freue mich auch, dich zu sehen, Keenan.«

Keenan packte ihn vorn beim Hemd. »Wo ist sie?«

Sam blinzelte. »Äh, wo ist wer?«

»Nicole.«

»Ach ja, dein kleiner Vampir.« Nun blickte er stirnrunzelnd zum Haus. »Ich dachte, sie ist drinnen.«

»Nein.« Wenn Sam nicht wusste, wo sie war, vergeudete er nur wertvolle Zeit. Er stieß Sam zurück und sprang auf sein Motorrad.

Doch Sam war schon neben ihm. Er bewegte sich mit einer Schnelligkeit, wie sie Keenan noch nicht wieder ganz zurückerlangt hatte.

»Die Gabe ist wieder da, stimmt's?«, fragte Sam lächelnd.

Keenan startete den Motor.

»Ich habe dein kleines Stelldichein mit Big Mike auf dem Highway gesehen.« Sams anerkennendes Pfeifen übertönte sogar das Röhren der Maschine. »Ziemlich grob, was?«

Big Mike.

Keenan schaute sich langsam um, und alles schien rot getönt. »Woher wusstest du, dass ich hier bin?«

Sam zuckte mit den Schultern. »Ich wusste es, als du dir das Haus gekauft hast. In New Orleans passiert kaum etwas, von dem ich nicht erfahre.«

Die Zeit schien sich zu dehnen, was allerdings auch daran liegen konnte, dass er sich sehr schnell bewegte. Keine Sekunde später nämlich lag das Motorrad auf der Seite, und Keenans Hände waren um Sams Hals geschlungen.

Immer noch lächelte Sam. »Aha, und deine Schnelligkeit hast du auch zurück.«

»Es passiert kaum etwas, von dem du nicht weißt?«, knurrte Keenan. »Du kanntest Big Mike, wusstest, wo ich mich mit Nicole verstecke – hast alles gewusst! Verdammt, wo ist sie?«

»Nur die Ruhe.« Sam wehrte sich nicht.

»Es war eine Falle! Sie sind mit Kugeln und Feuer auf sie losgegangen, solange sie geschwächt war. Und als ich hinter ihnen her bin …«

Nun wischte Sam seine Hände weg. »Du hättest deine Frau nicht verlassen dürfen. Du solltest sie überhaupt nie allein lassen, wenn du nicht willst, dass ihr etwas zustößt.«

»Sie haben versucht, sie umzubringen! Ich konnte sie damit nicht durchkommen lassen!«

Sam nickte. »Du hast dich nach wie vor nicht unter Kontrolle, was? Ich dachte, nach sechs Monaten hast du dich allmählich an Gefühle gewöhnt.« Er wippte auf seinen Fersen. »Offensichtlich nicht.«

»Wo ist sie?«

Sam tippte Keenan mit dem Zeigefinger an die Brust. »Reiß dich am Riemen. Emotionen sind Mist, die beeinträchtigen deinen Verstand. Angst, Wut, Verlangen, Lust: Menschen werden mit derlei Regungen geboren, und trotzdem treiben die sie in den Wahnsinn. Was glaubst du wohl, was sie erst mit Wesen anrichten, die jahrhundertelang gar keine Gefühle kannten?«

Sie zerrissen sie.

So wie Nicoles Entführer sie in Stücke riss?

Wind peitschte Keenan ins Gesicht.

»Selbstbeherrschung«, sagte Sam streng. »Wenn du die verlierst, nützt du ihr gar nichts.«

»Ich muss sie finden!«

»Dann lass dir von mir helfen.« Sam klang sehr ernst. Andererseits wusste Keenan, wie gut er darin war, sein Image aufrechtzuerhalten. »Ich weiß, wohin Mikes Männer fliehen, um ihre Wunden zu lecken.«

»Falls sie stirbt …«

»Das wäre richtig blöd, nicht? Du bist gefallen, weil du sie retten wolltest, und diese Mistkerle oben nehmen sie dir trotzdem weg.« Jetzt trat ein Hauch von Verärgerung in Sams Stimme. »Denen muss man dringend mal zeigen, dass sie nicht allein das Sagen haben. Man sollte ihnen beibringen, dass auch kostbare Engel leiden können.«

Keenan schluckte seine Wut herunter. »Bring mich zu ihnen.«

»Nicht umsonst.« Sam beobachtete ihn aufmerksam.

»Jetzt mach schon!«

»Also haben wir einen Deal.« Sam reichte ihm die Hand. »Ich bin hier rausgekommen, weil ich dir sagen wollte, dass du meine Rückendeckung hast. Du kannst auf mich zählen.« Immer noch hörte er sich sehr ernst an, auch wenn seine Augen keinerlei Gefühl preisgaben. »Ich hätte nie erwartet, das hier vorzufinden.«

Keenan konnte ihm nicht glauben.

Sams Hand blieb ausgestreckt. »Haben wir eine Abmachung? Ich helfe dir, und wenn die Zeit gekommen ist, hilfst du mir?«

Wobei helfen? War das wichtig? Er nahm Sams Hand. »Abgemacht.«

Schwefelgeruch stieg ihm in die Nase.

»Dann gehen wir diese Jäger suchen«, sagte Sam mit einem bösen Grinsen. »Lassen wir sie darum betteln, uns alles erzählen zu dürfen, was sie wissen.«

Keenan nickte. In diesem Moment wurde ihm bewusst, wie tief er gefallen war.

Denn der Schwefelgeruch kam nicht von Sam.

Der kommt von mir.

Dreizehntes Kapitel

Sie war nicht tot. Warum war sie nicht tot? Nicole setzte sich auf, kam allerdings nicht weit. Ihre Arme waren mit dicken, dunklen Metallketten an den Boden gefesselt.

Wo war sie? Das Letzte, an das sie sich erinnerte, war, dass Carlos auftauchte.

Und sie hatte entdeckt, dass er nicht menschlich war, nicht bloß Beute. Carlos war ein Gestaltwandler.

Was sie zurück zu der Frage brachte, wieso sie noch am Leben war.

Und nicht nur das. Sie prüfte die Ketten. Wenn sie ihre Arme streckte, fühlte sie keinen teuflischen Schmerz. Sie war schwach, ja, doch die Brandblasen waren weg, und die Wunden an ihrer Schulter und der Seite waren verheilt. Instinktiv wusste sie, dass es Nacht sein musste. Allerdings konnte die Dunkelheit allein sie nicht gerettet haben. Dazu wäre außerdem Blut nötig.

Und sie entsann sich nicht, welches bekommen zu haben.

Eine Metalltür öffnete sich knarrend, und ein moschusartiger Geruch wehte Nicole entgegen. »Bist du wach?« Carlos kam hereingeschlurft und blieb abrupt stehen.

In dem Raum war es dunkel, trotzdem sah Nicole

ihn sehr deutlich, und so entging ihr nicht, wie überrascht er war.

Er wunderte sich offenbar auch über ihre Heilung.

Demnach hatte sie definitiv kein Blut bekommen. Dennoch fühlte sie sich bestens. Wie konnte das sein?

Keenan, ging es ihr durch den Kopf. Sein Blut war anders, und es begann, sie stärker zu machen.

»Wie zur Hölle hast du das gemacht!« Er stürzte auf sie zu. Seine Hände strichen über ihre Arme, wo die Krallen Kratzer in ihrer Haut hinterließen. »Du hast kaum noch gejapst. Wie konntest du so heilen?«

Sie neigte sich zu seinem Hals, und fluchend wich er zurück.

»Vorsichtig, Wandler«, drohte sie ihm, »wenn du mir nahe kommst, reiß ich dir die Kehle auf.« Ah, was gäbe sie jetzt für ein bisschen Silbermunition! Aber nein, die Waffe, die sie aus der Blutbar mitgenommen hatte, lag noch in Keenans Haus. Sie hatte ja nicht damit gerechnet, dass sie Silber bräuchte, um mit ein paar Menschen fertigzuwerden.

Nun hockte Carlos vor ihr auf seinem Hintern und funkelte sie wütend an. Seine Krallen schabten auf dem Zement, denn der Boden in diesem kerkerartigen Raum bestand aus nichts anderem.

Nein, Moment. Ihr Blick huschte nach links. Das Fenster dort war aus farbigem Glas. Ihre Nasenflügel zitterten. Sie konnte den Wandlergeruch erkennen – *nie wieder vergesse ich, was dieser erdige Geruch bedeutet* –, aber sie roch noch etwas.

Tod.

Carlos lachte. »Kapierst du's jetzt? Tja, ich dachte mir, welcher Ort könnte passender für dich sein?«

Passender als ein Friedhof.

Sie befand sich in einem Mausoleum, das zusätzlich mit Ketten ausgestattet worden war. Wenigstens lagen hier keine Toten mehr.

Aber sie vermutete, dass Carlos vorhatte, sie hier zu begraben. »Warum atme ich noch.«

»Weil ich dich brauche.« Er stand auf und klopfte sich die Hände ab. »Sowie du mir nicht mehr nützlich bist, ramme ich dir einen Pfahl ins Herz.«

Sie konnte keinen Pflock an ihm sehen. Energisch zerrte sie an ihren Ketten, die jedoch keinen Millimeter nachgaben.

»Dein Freund, der Mann, der in Mexiko bei dir war ...«, begann Carlos.

Nicole starrte ihn betont ruhig an.

»Er ist dein Liebhaber.«

Sie schwieg.

Seine Nasenflügel bebten. »Ich kann ihn an dir riechen. Ich weiß, dass er dich vögelt.«

»Wenn du es weißt, wieso fragst du dann?« Mistkerl.

»Weil mich immer noch wundert, dass ein Engel jemanden wie dich fickt.«

Er wusste Bescheid über Keenan, was gar nicht gut sein dürfte. *Okay, ich bin in Ketten, was sollte da wohl gut sein?* »Jemanden wie mich?«, wiederholte sie. »Du meinst, anstelle von einem Tier wie dir? Zumindest wächst mir kein Pelz, und ich pinkel nicht auf den Boden, wenn ich ...«

Ah, da war der Pflock! Er hatte ihn in seinem Stiefel gehabt, holte ihn jetzt mit der rechten Hand hervor und bleckte seine Reißzähne. »Vielleicht bist du mir tot genauso nützlich wie untot.«

Nicole bemerkte Blumenduft.

Sie reckte das Kinn. »Kann sein.«

Er schüttelte den Kopf. »Du willst mich provozieren, aber das gelingt dir nicht, *Querida*.« Er trat noch einen Schritt zurück. »Du stirbst, aber erst, wenn ich bereit bin, dir den Tod zu gönnen.«

Worauf wartete er?

»Er kommt her«, sagte er spöttisch grinsend. »Sobald er rausgefunden hat, wo du bist. Und falls er nicht von alleine draufkommt, sorge ich dafür, dass er einen Tipp bekommt.«

»Was willst du von Keenan?« Wenn er wusste, dass Keenan ein Engel war, musste Carlos doch klar sein, dass er sich lieber nicht mit ihm anlegen sollte.

»Der Engel hat etwas, das ich will.« Er lachte. »Du übrigens auch.«

Sie verstand ihn nicht.

»Wenn ich mit ihm fertig bin«, fuhr Carlos kichernd fort. »Wird nur noch Staub übrig sein.«

Engelsstaub. Vor Angst wurde ihr übel. Sie brauchte Keenans Blut, um zu leben. Ja, es war wahrscheinlich der Grund, weshalb ihre Wunden so rasch verheilt waren. Und dieser Vampir in der Blutbar hatte gesagt, dass Dämonen mit Engelsstaub getötet werden konnten. Aber den gewann man einzig auf eine Weise.

»Du hast wohl schon gehört, wie mächtig dein neuer Liebhaber ist, was, Vampir?«

Sie sagte nichts.

»Ich werde ihn ausbluten müssen, um genug zu kriegen.« Er zog eine Braue hoch. »Ist er ein Bluter? Was meinst du, wie lange es dauert, bis er …«

»Leck mich!«

Er musterte sie. »Später vielleicht.« Er tippte sich ans Kinn. »Übrigens hatte ich gedacht, du bist bloß einer von vielen wandelnden Parasiten, und dann erfuhr ich auf einmal, dass du mit einem sehr kostbaren Geschenk herumziehst.«

Mit Keenan.

»Weißt du, wie viele Dämonen ich mit seinem Blut umbringen könnte? Ist dir klar, wie viele Andere mir zu Füßen liegen werden?«

Die Ketten schnitten tiefer in ihre Haut. »Die Geschichten stimmen nicht.« Sie durfte nicht zulassen, dass er Keenan in die Krallen bekam. »Dämonen stammen von den Gefallenen ab, also tut ihnen Keenans Blut gar nichts!«

»Sein Blut tötet sie.« Er schien vollkommen sicher. »Was herschafft, kann auch vernichten. Inzwischen solltest du mit den Gesetzen der Anderen-Welt vertraut sein.«

Sie kämpfte gegen ihre wachsende Angst. »Er bringt dich um.«

Carlos steckte seinen Pflock wieder in den Stiefel und ging zur Tür. »Das glaube ich nicht. Er wird viel zu sehr damit beschäftigt sein, dich zu retten.«

»Du kannst ihm nichts tun!«

Carlos wedelte mit seinen Krallen, die höllisch scharf aussahen. »Wusstest du, dass die meisten Waffen bei Engeln nutzlos sind?« Er nickte und wartete gar nichts erst auf eine Antwort von ihr. »*Sí*, in der Beziehung sind sie wie uralte Dämonen. Aber ich kenne Keenans Schwächen«, ergänzte er und wandte sich ab. »Beide.«

Mit diesen Worten riss er die Tür auf, deren schepperndes Ächzen die Grabkammer vollständig ausfüllte. Im nächsten Moment war er fort und alles wieder still.

Abermals zerrte Nicole an den Ketten. Nichts. »Was hat er gemeint?«, flüsterte sie in die Schatten, die nahe der linken Mauer so tief waren, dass nicht einmal ihre Vampiraugen etwas erkennen konnten. Von dort schien der Blumenduft zu kommen.

Stille.

Sie zog fester. Das dicke Metall drückte sich tief in ihre Handgelenke, und Blut tropfte auf den Boden. »Was hat er gemeint?«, schrie sie. »Verdammt, ich weiß, dass du da bist!«

Die Luftströmung veränderte sich, als hätte jemand einen Ventilator eingeschaltet – oder als würden Flügel schlagen.

»Antworte mir!«

»Er weiß, was Keenan verletzen kann«, erklang eine dunkle, kalte Stimme. Az. Diesen Klang würde sie überall wiedererkennen.

»Die Gewehrkugel konnte ihm nichts anhaben.« Gab die Kette nach? Sie zurrte noch energischer, hockte sich auf die Knie und stemmte sich nach vorn. »Da waren keine Einschusslöcher, nichts.«

»Von Menschenhand gemachte Waffen können ihn nicht verwunden.« Er hatte sich bewegt. Nicole konnte ihn nicht sehen, glaubte lediglich, dass sich die Schatten verschoben hätten. »Und er kontrolliert

Feuer. Es vermag seine Haut zu verbrennen, nie jedoch ihn zu töten.«

Sie hingegen schon. »Was ist es dann? Was ist seine Schwäche?«

»Du hast ihn mit Leichtigkeit zum Bluten gebracht.«

Ein Tiefschlag. »Ja.« Das hatte sie. Ihn zu beißen war nicht schwieriger als bei einem Menschen. Mühelos hatten ihre Zähne seine Haut durchbohrt.

»Weil deine Waffe nicht von Menschen gemacht ist.«

Ihre Waffe waren ihre Zähne.

Carlos' Waffe waren seine sehr großen Klauen und natürlich auch seine Zähne: schärfer als Nicoles und nicht von Menschen geschaffen. Mist.

»Bring mich hier raus!« Die Ketten wollten nicht nachgeben. »Bring mich raus!«

»Kann ich nicht«, antwortete er ungerührt.

»Willst du einfach nur dastehen?« Sie strengte sich an, etwas zu erkennen, doch Az schien nichts als ein Schatten zu sein.

»Ich warte«, sagte er. »Meine Aufgabe ist, zu warten und zu nehmen.«

Ihre Seele.

»Fürchtest du dich vor dem Tod?«, fragte er. Nicole wollte schwören, dass er neugierig klang. Super.

»Ich fürchte mich vor dem, was mit Keenan passiert!« Falls Carlos ihn in die Klauen bekam, könnte er Keenans Kopf mit einem einzigen Hieb seiner rasiermesserscharfen Krallen abschlagen.

Nein.

»Du liebst«, konstatierte Az, wieder mit einem Anflug von Neugier. Oder war es Staunen? »Das hätte ich nicht erwartet.«

»Tja, vor einem Jahr hätte ich nicht erwartet, dass ich in einen Vampir verwandelt werde und mit einem Engel in einer Gruft sitze, der sich weigert, mir rauszuhelfen.«

Schweigen.

Er war immer noch da, das fühlte sie.

»Wirst du es nie leid, Leuten beim Sterben zuzugucken?«, knurrte sie mit zusammengebissenen Zähnen. Die Kette war sehr eng an ihren Handgelenken. Allerdings waren ihre Handgelenksknochen schon immer zu kräftig gewesen.

»Ich nehme die Seelen, wenn sie bereit sind, diese Ebene zu verlassen.«

»Und dir kamen nie Zweifel? Hast du kein einziges Mal gedacht, oh, hey, diese Frau will vielleicht noch ein bisschen mehr Zeit mit ihrer Tochter erleben, statt mit achtundzwanzig an Krebs zu sterben?« Der Verlust ihrer Mutter schmerzte bis heute. »Oder dieser Typ will vielleicht noch etwas von der Welt sehen?«

»Ich weiß, warum du an jenem Abend bei der Kirche warst.«

Sie stockte, dabei hätte sie es sich ja denken können. »Bei der Kirche, ja, hinein kam ich nicht.« Die Türen waren verschlossen gewesen. So viel zu deutlichen Zeichen.

»Da hat er dich beobachtet.«

Keenan.

»Er hat dich zu viel beobachtet, das wusste ich.«

»Aber du hast ihn nicht abgehalten.« Im tatenlosen

Zugucken schien er ungeschlagen. »Du hättest verhindern können, dass er fiel.«

»Hätte ich es, wärst du tot.«

Richtig. Von einer Win-Win-Situation konnte wohl keine Rede sein.

»Er verliert sich in dir.«

Nicole war nicht sicher, was das heißen sollte. Und die Ketten wollten nicht brechen, also gab es nur einen Weg.

»Wenn er zu weit geht, gibt es keine Rettung mehr. Hat er die Grenze einmal überschritten, ist er verloren.«

Welche Grenze? »Keenan ist nicht verloren! Er hat mich die ganze Zeit beschützt, und das werde ich verdammt noch mal auch mit ihm tun!« Sowie sie hier rauskam.

»Carlos kann ihn töten.«

Die Ketten blieben erbarmungslos.

»Ich kann die Zukunft eines Gefallenen nicht sehen, weiß also nicht, was sein wird. Deshalb kann ich nicht sagen, wie schnell er sterben wird.«

Das war doch zum Auswachsen! Nicole atmete tief ein und knallte ihren rechten Unterarm auf den Betonboden, zwei Mal.

Die Kette mochte nicht brechen, aber sie durchaus. Ihr Handgelenk war verdreht, die Knochen zerschmettert, aber so bekam Nicole sie wenigstens frei. Eine Hand im Eimer. *Die heilt wieder.*

»Warum?«, fragte Az, und nun schwang eindeutig noch Verwirrung in seiner Stimme mit.

»Weil er nicht stirbt.« Sie schlug auch die andere Hand auf den harten Boden, ignorierte den Schmerz, der ihr den Arm hinaufschoss. Allmählich wurden der Schmerz und sie richtig intime Freunde. Tränen liefen ihr über die Wangen, was sie erst bemerkte, als sie das Salz auf ihren Lippen schmeckte. Sie schlug den Unterarm weiter auf den Boden. Noch zwei Mal, dann verschoben sich die Knochen und Nicoles Hand war befreit. »Er stirbt nicht!«

»Wie willst du ihn retten? Jetzt kannst du nicht einmal mehr kämpfen.«

»Ich gönne mir einen kleinen Biss«, antwortete sie, stand auf und geriet ins Schwanken vor Schmerz, »dann bin ich bereit.«

»Der Tod kommt.«

Sie straffte ihre Schultern. »*Du* kannst warten.« Sie schaffte es bis zur Tür, versuchte jedoch gar nicht erst, sie mit den ruinierten Händen aufzustoßen. Sie brauchte Blut, schnellstens, damit sie die Kraft besaß, von ihren Wunden zu genesen. Doch selbst wenn sie welches bekam, wäre sie erst zum nächsten Sonnenuntergang wieder bei Kräften.

Carlos könnte draußen warten. Wahrscheinlich tat er das.

Er durfte Keenan nicht kriegen!

Sie trat gegen die schwere Metalltür.

Sam hatte Keenan in eine Bar mitgenommen, die aussah wie Dutzende andere. Trotzdem war diese anders, denn hier wartete seine Beute.

»Dort.« Sam wies nach rechts. Die beiden Biker, die entkommen konnten, hockten am Tresen und schütteten Bier in sich hinein, als gäbe es kein Morgen.

Vielleicht gab es das für sie auch nicht mehr.

Als Keenan hinüber zur Bar ging, wichen ihm alle halbwegs klugen Leute aus. Sie konnten seine Wut wohl spüren, was kein Wunder war, denn sie verbrannte ihn beinahe.

»Fass sie nicht an, noch nicht«, murmelte Sam. »Wir brauchen sie lebend, damit sie reden können. Vergiss das nicht.«

Keenan nickte. Die Idioten mussten gespürt haben, dass Ärger in der Luft lag. Beide drehten sich um. Als sie Keenan sahen, rissen sie die Augen weit auf, und ein Ausdruck von Angst trat auf ihre feisten Mienen.

»Ihr habt doch nicht geglaubt, dass es vorbei ist, oder?«, fragte er. Stühle schabten über den Boden, als die übrigen Gäste eiligst flohen. Offenbar waren sie daran gewöhnt, dass es hier schnell mal rabiat zugehen konnte, und waren nicht so blöd dazubleiben.

Der Kerl vor Keenan, ein bulliger Typ mit grau gestoppelten Wangen und raspelkurzem Haar, schluckte hörbar. »Ich kenn dich nicht.«

Keenan hob eine Hand. Ach, ihn zu berühren …

»Keenan«, warnte Sam ihn, »Tote können nicht reden.«

Der stoppelhaarige Biker wurde sehr blass.

Sein Kumpel, ein großer, tätowierter Mann mit krausem roten Haar, wollte sich seitlich wegschleichen.

»Ich kann dich mit einem bloßen Gedanken töten«, sagte Keenan.

Beide Männer erstarrten.

»Wo ist sie?«, fragte er.

Der Rothaarige schüttelte den Kopf.

Falsche Antwort. Keenan griff sich eine Bierflasche, zerschlug sie auf dem Tresen und hielt sie dem Stoppelhaarigen an die Gurgel. Da er den Mann nicht direkt berührte, würde er nicht sterben, solange Keenan ihm nicht die Kehle mit dem Glas aufschlitzte. »Ich frage noch einmal, dann fängst du an zu bluten.«

Sam nahm das Glas Whiskey, das eben auf den Tresen gestellt worden war, leerte es in einem Zug und wischte sich mit dem Handrücken über den Mund. »Sag's ihm lieber, denn im Töten ist er richtig gut.«

»M-meint ihr den Vampir?«, fragte der Rothaarige.

»Klappe, Pete!«, knurrte der andere.

»Die bringen uns beide um, Bo! Und ich gehe nicht drauf für ...«

Ah, das schwache Glied. Keenan hielt seine Waffe weiter auf Bo gerichtet, sah aber Pete an. »Gibt es noch ein paar andere Mitglieder von eurer Gang, die am Leben sind? Ein oder zwei, die meinen Vampir entführt haben?«

Pete schüttelte den Kopf. »Wir nicht.«

»Schwachsinn«, sagte Sam. »Ich finde, für diese Lüge hat er einen Schnitt verdient. Einen langen Schnitt über die Wange.«

»Pete, halt gefälligst die Fresse! Die Vampir-Schlampe verdient zu sterben, nach dem, was sie gemacht hat!«

»Ich bin no-noch nicht b-bereit zu sterben«, stammelte Pete. Er war jünger als Bo, hatte noch nicht diesen verhärmten Mich-schreckt-nichts-mehr-Zug auf dem Gesicht und atmete sichtlich angestrengt. »Der andere, der hat sie. Das war alles seine Idee, das mit dem Feuer und so. Er hat gewusst, wo ihr seid.«

Sam stürzte sich vor und riss Bo von Keenan weg.

»Was machst du?«, fragte Keenan.

Doch Sam knallte schon Bos Kopf auf den Tresen, worauf der Biker die Augen verdrehte. Als Sam ihn wieder losließ, sackte der Mann bewusstlos zu Boden. »Jetzt müssen wir uns nur noch um einen kümmern.«

Und der sah äußerst verängstigt aus.

»Wer wusste es?«, fragte Keenan ihn. Er hatte Mühe, sich zu beherrschen, weil er fürchtete, kostbare Zeit zu verlieren.

»So ein Mexikaner, Carlos, groß, dunkle Haare. Er hat gesagt, dass er hinter dem Vampir her ist.«

Keenans Pulsschlag dröhnte in seinen Ohren.

»Ich hab gehört, wie er zu Big Mike gesagt hat, dass er sie zum St. Louis-Friedhof bringen will. Da soll sie … verrotten.«

»Tja, ich schätze, mehr wird er nicht wissen«, sagte Sam.

Keenans Finger schlossen sich fester um den Flaschenhals.

»Lassen wir ihn leben oder bringen wir ihn um?«, fragte Sam ruhig und sah Pete an.

»Bitte!«, flehte Pete, dem Tränen in die Augen traten.

»Ihr habt sie verbrannt«, sagte Keenan eisig. »Deine Gang hat eine Frau angegriffen, sie mit brennenden Flaschen beworfen.«

»I-ich habe meine Flasche nicht geworfen! Hab ich nicht!«

»Aber du hast die anderen auch nicht aufgehalten, oder?« Sam beugte sich näher zu ihm. »Du warst dabei und hast ihr nicht geholfen.«

Pete begann zu zittern.

»Falls sie nicht auf diesem Friedhof ist, falls sie nicht *lebend* auf diesem Friedhof ist«, sagte Keenan und fuhr mit dem Glas über Petes Wange, sodass Blut floss, »komme ich wieder, und dann lernst du, richtig zu betteln.«

Bleicher hätte der Kerl kaum noch werden können.

Keenan ließ die Flasche fallen, die Sam jedoch auffing, bevor sie auf dem Boden aufschlug.

Blitzschnell drehte er sich um und rammte sie Pete in die Schulter, worauf der schreiend zu Boden ging.

»Das wird dir eine Lehre sein«, raunte Sam. »Das nächste Mal guckst du nicht einfach zu, wenn eine Frau brennt.«

Keenan wandte sich ab. Er war zwei Schritte Richtung Tür gegangen, als er den Engelsduft bemerkte. Sofort blickte er zu dem Schatten nahe dem Eingang und erkannte, dass er die Tür versperrte. »Aus dem Weg, Az!«

Der Schatten bewegte sich, und nun waren Az' Flügel und sein hartes Gesicht deutlich zu sehen. »Du verlierst die Kontrolle«, warnte Az ihn.

Er verlor sie? Nein, er hatte sie längst verloren.

»Bald wirst du wie er sein.«

Hinter Keenan lachte Sam. »Das wäre doch klasse, nicht? Dann hättest du zwei angepisste Gefallene am Hals.«

Keenan lief zur Tür. »Aus dem Weg!« Wenn es sein

musste, würde er durch den Engel hindurchlaufen. Er würde alles tun, um zu Nicole zu kommen.

»Sie hat dich dazu gemacht«, sagte Az. Allerdings lichtete sich der Schatten, und er wich zurück. »Sie wird dich zerstören.«

»Nein«, widersprach Sam. »Sie macht ihn nur stärker, und das jagt dir Angst ein, Az.«

Der Schatten verschwand.

Sie kreischten, als Nicole die Tür auftrat. Ein Junge und seine Freundin, beide ganz ins Schwarz, schrien ohrenbetäubend. Sie hockten vor einer Gruft in der Nähe, wo sie Kerzen anzündeten und irgendwelche Gaben ablegten.

Hatten sie nicht mitbekommen, dass die Voodoo-Queen gar nicht mehr da war? Touristen!

»Guck dir die Zähne an! Oh, Sean, guck doch!«

Okay, das Mädchen klang eigentlich nicht verängstigt, eher aufgeregt.

»Beiß mich«, flüsterte Sean. »Bitte.«

Nun, wenn er es denn unbedingt wollte … Nicole sprang auf ihn zu und versenkte die Zähne in seinem Hals. Sein Blut floss ihr über die Zunge, und Nicole spürte, dass ihre Kräfte zurückkehrten.

»Sean?« Bei aller Aufregung schwang ein Hauch Angst in der Stimme des Mädchens mit. »Sean, trinkt sie echt dein Blut?« Dann kreischte das Mädchen wieder und rannte weg.

Nicole nahm noch mehr Blut von ihrem Spender, nicht zu viel, gerade genug, um zu überleben. Als sie ihn losließ, sank er ohnmächtig in sich zusammen.

Sie stemmte die Hände an die Mauer der Gruft.

Ihre Knochen fügten sich knacksend wieder zusammen. Perfekt war es noch nicht, doch so konnte sie die Nacht überstehen.

»Ich kann dich keine Minute allein lassen, was, *Querida*?«

Nicole erstarrte. Es war Carlos. »Nein, kannst du wohl nicht.« Sie leckte sich das letzte Blut von den Lippen und drehte sich zu ihm. »Du hättest deinen Pfahl benutzen sollen, solange du Gelegenheit dazu hattest.«

Er stand zwischen zwei Grabgewölben und kratzte mit seinen Krallen am Stein. »Ich nutze sie jetzt. Dein Engel darf dann um dich trauern.«

Nein, das würde er nicht.

»Der Köder ist ausgeworfen. Ich wette, einer der Biker ist inzwischen eingeknickt und hat ihm verraten, wo du bist.« Er zog den Pflock aus seinem Stiefel. »Sehen wir mal, wie schnell du sterben kannst.«

Dann stürzte er sich auf sie.

Doch Nicole war bereit, sprang zurück, und der Pflock verfehlte sie. Gleichzeitig schwang sie ein Bein und erwischte ihn am Handgelenk. Diesmal waren es seine Knochen, die brachen. Als ihm der Pfahl aus der Hand flog, warf Nicole sich nach vorn auf die Knie. Sie fing das Holz in dem Moment, in dem Carlos ihre Beine packte und sie nach hinten riss.

»Ich säbel dir den Kopf ab!«

Sie hatte den Pflock, drehte sich um und schnellte wieder nach oben, um ihm das Holz direkt in die Brust zu treiben. »Und ich nehme mir dein Herz«, flüsterte sie.

Noch ein Mord. Noch ein Toter.

Aber was machte schon ein weiterer Fleck auf ihrer schwarzen Seele?

Er starrte sie mit offenem Mund an, die Augen weit aufgerissen. Gleich darauf sackte er nach hinten, und eine Blutlache bildete sich unter ihm auf der Erde.

Wieder zu töten war nicht halb so schwer gewesen, wie sie gehofft hatte.

Vielleicht hatte Connor recht, und sie besaß ein Talent für Mord. Zum Teufel mit ihm.

Sie schloss die Augen.

»Nicole!«, hörte sie Keenan ihren Namen brüllen und blickte sich um. Es war genauso, wie Carlos gesagt hatte. Sie sah Keenan auf sich zugelaufen kommen, im Zickzack zwischen den Grabsteinen und Gruften hindurchrennend. Er guckte sich nicht einmal nach einem möglichen Angreifer um, sah einzig Nicole an und lief auf sie zu.

Zweifellos wäre er direkt in Carlos hereingerannt, ohne die Gefahr zu bemerken, bis sich Carlos' Klauen in seine Kehle versenkten.

»Alles okay«, rief sie, rappelte sich auf und eilte ihm entgegen. »Ich …«

Knochen knackten, brachen, und es waren nicht ihre. Nicole bekam eine Gänsehaut und blickte sich nach hinten um.

Carlos verwandelte sich.

Dichter, brauner Pelz spross ihm aus der Haut. Seine Hände hatten sich schon in Tatzen verwandelt, deren Krallen noch länger und schärfer als zuvor waren, und während Nicole hinsah, nahm sein Gesicht neue Konturen an. Es dehnte und streckte sich, und schließlich war es das eines Tiers, nicht mehr das eines Mannes.

Eines Tiers mit richtig großen Zähnen – und mit großen Zähnen kannte Nicole sich aus.

Ich habe sein Herz nicht getroffen. Verdammt!

Er war ein Gestaltwandler, was bedeutete, dass er kein Blut brauchte, um den Heilungsprozess seines Körpers anzuheizen. Er musste lediglich die Gestalt wechseln.

»Lauf«, murmelte Nicole, drehte sich wieder zu Keenan und rief: »Weg hier!«

Zu spät. Keenan war fast bei ihr. Er streckte die Arme nach ihr aus, erstarrte mitten in der Bewegung und zog die Hände wieder zurück. Nicole stolperte auf ihn zu. »Du musst hier weg.«

Das hohe Heulen eines Kojoten zerriss die Luft.

Dann war dieser Sam auf einmal da und zog Nicole recht unsanft von Keenan weg. »Oh Mann, sind jetzt auch noch die Köter mit im Spiel?«, fragte er.

Kein Köter, sondern ein Kojote, und zwar ein sehr großer, sehr wütender Kojote mit blutrünstigem Blick. »Es ist eine Falle«, flüsterte sie. »Er will Keenan. Wir dürfen ihn nicht an ihn heranlassen!«

»Der Drecksack weiß also Bescheid.« Sam schob sie hinter sich. Dennoch erheischte sie einen Blick auf den Kojoten: Er war wirklich viel größer als gewöhnliche Kojoten. Die Bestie machte einen gewaltigen Satz auf Keenan zu.

Nein!

Doch Sam war schon dort. Mit irrwitziger Schnelligkeit sprang er vor Keenan.

Der Kojote gab ein gewürgtes Bellen von sich, verdrehte sich im Flug und landete auf einer niedrigen Gruft.

»Mit zweien von uns hast du nicht gerechnet, was?«, knurrte Keenan.

Dann hallte ein anderes Kojotenheulen über den Friedhof, gefolgt von einem weiteren, noch einem …

Wenn Kojoten lächeln könnten, würde dieser hier ganz sicher grinsen.

Nicole blickte nach rechts, von wo ein schwarzer Kojote auf der hohen Steinmauer heranschlich. Seine Augen fixierten Keenans Rücken.

»Keenan, pass auf!«

Ihr Schrei kam zu spät. Der Kojote stürzte sich von der Mauer auf Keenan, das weit offene Maul, aus dem Speichel tropfte, auf Keenans Kehle gerichtet.

Keenan allerdings rammte ihm seinen Unterarm ins Maul. Das Biest wurde zuerst stocksteif, und während Nicole entgeistert zusah, schmolz sein Pelz einfach weg.

Ein kehliger Schmerzensschrei entfuhr Carlos, der aber nicht erneut auf Keenan losging. Nein, der Kojote sprang zurück und floh zu den Begrenzungsmauern.

Und was den schwarzen Kojoten betraf, der Keenan attackierte, so war er kein Kojote mehr. Das Fell war fort, die Knochen formten sich neu, und nun war er eine Frau.

Eine tote Frau, um genau zu sein.

Keenan richtete sich auf und blickte hinab auf die Tote.

Das Heulen der übrigen Kojoten wurde leiser. Sie zogen sich eindeutig zurück.

»Die laufen weg?«, fragte Sam spöttisch. »Das hatte euch nicht vorgeschwebt, was, ihr Drecksäcke? Wir sind nicht so leicht zu töten, wie ihr denkt. Ihr wollt unser Blut? Dann sterbt ihr.«

Nicole näherte sich zaghaft Keenan. Er starrte immer noch auf die Frau, deren dunkles Haar vom Wind über ihre goldenen Wangen geweht wurde. Ihre Augen waren schreckgeweitet, ihr Mund halb offen, als wäre sie mitten in einem Schrei gestorben.

Keenans Blick wanderte zu seinem Arm. Die blassen Bisswunden waren schon beinahe vollständig verheilt.

»Keenan.« Nicole wollte ihn berühren, doch er wich zur Seite aus. Es traf sie mitten ins Herz. Er hatte ihretwegen getötet. Und nun wurde ihm wohl endgültig klar, was sie wirklich war.

Langsam sah er zu ihr auf. »Bist du … okay?«

Sie hielt die Hände hinter sich. »Ja.«

Keenan nickte. »Es war ein Fehler, nach New Orleans zu kommen.«

Das hatte sie ihm zu sagen versucht. Wieder nach Hause zu kommen, war keine gute Idee, egal was die schmalzigen Songs behaupteten.

»Du musst so schnell wie möglich hier weg«, sagte Keenan, ohne sie richtig anzusehen. Er guckte vielmehr über ihre Schulter. »Ich kümmere mich um die Kojoten. Du musst verschwinden.«

Nicole schüttelte den Kopf. »Oh nein, ich werde auf keinen Fall …«

»Ich will, dass du gehst.« Jetzt sah er sie an, was den Stich umso schmerzlicher machte.

Ihr fiel auf, dass er sie weder angefasst noch in die

Arme genommen hatte. Er hatte sie nicht an seine Brust gedrückt, obwohl sie es sich wünschte, nein, seine Nähe brauchte.

Stattdessen wich er vor ihr zurück.

Weil er jetzt begreift, was ich bin.

Sie sah zu dem immer noch ohnmächtigen Goth. »Ich habe ihn nicht getötet.«

»Nein, aber ich sie.«

Eine wunderschöne Fremde. Eine Frau, die für immer verstummt war.

»Was glaubst du, wer das war?«, fragte Sam und ging neben der nackten Frau in die Hocke.

Die Kojoten waren geflohen, ohne sich um die Tote zu scheren. Sie war eine von ihnen, wurde jedoch schnöde im Stich gelassen.

»Hier sind so viele Blumen«, murmelte Sam und blickte sich um. »Da kann man unmöglich riechen, wenn sie kommen.«

Aber Nicole hatte vorhin einen Engel gerochen. Sie hatte gewusst, dass Az da war.

Er verliert sich in dir.

Dabei konnte Keenan sie kaum noch ansehen.

»Bring Nicole von hier weg«, sagte Keenan und kehrte ihnen den Rücken zu. »Bring sie irgendwo hin, wo sie sicher ist, Hauptsache weg von hier.«

Das tat weh. Sie hatte damit gerechnet, dass er kommen würde, sobald er wusste, wo sie war. Allerdings hatte sie auch angefangen zu hoffen, dass er immer noch die Frau in ihr wahrnahm.

Vergebens. Nicole streckte sich. »Ich lasse dich hier nicht allein.« Die Kojoten könnten wiederkommen, nein, wahrscheinlich kamen sie wieder. Und was war mit diesen Vampirjägern, die hinter ihr her waren? Einige von den Bikern waren entkommen. Sie könnten sich Verstärkung holen und sie aufs Neue angreifen – oder ihn.

»Ich will, dass du gehst!«

Ebenso gut hätte er sie ohrfeigen können. Nicole stolperte sogar ein wenig zurück.

»Ich habe dich gerettet, Nicole. Jetzt sind wir quitt. Vorher habe ich tatenlos zugesehen, aber diesmal habe ich dich gerettet«, sagte er, nach wie vor ohne sie anzusehen.

Hinter ihrem Rücken ballte sie die Hände zu Fäusten, wobei die heilenden Wunden schmerzten. »Ich habe mich selbst gerettet«, flüsterte sie. *Und dich.*

Aber das wollte er nicht hören. Er schickte sie weg. Sie sollte gefälligst aus seinem Leben verschwinden, und sie würde gewiss nicht betteln.

Er wollte sie weder ansehen noch berühren.

Offensichtlich erkannte er endlich das Monster in ihr.

Eilig drehte sie sich um und lief buchstäblich in Sam herein. Vor Schreck stieß sie einen stummen Schrei aus. Der Kerl bewegte sich viel zu schnell. »Ich finde alleine vom Friedhof.«

»Nein.« Er blickte zur Mauer. »Sie wissen, was du bist.«

Ja, ja, ein Vampir. Anscheinend wusste es jeder.

»Sie benutzen dich gegen ihn. Ihr dürft nicht getrennt sein, jetzt nicht.«

Sie sah sich zu Keenan um, der gleichzeitig zu Sam sah.

Seine Miene verhärtete sich. »Du weißt, dass sie nicht bei mir bleiben kann.«

»Beherrschung, Gefallener. Wie oft soll ich dir noch sagen, dass du dich unter Kontrolle haben musst.«

Ein Windstoß traf Nicole und Sam. »In ihrer Nähe habe ich keine Kontrolle!«

War das gut oder schlecht? Sie hatte sich bei ihm auch nicht unter Kontrolle.

Mit dem einzigen Unterschied, dass sie ihn nicht in die Wüste schickte.

Carlos hätte sie fast getötet, und sie hatte Schmerzen. Eigentlich tat ihr alles weh. Sie wünschte sich einfach nur, dass Keenan sie in die Arme nahm, wollte fühlen, wie stark, sicher und lebendig er war.

Und er wollte, dass sie verschwand.

»Dann krieg dich in den Griff«, ermahnte Sam ihn streng. »Entweder das oder …«

»Oder was? Dann stirbt sie?«

Hoppla, Moment mal.

»Ja«, antwortete Sam ruhiger, aber sehr sicher. »Wenn du die Kontrolle verlierst, stirbt Nicole.«

Tja, Pech.

Carlos beobachtete, wie sie gingen. Der Schweinehund, der seine Cousine umgebracht hatte, strich ihr das Haar nach hinten, streifte sein T-Shirt ab und deckte sie damit zu.

Carlos schnaubte. Er wollte die Kehle dieses Mistkerls zwischen seinen Zähnen, wusste allerdings auch, dass ihm dasselbe wie Julia blühte, wenn er sich dem Gefallenen näherte.

Eine Berührung und er starb.

Den Gefallenen zu töten, dürfte schwieriger als erwartet werden. Er musste ihn ausschalten, ohne ihm auch nur eine Chance zu geben zurückzuschlagen.

Sie waren jetzt vor dem Friedhof und stiegen alle drei in einen schwarzen Pick-up. Carlos nahm ihren Geruch zusammen mit dem nach Blut und Tod wahr. Sie wiederzufinden würde kein Problem sein.

Sie zu töten leider schon.

Er hatte seine Beute unterschätzt. Dieser Fehler unterlief ihm selten, und er würde ihn ganz sicher nicht wiederholen. Als die Rücklichter des Trucks verschwunden waren, warf Carlos den Kopf in den Nacken und heulte. Noch ein Verlust für sein kleines Rudel, noch eine Leiche zu begraben.

Seine Knochen knackten und formten sich neu. Der Pelz verschwand, und er ging in menschlicher Form seine Tote holen. Julias Gesicht wirkte verzerrt, deformiert.

Sie muss entsetzt von dem gewesen sein, was sie in ihren letzten Momenten sah.

Carlos beugte sich hinunter, hob sie hoch und hielt sie in den Armen. »Jetzt ist es gut.« Julia hatte nie vor irgendetwas Angst gehabt – bis sie starb.

»Sie werden dafür bezahlen.« Die anderen Kojoten kamen aus der Dunkelheit. »Sie werden dafür bezahlen!«, schwor Carlos. Es ging nicht mehr darum, das Blut eines Engels zu bekommen.

Nun ging es um Vergeltung. Wenn der Engel starb, würde auch er Angst haben, betteln und leiden.

Genau wie seine kostbare Vampir-Schlampe.

Vierzehntes Kapitel

»Wieso siehst du mich nicht an?«

Nicoles leise Stimme veranlasste Keenan, zu ihr zu sehen. Sie stand an die blendend weiße Wand in Sams »sicherem« Haus gelehnt.

Kein Ort war sicher genug. Die Kojoten würden sie weiterjagen. Hatte ein Gestaltwandler erst einmal eine Fährte aufgenommen, war es so gut wie unmöglich, ihn abzuschütteln. Zurück in das Vorkriegshaus, das er für sie gekauft hatte – alles war nur für sie –, konnten sie nicht. Ebenso gut könnte er sich eine Zielscheibe auf den Rücken malen, denn dort würden die Freunde von Big Mike nach dessen Mörder suchen.

All diese Leute durfte man nicht ignorieren.

»Danke«, flüsterte Nicole.

Er bemühte sich, keine Miene zu verziehen. Sam, der verschlagene Hund, hatte sie hergebracht: in eine Wohnung im French Quarter. Die verstärkten Fensterläden boten ihnen Schutz und zugleich einen guten Blick auf die Umgebung. Die Häuser hier waren einst zum Schutz gegen Feinde erbaut worden. Man verriegelte die Türen, und niemand kam mehr herein. Und die Gebäude standen alle dicht an dicht, um nahende Soldaten besser abzuwehren.

Dieser Umstand wirkte auch heute noch zu ihrem Vorteil. Zumindest bemerkten sie es von hier aus sofort, wenn Besuch kam.

Nicole rieb sich die Arme. »Also, jetzt guckst du mich an, redest aber nicht mit mir? Na gut, okay, prima. Du musstest übrigens nicht hinter mir herkommen. Das war unnötig.«

Er trat einen Schritt auf sie zu, und sie presste die Lippen zusammen. Als er einatmete, konnte er sie beinahe schmecken. »Hast du wirklich gedacht, ich würde dich nicht suchen?« Natürlich würde er. Für sie täte er praktisch alles.

Trotzig reckte sie ihr Kinn. »Nein. Ich wusste, dass du mich suchen würdest. Was ist«, begann sie und räusperte sich, »mit diesem Motorradfahrer passiert, Mike?«

Eine Berührung. »Um den musst du dir keine Sorgen mehr machen.« Er wandte sich von ihr ab und ging hinaus auf den Balkon. Jazz-Musik wehte hinauf, und er sah Leute die Straße entlangschlendern. Ein Motorrad donnerte vorbei. »Wir sollten uns vor allem wegen diesem Kojoten Sorgen machen. Er will deinen Tod, und …«

»Du bist der, den er will«, unterbrach sie ihn. Hinter ihm knarrten die Bodendielen. Sie kam näher, sodass ihn ihr Duft umfing. »Keenan …«

»Fass mich nicht an!«

Er hörte, wie sie den Atem anhielt. Natürlich war sie verletzt. Aber lieber verletzte er sie, als dass er sie umbrachte. Er klammerte sich an das Balkongeländer. »Du musst weg von mir, fort aus New Orleans und nie wiederkommen.«

»Du hast mich doch hierher zurückgebracht!«

»Mein Fehler.« Wie idiotisch. Aber er wollte sie in die Stadt zurückbringen, weil sie hier glücklich gewesen war. In Mexiko und Texas war sie nicht glücklich gewesen, und er hatte gedacht, wenn sie nach Hause zurückkehrt, kann er für ihre Sicherheit sorgen – und sie glücklich machen.

Und er wollte sie zum Lachen bringen. In der ganzen Zeit, die sie zusammen waren, hatte sie nicht gelacht, jedenfalls nicht richtig.

»Ich darf dich nicht berühren«, sagte sie unverhohlen wütend. »Du siehst mich kaum an. Aber gestern hast du noch mit mir geschlafen.«

Mehr als das. »Die Dinge haben sich geändert.«

»Willst du mich nicht mehr?«

»Wollen tut nichts zur Sache.«

»Verdammt, was zur Hölle ist mit dir los? Kannst du denn nicht einmal eine Frage mit einem simplen Ja oder Nein beantworten?«

Nein, konnte er nicht. »So einfach ist das nicht.«

»Du willst mich.« Nun klang sie sicher.

Er starrte hinab auf die Straße. Man konnte deutlich den Fluss in der Nähe riechen. »Viele Leute auf dieser Welt wollen, was sie nicht haben können oder was sie nicht brauchen.«

»Du kämpfst um mich und sagst mir dann, dass ich verschwinden soll.« Ein ersticktes Lachen war zu hören, nur nicht die Art Lachen, die er von ihr hören wollte. Seine Finger umfassten das Balkongeländer so fest, dass das Schmiedeeisen ächzte. »Du schickst mir ziemlich widersprüchliche Signale, Keenan.«

»Dann sollte ich vielleicht deutlicher werden.« Er holte tief Luft und zwang sich, sie anzusehen. Sie war sehr blass, was ihre Augen groß und dunkel wirken ließ. »Ich möchte, dass du von mir weggehst, und zwar jetzt.« Es war die Wahrheit. Nie hatte er etwas Wahreres gesagt.

Und sie begriff es. Er sah, wie sie verstand und zurückwich. Für einen Moment hob sie die Hände, als wollte sie sich den Mund zuhalten, ließ es aber. Stattdessen nahm sie eine sehr gerade Haltung ein, und als sie die Hände wieder sinken ließ, bemerkte er, dass sie blutig und voller blauer Flecken waren.

Doch da drehte sie sich bereits weg. »Pass auf dich auf, Engel. Dieser Kojote will dich, und er weiß, wie er dich töten kann.«

Nun war es an ihm zu lachen, und es klang nicht minder verbittert als ihr Lachen eben. »Mich zu töten ist nicht leicht.« Der weibliche Gestaltwandler hatte es am eigenen Leib erfahren müssen.

»Er weiß, wie es geht«, wiederholte sie im Weitergehen. »Er wird nicht aufgeben, bis er dein Blut und seinen Engelsstaub hat.« Sie griff nach der Türklinke. Ihre Hand sah aus, als wäre sie zerschmettert worden.

Er konnte nicht umhin zu fragen: »Was ist mit dir passiert? Was hat er getan?«

»Mich in einer Gruft angekettet, damit ich der Köder bin«, antwortete sie knapp. »Für dich.«

Er verstand nicht, was sie meinte.

»Engelsstaub. Er will dein Blut, weil er denkt, dass er damit zum großen Obermacker in der Anderen-Welt wird.«

Wenn Carlos Dämonen der Stufe zehn mit seinem Spezialmittel auslöschen konnte, wäre er der.

»Wie ich dir schon sagte«, murmelte sie, »diesmal ging es nicht darum, dass alle den bösen Vampir umbringen wollten. Der Kojote hatte es auf dein Blut abgesehen, nicht auf meines.«

Carlos war gewillt gewesen, Nicole zu opfern, um zu bekommen, was er wollte. Dafür würde der Kojote bezahlen. Er wollte Blut? Das sollte er kriegen. Keenan bändigte seinen Zorn. »Was hat er mit deinen Händen gemacht?«

Ein flüchtiges Lächeln trat auf ihre Züge. »Nichts. Das war ich.«

Sie hatte das getan?

»Vampire erholen sich schnell, von so gut wie allem. Selbst von den Wunden, die uns miese Engel beibringen.« Sie öffnete die Tür und ging.

Natürlich hatte sie recht. Sie würde über ihn hinwegkommen, würde den Schmerz überwinden, den er in ihren Augen gesehen hatte. Sie würde genesen.

Ein Jammer, dass er dasselbe von sich nicht behaupten konnte.

Seine Nasenflügel zuckten. Es wehte nicht bloß der Flussgeruch auf den Balkon. »Az, du Mistkerl, ich weiß, dass du zuguckst. Bist du jetzt zufrieden?« Denn er hatte den Kampf gegen die Versuchung verloren.

Er hatte alles verloren.

Keenan machte einen Schritt nach vorn und knallte die Faust ins Glas der offenen Balkontür.

»Du willst einfach weggehen?«

Beim Klang der ruhigen Stimme blieb Nicole unten an der Treppe stehen. Sie blickte auf und sah Sam, der auf sie zukam. Wieder mal war er ganz in Schwarz gekleidet: schwarzes T-Shirt, schwarze Hose, schwarze Stiefel.

»Er will, dass ich verschwinde«, sagte Nicole betont gelassen. »Also sollte ich gehen.« Sie würde überleben. Wenn sie es die ersten sechs Monate geschafft hatte, würde sie es auch weitere sechs schaffen, wartende Engel hin oder her.

Sie drängte sich an ihm vorbei, und sowie sie ihn mit der Schulter streifte, fühlte sie wieder jene merkwürdige Elektrizität.

»Er war verzweifelt und wollte dich unbedingt retten.«

Klar. Er hatte verzweifelt ausgesehen, als er auf dem Friedhof ankam. Trotzdem wollte er sie jetzt nur noch unbedingt loswerden. Warum?

Nicole zwang sich, Haltung zu bewahren und selbstbewusst weiterzugehen. Vor Sam wollte sie auf keinen Fall Schwäche zeigen.

»Fragst du dich nicht, wie er diesen Gestaltwandler getötet hat?«

Doch, eigentlich schon. Aber Keenan war nicht gerade in Plauderlaune gewesen. »Ich dachte, dass sie sich das Genick gebrochen haben muss.«

»Hat sie nicht.«

Nicole blieb erneut stehen.

»Du hast nicht weiter überlegt, stimmt's? Andererseits schätze ich, dass du vor lauter Blutdurst momentan sowieso nicht sonderlich klar denken kannst.«

Zumindest dachte sie, dass er ein Arsch war. Wie war das?

Nicole machte einen weiteren Schritt auf die Tür zu – in die Freiheit.

Selbstverständlich war er blitzschnell vor ihr und versperrte ihr den Weg.

»Wie machst du das?«, fragte sie und rieb sich müde den Nacken. »Keiner sollte sich so schnell bewegen können.«

»Unterschiedliche Engel besitzen unterschiedliche Stärken.« Er betrachtete sie. »Und unterschiedliche Schwächen.« Dann fing er ihr rechtes Handgelenk ein. Anders als sie erwartete, hielt er sie nicht so fest, dass es wehtat. Er war beinahe behutsam.

»Hier haben dich die Ketten gequetscht.« Sein Daumen strich über die dunkelroten Striemen. Dann nahm er ihre andere Hand und fühlte die gleichen Male dort. »Und hier.«

Nicole schluckte. »Ja.«

»Er hatte dich in einer der Gruften angekettet, als Köder für die Falle.«

Wenigstens einer schien zu kapieren, was Carlos vorgehabt hatte. »Keenan will nicht auf mich hören. Er ist derjenige, der in Gefahr ist, und …«

»Und hier«, fuhr Sam fort, als hörte er ihr gar nicht zu, »hast du dir den ersten Bruch zugefügt, um dich zu befreien und Keenan zu retten.«

Sie stutzte. »Der erste Bruch ist immer der schlimmste, nicht?«, bemühte sie sich, es mit einem Scherz abzutun.

Seine Mundwinkel bogen sich ein klein wenig nach oben. »Ich wette, du hast dir die Knochen regelrecht zerschmettert, um aus den Ketten auszubrechen. Deshalb schlief dieser College-Junge neben Laveaus Gruft, nicht? Weil du trinken musstest.« Er hielt immer noch ihre Hände und machte keinerlei Anstalten, sie loszulassen. »Und ich tippe, dass du nach wie vor einen Drink brauchst. Es bedarf einiges, um ein Feuer und gebrochene Knochen zu überstehen.«

Ja, tat es. »Ich suche mir einen Snack.«

»Du klingst so abgebrüht, aber solche Worte passen nicht zu dir, Lehrerin.«

Was? Dachte er, Lehrer wären nicht abgebrüht? War der Kerl jemals in einer normalen Schule?

»Vielleicht kannst du nach deinem Drink besser nachdenken. Dann dürfte dir aufgehen, was hier wirklich los ist.«

Idiot. »Wieso verrätst du es mir nicht? Wenn du weißt, warum Keenan mich auf einmal wegstößt, sag es mir einfach.«

»Er denkt, dass du nur so sicher bist.«

»Blödsinn. Ich halte es für wahrscheinlicher, dass er beschlossen hat, mich den Wölfen zum Fraß vorzuwerfen.« Oder den Kojoten.

Sam schüttelte den Kopf. »Denk an das tote Mädchen. Wie ist sie gestorben?«

»Weiß ich nicht! Sie ist auf Keenan los, die beiden krachten zusammen, er rammte ihr die Faust ins Maul, und sie ist gestürzt.« Tot.

»Eine Berührung«, murmelte Sam.

Ihr Herz schlug schneller. »Du meinst doch nicht …«

»Er hat dir erklärt, wie es bei Todesengeln ist, nicht? Um eine Seele zu holen, müssen sie denjenigen bloß berühren.«

»Er hat mich berührt.« Viele Male sogar und auf vielfältige Weise. Sam log, anders konnte es gar nicht sein.

»Es gibt noch etwas, das du wissen solltest. Engel, auch gefallene, können nicht lügen. Also wenn ich dir etwas sage, vertrau mir.«

Dem Typen traute sie keinen Millimeter weit über den Weg. »Keenan hat seine Kräfte verloren, als er fiel.«

»Nein, er hatte sie nur vergessen.«

Wie bitte?

»Fallen ist nicht leicht.« Seine Daumen streichelten ihre Handgelenke. Nicole versuchte, sie ihm zu entwinden, doch das ließ er nicht zu. »Bei der Landung hier kann man von Glück reden, wenn man noch seinen Namen weiß.«

Keenan hatte ihn nicht gewusst, zumindest nicht gleich, wie er ihr erzählte.

»Dann kehren die Erinnerungen nach und nach zurück. Anfangs hält man sich für völlig verrückt. Aber allmählich kommt alles wieder.«

Stimmt, er war gefallen, hatte das schon erlebt. Folglich wusste Sam, wovon er redete.

»Man beginnt zu wissen, und langsam kommen auch die Kräfte wieder«, sagte er.

Nicole hatte das Gefühl, dass ihr der Atem in der Brust gefror. »Willst du mir erzählen, dass Keenan mit einer einzigen Berührung töten kann?« Sie blickte auf ihre Hände. »So wie du?« Und wieso fasste er sie dann an?

»Wenn ich so töten wollte, ja.« Seine Augen blitzten.

Wie erfreulich, dass er es offenbar im Moment nicht wollte.

»Manchmal sind die Kräfte in uns verschlossen, und wir müssen sie mühsam freikämpfen.«

Nicoles Magen krampfte sich zusammen.

»Und manchmal brauchen wir lediglich den richtigen Schlüssel, um sie zu befreien.« Er lächelte. »Du bist ein wunderbarer Schlüssel.«

Hätte er ihre Hände nicht festgehalten, sie hätte ihm eine verpasst. Und zwar keinen liebevoll sanften Lehrerinnenklaps, sondern den ordentlichen rechten Haken eines Vampirs, der gelernt hatte, unfair zu kämpfen. »Du hast mich benutzt. Wie genau hat Mike herausgefunden, wo wir uns versteckten?«

Sein Lächeln wurde ein wenig schwächer. »Denkst du, ich habe ihn zu euch geführt?«

Dieser Verdacht war ihr gekommen. »Hast du nicht?«

Nun hielt er sie fester. »Ich bin der, der Keenan geholfen hat, dich auf dem Friedhof zu finden.«

Ihr fiel auf, dass er ihre Frage nicht beantwortet hatte. Genau wie Keenan konnte auch Sam nie einfach nur Ja oder Nein sagen. »Engel können nicht lügen, was jedoch nicht bedeutet, dass sie immer die volle Wahrheit sagen müssen, habe ich recht?«

Er nickte. »Als ich dich zum ersten Mal sah, wusste ich gleich, dass du der Schlüssel bist, um Keenan zu brechen.«

Er verliert sich in dir. »Ich will überhaupt nicht, dass er gebrochen wird.«

»Ach nein? Willst du nicht ein bisschen Rache? Komm schon, wir sind hier allein. Keenan ist oben und hasst die Welt. Er erfährt nicht, was du sagst.«

»Lass mich los.«

Er tat es nicht. »Ich meine, wäre er bloß ein bisschen schneller gewesen, hätte den Vampir, der dich in jener Nacht angriff, ein bisschen eher berührt, würdest du heute noch dein hübsches Friede-Freude-Eierkuchen-Leben führen. Womöglich hättest du inzwischen sogar deinen Märchenprinzen gefunden und wärst dabei, ein Nest zu bauen.«

Ihre Fingernägel verlängerten sich.

»Aber er war nicht schnell genug. Seinetwegen hast du gelitten, dich verwandelt und alles verloren, was dir lieb und teuer war.«

Das hätte sie sowieso. Egal was Keenan getan hätte, für sie hätte es weder einen Märchenprinzen noch ein trautes Heim gegeben. »Ich will keine Rache.«

Er lachte. »Wie gut, dass Vampire lügen können, was?« Endlich gab er ihre Hände frei, stand allerdings immer noch zwischen ihr und der Tür. »Um seine Kräfte wiederzugewinnen, musste Keenan seinen Gefühlen freien Lauf lassen. Engel kennen keine Emotionen, wusstest du das?«

Sie antwortete nicht.

»Entsprechend fliegen sie ihnen um die Ohren, sobald sie gefallen sind. Die Gefühle sind es, was uns hier stärkt und zugleich schwächt.« Er neigte den Kopf zur Seite. »Damit Keenan Feuer heraufbeschwören und kontrollieren konnte, musste er Zorn empfinden. Und den bekam er, als dein Leben bedroht wurde.«

Und um töten zu können …

»Richtig«, sagte Sam. »Dazu musste er nur rasende Wut empfinden. Er musste töten *wollen*. Als Big Mike dich angriff, war das Einzige, was Keenan wollte, Töten.«

»Gut für dich«, entgegnete sie verärgert. »Du hast den Tiger aus dem Käfig gelassen.«

»Nein, ich habe einen Gefallenen freigelassen. Oder vielmehr: Du hast es.«

»Weil du uns verraten hast!« War das alles ein Spiel für ihn? Aber was kümmerte sie das noch? »Kein Wunder, dass Keenan mich nicht in der Nähe haben will. Wenn er mich anfasst, bringt er mich um.«

Eigentlich hätte sie diese Erkenntnis nicht freuen sollen. Sie sollte ihr entsetzliche Angst machen, sodass sie Sam zur Seite schubste und schleunigst aus dem Haus floh. Stattdessen dachte sie: *Er will, dass ich gehe, damit er mir nicht wehtun kann.*

Das war typisch für ihren Engel, besser gesagt: für ihren Gefallenen.

»Er würde dich nicht töten.«

Sie sah ihn fragend an. Sam klang vollends überzeugt.

»Hast du mir nicht zugehört?«, fragte er und seufzte. »Ich sagte, dass er tötet, weil er bei der Berührung töten *will*. Berührt er hingegen dich, würde ich meinen, dass es das Letzte ist, was ihm in den Sinn kommt.«

Ihre Zähne begannen zu brennen. »Ich muss gehen.«

»Um Blut zu bekommen?« Er lächelte. »Warum in die Wildnis ziehen? Du kannst hier zu Abend essen.«

»Keenan hat mir eher nicht angeboten …

»Ich biete es dir an.«

Nicole erschrak. »Du würdest mir vertrauen? Mir deiner Kehle anbieten und darauf zählen, dass ich mich mäßige?« Oh nein, Moment mal, das Spiel kannte sie. »Sterbe ich, sowie ich dich berühre?« Schließlich war er auch ein gefallener Engel. Andererseits wandelte er schon länger auf der menschlichen Ebene und dürfte seine Kräfte besser kontrollieren können – was nicht zwangsläufig beruhigend war.

Er lächelte. »Ich verspreche, dich nicht zu töten, wenn du mir versprichst, nicht zu hart zuzubeißen.«

Sie musterte ihn. »Flirtest du mit mir?« Unmöglich. Nein, ausgeschlossen.

Er bewegte sich unglaublich schnell – wie immer – und ergriff wieder ihre Hand. »Du lebst noch.«

Ihr Herz hämmerte.

»Wir bekommen eine Menge Ärger. Diese Kojoten werden bald wieder aufkreuzen. Falls du auf Keenan hörst und da rausrennst, was ich dir nicht empfehle, nehmen sie deine Fährte auf und kriegen dich über kurz oder lang. Und der Gedanke ist irgendwie blöd.«

Ja, dem konnte sie nur zustimmen.

»Wenn du nicht heute Nacht noch wegwillst, musst du zu Kräften kommen, und das schnell.«

Sein Blut? Sie atmete seinen Geruch ein, konnte das Pochen seines Pulses hören. So nahe. Ihre Zunge glitt über ihre Reißzähne. »Die meisten Anderen halten es für eine Beleidigung, gebissen zu werden.« Insbesondere die Gestaltwandler. Nicole hatte gehört, dass die lieber starben, als sich beißen zu lassen.

»Ich bin nicht wie die meisten Anderen. Außerdem weiß ich, dass ein Biss sowohl Schmerz als auch Wonne bringt, und diese Mischung gefällt mir.«

Er bot ihr sein Blut an, und sie brauchte dringend

welches. Nicole reckte sich auf die Zehenspitzen und presste ihre Lippen auf Sams Hals.

Sollten die Kojoten kommen – und diesen Teil seiner Geschichte bezweifelte sie nicht –, blieb ihr keine Zeit, sich andere Beute zu suchen. Zumal sie bislang noch denkbar schlecht darin war.

Ihre Reißzähne schabten über Sams Haut.

»So ist's gut«, raunte er. »Probier mal.«

Sie drückte ein wenig.

»Was zum Teufel macht ihr da?«

Sie wollte sich umdrehen, konnte es jedoch nur leicht, denn Sam hielt sie fest an sich gedrückt.

Hinter ihr donnerte Keenan die Treppe hinab. Seine Augenfarbe wechselte wild zwischen Blau und Schwarz hin und her. »Finger weg von ihr! Was ist denn in dich gefahren? Du könntest sie umbringen!«

Sam ließ sie nicht los. »Nur wenn der Tod das ist, was ich will.« Nicole fühlte, wie er mit der Schulter zuckte. »Und ich will ihren Tod nicht.«

»Lass sie los!«

»Ja, ja, aber sie hält mich fest.«

Oh, Mist, das tat sich wirklich. Hastig zog Nicole ihre Hände zurück. »Keenan, ist schon gut, ich wollte nur …«

»Einmal zubeißen«, beendete Sam ihr Gestammel, und Keenan sprang von der letzten Stufe. »Immerhin hast du sie geschwächt weggeschickt, Gefallener – verbrannt, gebrochen, schwach. Was hast du denn erwartet, dass sie tut?«

Keinen Schritt von ihnen entfernt blieb Keenan abrupt stehen. Er hob einen Arm und ballte die Hand zur Faust. »Nicole, geh weg von ihm. Du darfst ihm nicht trauen. Er kann sich jederzeit gegen dich wenden.«

Als wüsste sie das nicht.

»Du willst sie, dann nimm sie«, sagte Sam spöttisch. »Fass sie an, nimm sie, wenn du denkst, dass du stark genug bist.«

Ah, darum ging es hier also! Nicole rammte ihm den Ellbogen in die Seite, so gut sie konnte. Sams Griff lockerte sich ein wenig, und sie sprang weg von ihm. Allerdings eilte sie nicht zu Keenan, sondern ging zu beiden auf Abstand. »*Sie* will von keinem genommen werden«, sagte sie sehr laut und deutlich.

Die beiden gefallenen Engel indes waren viel zu sehr damit beschäftigt, sich böse anzugucken, und hörten sie gar nicht.

»Rühr sie nie wieder an!«, befahl Keenan.

»Ich rühr sie nicht an, du rührst sie nicht an ... Ich würde sagen, sie wird ein ziemlich einsamer Vampir.«

Keenan blickte noch finsterer drein.

»Halt dich ja raus«, fuhr Nicole ihn an. »Du hast mich weggeschickt, schon vergessen?«

Widerwillig nickte er.

»Verdammt, sie braucht Blut.« Sam warf seine Hände in die Luft. »Guck sie dir doch an. Guck hin!«

Keenan sah zu ihr, und Nicole erkannte Verlangen und Angst in seinen Augen.

»Wenn du ihr nicht helfen willst, tu ich es.« Sam streckte die Hand nach ihr aus.

»Nein!«, sagte Nicole und wich bereits weiter zurück, noch bevor Keenan auf sie zugesprungen kam. »Ich finde eine andere Quelle.«

Keenans Züge verhärteten sich, und sie bemerkte ein Aufflackern von Wut.

Sam offenbar auch. »Das gefällt dir nicht, was? Du bist eifersüchtig.« Er senkte die Stimme. »Diese verfluchten Gefühle. Die können eine wahre Pest sein, nicht?«

Keenan ignorierte ihn. »Ich werde dich nicht töten«, sagte er zu Nicole.

Sam lachte. »Ist das nicht die Crux bei diesem ganzen Elend? Dass du sie nicht töten willst?«

Keenan würdigte ihn keines Blickes. »Wenn du jetzt gehst, hast du einen großen Vorsprung. Ich sorge dafür, dass dir die Kojoten nicht folgen.«

»Weil es okay ist, die zu töten, aber nicht sie?«, fragte Sam.

»Geh, Nicole«, sagte Keenan.

Er warf sie wirklich raus. Na gut. Sie drehte sich um, machte zwei Schritte auf die Tür zu und griff nach dem Knauf.

»Danke.«

Auf sein Flüstern hin erstarrte sie. »Wofür? Dass ich dich in Frieden lasse?« Damit er eine üble Schlacht ohne sie kämpfen konnte?

Aber Keenan sagte nichts mehr. Nicole blickte sich verärgert zu ihm um. »Wofür?«

»Das Leben.« Er neigte den Kopf. »Jetzt verstehe ich, wofür du so vehement gekämpft hast.«

Nein, das sprach er jetzt nicht an!

»Manche Dinge sind es wert, um sie zu kämpfen.«

Er drehte sich weg und ging die Treppe wieder hoch.

»Er kann dich nicht umbringen«, sagte Sam mit Nachdruck.

Nicole verharrte unsicher, eine Hand auf dem Türknauf. »Az hat etwas anderes gesagt.«

»Az ist ein Arsch.«

Das stimmte. »Az hat gesagt, wenn Keenan mich tötet, kann er zurück.« Während sie es aussprach, blickte sie sich um. Keenan war schon halb die Treppe hinauf, die Schultern gerade, den Kopf hoch erhoben. Konnte er nicht ein kleines bisschen niedergeschlagen aussehen?

Sie öffnete die Tür.

Sam knallte sie gleich wieder zu. »Was?« Seine Stimme war tödlich leise und bebte vor Zorn.

»Du hast mich verstanden.« Dessen war Nicole sich sicher. »Keenan kann zurück. Er kann sein Leben wiederhaben. Dazu muss ich nur sterben.«

»Es gibt keinen zweiten Versuch, und das weiß Az. Er glaubt echt, dass er jeden verarschen kann.«

»Ich glaube nicht, dass es Quatsch ist.« Sie würde Keenan nicht nachlaufen, egal wie sehr es wehtat. »Und jetzt geh mir aus dem Weg, Sam.«

Er blinzelte.

»Aus dem Weg!«

»Du verlässt ihn?« Er wich zur Seite aus, beobachtete sie jedoch neugierig. »Das hätte ich nicht gedacht.«

Sie bleckte ihre Reißzähne. »Vielleicht ist mir endlich klar geworden, dass ich mich selbst retten muss.« Sie riss die Tür auf. Die Nacht erwartete sie dunkel und schwer.

Sie würde nicht zurücksehen. Dort wartete nichts als der Tod auf sie, und den hatte sie nie gewollt.

Nicht als der Arzt ihr sagte, dass derselbe Krebs,

der ihre Mutter umbrachte, ihren Körper ebenfalls zerfraß.

Nicht als der Vampir sie in jener Nacht auf den Boden warf.

Nein, sie hatte sich nie den Tod gewünscht.

Aber sie wünschte sich ihren Engel. Fast glaubte sie, seine Berührung zu spüren.

Eine Berührung, die töten würde.

»Du bist ein verdammter Idiot!«

Keenan drehte sich nicht um, als Sam ins Zimmer gestürmt kam. Er sah hinunter auf die Straße, zu Nicole. Sie bewegte sich so schnell durch die Schatten, dass er Mühe hatte, sie nicht aus dem Blick zu verlieren. »Wäre sie hiergeblieben, hätte sie nicht bis Tagesanbruch überlebt.« Weil er ein gieriger Mistkerl war und sie berühren wollte. Unbedingt.

»Deshalb schickst du sie alleine nach draußen? Das ist dein genialer Plan?«

»Nein. Mein genialer Plan ...« Nicole bog um die Ecke, war nicht mehr zu sehen. Ihm wurde unheimlich. »Mein Plan ist, diese Kojoten aufzuspüren, bevor sie uns finden, und sie zu töten. Dann können sie Nicole nichts mehr tun.« Er hatte geglaubt, dass sie bei ihm sicherer wäre, wenn er durchgehend auf sie aufpasste.

Aber das war zu gefährlich. Denn sowie er in ihrer Nähe war, wollte er sie berühren.

Menschliche Bedürfnisse und Gefühle waren wirklich die Pest.

»Das ist alles, weil du denkst, dass du sie nicht anfassen darfst, stimmt's?«

Diese Frage verdiente keine Antwort.

Sam seufzte. »Ich habe es dir doch gesagt. Du musst töten wollen. Und wenn du sie anfasst, willst du sie bloß vögeln.«

Der allzeit eloquente Sam.

»Glaubst du mir nicht? Du weißt doch, dass ich nicht lügen kann!«

Was für ein Blödsinn. Jetzt sah Keenan zu ihm. »Warum lügen, wenn die Wahrheit genauso trügerisch sein kann?« Klar, wenn man es hübsch formulierte, konnte die Wahrheit sehr überzeugend aussehen, war aber letztlich nicht minder verdreht.

»Na gut, du glaubst mir nicht. Dann geh und such dir irgendeinen Menschen aus, grabsch munter drauf los und guck dir an, was passiert.«

Keenan erlaubte sich ein mattes Grinsen. »Tatsächlich habe ich genau das vor.« Dann sprang er vom Balkon. Für einen Moment fühlte er das Peitschen des Windes, das Entfalten von Flügeln, dann schlugen seine Füße auf dem Pflaster auf. Seine Knie beugten sich kaum.

Langsam ging er die Straße hinunter. Er wusste, wo er seine Beute fand, und hatte es nicht eilig.

Der Wind um ihn nahm zu. »Du verarschst mich, was?«, wollte Sam wissen, als er an seine Seite kam.

»Nein.«

»Willst du dir irgendeinen willkürlichen Sterblichen greifen und …«

»Nicht willkürlich.« Ganz und gar nicht willkürlich, auch wenn er längst gelernt hatte, dass nichts in dieser Welt zufällig geschah. Für alles gab es einen Plan.

Sam pfiff leise vor sich hin und hielt mit Keenan Schritt. »Bist du auf ein bisschen Rache aus?«

Keenan bedachte ihn mit einem strengen Blick. »Besorgt?«

Die schmalen Falten in Sams Augenwinkeln vertieften sich. »Manchmal sind die Kräfte, die wir wiederentdecken, zu viel für uns, und wir können nicht damit umgehen. Die Versuchung ist zu groß.«

»Die hatte ich schon.« Zu viel. Er bog um die Ecke, fing Nicoles Duft ein und stolperte ganz kurz.

Dann lief er schneller. Hier herrschte reger Betrieb auf der Straße. Alles war voller Betrunkener und Anderer, die sich unbemerkt unters Volk mischen konnten. Und Keenans Beute.

Pete. Der tätowierte Rotschopf war noch am Leben. Vorerst.

»Verzieh dich, Sam.«

Der andere Gefallene aber packte ihn beim Arm. »Nein.«

Besaß er neuerdings ein Gewissen?

»Der Kerl hat dir alles gesagt, was er weiß.« Eine steile Falte erschien zwischen Sams Brauen. »Warum willst du noch mal auf ihn los?«

»Weil er, wenn ich ihn nicht aufhalte, auf mich losgehen wird.«

»Wie bitte?«

Keenan stieß ihn weg. »Ich bin nicht der Einzige, der Rache will.« Manchmal war es leicht, die Beweggründe von Menschen zu verstehen. Vielleicht bekam er diese Gefühle doch noch in den Griff.

Dann aber wurde Pete schneller, und Keenan sah die Beute, auf die er es eigentlich abgesehen hatte. Pete war ein Möchtegern ohne Prinzipien.

Der stoppelhaarige Bo war die echte Bedrohung, und der steuerte gerade den Voodoo-Laden auf der rechten Ecke an. Es war höchst zweifelhaft, dass er dort hineinging, weil er Schutz suchte. Wahrscheinlicher war, dass er irgendeine Magie kaufen wollte, die bei einem Vampir wirkte.

Rache.

Keenan preschte los, und die Leute, die sich auf der Straße drängten, schienen ihm von sich aus Platz zu machen. Er achtete darauf, niemanden zu berühren, denn er wollte ja keine Unschuldigen töten. *Ich will nicht töten. Ich will nicht töten.* Nur für den Fall, dass Sam Blödsinn erzählte, betete er dieses Mantra in seinem Kopf herunter. Und er wollte nicht Pete töten. Bo allerdings war eine andere Sache.

Er kannte Bo schon von früher, hatte ihn an anderen Sterbeorten gesehen. Bo mochte es, seine Opfer zu verletzen, Menschen wie Vampire. Wenn irgendwer verdient hatte, von seinem Leid erlöst zu werden, dann war es Bo.

Keenan streckte die Hand aus, und Bo fuhr herum. Nun erkannte selbst der schwerfällige Biker die nahende Bedrohung.

Pete stieß einen sehr schrillen Schrei aus.

Aber dann blockierte jemand Keenans Beute. Jemand mit blasser Haut und pechschwarzem Haar. Die letzte Person, die er hier erwartet hatte.

Und Nicole versperrte ihm den Zugang zu seiner Beute.

»Ich weiß ja nicht, was du vorhast«, flüsterte sie,

als er erstarrte, »aber Menschen anzugreifen, passt nicht zu dir.«

Doch, neuerdings schon.

»Weg von denen, Nicole!« Ihr war vielleicht nicht klar, wen sie beschützte. Sie hatte brennend am Boden gelegen und ihre Gesichter wohl nicht erkannt. »Sie sind es, die dich umbringen wollten.«

»Um die mache ich mir keine Sorgen«, erwiderte sie trotzig. »Ich sorge mich nur um dich.«

Seine Hand war immer noch erhoben, nur Zentimeter von ihrem Gesicht entfernt.

Sam fluchte. Dann blies eine Böe gegen Keenan, und Sam verschwand. War ja klar.

Hinter Nicole bückte Bo sich, griff in seinen Stiefel und reckte seine Hand, einen Pflock umklammernd.

»Mach du dir lieber Sorgen, Schlampe!«, schrie Bo. »Ich gier schon lange drauf, dir die Lichter auszuknipsen!«

Nicole fuhr herum, als Bos Hand schon nach unten schwang. Er hatte einen idealen Stoßwinkel zu ihrem Herzen.

Tod.

Hier. Jetzt.

Keenan sprang nach vorn und stieß Nicole aus dem Weg. Dabei packte er Bos Hand mit dem Pflock und zerdrückte das Holz wie die Hand.

Bo schrie vor Schmerz auf, verstummte gleich wieder und brach zusammen.

Tot.

»Keenan?«

Er sah nach rechts. Dort rappelte Nicole sich vom Boden auf. Sie war immer noch zu blass und schwankte leicht, wahrscheinlich weil sie nichts getrunken hatte, ehe sie ihm nach war.

»Du hast mich angefasst«, sagte sie, und er fragte sich, ob sie ihm eine Falle gestellt hatte – mit sich selbst als Köder. »Du hast mich berührt!«

»Ich musste.« Andernfalls wäre sie gestorben. Er hatte keine Wahl gehabt.

Sie sah ihn an. *Ich habe sie nicht getötet.* Sofort wollte er sie in die Arme nehmen.

Doch sie kam ihm zuvor. Um sie herum ging der Trubel weiter. Die Leute bemerkten den Toten nicht einmal; oder er kümmerte sie nicht.

»Du berührst mich, und ich sterbe nicht«, hauchte sie.

Schritte waren zu hören, die sich eilig entfernten. Keenan blickte rechtzeitig auf, um Pete weglaufen zu sehen. Ein kluger Mann.

Nicole umklammerte seine Arme. »Sam hat die Wahrheit gesagt.«

Ja, nur eben nicht die ganze.

»Entscheidend ist, was du willst«, sagte sie und betrachtete ihn forschend. »Und egal was Az sagt, du willst mich nicht töten.«

Er lehnte seine Stirn an ihre. »Nein.« Er würde töten, um sie zu beschützen. Das hatte er und würde es auch wieder tun. Aber sie töten?

Nein, das war nicht geplant. Jetzt nicht und nie. »Hättest du dich geirrt … Hätte Sam sich geirrt …«

»Den Engeln zufolge ist meine Zeit begrenzt«, sagte sie ruhig. »Außerdem fand ich, dass ich langsam mal irgendjemandem vertrauen sollte.«

Mit einem verwunderten Lachen zog Keenan sie

von Bos Leiche weg. Schon bald würde den Passanten auffallen, dass er nicht bloß ein schlafender Betrunkener war. »Du willst jemandem vertrauen?« Er führte sie in eine schmale Gasse zwischen zwei Häusern, wo es deutlich ruhiger war. »Und da hast du dir gedacht, du fängst mit Sam an?«

»Nein.« Sie hielt seine Hände fest. »Ich will dir vertrauen.«

»Bist du dir sicher?«, fragte er.

»Du hättest dein altes Leben zurückbekommen können, hättest es schon eine ganze Weile wiederhaben können. Aber so wie ich das sehe, willst du etwas anderes lieber.«

Ja, sie. Er hatte nie versucht, sein Verlangen nach ihr zu verbergen, nicht einmal als er sie von sich wies.

»Du stellst dich den Kojoten nicht allein.« Sie legte beide Hände auf seine Brust. »Auch nicht Az. Von jetzt an sind wir ein Team, verstanden?«

Er wollte es, nein, sie. Sein Körper brannte, so sehr verlangte es ihn nach ihr. Am liebsten würde er sie gleich hier, zwischen den schmutzigen Mauern, nehmen, irgendwo, nur schnell, denn die Zeit spielte gegen sie. »Und wenn du stirbst?«

Ein zartes Lächeln erschien auf ihrem Gesicht. »Hast du es noch nicht mitbekommen? Ich bin nicht so furchtbar leicht zu töten.«

Er küsste sie, weil er nicht anders konnte. Doch es war kein wilder, gieriger Kuss, sondern eher ein Streicheln mit Lippen und Zunge.

Nicoles Stöhnen befeuerte seine Lust erst recht, aber er würde ihr nicht hier nachgeben. Nicht inmitten dieses Gestanks und nur Meter von der belebten

Hauptstraße entfernt. Ihr nächstes Mal sollte richtig sein.

»Komm mit«, sagte er und zog sie mit sich. In Sams Wohnung könnte er sie ausziehen, sie schmecken und die Zeit genießen, die ihnen noch blieb.

Denn viel war es nicht mehr.

Aber ich werde sie nicht töten. Seine finstersten Ängste, der Grund, weshalb er sie weggeschickt hatte, bewahrheiteten sich nicht. Ihr brachte seine Berührung nur Wonne, nicht den Tod. Und er würde dafür sorgen, dass es nie anders würde.

Was allerdings die anderen betraf, die sie jagten, sollten sie erfahren, wie viel Schmerz er allein mit einer Berührung bringen konnte.

Az blickte hinab auf den toten Bobby »Bo« Reynolds. Reynolds war weder besonders nett noch bemerkenswert menschlich gewesen. Natürlich hatte er ein paar gute Momente gehabt, aber seine Verbitterung trieb ihn zu bösen Taten.

Jetzt war er einfach tot.

Seine Seele zu holen, war Az' Auftrag gewesen, deshalb sah er Bos letzte Minuten mit an. Er hatte geahnt, dass Bo versuchen würde, kämpfend unterzugehen, und das tat er.

Az wandte sich von dem Toten ab, der nur noch eine leere Hülle war. Keenan war bereits mit seinem Vampir verschwunden, geflohen vom Ort seines Verbrechens, ohne noch einmal zurückzublicken. Keine Reue, keine Schuld. Das Töten fiel ihm leichter.

Keenan veränderte sich, passte sich an. War das eine Weiterentwicklung?

Auf jeden Fall wäre er bald nicht mehr aufzuhalten.

Az konnte Keenans Drohung nicht mehr lange ignorieren, denn das könnte sich als fataler Fehler erweisen.

Also flog er weg von der Menge. Seine Flügel schlugen weite Bogen in der Luft, als er sich zu jenen aufmachte, die ihm helfen würden. Die Kojoten hatten ihre Trauer beendet. Wenigstens trauerten sie um ihre Toten, während manche Andere sich nicht um diejenigen scherten, die gestorben waren.

Er landete in der Nähe der Kojoten, nur wenige Meter von dem Alpha entfernt. Der Alpha, Carlos, zuckte zusammen und schnupperte misstrauisch in die Luft. Die Kojoten konnten Az nicht sehen, doch bei ihrem ausgeprägten Geruchssinn war es durchaus möglich, dass sie seine Gegenwart wahrnahmen.

Und er zählte darauf, dass sie ihm mit ihren feinen Sinnen halfen. Denn seine Stimme und Kraft zu lange auf andere zu projizieren, konnte ihn gefährlich schwächen.

»Such Sam!« In seinen eigenen Ohren brüllte er, doch für die Kojoten war es wohl kaum mehr als ein Wispern.

Carlos' Gestalt versteifte sich merklich, ehe er sich umdrehte und über die Lichtung blickte.

Dem Schicksal nachzuhelfen, konnte wirklich anstrengend sein. »Such Sammael!« Az bot seine gesamte Energie auf.

»Sammael«, wiederholte Carlos leise.

»Er führt euch zu dem Gefallenen.« Sich aus seiner Ebene heraus zu projizieren, war so gut wie unmöglich. Aber zumindest hatte er es mit einem Gestaltwandler zu tun. Menschen hörten das Flüstern, oder vielmehr: das Brüllen der Engel, meistens überhaupt nicht.

Ermattet verließ er den Gestaltwandler und hoffte, dass Carlos bei seiner Jagd erfolgreich war.

Es verdross ihn, dass er sein Schicksal in die Hände eines kaltblütigen Mörders legen musste.

Manchmal konnte man sich seine Verbündeten nicht aussuchen. Man musste schlicht bereit sein zu kämpfen, zu töten oder zu sterben.

Und Az war bereit.

War Keenan es auch?

Fünfzehntes Kapitel

In Sams Haus herrschte Grabesstille. Kein Licht brannte, und die Ruhe war vollkommen. Sobald er hineinkam, wusste Keenan, dass sie allein waren.

Er war die ersten fünf Stufen nach oben gegangen, als Nicole seine Hand ergriff. »Keenan, warte.«

Ihre Stimme klang atemlos und schwach, denn sie waren den Weg durch die Innenstadt so schnell gerannt, dass sich die Menschen nicht einmal an sie erinnern würden.

»Ich brauche …« Sogleich spannten sich Keenans Muskeln an. Sie musste den Satz nicht beenden. Er drehte sich zu ihr um, nahm sie in die Arme und lehnte sie an das Treppengeländer.

»Trink von mir«, flüsterte er.

Gleich pressten sich ihre Lippen auf seine Haut. Ihr Mund zitterte, und dann fühlte Keenan die kleinen Stiche.

Der Anflug von Schmerz wurde von purer Wonne abgelöst. War sie vorhin wirklich kurz davor gewesen, Sam zu beißen?

Ein Knurren regte sich in seiner Kehle, während seine Hände Nicole fester umfingen.

Dann aber erstarrte er. Sein Blut gefror in den Adern, und er schob Nicole weg.

»Keenan?« Sie leckte sich die Blutstropfen von den Lippen. »Was ist? Habe ich zu viel genommen?«

Er ballte die Fäuste, bemühte sich, die Wut zu bändigen, die sich in seinem Innern aufbaute. »Nein, ich hatte Angst, dass ich dich verletze.« Eine unbedachte Berührung, ein wütender Gedanke. Konnte es so leicht passieren? Was geschah, wenn er die Linie übertrat? Er musste sich beherrschen.

Ein einziger schwacher Moment könnte genug sein, sie zu verletzen.

»Du hast mir nicht wehgetan«, sagte sie. »Wir haben das doch schon besprochen, weißt du nicht mehr? Du musst töten *wollen*.«

»Eben wollte ich es«, gestand er.

Sie riss die Augen weit auf. »Mich? Du wolltest mich …«

»Sam«, fiel er ihr ins Wort. »Du hattest deine Zähne an seinem Hals, wolltest von ihm trinken.«

Nur trinken, nicht mit ihm schlafen. Warum war er eifersüchtig auf einen Blutaustausch?

Er sollte es nicht sein, war es aber.

»Habe ich nicht.« Ihre leisen Worte schafften es, sich wie ein Streicheln anzufühlen.

Er sah sie verwundert an und zwang sich, die Hände zu entspannen. »Ich habe dich gesehen. Du warst an seinem Hals!«

»Aber ich wollte nicht von ihm trinken«, erwiderte sie kopfschüttelnd. »So nötig brauchte ich es nicht. Und ich würde nie Freunde von dir zu meiner Mahlzeit machen. Er trieb irgendein Spiel mit mir, und ich wollte herausfinden, welches.«

»Sam treibt dauernd Spiele.«

»Er wollte, dass du wütend wirst, hat dich absichtlich eifersüchtig gemacht.«

»Dann wäre er jetzt hocherfreut.« Im Geiste sah Keenan sein Grinsen vor sich.

»Wie er mir erzählte, ist Selbstbeherrschung wichtig. Du musst dich unter Kontrolle haben, Keenan.«

Ja, er wusste, was ein einziger Ausrutscher bedeutete. Was er indes nicht verstand, war … »Du weißt, wozu ich fähig bin. Warum willst du trotzdem bei mir bleiben?«

Sie lächelte, und der Anblick brach ihm beinahe das Herz. »Du weißt, was ich getan habe. Wieso willst du trotzdem bei mir bleiben?«

»Weil ich dich will.« Er hatte sie schon begehrt, bevor er begriff, was Verlangen war. Keenan räusperte sich. »Weil ich alles will, was du bist.«

»Und genauso geht es mir mit dir.« Ihre Finger wanderten über seine Brust. »Ich will dich einfach.«

»Und was ist, wenn …«

Sie brachte ihn mit einem Kuss zum Verstummen. Es war ein sehr sanfter Kuss. Offenbar fehlte ihnen beiden nach den jüngsten Erlebnissen etwas Sanftheit. »Ich vertraue dir«, hauchte sie.

Ihr Vertrauen war kostbar, allerdings auch gefährlich.

»Ich heile schneller, wenn ich dein Blut trinke«, sagte sie, lehnte sich zurück und betrachtete ihre Hände, an denen sämtliche Blutergüsse verschwunden waren.

Engelsblut war wirksam: magisch für manche, tödlich für andere. Bei Vampiren vervielfachte es die Selbstheilungskräfte, während es Dämonen umbrachte.

Das Blut von Gefallenen hatte die Dämonen einst auferstehen lassen, doch mit der Zeit hatte es sich durchmischt. Die Drogen, die viele Dämonen konsumierten, hatten ihre Körper verändert, und Zeit wie auch Mutationen den Rest erledigt. Führte man heute einem Dämon unverdünntes Engelsblut zu, heilte er nicht, sondern starb.

»Wenn ich dein Blut trinke«, fuhr Nicole fort, wobei sie ihm über die Schulter blickte und eine Hand hinter ihm ausstreckte, als wollte sie die Luft streicheln. Nein, sie streichelte seine Flügel! »Dann sehe ich Dinge.«

Ein Schauer lief ihm über den Körper. Wie war es möglich, dass er ihre Berührung an Flügeln fühlte, die er gar nicht mehr hatte?

Sie sah ihm wieder ins Gesicht. »Du bist wunderschön, Keenan.«

»Männer sind nicht wunderschön.« Wenn er sie nicht bald bekam, würde er explodieren. »Männer sind nicht …«

»Du bist viel mehr als ein Mann.« Sie wandte sich ab und ging die Treppe hinauf. Ihre schwingenden Hüften reizten ihn, sie zu berühren und zu nehmen. »So viel mehr.« Sie sah über die Schulter zu ihm. »Komm und beweis es mir.«

Dann lachte sie, lachte richtig und rannte die Stufen hinauf.

In diesem Moment wurde ihm die Wahrheit mit einem Schlag klar. Er wusste genau, warum er gefallen war, und sollte er nochmals vor der Wahl stehen, er würde sich wieder für das Feuer entscheiden.

Für sie.

Für seine Versuchung würde er immer wieder töten und brennen.

Sam wusste eigentlich nicht, warum er nach der Frau gesucht hatte, aber die Tänzerin – Seline – war ihm an jenem Abend im *Temptation* aufgefallen, und seither suchte sie ihn in seinen Träumen heim.

Normalerweise träumte er nur von Feuer und Schreien. Aber in jüngster Zeit begann er, von einer Frau zu träumen, die einen Striptease machte und ihn mit eiskalten Augen ansah.

Sie zu finden, war nicht weiter schwierig. Die meisten Mädchen aus dem *Temptation* hatten nach dem Brand ins *Sunrise* gewechselt, einem anderen seiner Clubs, allerdings in einem weniger beliebten Stadtviertel. Dort ging er hin und wartete, ob Seline auf die Bühne kam.

Sie trat nicht auf, sondern bediente. Dabei trug sie ein enges, extrem kurzes schwarzes Kleid, in dem sie zum Anbeißen aussah.

Er setzte sich an einen Tisch in ihrem Servierbereich.

Als sie zu ihm kam, bemerkte er, dass sie zögerte. Ihre Augen wurden ein klein wenig größer. Sam erkannte Angst, wenn er sie sah. Dennoch näherte sie sich seinem Tisch. Interessant. Er zückte einen Zwanziger. »Ich nehme ein Bier.«

Sie schnappte sich das Geld und drehte sich um.

Doch Sam hatte ihre Hand gegriffen.

»Anfassen ist nicht«, sagte sie spitz.

Er ließ sie nicht los. Zunächst starrte er auf ihre

Haut – seidig weiche Haut –, dann wanderte sein Blick höher. Ja, er war immer noch da, dieser besondere Reiz. Das konnte Sam nicht leugnen. Sie zog auch die Blicke anderer Männer auf sich. Sam nickte und behielt ihre Hand noch für einen Moment in seiner, ehe er sie freigab.

Sie drehte sich weg und ging zur Bar.

»Ich würde wetten, dass du ein Dämon bist«, murmelte er.

Das Tablett fiel ihr aus der rechten Hand, und als sie sich mit großen Augen zu ihm umwandte, lächelte er. »Was? Hat das noch nie einer bemerkt?«

Sie schüttelte den Kopf und sah sich im Club um. »Du … du solltest nicht hier sein.«

»Wo sollte ich sonst sein?« Er betrachtete ihre langen Beine. »Hier gefällt mir die Aussicht.«

Seline kam mit großen Schritten auf ihn zu, fasste sein Kinn mit einer Hand an und schob es nach oben, sodass er ihr in die Augen sah. »Jemand jagt nach dir.«

Wie niedlich. Sie mochte ihn gern genug, um ihn zu warnen.

»Ich erzähle es dir bloß«, sagte sie und blickte sich wieder um, »weil ich gehört habe, dass du deine Schulden immer begleichst.«

Eigentlich nicht, aber er wollte, dass sie weiterredete, deshalb widersprach er ihr nicht.

»Tina hat nach dem Brand mit einem Typen gesprochen.«

Tina? Vage erinnerte er sich an eine Blonde mit großen Brüsten, die beim Tanz an der Stange eher halb professionell gewesen war.

»Sie hat ihm von dir erzählt und von der Frau, die im *Temptation* bei dir war.«

Ah, jetzt half Seline ihm tatsächlich. Vielleicht war er ihr hinterher wirklich etwas schuldig für diese Information. »Wie sah der Typ aus?«

»Etwas über eins neunzig groß, zweihundert Pfund schwer, schwarzes Haar, schwarze Augen, mexikanischer Akzent.« Sie bückte sich und hob ihr Tablett hoch. »Und wenn ich mich nicht irre, ist er ein Gestaltwandler. Er roch nach Tier. Diese Wandlernote ist unverwechselbar.«

Seline steckte voller Überraschungen. »Du hast ein gutes Gedächtnis.«

Sie kniff den Mund zusammen. »Geht so. Er war erst vor einer knappen halben Stunde hier.«

Sams gute Laune schwand sofort.

»Ich habe Tina gesagt, dass sie nicht mit ihm mitgehen soll, aber sie wollte nicht auf mich hören.« Ihre Fingerknöchel waren weiß, so fest umklammerte sie das Tablett. »Mir gefiel der nicht. Ich mache mir Sorgen, dass Tina vielleicht nicht wiederkommt.«

Möglich wäre es. Es war außerdem möglich, dass Tina ihm alles verriet, was sie über Sam wusste. Viel war das zum Glück nicht, denn sie kannte ihn nur aus dem Club.

»Tina hat mit Ron geschlafen.«

Mist! Er hatte den Dämon gewarnt, sich nicht mit den Mädchen einzulassen, aber Ron hatte eine absolute Schwäche für große Brüste. Und der Dämon besaß praktisch keine nennenswerten Kräfte. Er war beinahe so hilflos wie ein Mensch.

Seline nickte. »Der ist deine rechte Hand, stimmt's?

Falls der Gestaltwandler wissen will, wo du deine dreckige Wäsche wäschst, schätze ich mal, dass Ron es ihm sagen kann.«

Sam sprang vom Stuhl auf. »Wenn du den Wandler wiedersiehst, halt dich ja fern von ihm.«

Sie lachte. »Sehe ich etwa blöd aus?«

»Du siehst wie Sex auf zwei Beinen aus.«

Sie wurde rot. Nanu? Stripperinnen wurden nicht rot, schon gar nicht dämonische.

Dieses Rätsel musste er später lösen. Nun wandte er sich zum Gehen.

»Du bist mir was schuldig, Sam!«, rief sie ihm nach.

Er blieb nicht stehen. Was sie auch als Lohn verlangte, er würde es ihr geben. Wie viel konnte das schon sein?

Zuerst aber musste er Ron finden und dafür sorgen, dass der Dämon nicht redete.

Keenan eilte hinter Nicole her und riss sich das T-Shirt herunter. In dem dunklen Zimmer oben wartete sie auf ihn. Nicole kniete auf dem Bett, bereits vollständig nackt. Ja. Er warf sein T-Shirt beiseite und zog sich vor ihr aus.

»Du bist die verführerischste Frau, die ich je gesehen habe«, sagte er, als er auf sie zuging.

Sie blickte über seine Schulter, und er wusste, dass sie auf die Flügel starrte, die sie nicht sehen dürfte. *Nur Sterbende oder Wesen mit Engelsblut können sie sehen.*

Auf einmal hielt Keenan inne und lachte, weil er es nicht viel früher begriffen hatte. Dank ihm hatte Nicole Engelsblut. Er hatte ihr seines oft genug gegeben.

»Was ist so witzig?«

Die Matratze sank unter seinem Gewicht nach unten. Er schüttelte den Kopf, nahm Nicoles Hand und küsste ihre Fingerknöchel. Ein Schauer brachte sie zum Erbeben.

»Keenan …«

Er zog sie näher zu sich und strich sacht mit den Fingern über ihre Brust mit der weichen, hübschen Knospe. Dann neigte er den Kopf vor und leckte sie.

Seufzend bog Nicole sich ihm entgegen.

Sanft, behutsam, so wollte er es. Kein Schmerz, kein Feuer, keine Wut, nur ein Mann und eine Frau.

Das musste er ihr geben.

Er liebkoste ihren Busen mit seiner Zunge, liebte es, sie zu schmecken, und wollte doch so viel mehr. Keenan schob seine Beine zwischen ihre, um sie zu spreizen. Während er weiter ihre Brust verwöhnte, wanderte seine Hand ihren Bauch hinab und tiefer, bis sie direkt über ihrer Scham war.

Als er sie dort berührte, stellte er fest, dass sie feucht war. Bereit.

Er widmete sich der anderen Brust, nahm sie in den Mund und sog an ihr. Nicoles Hüften hoben sich. Sie bot sich seiner Hand dar, und er drang mit zwei Fingern in sie ein.

Sogleich umklammerte sie ihn mit ihren Scheidenmuskeln, und sein Glied zuckte. Er wollte in ihr sein, aber noch nicht.

Nach einem letzten Zungenstrich über ihre Brust neigte er sich zurück und sah Nicole an. Jedes Eindringen seiner Finger in sie bewirkte, dass ein verzückter Ausdruck über ihr Gesicht huschte. Ihm gefiel, wie sie den Atem anhielt, wie ihre Augen leuchteten und sie sich auf die Unterlippe biss.

Wahrscheinlich fanden die wenigsten Männer Reißzähne sinnlich, doch die waren Idioten.

Er zog seine Finger heraus, umfing ihre Schenkel und spreizte sie weiter.

Für einen Moment blickte er sie einfach nur an. Ihre Scham war rosig und geschwollen vor Verlangen. Er beugte sich vor und kostete sie. Schon beim ersten Lecken wurde ihm klar, dass er alles von ihr wollte.

Er zog sie näher an seinen Mund und nahm sich, was er wollte.

Mit Lippen und Zunge brachte er sie zum Orgasmus. Zwei Mal.

Ihr Kommen hielt ihn nicht auf. Er begehrte sie so sehr; und was die Zukunft auch brachte, er wollte, dass sie sich immer hieran erinnerte.

Wonne, kein Schmerz, keine Furcht.

Eine Nacht lang würde er ihr nichts als Wohlgefühl schenken.

»Keenan«, hauchte sie und packte seine Schultern. »Ich will dich in mir.«

Er richtete sich halb auf, leckte sich die Lippen, auf denen er Nicole schmeckte. Seine Augen waren zweifellos genauso dunkel wie ihre.

Ihr Atem stockte, als sie zu ihm aufblickte. Dann glitten ihre Hände sacht über seinen Rücken. Die zarte Berührung fuhr ihm bis ins Mark. Sie streichelte Flügel, die nicht da waren.

Nun tauchte er so tief in sie, wie er konnte. Sie

schlang ihre Beine um ihn, sodass ihre Fersen auf seinen Hintern drückten, als sie sich ihm entgegenbog. Ihr Verlangen stand seinem in nichts nach, und sie nahm sich ebenso ungehemmt, was sie brauchte, wie er.

Ihr Stöhnen füllte das Zimmer, während er sie mit beiden Händen festhielt.

Er bewegte sich rhythmisch in ihr, nahm gleichzeitig ihren Mund ein und drang mit der Zunge in sie, weil er nicht genug von ihr bekommen konnte. Ihre Zunge spielte mit seiner, ihre Scheide spannte sich um sein Glied, und sie umklammerte ihn mit ihren zarten inneren Muskeln.

Keenans Rücken kribbelte. Sein Höhepunkt war nahe, doch er wollte ihn noch ein wenig hinauszögern.

Kaum aber glitten ihre Finger über seine Narben, war es um seine Selbstbeherrschung geschehen.

Er stieß tiefer und fester in sie hinein. Fort war alle Zartheit, die er unbedingt bewahren wollte. Andererseits brauchte er …

Sie.

Er explodierte in ihr und hörte Nicoles stummen Aufschrei, als sie ihren Orgasmus erreichte. Wildes, pochendes Wohlgefühl durchflutete ihn.

Und er hielt sie, so fest er konnte.

Nie wieder würde er sie loslassen.

Ganz egal, wer kam und sie ihm wegnehmen wollte.

Manche Dinge in dieser Welt waren wichtiger als die Pflicht und manche sogar stärker als der Tod.

Sam fing den Blutgeruch ein, sowie er die Verandastufen von Rons Haus hinaufstieg. Die Haustür hing offen und schief in den Angeln.

Noch ehe er über die Schwelle getreten war, wusste er, was ihn erwartete.

Der arme Ron war kein besonders starker Dämon gewesen, nur knapp Stufe drei auf der Skala. Folglich war er für einen anderen Übernatürlichen kein beängstigender Gegner.

Ron lag auf dem Boden. Eine große Wunde klaffte an seinem Hals, und unter ihm war eine Blutlache.

»Mist!«

Lange Krallenwunden entstellten Rons Arme und Brust. Allerdings waren sie nicht ausreichend tief, um tödlich zu ein.

Nein, der Gestaltwandler, der Ron umbrachte, hatte ihn vorher gefoltert, um ihn zum Reden zu bringen.

»Du bist eingeknickt, stimmt's?«, murmelte Sam und beugte sich kopfschüttelnd über Rons Gesicht. Was Schmerz betraf, war Ron nie sehr widerstandsfähig gewesen. Diese Eigenschaft teilte er mit vielen Dämonen. Schmerz war ihre Schwäche.

Wer hatte Ron geholt, als er starb? Az oder einer von seinen Dutzenden Untergebenen?

Sam holte sein Handy hervor. Bisweilen war die moderne Technik noch schneller als Magie. Er rief bei sich zu Hause an, denn er ging davon aus, dass Keenan seinen Vampir dorthin zurückbrachte. Sam war nicht entgangen, wie heiß Keenan auf seinen Vampir war.

Das Telefon läutete einmal, zweimal …

»Hallo?«, meldete Nicole sich zögerlich.

Er drehte sich von dem Toten weg. »Ihr kriegt Besuch«, warnte er sie. »Seid vorbereitet.«

Durchs Telefon hörte er Glas splittern.

»Ich glaube, der ist schon da«, sagte sie leise und legte auf.

Keenan war sofort aus dem Bett, zog sich seine Jeans an und wandte sich zu ihr, während Nicole noch Sams Warnung durch den Kopf hallte.

Ihr kriegt Besuch.

Leider kam die Warnung zu spät.

»Bleib hier«, sagte Keenan zu ihr.

»Auf keinen Fall.« Blitzschnell zog sie sich ihre Sachen über. »Wir machen das zusammen. Du kämpfst nicht allein!«

»Wenn du bei mir bist, bin ich abgelenkt.«

Sie erstarrte.

Er hob beide Hände. »Wenn sie mich anfassen, sterben sie. Ich kann die allein ausschalten, aber ich muss sicher sein, dass dir nichts passiert.«

Trotzdem wollte sie an seiner Seite sein. »Ich bin nicht schwach.«

»Das habe ich auch nicht behauptet.«

Nein, das hatte er nie gesagt.

»Ich meine, dass du zu wichtig bist, als dass ich dich in Gefahr bringen will.« Er lief zur Tür. »Bleib hier.«

Während er kämpfte?

Er war schon fort.

»Verdammt!« Er war weg, doch Nicole nicht allein. So viel verriet ihr der Blumenduft, und als sie zum

Balkon sah, flogen die Türen nach innen auf, und sie sah … *oh, Mist!* Das war kein bloßer Schatten mehr, sondern eine richtige Gestalt: ein Mann, aus dessen Rücken sich gigantische Flügel erhoben. Sein Gesicht war versteinert vor Zorn.

Az. Sie musste nicht mit ihm sprechen, um zu begreifen, dass sie den Tod vor sich hatte.

»Du lässt ihn für dich sterben?«, knurrte Az und schritt auf sie zu.

Nicole wich zurück. Ja, sie wollte ja mutig sein und ihm trotzig entgegentreten, nur leider war ihr klar, dass er sie mit einem einzigen Fingertippen töten konnte.

Deshalb blieb sie lieber auf Abstand. »Keenan stirbt nicht.« Fast gleichzeitig hörte sie das Brüllen. Schreie kamen von unten, und es war nicht Keenan, der da schrie. »Er stirbt nicht«, erwiderte sie.

»Er hätte zurückkehren können.« Immer noch kam Az auf sie zu. Das war gar nicht gut. »Dazu hätte er nichts weiter tun müssen als seinen Auftrag ausführen.«

Nicoles Ellbogen stießen gegen die Wand. Nun saß sie fest. »Du meinst, er hätte bloß ein braver Soldat sein müssen und mich umbringen?«

»Du bedeutest nichts.« Keine zwei Schritte von ihr entfernt blieb er stehen, runzelte seine vollkommene Stirn und starrte sie an, als bemühte er sich angestrengt zu verstehen, was zur Hölle Keenan mit ihr anfing. »Du bist nur ein Vampir, ein Parasit, der ausgerottet werden muss.«

Jetzt machte er sie ernstlich sauer. Sie packte eine Lampe neben sich und schleuderte sie nach ihm. Das

Porzellan zerschmetterte, wohingegen Az nicht einmal mit der Wimper zuckte.

Keine Waffe, von Menschen gemacht. Und die Lampe war wahrscheinlich »Made in China«, nicht von magischer Hand geformt. Verflixt!

Sie musste wohl kreativ werden. »Vielleicht bin nicht ich der Parasit«, konterte sie und strich ihr Haar nach hinten. »Ich gehe keine Seelen einsammeln.«

Seine Augen weiteten sich. »Ich bin ein Engel, geschaffen, um überlegen zu sein, und …«

»Ja, ja, die Leier kenne ich.«

Er blinzelte.

»Ist dir mal der Gedanke gekommen, dass du irgendwas falsch verstanden hast?«, fragte sie lächelnd. »Vielleicht bist du gar nicht der Überlegene. Du kannst nicht fühlen, oder, Az? Keenan kann es. Er fühlt, braucht und will …« *Liebe,* wollte sie sagen, verkniff es sich aber. Sie hoffte ja lediglich, dass Keenan lieben konnte.

Denn sie liebte ihn ohne Frage. Diese Waffe jedoch würde sie Az nicht in die Hand geben.

»Vielleicht sind die Menschen überlegen«, sagte sie stattdessen. »Und ihr sollt doch über uns wachen, nicht? Uns beschützen.«

Seine Flügel streckten sich hinter ihm, sodass die schwarzen Spitzen die Zimmerdecke streiften. »Du bist nicht mehr menschlich.«

Der Mistkerl provozierte sie.

Nicole sah nach unten und maß den Abstand zwischen ihnen: zwei Schritt. »Du kannst mich töten.«

Er lächelte.

Schwein. Er konnte sie töten, also warum tat er es nicht? Warum wartete er darauf, dass sie starb?

Weil Engel Regeln befolgen mussten. Sie suchten den Zeitpunkt des Todes nicht aus, sondern mussten warten, sich an ihre Befehle halten und durften erst berühren, wenn …

»Nein«, hauchte sie und ging einen Schritt auf Az zu, als sie begriff. »Du besitzt die Kraft, mit einer Berührung zu töten, aber du kannst mich nicht töten. Noch nicht. Denn du musst deine Befehle befolgen, nicht wahr, Az?« Auch er war letztlich ein braver Soldat.

Seine Augenwinkel verengten sich kaum merklich.

»Du darfst mich nicht anfassen, nicht vor der Zeit. Also kannst du mich auch nicht töten.« Ihre Krallen hatten sich verlängert, und ihre Zähne waren bereit. »Vielleicht möchtest du mir wehtun, nur darfst du das nicht.«

Er machte einen Schritt zurück. »Das möchte ich nicht.«

Blödsinn. »Klar, und ich soll dir glauben, dass du dich nicht an mir rächen willst? Dich macht es doch maßlos wütend, dass ich dir einen deiner kostbaren Engel genommen habe.«

Ihr entging das leichte Zucken seiner Wimpern nicht. Aha. »Ich habe ihn genommen. Ich war die, für die Keenan fiel.« Sie lächelte und wusste, dass er ihre Reißzähne sehen konnte. »Er fiel meinetwegen, für einen Vampir, einen Parasiten, und er will nicht zu dir zurück.«

»Du wirst ihn zerstören.« Frechheit!

Und dieser Kerl sollte nicht fühlen? Wohl eher brodelten sämtliche Engel vor Emotionen und standen kurz vor der Explosion. »Machst du dir Sorgen?«, fragte sie. »Denn mir kommt es vor, als wärst du auch kein vollkommener Engel mehr.«

»Der war ich nie.«

Nun stutzte Nicole.

Seine Flügel waren nach wie vor weit ausgebreitet, seine Hände zu Fäusten geballt. »Liebst du ihn, Vampir?«

»Ja.« Es war die Wahrheit.

»Wie sehr?«, fragte er.

Sie betrachtete ihn verwundert und misstrauisch. Was hatte er vor?

»Liebst du ihn genug, um dein Leben für ihn zu geben? Denn genau das hat er für dich getan. Er gab alles auf, was er hatte. Er brannte, als er fiel, kroch durch die Hölle, nur um zu dir zu kommen.«

Durch die Hölle? Moment mal!

»Also frage ich dich: Was würdest du für ihn tun?«

Ihr fiel auf, dass es unten still geworden war. Zu still. Ihr schien das Herz in der Brust zu gefrieren. Sie rannte quer durchs Zimmer zu der großen schwarzen Tasche neben dem Nachtschrank. Als sie die Tasche oben aufriss, fand sie darin ihre Sachen. All ihre Sachen waren von Keenans Haus hierhergebracht worden. Offenbar hatte Sam geahnt, dass sie wieder herkommen würden. Sie zerrte eilig einige Sachen heraus, und tatsächlich war ihre Waffe in der Tasche. *Danke, Sam!*

»Würdest du für ihn kämpfen?«, fragte Az. »Würdest du für ihn töten?«

»Ja«, antwortete sie prompt und umfasste den

Waffenknauf. Es war die Waffe mit den Silberkugeln, die sie in der Blutbar in San Antonio mitgehen ließ. *Diesmal habe ich Silber, Mistkerl.*

»Würdest du für ihn sterben?«

Wut kochte in ihr, als sie sich zu ihm umdrehte. »Ich weiß nicht, was für ein krankes Spiel das hier sein soll.«

Er würdigte die Waffe keines Blickes. Warum sollte er auch? Er musste sie ja nicht fürchten. Carlos hingegen täte gut daran, sich vor den verbliebenen Silberkugeln zu ängstigen.

Az beobachtete sie aufmerksam. »Wir wissen beide, dass Carlos nicht auf der Jagd nach dir ist. Er will Keenans Blut, weil er sich davon Macht verspricht. Deshalb frage ich dich noch einmal, würdest du für ihn sterben?«

Die Stille war unheimlich. Nicole umklammerte die Waffe fester. Es waren nur noch wenige Kugeln übrig.

»Engel können sterben«, sagte Az, und bei seiner leisen Stimme liefen Nicole kalte Schauer über den Rücken. »Jeder kann sterben, und glaub mir, Vampir, ihr werdet diese Nacht nicht beide überleben.«

Keenan?

Sie sprang zur Tür.

»Mach dich bereit zu wählen!«, rief Az ihr nach. »Ich sehe den Tod kommen. Ich sehe ihn!«

Das Bild vom letzten Moment. Manchmal konnten diese Engel ganz schön nerven.

»Ich sehe dich und Keenan, sehe den Pfahl und sehe Blut.« Er schüttelte den Kopf. »Das Blut ist auf Keenan.«

Nein. Er durfte nicht sterben. Beinahe fiel Nicole die Treppe hinunter, weil sie zu schnell rannte. »Keenan!«

»Der Tod kommt«, folgte ihr Az' Stimme. »Bevor die Sonne aufgeht, wird sich der Tod eine Seele holen.«

»Bleib weg von ihm!«, schrie Nicole, allerdings wusste sie selbst nicht, ob sie Az oder Carlos anschrie.

Dann war sie unten und sah die Glasscherben auf dem Boden. Zwei nackte Männer – sie mussten Gestaltwandler sein, denn die waren immer nackt, wenn sie sich in ihre menschliche Form zurückverwandelten – lagen auf dem Boden.

Doch Keenan war fort, und von Carlos war nichts zu entdecken.

»Beeil dich lieber.« Nicole drehte sich um und sah Az, der von oben zu ihr hinabblickte. »Die Zeit läuft ab.«

Zum Teufel mit ihm! Sie preschte hinaus in die Nacht, Keenans Namen rufend.

Sechzehntes Kapitel

Keenan fing sie ab, als sie aus dem Haus gestürmt kam, riss sie an sich und schlug ihr gleichzeitig eine Hand auf den Mund, damit sie aufhörte zu schreien.

Er zog sie in den Schatten und schirmte sie mit seinem Körper ab. »Ganz ruhig, Süße«, flüsterte er ihr zu. »Wir werden gejagt.«

Zwei Kojoten-Wandler hatte er schon geschafft. Sie waren das Empfangskomitee gewesen, das mit Klauen und Zähnen über ihn herfiel. Und sie hatten es geschafft, ihn einige Male zu kratzen und zu beißen, sodass sein Blut in der ganzen Eingangsdiele war. Aber für diese Wunden hatten sie bezahlt.

Nicoles linke Hand umfing seinen Arm. »Du bist es«, flüsterte sie, und er konnte deutlich die Angst in ihren Augen sehen. »Sie geben nicht auf, ehe sie dein Blut haben.«

Mehr als das, was sie ihm schon entlockt hatte, gab er ihnen ganz sicher nicht.

»Az hat mir gesagt, dass du heute Nacht sterben könntest.«

Er nickte. »Bleib hier, ich hole sie mir.«

Sie riss ihn zurück, als er sich abwenden wollte. »Hallo? Hast du mich nicht gehört?« War das eine Waffe, die sie in der rechten Hand hielt?

Carlos hörte sie wahrscheinlich, denn Nicole gab sich keinerlei Mühe, leise zu sprechen.

»Wir dachten, dass ich das Ziel bin, aber das stimmt nicht, Keenan. Du bist es!«

Diese Möglichkeit war ihm von Anfang an bewusst gewesen. Er wusste ja, wie gern Az die Gefallenen auslöschte, die auf Erden wandelten. Manchmal fragte er sich, ob Az auf Befehl tötete oder weil er es wollte.

Nur wenn er das täte, würde auch er fallen. Und Az war bisher nicht gefallen. Er hielt sich nach wie vor dort oben.

Ihre Krallen bohrten sich in seine Hand. »Du stirbst nicht für mich.«

Welche Entschlossenheit sein Vampir bewies. Er strich ihr das Haar zurück und ließ seine Finger ein wenig auf ihrer Wange verharren. »Deine Sorge ist unbegründet. Az will dir bloß Angst einjagen.« Er fühlte, dass Az ihn beobachtete, in diesem Moment, auch wenn er sich nicht zeigte. Ein weiterer Schlag würde bald folgen, deshalb musste Nicole wieder ins Haus. Solange sie drinnen war, konnte er jeden Angreifer abwehren.

»Tja, na ja, das ist ihm gelungen. Ich habe Angst. Ich will dich nicht verlieren.«

Rechts von ihnen waren Schritte zu hören. Sie mussten von einem Menschen auf der Straße kommen; ein Gestaltwandler würde sich niemals so geräuschvoll bewegen. Die bewegten sich vollkommen lautlos.

Dieses Katz- und Maus-Spiel wurde allmählich öde.

»Der Kojote ist da draußen«, sagte er zu Nicole, »und ich lasse ihn nicht entkommen.« Denn wenn er das tat, würde es einen weiteren Angriff geben. Carlos gab nicht auf, ehe er hatte, was er wollte.

Mein Blut.

Zu schade für Carlos, denn Keenan hatte nicht die Absicht, sein Blut jemand anderem als seinem Vampir zu geben.

Sie blickte über seine Schulter hinweg auf die dunkle Straße. »Du meinst, *wir* lassen ihn nicht entkommen.«

»Nicole …«

»Wir«, wiederholte sie streng, und sie war so unglaublich schön, nicht nur wenn sie streng wurde. Blasse Haut, dunkles Haar, Lippen, die Keenan an seinem Mund spüren wollte. Ihre Augen funkelten, als sie ihn ansah. »Ich lasse nicht zu, dass du dich in Gefahr bringst. Du bist das Ziel, und ich gebe dir Rückendeckung.«

Wegen Az. Der Engel hatte sie hinaus in die Dunkelheit gescheucht. *Darüber reden wir noch, Az. Sehr bald.*

»Dann lass uns jagen.« Ehe der Morgen anbrach und sie schwächte.

Sie waren noch nicht weit, als Nicole ihn anhielt. Er hörte, wie sie kurz durch die Nase einatmete, bevor sie flüsterte: »Blut.«

Er blickte hinab auf das dunkle Pflaster und sah winzige Tropfen. »Vielleicht ist er verletzt.«

»Nein, das ist menschliches Blut.« Sie lief weiter. »Hier ist noch mehr. Das ist eine Spur!«

Demnach spielte der Kojote unfair. Carlos war gewillt, einen Menschen zu opfern, um seine Beute anzulocken. Was im Grunde keine Überraschung war.

Sie folgten der Spur, die zunächst aus wenigen

Tropfen bestand, dann zu größeren Flecken auf den Steinen wurde. Die Leute, an denen sie vorbeikamen, hatten keine Ahnung, dass sie durch frisches Blut stolperten.

Bald würde die Morgendämmerung einsetzen, was bedeutete, dass selbst in New Orleans die ewige Party verebbte. Keenan musste Carlos finden, ehe der wieder auf ihn losging.

Jagen oder gejagt werden.

Auf dieser Erde schien es immer nur die Wahl zwischen den beiden Möglichkeiten zu geben.

Sie bogen um eine Ecke. Vor ihnen lag der Jackson Square, auf dem es von schattigen Nischen nur so wimmelte. Gleich hinter dem Platz ragten die drei Türme der St.-Louis-Kathedrale hoch in den mondbeschienenen Himmel auf.

Als Nicole weiterlaufen wollte, hielt er sie zurück. »Süße, du musst dich dem nicht stellen, was dort auf dich wartet.«

Das war nicht bloß Carlos, sondern auch ihre Vergangenheit.

Sie drehte sich zu ihm und sah ihn ernst an. »Doch, muss ich.«

Dann war sie weg, schlich vor ihm her durch die Dunkelheit. Sie kannte sich hier aus. Ihr war jede Ecke, jeder Winkel vertraut, und Keenan folgte ihr. Er blieb dicht hinter ihr, achtete darauf, dass sie nie mehr als ein Schritt trennte.

»Die Spur führt nach drinnen«, flüsterte sie, als sie zu den zackigen Türmen aufblickte. Er konnte nicht umhin, an eine andere Nacht zu denken, die von noch mehr Blut besudelt gewesen war.

Langsam bewegte Nicole sich weiter, ihren Blick auf die Kreuze oben an der Kathedrale gerichtet. »Warum bringt er seinen Köder hierher?«, flüsterte sie. »Er kann doch nichts davon wissen.«

Nein, er dürfte nichts davon wissen, was dieser Ort für sie bedeutete, es sei denn, jemand hatte es ihm gesagt.

Ihre Hand zitterte, als sie zur linken Tür griff. Sie zog ein wenig und atmete leise aus. »Heute Nacht ist nicht abgeschlossen.«

Er griff nach ihrer Hand. »Geh nicht rein.« Er wusste nicht, was sie erwartete, doch bei all dem Blut konnte es der Tod sein.

Aber sie schüttelte den Kopf. »Ich hätte schon längst hineingehen sollen.«

Dann war sie in der Kathedrale und Keenan ihr dicht auf den Fersen. Er würde sie an nichts und niemanden verlieren.

Auf den Marmorfliesen verursachten ihre Schritte leise Schabgeräusche. Kerzen brannten, obwohl Keenan sicher war, dass die Kathedrale um diese Zeit normalerweise geschlossen war. Engel und Heilige starrten ihn von den Bildern an, schienen ihn vorwurfsvoll zu mustern.

»Dort«, flüsterte Nicole. Die Blutspur führte zu einem Beichtstuhl.

Dass Carlos hier eine Leiche ablegte, sie in einer Kirche fallen ließ, war unverzeihlich.

Manche Sünden konnten nicht vergeben werden.

Nicole neigte ihren Kopf nach links. »Ich höre etwas.« Sie hielt den Atem an und rannte nach vorn.

Sobald sie die Tür zum Beichtstuhl aufriss, gellte ein Schrei durch das Kirchenschiff.

Das war nicht Nicoles Schrei.

Die Beute lebte. Es war eine Frau, die schrie und zitterte. Dünne, blutige Schnitte bedeckten ihre Arme und Beine, und Keenan erkannte auf Anhieb, dass diese Wunden von Kojotenkrallen stammten.

»Alles gut«, sagte Nicole zu der Frau und hielt eine Hand hoch, an der keine verlängerten Krallen waren. »Wir wollen Ihnen helfen.«

Die Frau hatte zerzaustes blondes Haar, trug ein sehr kurzes schwarzes Kleid und war sichtlich verwirrt. Mascara und Tränen waren auf ihrem Gesicht verschmiert. Vor allem aber kam sie Keenan bekannt vor. Er wusste, dass er sie schon mal gesehen hatte.

Vor dem Feuer im Temptation fliehend.

Er trat einen Schritt zurück und ließ seinen Blick über die hölzernen Kirchenbänke schweifen.

»Wo ist der Mann, der Ihnen das angetan hat?«, fragte Nicole.

»K-kein Mann.« Die Frau fiel auf die Knie und bekreuzigte sich. »Das war der Teufel.«

Nein, bloß ein Kojotenwandler. Der Teufel war vor langer Zeit gestorben, und nun herrschte jemand anders an seiner Stelle.

»Er … er hat mich verletzt und … und wollte wissen …«

»Bringen wir sie hier raus«, sagte Nicole, und Keenan bemerkte, dass sie ihren Kopf von der Frau abgewandt hielt. Richtig, das Blut. Dessen Duft war zu verlockend für Nicole.

Er hob die Frau hoch.

»Hilfe«, flüsterte die Frau. Wie war noch ihr Name? Tina?

»Wir helfen Ihnen«, versprach Nicole. »Wir bringen Sie zu einem Arzt. Alles wird wieder gut.«

Sie liefen zum Ausgang. Als Nicole die Tür aufstieß, schlug ihnen schwüle Nachtluft entgegen. Die Morgendämmerung war noch nicht da, lauerte aber am Horizont. Nicole rannte die Steinstufen hinunter. »Komm schnell«, rief sie. »Wir können …«

Da zerriss ein Knurren die nächtliche Ruhe.

Nicole sah sofort zur dunklen Seitengasse. Pirate's Alley, die Gasse, in der sie vor sechs Monaten beinahe gestorben war.

Nein, sie *war* gestorben. Die Wahrheit ließ sich nicht leugnen.

Und nun wusste Keenan, dass Carlos in der Dunkelheit auf sie wartete.

Vorsichtig stellte er die Frau ab. »Können Sie gehen?«, fragte er leise.

Sie weinte nur, schlang die blutigen Hände um seinen Hals und hielt sich an ihm fest.

Er versuchte, ihre Hände von sich zu lösen, aber da fing sie zu schreien an: »Verlassen Sie mich nicht! Lassen Sie mich nicht allein!«

Nicole sah ihn fragend an, schluckte und flüsterte: »Pass auf sie auf.«

Nein, sie durfte nicht allein loslaufen!

»Ich habe keine Angst mehr vor dem Monster in der Gasse«, beteuerte sie. Ihre Reißzähne waren verlängert, ihre Krallen scharf. »Diesmal darf er sich vor mir fürchten.«

Mit diesen Worten verschwand sie. Nicole rannte in die Seitengasse, auf die Finsternis und Carlos zu.

Unterdes klammerte sich die verletzte Frau weiter an Keenan. Sie zitterte und … lachte sie?

»Sie ist tot«, kicherte sie. Ihre Lippen waren blutbefleckt. »Er bringt die Schlampe um.«

Wütend stieß Keenan die Frau von sich, dass ihr Kopf nach hinten schnellte. »Was redest du da?«

Doch sie lachte, und ihm wurde klar, dass er die Lektion vergessen hatte, die er vor so langer Zeit gelernt hatte.

Menschen logen. Und sie logen sehr oft sehr gut.

Sie lächelte ihn an, obwohl sie nach wie vor blutete. Ein williges Opfer. »Sie ist tot«, sagte sie, während ihr das Blut über den Körper rann, »bevor du …«

Mehr hörte er nicht, denn er rannte bereits die Gasse hinunter und brüllte Nicoles Namen.

Als er sie sah, verschwammen Vergangenheit und Gegenwart. Sie lag am Boden, strampelte und wehrte sich, nur diesmal nicht gegen einen Vampir, sondern gegen einen riesigen Kojoten.

Die Zähne des Kojoten bohrten sich in ihre Schulter. Nicole versuchte, ihn mit beiden Armen von sich zu stemmen.

Nein, das war es nicht. Sie hatte irgendwas in der Hand, zwischen sich und dem Kojoten, etwas Kleines, Schwarzes.

Die Explosion brachte die ganze Gasse zum Erzittern, und der Knall hallte durch die Nacht.

Dann kippte der Kojote von ihr, und sein Fell schmolz gleichsam in seinen Körper ein.

Nicole hob die Waffe, zielte und feuerte noch einmal.

Das Tier zuckte zusammen. Eigentlich war es gar kein Tier mehr, eher ein Mensch, nackt und verwundet. Der Mann wand sich, schrie vor Schmerz, und sein Blut sickerte auf das Pflaster unter sich.

Nicole stand auf und sah zu Keenan. »Dieses Mal war ich vorbereitet«, sagte sie leise.

»Silber!«, grölte Carlos wütend. »Du verdammtes Miststück! Silber!«

»Wie gut, dass wir bei dieser Blutbar in Texas waren.«

Ja, natürlich, die Blutbar. Ihm war nicht einmal bewusst gewesen, dass sie die Waffe behalten hatte.

»Eine Kugel habe ich noch.« Nicole stand neben Carlos, die Waffe auf seine Brust gerichtet. Ihre Hand war vollkommen ruhig. »Die ist für dein Herz.«

Er wand sich. Keenan wusste, dass Carlos sich mit dem Silber in seinem Körper nicht verwandeln konnte. Stattdessen hieb Carlos mit den Händen nach seinen Wunden, als wollte er sich die Kugeln herausrupfen.

»Warum willst du ihn unbedingt?«, fragte Nicole. »Wieso bist du nicht einfach weggeblieben und hast uns in Ruhe gelassen?«

Carlos gelang es, sich eine Kugel aus dem Fleisch zu zerren. Er warf sie in den Rinnstein. »Fick dich!«

Die zweite Kugel saß tief in seiner Brust, doch er grub mit den Fingern danach, wobei er sich Haut und Muskelgewebe zerriss.

»Nicole«, rief Keenan, der herbeigelaufen kam.

»Beende es!« Sie sollte wahrlich nicht den Fehler begehen, mit dem Jäger zu spielen.

»Warum hier?«, flüsterte sie. »Verdammt, warum ausgerechnet hier? Warum in dieser Gasse?«

Der Kojote keuchte rasselnd. In dem Moment, in dem er sich die zweite Kugel gezogen hatte, würde er sich verwandeln.

»Weil er«, ächzte Carlos, »dich um den Verstand bringen will.«

Dann grinste er triumphierend, und Keenan war klar, dass er die zweite Kugel gefunden haben musste.

Gleichzeitig verdichteten sich die Schatten hinter dem Gestaltwandler. Das leise Rascheln von Flügeln war zu hören.

Zeit zum Sterben.

Nicole feuerte, und die Kugel traf Carlos ins Herz. Der Gestaltwandler sank zurück, die Augen weit aufgerissen. Er war noch nicht tot, rang nach Atem und klammerte sich an sein Leben. Aber der Tod kam mit ausgestreckten Armen auf ihn zu.

Az trat aus dem Schatten. Sein Gesicht war streng, erbarmungslos. Würgend und keuchend kämpfte der Gestaltwandler ums Überleben. Gestaltwandler starben längst nicht immer so leicht, wie sie sollten. Das Tier in ihnen besaß einen ausgeprägten Überlebenswillen.

Hinter Keenan waren Schritte zu hören. Er drehte sich nicht um, weil er Carlos nicht aus den Augen lassen wollte, bis Az ihn berührt hatte.

»Blut«, flüsterte Nicole und machte einen Schritt zurück. »Die Frau … Keenan ist sie …«

»Um die brauchst du dich nicht zu sorgen.« Sie hatte sich freiwillig als Lockvogel benutzen lassen.

Az war fast bei Carlos. Nur noch wenige Momente.

»Wähle«, sagte Az.

Wie bitte? Es gab keine Wahl, hatte nie eine gegeben. Was sollte er wählen?

Da wirbelte Nicole schon herum, schrie auf und stieß Keenan zur Seite.

Die Frau – der Köder – war ihnen gefolgt. Keenan stürzte nach hinten, während zugleich die Frau mit der rechten Hand ausholte und einen dicken Holzpflock in Nicoles Brust rammte.

Keenan packte sie, berührte sie, und binnen einer Sekunde war sie tot. Dann riss er den Pflock aus Nicoles Brust. *Nicht ihr Herz!*

»Es ist zu spät«, sagte Az. »Für den Vampir ist die Stunde gekommen.«

Die Zeit schien stillzustehen, und alles war so ruhig, dass Keenan Nicoles angestrengte Atemzüge hören konnte. Er fühlte ihr warmes Gewicht an seinem Körper.

Als er aufsah, war Az direkt vor ihm und streckte eine Hand nach unten. Er war also nicht hier, um den Gestaltwandler zu holen, denn der lebte noch. Carlos lebte, obwohl er tot sein sollte.

Und nun erhob er sich wieder. Er hatte alle Kugeln aus seiner Brust entfernt. *Ein wandelnder Toter*. Der Tod hatte seine Beute nicht geholt, weil Az die Regeln brach.

Dieser Schuft!

»Nein«, sagte Az kopfschüttelnd, und erst jetzt wurde Keenan klar, dass er seine Gedanken laut herausgebrüllt hatte. »Du bist derjenige, der die Regeln gebrochen hat. Ich räume nur das Chaos auf, das du verursacht hast.«

Carlos verwandelte sich unter lautem Knacken und Knirschen von Knochen in einen riesigen, pelzigen Kojoten.

»Mach es nicht schwerer als nötig«, sagte Az, der den Kojoten überhaupt nicht beachtete, sondern nur Keenan ansah. »Ich weiß, dass du sie begehrst, doch sie ist nicht wert, was du …«

»Rühr sie nicht an!« Er zog Nicole näher an sich, weg von Az. Zugleich drückte er ihre Lippen an seinen Hals. »Trink, Süße, trink.«

Az seufzte. »Ich habe das für dich getan, Keenan. Ich riskierte, mich dem Zorn auszusetzen, weil ich weiß, dass du besser bist als diese sterbliche Welt.«

»Besser, ja?« Nicole biss ihn nicht. Er konnte ihre spitzen Zähne fühlen, aber sie biss nicht. Sie schien kaum noch zu atmen. »Leck mich, Az«, brüllte Keenan. »Sie ist das Einzige, was ich will!«

»Einen Vampir, ja? Eine Mörderin.«

»Denkst du, wir sind so anders als sie?« Warum trank sie nicht? »Wie viele Seelen haben wir geholt, Az? Wie viele?« Er hielt sie fest, spürte jedoch, wie sie in seinen Armen erschlaffte.

»Wir tragen sie nur fort. Menschen und Andere töten sie.«

Carlos heulte hinter ihm. Der Gestaltwandler hatte sich jetzt vollständig zum Tier gewandelt, und das half ihm, von seinen Wunden zu genesen. Er hätte an der letzten Kugel sterben sollen, doch Az änderte die Spielregeln.

»Die überschreitest eine Grenze.« Keenan ergriff Nicoles Hand. Ihre Krallen waren noch ein wenig verlängert, und die benutzte er nun, um sich einen Riss am Hals zuzufügen, an den er ihren Mund drückte. *Trink!* Selbst wenn die Blonde Nicoles Herz verfehlt hatte, konnte Nicole verbluten. Und hier war schon so viel Blut.

Ihre Lippen begannen, sich zu bewegen, schwach nur, doch sie trank. »Bleib bei mir, Süße«, flüsterte er. »Bleib bitte bei mir.«

Az beäugte ihn verständnislos. »Warum ist sie von Belang? Du warst ein Engel und kannst wieder einer sein. Diese Welt, diese Hölle hier brauchst du nicht.«

Der Kojote verwandelte sich abermals, zurück in seine menschliche Gestalt. Mit jeder Wandlung schöpfte er mehr Kraft.

Keenan sagte: »Vielleicht brauche ich die Welt nicht.« Den Schmerz, den Hass und die Kriege. »Aber ich brauche sie.«

Az streckte seine Flügel. »Warum?«

Der Engel schien es wirklich nicht zu verstehen. »Weil ich sie liebe.« Ganz einfach.

»Engel lieben nicht!«

»Ich schon.« Nicoles Atem wehte sacht über seine Haut. Sehr gut. Sie hatte genug Blut getrunken, um zu überleben, bis er sie aus dieser Gasse weggeschafft hatte. Keenan schob sie hinter sich, sodass sie zwischen ihm und einer Mauer stand.

»Du kannst nicht hier unten bleiben«, sagte Az, dessen einer Wangenmuskel zuckte. »Dies ist kein Ort für dich.«

»Wo sie ist, bin ich auch.«

Carlos stand grinsend da, die Krallen ausgefahren und die blitzenden Reißzähne gebleckt.

»Willst du deinen Hund auf mich hetzen?«, fragte Keenan. Nicoles Finger drückten gegen seinen Rücken. »Du warst es schließlich, der ihn hergeschickt hat.« Ja, das hatte er sich inzwischen zusammengereimt. *Die dunkle Gasse. Die Kathedrale.* »Du hast als Einziger gewusst, was diese Stelle für Nicole bedeutet.«

Az' Lächeln hatte eine böse Note. Verdammt, der Kerl sollte doch zu den Guten gehören!

»Ich dachte, Engel helfen Menschen«, sagte Nicole. Ihre Stimme war schwach, aber klar. »Ich dachte, ihr sollt die Menschen beschützen.«

»Ich sagte dir schon, du bist nicht menschlich«, entgegnete Az. »Du hättest in jener Nacht sterben sollen. Hast du es denn nicht begriffen? Wir haben versucht, gnädig zu sein.«

Carlos kam näher.

»Wie?«, fragte Nicole. »Indem ihr mich von dem Schwein vergewaltigen lasst? Indem ihr mich von ihm aufschlitzen lasst?«

»Der Krebs in dir hätte deinen Körper gebrochen. Du hättest monatelang gelitten, genau wie deine Mutter, wärst langsam verfallen.« Az hob eine Hand und schnippte mit den Fingern. »Stattdessen dauerte deine Pein nur wenige Augenblicke.«

Krebs?

»Hast du das nicht gewusst, Keenan? Was dachtest du denn, warum dein Schützling an jenem Abend in diese Kirche laufen wollte? Die Menschen wenden sich immer Gott zu, wenn sie etwas brauchen.«

Az trat einen Schritt zurück und machte Carlos den Weg frei. »Dann wenden sie sich von ihm ab, wenn er sie braucht.« Er zeigte auf Keenan. »Du hättest dich nicht abwenden dürfen.«

Keenan starrte Az an und spürte, wie seine Wut beständig größer wurde.

»Dies ist deine letzte Chance«, sagte Az. »Noch kannst du zurück.«

Du musst sie nur töten.

Keenan lächelte. »Du kannst mich mal, Az.«

»Also hast du gewählt«, folgerte Az ungerührt. »Ich frage mich, was einen gefallenen Engel in der nächsten Welt erwartet.«

Carlos rannte auf sie zu, die langen scharfen Klauen auf sie gerichtet.

Keenan hatte keine Angst. Dazu war er viel zu zornig. Er könnte Carlos mit einer Berührung töten.

Doch würde es Carlos gelingen, ihn im selben Moment umzubringen? Entscheidend war, wer schneller war und zuerst zuschlug.

Flügelrauschen war zu hören, und noch ehe Keenan angreifen konnte, wurde er von Az gepackt und weggezogen. Der Mistkerl hielt ihn in seinem eisernen Griff, und sie stürzten in die Seitenmauer.

Derweil hieb Carlos grinsend mit seinen Klauen nach Nicole.

»Nein!« Keenan wollte sich auf ihn stürzen.

Nur ließ Az ihn nicht los. »Mich kannst du nicht mit einer Berührung töten«, sagte Az und drückte Keenan an die Mauer. Erste Sonnenstrahlen fielen in die schmale Gasse. »Diesmal wirst du ihr beim Sterben zusehen.«

Nein, das würde er nicht. Keenan rammte seinen Kopf nach hinten gegen Az, was diesem lediglich ein Lachen entlockte.

Nicole schrie.

Keenan sah zu ihr. Mehr Blut floss. Carlos hatte ihr mit seinen Klauen die Arme und die Brust aufgeschlitzt.

»Ein Vampir, besonders ein so junger, ist kein Gegner für einen Gestaltwandler.« Az klang vollkommen ruhig und distanziert.

»Nicole!«

Sie hieb mit ihren Krallen zu, schaffte es, Carlos seitlich zu erwischen. Er stöhnte auf vor Schmerz. »Ich bringe dich um, und dann hole ich mir das Blut von deinem Liebhaber.«

»Die Sonne wird ihren Tod beschleunigen«, sagte Az lächelnd. »Keine Angst, sie muss nicht lange leiden.«

Dieser irre Mistkerl!

»Nein, muss sie nicht«, pflichtete Keenan ihm bei.« Wut kochte in ihm hoch, füllte ihn vollständig aus.

Und sie entlud sich in einem rot glühenden Feuerball, der in Az hineinkrachte.

Diesmal war es an Az zu schreien. Mit einem lauten Schmerzensgeheul flog er zurück, schlug auf dem Boden auf und rollte sich herum, um das Feuer zu löschen.

»Dieses Feuer ist nicht von Menschen gemacht, Arschloch.« *Sondern von einem Engel.* »Ich habe es heraufbeschworen, und ich allein kontrolliere es.« Az nicht. Folglich würde es ihn übel verbrennen. Irgendwann verheilten die Wunden zwar wieder, aber bis dahin litt Az höllische Qualen.

»Ich nehme mir sein Blut, und dann ist er meine Waffe«, raunte der Gestaltwandler unterdes.

Keenan drehte sich um und sah, wie Carlos Nicole umkreiste.

»Ich bin niemandes Waffe!«, brüllte Keenan. »Nicht mehr.« Dann packte er Carlos.

Der Gestaltwandler starb, bevor er schreien konnte.

Seine Leiche fiel mit einem dumpfen Aufprall zu Boden. Nicole sackte in sich zusammen.

»Es ist okay«, sagte Keenan. »Alles ist vorbei.«

Sie sah über seine Schulter, und Schmerz und Angst flackerten in ihrem Blick. »Nein, ist es nicht.«

Panisch versuchte sie, ihn zur Seite zu reißen.

Zu spät.

Feuer raste in seinen Rücken.

Siebzehntes Kapitel

Keenan hatte sie mit seinem Körper abgeschirmt. Als ihn das Feuer traf, hatte er sich vor Nicole geworfen und sie beschützt.

Dauernd beschützte er sie.

Nun lag er auf dem Boden und versuchte, die Flammen zu ersticken.

Sie sah auf und musste sich das Haar aus dem Gesicht streichen. Az war aufgestanden. Sein Körper war genauso von Brandblasen bedeckt wie Keenans, und Az kam auf sie zu.

»Ich wollte nicht, dass es so endet, Keenan. Ich wollte, dass du zurückkommst.«

Keenan versuchte, sich auf die Knie aufzurichten.

Doch Az flog auf ihn zu und stieß ihm den Fuß auf den verwundeten Rücken, sodass Keenan auf das Pflaster gedrückt wurde. Dann erhob sich der Engel wieder, wohl um sich für den nächsten Schlag bereit zu machen.

Nicole legte vorsichtig ihre Arme um Keenan.

Beinahe konnte sie spüren, wie schwach er war. Er hatte ihr von seinem Blut gegeben, sich geschwächt, damit sie lebte.

Sie berührte ihre Brust. Der Pflock hatte sie nahe an ihrem Herzen getroffen, aber zu ihrem Glück war die durchgeknallte Kuh nicht sehr zielsicher gewesen. Blut tränkte Nicoles Sachen, ihr Blut und Keenans.

In der Ferne heulten Sirenen. Endlich hatte jemand mitbekommen, dass in dieser Gasse die Hölle los war, und die glorreiche Idee gehabt, Hilfe zu rufen.

»Die Hilfe wird nicht rechtzeitig hier sein«, sagte Az, der wenige Schritte entfernt wieder auf den Boden aufsetzte. »Ich habe einen Auftrag auszuführen, und ich werde ihn erledigen. Ich zögere nicht, begehe nicht den Fehler, den du begingst. Mich hemmen keine Emotionen.«

Er stürzte sich erneut auf Keenan, packte ihn und riss ihn aus Nicoles Armen, um ihn gegen die gegenüberliegende Mauer zu schleudern. Keenan krachte in die Ziegelsteine, und ein tiefer Riss erschien im Mauerwerk.

»Aufhören!« Sie stürmte mit ausgefahrenen Krallen auf Az zu. »Hör auf, verdammt!«

Az drehte sich zu ihr und lächelte. »Bereit zu wählen?«, flüsterte er.

Stolpernd blieb sie stehen.

»Wie ich dir schon sagte, ist alles ganz einfach. Dein Leben oder seines.« Seine Flügel senkten sich. »Wir können alles wieder richten. Deine Seele hätte geholt werden sollen. Stellen wir die Ordnung wieder her.«

Nicole sah zu Keenan, der versuchte, auf die Beine zu kommen. Könnte er doch nur aufstehen!

»Du liebst ihn nicht genug, um zu sterben, habe ich recht?« Az lachte. »Keenan liebt dich, aber diesmal wirst du es sein, die zusieht, wie der Tod kommt.«

»Nein.« Ihr blieb nicht viel Zeit. Sie musste schnell sein, sehr schnell.

»Du gibst dein Leben nicht für ihn!«

Keenan war auf den Beinen, seine Augen groß und verzweifelt, als er sich von hinten auf Az stürzte.

»Ich weiß was Besseres«, sagte sie leise, und nun war es an ihr, zu lächeln und die Zähne zu zeigen. »Ich töte für ihn.«

Az stutzte. »Was?«

Sie machte einen Satz auf ihn zu, versenkte die Zähne in seinem Hals und hieb mit den Klauen auf seine Brust ein, während er schon noch ihr griff.

Eine Berührung würde genügen.

Kälte strahlte von seinen Händen in ihre Haut. Der Tod.

Aber Az zitterte, und sein Blut war in ihrem Mund. Der Engel würde nicht ungeschoren davonkommen. Genau genommen würde er überhaupt nicht davonkommen.

Zeit zu töten, Zeit zu sterben, für sie beide.

In dieser gottverdammten Seitengasse, mal wieder.

Az hatte recht gehabt. Vor sechs Monaten war sie zur Kathedrale gegangen, weil sie beten wollte. Sie wollte Gott um Kraft anflehen, doch waren seine Türen verschlossen gewesen.

Und dann war der Teufel in die Gasse gekommen.

Aber sie hatte sich nie von ihrem Glauben abgewandt. In dem Punkt irrte Az. Sie hatte gebetet und gehofft und ihren Engel bekommen.

Für ihn würde sie töten. Für ihn würde sie sterben.

Denn Keenan hatte ihr einen Grund zu leben gegeben: Liebe.

»Nein!« Az stieß sie zurück, sodass sie an die drei

Meter weit in ein Fenster flog. Glas splitterte um sie herum.

Und Az fiel zu Boden. Oder vielmehr schlug er zu Boden, als Keenan sich auf ihn stürzte. Wieder und wieder hieb Keenan ihm die Fäuste ins Gesicht. Die brutalen Hiebe hallten durch die Gasse und übertönten beinahe die nahenden Sirenen.

Nicole rappelte sich auf, ging einen Schritt und stolperte.

Starke Hände fingen sie. »Alles okay?«

Es war Sam.

Sie blinzelte und bemerkte, dass ihr Blut in die Augen lief und sie ihn kaum sehen konnte.

Sam hob eine Hand und zupfte eine Glasscherbe aus ihrer Braue. »Ganz ruhig.«

Oh nein, zum Ruhigbleiben war dies wahrlich nicht der geeignete Zeitpunkt. Zwei Engel versuchten, sich gegenseitig umzubringen, und einen von ihnen liebte sie.

Wind wehte über ihre Haut, als sie sich von Sam befreien wollte. »Wir müssen Keenan helfen!«

»Der dürfte keine Hilfe brauchen«, murmelte Sam. »Wo ist der Kojote? Wir müssen ihn aufhalten. Falls er Engelsblut in seine Finger kriegt …«

»Er ist tot«, fiel sie ihm ins Wort und entwand sich Sam. Dann rannte sie zu Keenan.

Az schien nicht mehr zu kämpfen. Der Engel lag da, steckte die Schläge ein und starrte Keenan mit geschwollenen Augen an.

Im nächsten Moment fiel sein Blick auf Nicole. »Du«, flüsterte er matt, »solltest tot sein.«

Keenan riss ihn hoch. »Nein, du bist es, der stirbt!«

»Ich habe sie berührt«, raunte Az, der den Kopf schüttelte und es schaffte, aus eigener Kraft zu stehen. »Sie sollte tot sein.«

Ja, er hatte sie berührt, und das zweifellos mit der Absicht zu töten.

Dennoch atmete sie. Wie fand man das denn?

»Vielleicht ist es nicht ihre Zeit zu sterben«, sagte Sam, der gelassen näher kam.

Az schwankte. Die Brandblasen und Wunden an seinem Leib heilten nicht, wohingegen es Keenan schon wieder gut zu gehen schien. Er wirkte stark, hatte keinerlei sichtbare Verletzungen mehr.

»Sie war auf der Liste.« Az versuchte, sich aufzurichten. Links und rechts von ihm standen gefallene Engel, und Nicole glaubte, Angst in seinem Blick wahrzunehmen. »Ich sah ihren Tod, hier, heute Nacht.«

»Ach ja?«, fragte Sam ungläubig. »Wenn du so sicher warst, dass sie sterben würde, wieso hast du dich dann mit dem Kojoten zusammengetan?«

Az antwortete nicht. Er spuckte Blut aus.

»Vielleicht warst du dir doch nicht sicher, dass sie sterben würde«, fuhr Sam fort. »Kann es sein, dass du versucht hast, selbst Schicksal zu spielen?«

»Ich habe versucht, Keenan eine Chance auf Erlösung zu geben!«

Nicoles Krallen bohrten sich in ihre Handflächen. »Du hast meinen Tod nicht gesehen, genauso wenig wie Keenans.« Im Verdrehen der Wahrheit waren die Engel ungeschlagen.

»Ich sah den Tod!« Er runzelte die Stirn. »Du hättest sterben müssen, ohne Frage, nur wirkt die Berührung nicht bei jenen mit Engelsblut.« Er sah zu Keenan. »Du hast ihr von deinem Blut gegeben. Verdammnis über dich! Du hast sie stärker gemacht, damit sie der Berührung trotzen kann!«

Nichts war stärker als Engelsblut.

Az machte einen Schritt vor. »Ich werde sie nochmals berühren, und diesmal kann sie den Tod nicht abwehren. Ich berühre sie einfach noch einmal!«

»Du fasst sie nicht an.« Keenans Hände waren zu Fäusten geballt und blutig. »Der Tod, den du gesehen hast, könnte dein eigener gewesen sein, Mistkerl.«

Az blinzelte. »Ich wollte dir helfen. Wir arbeiten seit zweitausend Jahren zusammen, und ich konnte nicht tatenlos zusehen, wie du alles wegen einer verdammten Seele verlierst.«

Verdammt? Nicole bekam eine Gänsehaut. Sie wollte nicht verdammt sein, sondern eine zweite Chance. Als sie aufblickte, sah sie die Kreuze über der Kathedrale, schwarz vor dem rosigen Himmel. *Bevor die Sonne aufgeht, holt sich der Tod eine Seele.*

Keenan bebte vor Zorn. »Ich will deine Hilfe nicht, Az, und ich will keine Erlösung.«

»Was willst du dann?«, schrie Az.

Anscheinend regten sich doch Gefühle in dem Engel.

»Jetzt klingst du richtig menschlich«, sprach Sam aus, was Nicole dachte.

Keenan nahm Nicoles Hand. »Ich habe, was ich will.«

Die Sirenen hatten sie fast erreicht. Jeden Moment könnten Cops in die Gasse gelaufen kommen. Sie würden Az nicht sehen, dessen war Nicole sich sicher. Aber sie sähen Sam, Keenan, sie und zwei Leichen.

»Du hast nichts«, erwiderte Az. »Denkst du, sie steht dir bei? Die Blutgier wird sie wieder überkommen, und dann nimmt sie sich den Erstbesten, der ihr über den Weg läuft. Sie wird töten.«

»Wer bist du, über mich zu urteilen?«, fragte Nicole eisig und wies zu den Toten. »Du hast getötet. Du hast diese zwei heute Nacht in den Tod geschickt. Dir war klar, dass sie nicht lebend aus dieser Gasse kämen. Du hast ihr Sterben in Kauf genommen. Hättest du sie in Ruhe gelassen …«

»Statt sie als Köder für eine verfluchte Falle zu benutzen!« Sam stürzte nach vorn. Er sah aus, als wäre er bereit, Az eigenhändig umzubringen.

»Sie würden noch leben«, beendete Nicole ihren Satz.

Nun lachte Az. Er warf den Kopf in den Nacken und lachte.

Sein Lachen vermengte sich mit dem Sirenengeheul, und Nicole sah bereits das Flackern der Blaulichter.

»Ich bin einer der ranghöchsten Engel, einer der ersten, die geschaffen wurden. Ich stehe weit oben in der Gunst.«

Eine Windböe peitschte durch die Gasse, sodass Nicole das Haar ins Gesicht wehte.

Unter der Wucht des Windstoßes stolperte Az einen Schritt zurück.

»Bist du sicher?«, fragte Keenan.

Nicole bemerkte, dass Az sehr blass wurde und weglaufen wollte, doch Sam hielt ihn zurück.

»Du gehst nirgends hin, *Bruder*, außer in die Hölle.«

Az drehte sich um, woraufhin Sam von seinen Flügeln beiseitegeschleudert wurde.

Dann wandte Az sich wieder zu Nicole und Keenan um. »Ihr sterbt beide«, versprach er. »Ich habe es gesehen!« Plötzlich waren Flammen in seiner Hand, und er warf sie direkt auf die beiden.

Keenan war mit einem Satz vor Nicole und schirmte sie ab.

Doch die Flammen berührten ihn nicht.

Sie berührten überhaupt niemanden, denn abermals kam ein Windstoß und pustete sie weg.

Diesmal war es Sam, der lauthals lachte.

Nicole drängte sich an Keenan vorbei und sah, dass Sam wieder aufstand.

Entgeistert starrte Az auf seine Hände. »Wie kann das sein?«

»Ich schätze, damit ist es offiziell«, höhnte Sam. »Du stehst eindeutig nicht mehr ganz hoch in der Gunst.«

Az zuckte, krümmte sich und flog knapp zwei Meter hoch in die Luft wie eine Marionette, an deren Fäden geruckt wurde.

»Hast du jemals daran gedacht«, fragte Sam laut, damit Az ihn hörte, »dass Keenans Fall keine Strafe gewesen sein könnte?«

Keenan hatte seinen Arm um Nicole gelegt und hielt sie fest. Seine Wärme und Stärke gaben ihr ein Gefühl von Geborgenheit.

Az schrie, zappelte und stieg höher und höher.

»Vielleicht«, brüllte Sam über den heulenden Wind

und die Sirenen hinweg, »war sein Fall ein Gunstbeweis.«

Keenan sah hinauf zu Az, und als er sprach, klang er sehr grimmig. »Pass auf, mein Freund, das wird wehtun.«

Wie es aussah, hatte Az bereits Schmerzen. War es falsch, dass Nicole sich darüber freute? Nein, das war es gewiss nicht.

»Ich habe gehört«, rief Keenan dem rasch verschwindenden Az nach, »das Feuer ist das Schlimmste, entlockt einem die lautesten Schreie.«

Wieder schrie Az. Es war ein langer, verzweifelter Schrei, der durch die Straßen hallte. Dann schoss er nach oben, allerdings nicht aus eigenem Antrieb, denn seine Flügel hingen nutzlos herab.

»Das Feuer ist nicht das Einzige, wovor er sich fürchten sollte«, sagte Sam, der sich mit einem Raubtierlächeln zu ihnen umwandte. »Sobald sein Arsch wieder hier unten aufschlägt, nehme ich ihn mir vor.«

»Nein«, erwiderte Keenan. »Bei allem was er getan hat …«

»Polizei!«, unterbrach ihn eine laute Stimme. »Drehen Sie sich um, die Hände nach oben!«

Mist. Konnten sie nicht mal einen Moment verschnaufen?

Sie drehten sich langsam um. Leider dürfte dies hier gar keinen guten Eindruck machen.

Nicoles Blick begegnete dem des Polizisten. Er war der Erste am Tatort, und sein Gesicht war ihr nur zu bekannt.

Greg Hatten. Es war derselbe Cop, der ihr vor

sechs Monaten zu Hilfe gekommen war. Und er hatte große Narben an seinem Hals.

Er erkannte sie ebenfalls wieder, wie sie an seinem Gesichtsausdruck sah. In manchen Nächten hatte man schlicht Pech.

Wortlos drückte er ab. Die Kugel krachte in ihre Brust, direkt ins Herz.

»Ich weiß, was du bist!«, brüllte er. »Du greifst mich nicht noch mal an, Vampir!«

Ihre Brust rauchte. Wieso rauchte ihre Brust?

»Weihwasser!«, rief Keenan. »Sam, kümmer dich um die Cops!«

Dann hob er sie in seine Arme und lief los, während weitere Kugeln um sie herum pfiffen. Einige trafen Keenan, drangen jedoch nicht mal in seiner Haut ein.

Über das Krachen der Schüsse hinweg hörte Nicole Schreie. »Nicht … töten …« Das Sprechen fiel ihr schwer, aber sie musste es versuchen. Das waren verängstigte Polizisten, die glaubten, dass sie gegen Monster kämpften.

Was sie ja auch taten.

Ihre Brust tat weh. Erst ein Pflock, jetzt Weihwasser, es war ein bisschen zu viel. Nicole fielen die Augen zu. Sie war nicht sicher, ob sie noch mehr aushielt.

Die Sonne traf sie, als sie aus der Gasse herauskamen. Helle, kräftige Sonnenstrahlen brannten auf sie herab, die ihre Glieder bleiern schwer machten. Doch sie klammerte sich an Keenan.

Auf keinen Fall wollte sie ihn loslassen.

Sie ignorierte das Feuer in ihrer Brust. »Ich liebe dich«, hauchte sie, denn er musste es wissen.

Besorgt sah er sie an, und sie versuchte zu lächeln.
Er drückte sie fester an sich. »Du stirbst nicht.«
Nein, das wollte sie jedenfalls nicht. Er mochte für sie gefallen sein, aber sie lebte für ihn.
»Wir müssen die Kugel rausholen!« Er bog um eine Ecke und legte sie auf den Boden. Dann riss er ihr das T-Shirt auf und blickte auf ihre Brust. Nicole wollte nicht hinsehen und beobachtete ihn stattdessen.
Für einen Moment weiteten sich seine Augen, bevor seine Miene völlig verschlossen wurde. Er wollte sie immer noch beschützen.
»Ich weiß«, flüsterte sie. Der Pflock hatte ihr Herz verfehlt; der Cop indes war ein treffsicherer Schütze.
Keenan schüttelte den Kopf.
»Hol sie einfach raus«, bat Nicole ihn. »Hol sie raus, bevor sie mich umbringt.«
Ihr war bewusst, wie gefährlich ein solches Unterfangen war, und Keenans Blick nach zu urteilen, wusste er es auch. Solange heller Tag war, würde die Heilung nicht einsetzen, und falls Keenan sehr tief in ihr Herz fassen musste und sich die Blutung nicht stoppen ließ, könnte sie sterben.
Durch Keenans Hand zu sterben, wäre exakt, was Az gewollt hatte.
Keenan schüttelte den Kopf.
»Ich vertraue dir«, sagte Nicole und ergriff seine Hand. »Und ich liebe dich.«
Seine Finger zitterten.
»Wenn du mich liebst, rette mich.« Sie verlangte eine Menge, doch ihr blieb keine andere Wahl. »Bitte.«

Er berührte ihr Herz.

Andererseits hatte er das von Anfang an getan: an ihr Herz gerührt, an ihre Seele, und sie sich zu Eigen gemacht.

Der Schmerz durchschoss sie mit einer Wucht, dass ihr Atem stockte, und der letzte Laut, den sie von sich gab, war sein Name.

Dann sah sie das Paradies.

Die Sonne ging unter, und Nicole öffnete die Augen nicht. Keenan saß neben ihrem Bett und starrte sie an. Das tat er schon den ganzen Tag.

Mach die Augen auf. Sieh mich an.

Sie atmete noch. Ihr Brustkorb hob und senkte sich. Ihr Herz schlug.

Er blickte auf seine Hände. Das Blut war längst weg, abgewaschen. Er hatte Nicoles Herz in den Händen gehalten.

Nun krümmte er die Finger.

»Sie kommt wieder zu sich«, sagte Sam voller Zuversicht.

Keenan sah ihn nicht an, sondern zu Nicole. »Ich habe ihr mein Blut gegeben. Sie müsste wach werden.«

»Wird sie.« Sam klopfte ihm auf die Schulter. »Gib ihr Zeit.«

Er wollte nicht warten. Er wollte sie!

Die Bodendielen knarrten, als Sam sich abwandte.

Keenan nahm Nicoles Hand und streichelte sie. »Sam, warum bist du gefallen?«

Ihm waren nun viele Dinge klar geworden, und er wünschte, er hätte es früher begriffen.

Was Sam zu Az gesagt hatte, wollte ihm nicht aus dem Kopf gehen.

Er hatte überhaupt nicht verstanden, welches Glück er hatte. Nicole war nicht seine Versuchung gewesen; sie war seine Belohnung. Er musste nur stark genug sein, für sie zu kämpfen.

»Vielleicht wurde ich zu einem machtgeilen Kotzbrocken wie Az«, sagte Sam.

Konnte sein. Aber »vielleicht« war keine Antwort. »Den Geschichten zufolge hast du annähernd hundert Männer getötet, die nicht hätten sterben sollen.« Vor sehr langer Zeit.

»Diese Kerle verdienten den Tod mehr als irgendjemand sonst.« Aus dem Augenwinkel nahm Keenan sein Schulterzucken wahr. »Fallen war ein geringer Preis dafür, sie aus der Welt zu schaffen. War es nicht auch ein geringer Preis für sie?«

Ja. Für sie würde Keenan wieder brennen.

»Dachte ich mir«, sagte Sam und seufzte. »Ich schätze, du kapierst das Spiel endlich.« Dann ging Sam.

Stille trat ein, und die Minuten flossen zäh dahin, während die Dunkelheit zunahm.

Schließlich flatterten Nicoles Lider. Keenan vergaß Sam, beugte sich vor und umklammerte Nicoles Hand fester. »Nicole?«

Ihre Lippen formten ein Lächeln, noch ehe sie die Augen ganz geöffnet hatte. »Ich habe von dir geträumt«, flüsterte sie und blinzelte träge.

Sein Herz raste, und er küsste sie. »Du hast mir Angst eingejagt.«

Sie schüttelte den Kopf, dass ihr Haar auf dem Kissen raschelte. »Ich wollte dich nicht verlassen.« So einfach war es.

Er sah sie an. »Hättest du es, wäre ich dir gefolgt.« Kein Engel hätte ihn von ihr fernhalten können.

»Ich weiß.« Sie schmunzelte.

Keenan strich ihr das Haar aus der Stirn. Für ihn stand fest, dass er ihr alles sagen musste. »Ich habe nicht begriffen, was geschah, warum ich dich so lange beobachtet habe.«

Sie betrachtete ihn ruhig – ohne zu urteilen.

»Ich hätte den Vampir früher stoppen müssen.« Dieser Teil würde ihn ewig verfolgen. »Ich hätte …«

»Wir können nicht mehr zurück, und ich will es auch nicht.«

Sie stützte sich auf die Ellbogen auf, sodass ihr Gesicht nur Zentimeter von seinem entfernt war. »Ich meinte es ernst, was ich sagte, Keenan. Ich liebe dich.«

Sie war alles für ihn.

»Az hatte recht, ich habe getötet. Und wahrscheinlich werde ich wieder töten und immer Blut brauchen.«

Dafür hatte sie ihn.

»Ich bin nicht vollkommen.«

Für ihn war sie es. Reißzähne, Krallen, sündige Lippen, alles war vollkommen.

»Aber ich möchte mit dir zusammen sein. Ich will einfach nur dich.«

Er schluckte. »Ich habe alles gesehen, was diese Welt zu bieten hat.« Das Gute wie das Schlechte, die Albträume, Schlachtfelder und Wunder. »Und du bist das Einzige, was je Gefühle in mir weckte.« Das sollte ihr eine Warnung sein, doch sie sah ihn voller Zuneigung an.

Ihr schien die Gefahr nicht klar zu sein.

Er zwang sich, die Hände von ihr zu nehmen. »Du bist alles, was für mich hier von Bedeutung ist, Nicole. Dein Leben, dein Glück. Ich werde alles tun, um dich zu schützen.« Er hatte schon für sie getötet und würde es wieder, denn er wusste, dass es auch künftig Situationen geben würde, in denen es nötig war. Die Welt war ein komplizierter Ort. Zu viele hassten Vampire. Zu viele jagten sie.

Doch keiner würde sie ihm wegnehmen.

»Halte mich nicht für einen normalen Mann«, warnte er sie. »Ich bin nicht menschlich, und die Gefühle, die ich habe, können mich bisweilen sehr gefährlich machen.« Beispielsweise Lust, Verlangen und Eifersucht.

»Für mich bist du nicht gefährlich.«

Eine Berührung zum Töten, eine Berührung zum Freudebringen.

»Du bist für mich nicht gefährlich«, wiederholte sie. Ihm war, als würde sie ihm direkt in die Seele blicken.

»Nein, Süße.« Lieber würde er noch einmal brennen, als ihr wehzutun. »Aber ich bin kein Engel.« Nicht mehr. Er wusste, dass seine Augen schwarz waren.

»Ich auch nicht«, flüsterte sie und legte die Hände in seinen Nacken. »Ich genauso wenig.«

Dann küsste sie ihn, drang mit ihrer Zunge in seinen Mund und ließ ihn pure Sünde kosten.

Ja, er würde für sie sterben.

Ja, er würde für sie töten.

Und sie lieben? Ja!

Himmel und Hölle konnten warten. Er hielt das Paradies in seinen Armen.

Sie war eine Versuchung, der er nie widerstehen könnte. Und, ja, sie war es wert gewesen, zu fallen und zu brennen.

Für sie würde er es jederzeit wieder tun. Jederzeit.

Epilog

Az hatte Nicole gesagt, dass sie binnen zehn Tagen sterben würde, und Engel logen nicht.

Doch nun war ein Monat vergangen, und sie fühlte sich so stark wie eh und je.

Sie blickte an der St.-Louis-Kathedrale hinauf. Langsam wanderte ihr Blick über die großen Kreuze und hinunter zu der weißen Uhr vorn am Turm.

Mitternacht.

Kein einziges Mal schweiften ihre Augen zur Gasse neben der großen Kirche ab, in der sie Himmel und Hölle kennenlernte. Es war überflüssig, dort noch einmal hinzugehen.

Keenan hatte sie nie gefragt, was in jener Nacht geschehen war, als die Weihwasserkugel in ihr Herz einschlug. Vielleicht wollte er es nicht wissen.

Ich starb.

Nein, Engel logen nicht. So hatte auch Az nicht gelogen, als er von ihrem bevorstehenden Tod sprach.

Sie musste sich nicht mehr sorgen, weil ihre Seele verdammt war, denn sie hatte gesehen, was sie nach dem Tod erwartete, hatte das Wispern und Flügelrascheln der Engel gehört.

Nein, sie fürchtete den Tod nicht. Sie hatte sich lediglich entschieden zu leben.

Und entschieden, zurück zu dem Mann zu gehen, den sie liebte.

»Nicole?«

Sie drehte sich um und sah Keenan aus der Dunkelheit auf sie zukommen, gutaussehend und stark.

Nach wie vor konnte sie seine Flügel als Schatten hinter ihm sehen. Sie liebte den Anblick dieser Flügel, und sie liebte es, wie er zitterte, wenn sie ihn dort berührte.

Sie liebte ihn.

»Bist du bereit?«

Sie verließen New Orleans und zogen nach Norden, wo sie von Schnee und Fremden umgeben wären, die Nicole nicht wiedererkannten. »Ja.« Sie hatte keine Angst mehr vor dem, was die Zukunft bringen mochte.

Ihre Zukunft stand vor ihr, und er war das Beste, das sie sich vorstellen konnte.

Sie nahm Keenans Hand, und gemeinsam gingen sie fort von der Kathedrale und den Geistern, die in jener alten Gasse spukten. Nicole blickte nicht zurück. Sie wollte keine Erinnerungen mehr.

Alles, was sie wollte, war ihr gefallener Engel, der gut und böse und alles dazwischen war.

Weder vollkommen noch rein, aber ihrer.

Für immer. Und für einen Vampir und einen gefallenen Engel konnte dieses »Für immer« eine sehr lange, sehr heiße Zeit sein.